内蒙古文学重点作品创作扶持工程

U0115710

女真雄库鲁

田宏利／著

内蒙古人民出版社

图书在版编目（CIP）数据

女真雄库鲁 / 田宏利著. — 呼和浩特：内蒙古人民
出版社，2020.12

ISBN 978-7-204-16595-7

Ⅰ. ①女… Ⅱ. ①田… Ⅲ. ①传记文学-中国-当代
Ⅳ. ①I25

中国版本图书馆 CIP 数据核字（2020）第 260500 号

女真雄库鲁

作 者	田宏利	
责任编辑	郝 乐	
装帧设计	宋双成	
出版发行	内蒙古人民出版社	
地 址	呼和浩特市新城区中山东路 8 号波士名人国际 B 座 5 楼	
印 刷	内蒙古爱信达教育印务有限责任公司	
开 本	710mm×1000mm 1/16	
印 张	23.25	
字 数	380 千	
版 次	2020 年 12 月第 1 版	
印 次	2022 年 8 月第 1 次印刷	
印 数	1—1000 册	
书 号	ISBN 978-7-204-16595-7	
定 价	49.00 元	

图书营销部联系电话：(0471)3946298 3946267
如发现印装质量问题，请与我社联系。联系电话：(0471)3946120

序　言

　　内蒙古居于祖国北疆，广袤无垠的草原、葳蕤茂密的森林、浩瀚辽远的大漠、纵横千里的阴山山脉，组成了内蒙古多姿多彩的地理风貌。千百年来，各族人民在此繁衍、生息，丰厚着绵延久远的中华文化。文学传承，生生不息。源远流长的内蒙古文学在牧野上传诵，在群山中回响，点亮了祖国北疆一盏盏温暖的生命明灯。

　　进入新时代，内蒙古文学工作者坚持深入生活、扎根人民，把澎湃的现实生活、昂扬的时代精神、丰富的经验和情感提炼造型。人、生活、岁月在他们笔下是砥砺行进的历史，是绵厚的家国之爱，是浓烈的人间烟火。一批批贴近时代、贴近人民、贴近大地的现实题材作品带着生活之感、时代之悟和人民之思传向广大读者。

　　为进一步加强文学的组织化程度，推出更多高品位的优秀作品，培养更多高素质的文学人才，"内蒙古文学重点作品创作扶持工程"应运而生。本工程由内蒙古自治区党委宣传部牵头，内蒙古文联、内蒙古作协负责组织推进，旨在汇集内蒙古众多优秀作家作品，在宽广的世界视野中描绘中华民族精神图谱，努力推动内蒙古文学事业繁荣发展。本工程部分入选作品曾荣获鲁迅文学奖、全国少数民族文学创作"骏马奖"、全国精神文明建设"五个一工程"奖、自治区精神文明建设"五个一工程"奖、自治区文学创作"索龙嘎"奖等，为满足人民文化需求、增强人民精神力量做出了积极贡献。2021 年 7 月 1 日，习近平总书记代表党和人民庄严宣告，经过全党全国各族人民持续奋斗，我们实现了第一个百年奋斗目标，在中华大地上全面建成了小康社会，历史性地解决了绝对贫困问题，正在意气风发地向着全面建成社会主义现代化强国的第二个百年奋斗目标迈进。内蒙古大地焕发出前所未有的活力，人民创造历史的伟大实践为文学创作提供了丰沛的源泉和广阔的天地。讲好内蒙古故事，发出富于影响力和感染力的声音，创作出不负时代、不负人民的优秀作品，是每位作家的光荣与梦想，也是推动内蒙古文艺蓬勃发展的强大动力。

"内蒙古文学重点作品创作扶持工程"入选作品，以无数真切鲜活的声音，书写着属于这个时代的有温度、有厚度的内蒙古故事。这些作品从内蒙古脱贫攻坚的实践中来，从当代中国、内蒙古社会发展进步和人民精彩生活的细节中来，精神高度、文化内涵和艺术价值相统一，歌颂无数创造历史的人们。

百年恰是风华正茂，百年初心历久弥坚。衷心希望内蒙古文学工作者以深邃的历史眼光和宏阔的现实视野，倾听内蒙古从历史走向现在、走向未来的脚步声，创作一批见历史之大势、发时代之先声的优秀作品，展现新时代中国共产党和中国人民再创中华文化新辉煌、书写中华民族新史诗的文化自信和历史雄心；希望内蒙古文学工作者珍爱文学、不忘初心，用心记录内蒙古人民建设美好内蒙古的奋斗姿态，把新的灵魂、新的梦想注入文学，努力为铿锵内蒙古书写新时代的史诗。

薪火传承，旗帜高扬。在习近平新时代中国特色社会主义思想指引下，期待内蒙古文学工作者担当使命，以高质量的文学作品弘扬蒙古马精神，展示内蒙古文学弦歌不辍、日新又新的文化活力；期待有更多读者在文学世界中感受辽阔大地上的人文情怀，感受内蒙古文学的独特魅力；期待内蒙古文学在中华文学版图上绽放出绚烂的光辉。

内蒙古文联党组书记　主席　冀晓青

目　录

第一章

乌古迺的酒量大,胃口也很大,一个人的饭量能抵得上好几个人的;乌古迺的精力很旺盛,他的女人也很多,给他生了九个儿子。

乌古迺除了能喝酒,还很能干,做了完颜部的勃堇(部落首领)没多久,就把生女真的白山、耶悔、统门、耶懒、土骨论这些部落,全都并进了完颜部,结成了完颜部落同盟,并被推举为同盟的都勃极烈(亦称都勃堇,即部落联盟的部落长)。

村子里的老萨满说过,按出虎水(今阿什河黑龙江省南部松花江干流支流)的完颜部勃堇一系,男丁兴旺,但是寿命都不会很长。

跋黑问乌古迺:"担心自己会很早死掉吗?"乌古迺说:"管他娘的呢!多保真说了,她看见我身后的子孙里,能飞起一片的'雄库鲁'呢!"

"雄库鲁"就是海东青,海东青在古代的肃慎语里叫作"雄库鲁",意思是世界上飞得最高、最快的鸟,是一种非常厉害的鹰。

跋黑听了乌古迺的话,撇撇嘴说:"哥,你又喝多了吧! 我明明听石批德撒骨只萨满说,你的儿子们都是活罗(生活在北方的一种乌鸦)变的呢? 怎么就成了鹰呢? 再者说了,女真的海东青都献给辽国皇帝了,你的子孙们就算是变成了鹰,不还是接着给辽国人当鹰犬吗?"

乌古迺摇摇手里已经空了的酒坛子,晃晃脑袋,笑笑说:"兄弟,不一样的,到那个时候,辽国的皇帝就是一只被海东青啄了脑子的大天鹅啦。"

跋黑没说话，骨子里却很瞧不上乌古迺得意的样子。

跋黑是乌古迺的弟弟，不过，他们不是从同一个母亲肚子里爬出来的。

乌古迺的母亲是石鲁的正妻，而跋黑的母亲是石鲁的小妾，石鲁是他们共同的父亲，是按出虎水完颜部的上一代勃堇。

在乌古迺面前，跋黑总是矮着半个身子。

石鲁在去世之前，指定了乌古迺为继承人。乌古迺生得不如跋黑高大，打仗也不如跋黑厉害，可是，谁让跋黑的母亲只是石鲁的小妾呢！

不过，跋黑不沮丧，他还有希望，乌古迺的同母弟弟乌古出很早就死掉了，死因很可疑。

跋黑隐隐听说，乌古出是他父亲石鲁的正妻徒单氏和乌古迺合起伙儿来杀死的。

据说乌古出一生下来，部落里的萨满就预言说，这个孩子会给部落带来灾祸，要他们把他丢弃掉，石鲁却说："先养着看吧。"

石鲁死了，乌古出也长大了，长大了的乌古出比乌古迺还能喝酒，喝醉以后就四处惹事。他的母亲和哥哥劝他，他也不听，被说急了，还经常借着酒劲儿顶撞他的母亲，拎着刀子追杀乌古迺，还说将来等他当了都勃极烈，谁敢惹他，他就杀谁！

有一天早上，人们在村子里的一个猪圈里看见了乌古出，身子蜷得紧紧的，怀里抱着酒坛子，腰里却插着自己的刀，身上的血已经流干了。

有人说头天夜里看见乌古出又喝醉了，一手拎着酒坛子，一手舞着刀子，一直追着乌古迺跑，他俩的后面还跑着他们的母亲，手里拎着一根木杖。

不过，事情的真相到底怎样，跋黑才懒得管呢！而且乌古出一死，剩下的就只有他们这一支的三个异母弟弟了，而他是兄弟三个里面的老大，乌古迺再去世的话，完颜部的勃堇就是他的啦！要知道，他们这一家族，自始祖函普之后，就没有活过六十岁的，有的甚至五十岁出头就早早死掉了,所以,跋黑只要好好活着,什么勃堇、都勃极烈啦,迟早都是他的。

这个念头牢牢地藏在跋黑的脑子里,他从来不和别人说。

北珠是一种名贵的珍珠,洁白无瑕、晶莹圆润,大的像猎人们打猎时候弹弓上用的弹子,小的就像人脸上的痦子,因其产地位于生女真境内靠近东边的大海,所以,也被称为东珠。

辽国的皇帝和宫廷贵族们都酷爱东珠。

东珠生于大海中的蚌体内,每年的农历四月到八月,女真人就成群结队地乘坐独木舟,来到靠近海边的河汊沟谷里准备采珠。

女真各部的采珠人大多是潜水好手。采珠之前,他们要先往身上绑一个箩筐,然后在岸上深深憋足一口气,就纷纷潜入海中捞取蚌,一次下水,可以捞上一二十个,等到绑在身上的箩筐装满以后,游回岸边,把采到的蚌倒在岸上,然后烤火暖身,等身子暖和过来,再次入水采蚌。

岸上有同行而来的妇女、儿童,挨着个儿敲开蚌的硬壳,寻找蚌里的珍珠。珍珠的养成是一个缓慢的过程,有时候几十个、上百个蚌里也不一定能够获取一颗珍珠。他们一旦获取一颗品相上乘的珍珠,就立刻将之装进鱼皮袋子或桦木盒里,仔细保管好,作为部落贡品每年向辽国皇帝和宫廷进献。

东珠的采摘艰难,每年都会有很多部落的生女真人因采珠而丧生。

由于东珠得来不易,因此,辽国贵族都以拥有东珠为荣,朝中上下争相效仿,一时之间供不应求。于是,辽国皇帝就把东珠定为宫中国宝,并同时下令,要生女真各部大量开采东珠,定期上缴宫廷。

辽国皇帝和宫廷对于东珠的索求无度,甚至寒冬时节也逼着女真人下海捕采,使得生女真各部落里的采珠好手们,因为常年下海积劳成疾,采捞到的东珠越来越少,留在大海里的女真人越来越多。

后来,就有人想起了海东青。

海东青主要产于生女真聚居地的东北五国部(辽时分布于今黑龙江省依兰县以东至乌苏里江口以下,松花江和黑龙江两岸的五个部落),五国部东邻大海,因此得名海东青。这种鹰的个头不大,比一般的鹰、鹫小得多,爆发力惊人,但天性凶猛,异常凌厉,在空中飞的时候,像划过阳光的利刃,很难捕捉和驯养。

海上的天鹅们大多喜欢捕食海边和浅海里的蚌,吃完蚌肉之后,会把蚌壳里生成的珍珠藏在嗉囊之中。

海东青是最善于捕捉天鹅的好手。

而最善于驯养海东青的好猎手,就是女真人。

女真的猎人们在最初驯养海东青的时候,想得最多的,不过是为了从天鹅的嗉囊里多取些东珠,去满足辽国皇帝和权贵们对于东珠的无度的索求。

只是,让女真人没有想到的是,在驯化和利用海东青捕捉天鹅的同时,却在不经意间,又给自己套上了一条更为沉重的链锁。

传说,北方的生女真境内有一种黑色的雕,每到春天产卵时,当地的鹰坊官就会派人去看黑雕的巢里有几颗卵,如果有三颗卵,就派兵把守,出壳时必有一个是犬,即为鹰背犬。这种鹰背犬长大以后,经过驯化,能在狩猎的时候,紧紧随着飞在天上的海东青上下联动,配合默契,使捕猎从不落空,所获取的猎物是其他猎犬的几倍。

于是,肩臂上架一只海东青,马前马后跑着一只鹰背犬,就成了辽国四季捺钵(指辽帝在一年之中所从事的与契丹游牧习俗相关的营地迁徙和射猎等活动)时,最让人眼热的标配。

只是,鹰背犬实在太罕见了,甚至比东珠都难获取,人们的目光就转向了飞在天上的海东青。

很快,就有一些女真部落为了拓展自己部落的势力,也为了结交辽国宫廷里的权贵,每年都会主动进献许多驯养得非常优秀的海东青。

自那以后,"玩儿鹰"就成了辽国皇室和贵族们的身份象征。

养鹰之风就此兴起。

为了获取更多的海东青,辽国在北方生女真各部落建立了专门的鹰坊,还特别设立了障鹰官(或鹰坊官)一职,豢养了数千名装备精良的兵将。他们身佩皇帝赐予的银牌,美其名为"银牌天使",深入生女真境内,强行征缴海东青。

女真百姓若是稍有不满,轻的被打板子,重的就被砍头,每年因为搜捕海东青导致的伤人事件时有发生。

不过,最让生女真各部落愤慨的是,这些使者每到生女真境内,一定要生女真各部的首领们选出部落里最好看的女人,陪侍于枕席之间。

起初,还是由生女真的各部族首领们指定中、下等人家的未嫁女孩陪宿。后来,"银牌天使"络绎不绝,仗着大国的权势,一味去挑选美貌女子,不管对方是否出嫁,也不管是否出自女真贵族之家,甚至,即使是各部落首领们的妻子、女儿、侍妾,只要他们一眼看中,就会被强行霸占、恣意玷污。女真人只能屏息敛气,敢怒而不敢言。

天长日久,"银牌天使"们愈加骄横,索求无度,终于激起了女真人的强烈反抗。因此,狙杀"银牌天使"、阻断鹰路的事件屡屡发生。

生女真蒲聂、铁骊、越里笃、奥里米、剖阿里五部,合称五国部。

拔乙门是蒲聂部的勃堇,蒲聂部是生女真部落中的大族,蒲聂部里的勇士骁勇彪悍、能征善战。

拔乙门,又名巴彦马勒,在女真语里是富贵、平安的意思。

拔乙门十六岁只身猎虎;十八岁拉铁弓能射二百五十步,力大精准;二十岁力博公牛,远近闻名。

拔乙门做人憨厚,胸纳四海,善交朋友,为人仗义。当然,为了扩展族人的生存空间,他也会经常利用自己的名声和威望,协助辽国疏通北方的鹰路。

这样的事情做得多了,辽国朝廷就很信任他,于是,拔乙门被辽国授予节度使(也称太师,辽国官职名)称号,统领五国部,成为辽朝敕封的第一任生女真节度使。

拔乙门其实没有太高的奢望,只是希望自己部落的部众们生活得不要过于艰难。不过,辽国的"银牌天使"们不那么想,他们觉得拔乙门做了辽国的节度使,就该听从辽国的吩咐,除了海东青,他们想要什么,拔乙门就该奉上什么,尤其是部族里最好看的女人们……于是,一忍再忍的拔乙门终于不能再忍,阻断了鹰路,狙杀了索取海东青的使者,联合结盟的其他部落造了反。

辽国皇帝很不开心,不开心的原因不仅仅是拔乙门的反叛,而是很长一段时间他会得不到矫健、俊捷的海东青了。要知道,有时候向臣子们赏赐一只海东青,也是一种笼络的手段呢!

这可太难受了,于是,皇帝就派了详稳司详稳(辽国官署、官职名)同干带兵去讨伐生女真的五国部,同时派人传令,要所有臣服于辽国的其他部落帮着辽兵一同征讨反叛部落。

消息长了翅膀,很快就飞到了完颜部。

乌古迺的心里装了事儿,肚子里就灌满了酒。

夜里,乌古迺钻进多保真温暖的被窝,搂着女人柔软的身子,却提不起自己身上的力气。

"拔乙门的事情还没有想出好主意?"多保真说。

"拔乙门的事情想不出太好的主意。"乌古迺说。

"最好的主意就是劝阻辽国军队不要过来。"多保真说。

"拔乙门不投降,鹰路不通,辽国人是不会回去的。"乌古迺说。

多保真就抱紧了乌古迺,不说话了。

五国部居住的青岭(吉林省永吉县南哈达岭山脉),山多林子密,辽国军队要是进攻的话,没有个把年头是打不下来的。辽国人一定会借这个机会,把生女真其他部落能打仗的男人们消耗干净的,要知道,辽国人在进攻反叛女真部落的时候,从来都是要顺从辽国的各女真部落出兵,作为进攻叛乱部落的主力前锋的。

多保真和乌古迺除了身子贴在了一起,心思也常常贴在一起。

忽然,多保真光着身子从被窝里坐起来,拢了拢头发,露着一口白白的牙,冲着乌古迺一笑,说:"你说蒲聂部的女人生完了孩子,也都像我这么好看吗?"

多保真的眼睛一眨一眨的,眼角带起了风,眉毛弯成了月,生完五个孩子的身子,在朦胧的夜里,散着雪一样的白,发着柔柔的光。

乌古迺愣了神儿,呆呆地看了一会儿多保真,眼里突然放了光,猛地一起身就把多保真扑倒在了身子下面。

多保真是狐仙儿,生女真的各个部落里都是这么说的。

多保真在女真语里就是小狐狸的意思。

多保真的父亲是唐括部的大萨满石批德撒骨只,法术很高,名气很大,周边的部落有谁家要驱鬼降魔,就来请他。石批德撒骨只萨满每次请神出马(萨满做法事时的神灵附体)的时候,都会带上小多保真。渐渐地,小多保真跟她父亲学会了请神出马。

小多保真生得漂亮,不仅聪明伶俐,还天生一副好嗓子,唱起歌来,十里八乡的没人能比。不过,最让村里人羡慕的,还是她打小就会来事儿。

她的父亲和母亲出门在外的时候,若是有人到家里来请神出马,小小年纪的她,居然能整出好几样让人眼花缭乱的饭菜来,把来人留住,再烫上几壶酒,吃饱喝足了再安顿着好好住下,一直等着她的父亲和母亲回来。她的父亲石批德撒骨只萨满一直都想不出,女儿的这份心思和机灵劲儿,是打哪儿来的。

那年夏天,多保真十岁,父亲石批德撒骨只萨满牵着自家驯养的公鹿,带着女儿进山挖药。

石批德撒骨只萨满在林子里挖药,多保真在林子里的草地上看着鹿。

天很热,多保真的身上只围了半张皮裙子。

林子里潮乎乎的,很闷。多保真无聊,就让鹿卧在草地上,自己骑在公鹿的脖子上,扳着公鹿头上的角,扭过来,扭过去……

公鹿很温顺,被石批德撒骨只萨满养得很好,鹿角上的鹿茸也生得很好。多保真知道,等上了秋,就该锯茸了。

忽然,她觉得后背上落下了一道目光,警惕、小心、好奇。

这道目光不是人的,应该是什么兽类的。她迅速从公鹿的脖子上溜下来,转到前面,从公鹿的屁股后面看见林子里蹿出一只小狐狸,颜色红红的,尾巴毛茸茸的,像一团火。

小狐狸蹲坐在草地上,有些犹豫,它看着多保真和公鹿,不知道该往哪儿跑。

多保真握着公鹿的角,肚子抵着公鹿的脑袋,心里盘算着,该怎么跑过去追狐狸。

可她忘记了身子下面那头可怜公鹿的感受了。公鹿的角被多保真捉住玩了好一阵子,脑袋已经晕晕乎乎了,现在这个姿势让它更难受,同时它也闻见了另一种野兽的味道。它不知道它的小主人想要做什么,但是很想抬头看看后面到底发生了什么。公鹿很壮实,力气也很大,头往下一低,两条后腿一立,两条前腿一支,就站了起来。多保真一下子就被挂在了鹿角上,鹿角上生了茸的一枝小丫杈就那么顺势地钻进了她的身体里……

石批德撒骨只看了公鹿角上的血,又看了女儿身上的伤,摇了摇头。

“嘶哈!嘶哈!”

多保真龇着牙,咧着嘴,看着父亲,有点难为情。

“疼吗?”石批德撒骨只问。

“疼!”多保真点点头说。

“嗯,疼过也好,这一次疼了,下一次就不疼了。”石批德撒骨只说。

“下一次?下一次是什么时候?”看着身子下面流出了血,多保真有些担心地问。

“等你嫁了男人的时候就知道了。”石批德撒骨只说。

“嫁男人?为什么一定要嫁了男人才知道?”多保真没弄懂。

“站起来看看,试试能走路不?”石批德撒骨只说。

石批德撒骨只把多保真的身子擦干净了,从随身带着的桦树皮小桶子里给女儿的伤处洒了草药粉,站起来,扭转身,去牵那头公鹿。

"男人又不是鹿,身上怎么会长角?"多保真还在想,还想问问父亲有没有看见一只火一样红的小狐狸。可是她刚站起来,就觉得身子下面还很疼,还觉得身边的老林子在打转儿,转着转着,就"咕咚"一下倒在了地上,什么也不知道了。

石批德撒骨只萨满举着铃鼓在院子里跳了三天。

第四天的头上,石批德撒骨只跳不动了,坐在地上,抬起头,看着天。

天很蓝,白白的云朵,一片一片,懒洋洋地在天上挂着。

天空中现出了几个小黑点,远远地飘了过来。石批德撒骨只揉揉眼睛,以为花了眼。离得近了,看得清了,是黑色的乌鸦,一共五只,飞过来,挨着落在了石批德撒骨只萨满家的泥巴墙上,在墙上排成一排,睁着圆溜溜的黑眼睛,歪着头,看着石批德撒骨只。

石批德撒骨只冲着五只乌鸦挥挥手,赶它们走。乌鸦们扑闪了一下翅膀,却没有飞起来,依旧歪着头看着他。

石批德撒骨只不再理会,从地上爬起来,晃晃悠悠地进了屋。

屋子里,多保真还在炕上躺着,还有进出的气息,脸上红扑扑的,跟睡着了一样。

石批德撒骨只的女人坐在炕沿上,守着多保真发呆。

"嘎!嘎!嘎!嘎!嘎!"屋子外面传来了乌鸦的鸣叫声,不多不少,刚好五声,声音很大,刺耳又难听。

石批德撒骨只心里烦,站起身抄了根棍子,想到院子里把这几只烦人的乌鸦赶跑。

走到屋门口,低头叹了口气,回头对女人说:"准备给孩子换衣服吧!她的魂儿走得远了,叫不回来了。"

"换衣服干吗?挺冷的!"多保真说。

"换了衣服好上路啊!"石批德撒骨只说。

"咱们要出远门吗?去哪儿啊?"多保真问。

石批德撒骨只吓了一跳,看着自己的女人,女人张大了嘴,看着炕上的多保真。

多保真说:"阿玛! 我哪儿也不想去,我的儿子们给我捎信儿来了,说我男人说了,再过五年,他和他阿玛会赶着一群牛来娶我。"

石批德撒骨只从屋门里跳到了屋门外,院子里的泥巴墙上空空的,什么都没有。

石批德撒骨只再回到屋里,多保真已经坐了起来,眼珠子亮晶晶的。

"阿玛! 我渴了! 我想喝酒……"多保真说。

后来,隈鸦村(今黑龙江省哈尔滨市巴彦县富江乡五岳河附近小城子古城)的人们都说,那天,有人亲眼看见睡了三天醒过来的多保真,一口饭没吃,喝了整整五坛子酒,把个肚子喝得又鼓又圆。

后来,有人问过她:"喝那么多酒,不难受吗?"

多保真笑笑说:"难受完就不难受了,我把这辈子的酒都喝完了。"

打那儿以后,一直到多保真过世,她就再没沾过一滴酒……

乌古迺听说了,却死活不信。

两人成亲的那天晚上,他问多保真,说:"你睡了三天,是咋听见儿子们给你传话儿的? 你咋知道五年以后一定会有人赶着牛来娶你? 还有,你喝了五坛子酒,不憋尿吗?"

多保真嘻嘻一笑,一翻身骑在了乌古迺的身上,说:"别废话! 让我瞅瞅! 男人身上的角,长啥样?"

从喝完了五大坛子酒那天算起,帅水(今黑龙江省哈尔滨市巴彦县境内的少陵河)之滨的毛针草总共绿了五回,多保真自己数的。

乌古迺和多保真成亲那年,多保真刚好十五岁。

多保真十五岁的那年秋天,完颜部的石鲁勃堇,带着儿子乌古迺迎娶多保真,父子两个把一大群的牛赶进了唐括部的隈鸦村……

自打多保真嫁给乌古迺的第二年开始,她的肚子就没闲着。按出虎水河畔的毛针草绿了五回,乌古迺就有了五个儿子。

在生下最小的儿子盈歌后，多保真就对乌古迺说，我这辈子的孩子算是生完了。

打那儿以后，多保真的肚子就像上了锁，再没生过。

后来，乌古迺就又娶了两个妾，再后来，就又有了四个儿子。

拔乙门从骨子里看不上乌古迺。他虽然也帮着辽国人做事，但看不上完颜部对辽国人的百依百顺，也看不上完颜部并不强大的实力，不过，他不能不重视乌古迺带来的消息，当然，最重要的，还有带着孩子一起来做客的多保真。

唐括部是出美女的地方，多保真更是出了名的大美女，可是这样的大美女居然嫁给了乌古迺，这让拔乙门的肚子里一个劲儿地泛酸。

乌古迺和拔乙门在蒲聂部的村子里，喝下去好几坛子酒。乌古迺拍了胸脯，说辽国领兵的详稳同干和他有交情，说五国部的事情包在他的身上，他要亲自去劝说辽国退兵。为了表示诚意，乌古迺甚至把儿子劾孙过继给拔乙门做儿子。

拔乙门很感动，说："兄弟，你真讲义气，我会把劾孙当亲儿子养，有我一口吃的就有劾孙的。不过孩子刚来这里，我怕他不太习惯，要不让多保真留下来，先照顾他一段时间，等孩子习惯了这里，估计兄弟你的事情也办成了，到时候，我亲自给你把多保真送回去，你看怎样？"

乌古迺说："咱们是兄弟，我的家人就是你的家人，交给你还有啥不放心的。"

乌古迺走了，多保真和劾孙被托付给了拔乙门。当他宿醉未醒的身影晃晃悠悠地在众人眼睛里消失了以后，拔乙门的眼睛里就装满了多保真的影子，只不过这中间，好像总是隔着点什么。

没过几天，多保真的父亲——唐括部的石批德撒骨只萨满要去金山土温（今小兴安岭地区金山屯镇，黑龙江省伊春市金林区下辖镇）给人出马（下神），经过了青岭蒲聂部的村子。劾孙闹着要去看热闹，多保真就只好把劾孙托付给了石批德撒骨只萨满。她自己就继续留在蒲聂部的村子里，等着乌古迺的消息。

劾孙被送走以后，每到晚上，多保真住的房子里就有了奇怪的响动，发出来的声音高高低低的，像在唱歌，只是，那个声音要是听得多了，能让人脸红心跳，睡不着觉。

村里老人说："那是狐仙在唱歌，你们不知道吗？多保真就是狐仙啊！"于是，人们看多保真的眼神就不一样了。

不过，村民们很快发现，一到白天，他们的勃堇——族里的好汉拔乙门就成了多保真的影子，多保真走到哪儿，他就跟到哪儿，每天都像喝醉了酒，走路都在打晃儿。

"这是我兄弟的女人，我得照顾好她，万一有了啥闪失，我可没法交代啊。"拔乙门和别人说。

日子过得很快，一晃儿就过了两个多月，乌古迺派人捎来信儿，说辽国的同干听了他的劝，已经退兵了。他在金山土温摆好了酒，要和拔乙门好好地大喝一场，也托拔乙门把他的女人多保真送过去。

拔乙门派出去打探消息的人也回来了，说辽国军队确实退兵了，据说是完颜部的乌古迺送了上百匹骏马和上百名美女才把辽兵给打发走了。

拔乙门心里踏实了，不过紧接着就又难受了。因为多保真已经长在拔乙门的心里了，拔乙门是真心不舍得把多保真再送回乌古迺的身边，但是乌古迺是这样讲义气的兄弟，又为整个五国部做出了这样大的牺牲，他说啥也不能不讲信用啊。于是拔乙门领了几个族人，护送着多保真去了金山土温。临出发的时候，他问多保真愿不愿意留下。多保真笑了笑，眼睛看向他的身后，没吭声。

拔乙门护送着多保真走到金山土温附近，在一处山坳里，被一大队人马围住了，领头的是乌古迺。

"你做的好事，我把你当兄弟，替你出头，你居然欺负我的女人。"乌古迺说。

"我没欺负你的女人,是你的女人唱歌唱得太好听了。"拔乙门说话的时候,底气不很足。

"我女人唱得好听,她只能唱给我听,你知道不?"乌古迺说。

"你的女人说了,她愿意唱歌给我听,你知道不?"拔乙门的声音不很强硬。

"我现在就能杀了你,你知道不?"乌古迺一边说,一边下了马,手里提着雪亮的刀。

"已经被你抓住了,我也没啥好说的!你的女人唱了那么多好听的歌给我听,这辈子,我死了也值了!"拔乙门说完闭住了嘴,再不去看乌古迺,却直勾勾瞅着走向乌古迺的多保真。

乌古迺也闭了嘴,停了脚看着走向自己的多保真。

天上飞来一群乌鸦,"嘎、嘎、嘎"地叫着,声音刺耳又难听。

多保真停了停,仰起头,没说话,长长的眼睫毛一眨一眨,眼角边上就淌下两道晶莹透亮的水。

多保真走到乌古迺的跟前,两只纤巧、细腻的手掌压住了自家男人握刀的手,说:"你不能杀他。"

蒲聂部的村子被洗劫一空,一把火烧了。抵抗的族人们都被杀掉了,剩下所有活着的,不论是人,还是牲畜,都被带回了完颜部的村子。

乌古迺把大部分的战利品分给了族里的战士,却把俘虏们全部留下。隔一天,他下令把俘虏们男女分开,自己在女人堆里很仔细地挑选了几个最好看的女人,吩咐手下,把这几个最好看的女人交给多保真,然后又选了一些姿容秀丽的,分给完颜本部分支的各个族长们,告诉他们不可打骂,不可干重活,要好生养着。剩下的人就都做了完颜部的奴隶。

辽国宁江州(今吉林省松原市宁江区西北伯都讷古城)驻守的边将达鲁骨宣读了辽国皇帝的圣旨,赞扬乌古迺平叛有功,任命乌古迺接替了拔乙门,成为新任的生女真的部族节度使。乌古迺接受了任命,盛情款待了达鲁骨。达鲁骨很满意,当然,更满意的,还是那几个据说是勃堇家里的漂亮女人。

拔乙门被达鲁骨手下的辽兵押走了。经过乌古迺身前的时候，一旁的弟弟跋黑说："哥哥，我现在知道他们为什么管你叫活罗了。"乌古迺就往嘴里灌了一大口酒，冲他龇龇牙，又故意张大了嘴。

活罗又名慈鸦，乌鸦的一种，专啄牛、马、骆驼背脊的伤疮，直到将牛马啄死，饥不择食时就啄食砂石。

一天，五岁的小阿骨打看见一只活罗落在了他父亲劾里钵的战马背上，正在啄食被马鞍磨破的伤口，就拿着自己的小弓箭射它。活罗很机警，看见阿骨打举着弓箭瞄它，翅膀一"扑棱"就飞走了。

从村子外边驯鹰回来的欢都和习不失看见了，习不失就告诉阿骨打："你每天练习射上三百箭，它就飞不掉了。"习不失是乌古迺早年死去的弟弟乌古出的儿子，也是完颜部的神射手。他最厉害的是能左右开弓，还能箭箭命中。

习不失说完后就朝头顶上打了个呼哨，半空中就落下来一只雪白的海东青。海东青翅膀一收，稳稳地落在了欢都的手臂上。

它能够在狭窄的岩缝和树丛里穿行，飞着飞着就突然收敛翅膀，身体倾斜，嗖的一声，像支箭一样射过去，被捕食的动物根本来不及躲避。

但多数情况下，它做出这样的高难度动作，并没有什么特别的目的，也不是为了捕食，甚至有时候纯粹就是为了表演，表演给自己或者同类的雌鹰们看，就像在做飞行练习。也正是因为它的这份虚荣，一不小心，它就会落进猎人们设在树权间的网里。这些高明的猎人就是生活在白山黑水间的女真人。

据说，"肃慎"就是鹰的意思，后来的肃慎人被叫作了女真人，于是，他们就把自己称作了"东方之鹰"，把"雄库鲁"（海东青）就敬为了"万鹰之神"。

生在白山黑水的女真人大多能骑善射，还有一手"绝活儿"，那就是养鹰、驯鹰。那些专门养鹰、驯鹰的人就叫"鹰把式"。

残暴、贪婪的辽国皇帝年年逼着女真部落的"达敏包"（"鹰家"或"鹰户"）为他们捕捉海东青，并且把鹰户们的妻子和儿女们抓起来做人质，要是不按时交鹰，这些人质就会被砍杀、活埋。

传说"达敏包"里有个老鹰达（鹰户中的头领），为了解救本部族人的危难，就带上自己的儿子和女儿到北方恒滚河（今俄罗斯哈巴罗夫斯克边疆区黑龙江下游支流阿姆贡河）源头的雪山上捕鹰。老鹰达和儿子上了雪山，女儿留在山下接应。可是雪山上太冷了，老鹰达和儿子上山没多久就被冻死了。悲痛的女儿在神火格格的指点下，用太阳的七彩神光融化了雪山上的冰雪，使得山上的海东青开始向南移居，这样，后来捕鹰的鹰户们就比较容易捕捉到海东青了。再后来，老鹰达的女儿在一次雪崩中丧生。人们传说，那美丽的女孩儿就变成了天空中一只洁白、矫健的海东青。

传说中的海东青一直在天上飞，可鹰户们的生活还得按着老样子过。因为辽国的皇帝和贵族们不玩鹰，日子就会不快乐，他们若是不快乐，鹰户们的日子就会更难过。

所以，每年秋天，鹰把式们还是要做好准备，上山拉鹰。

拉鹰就是捕鹰，也叫围鹰。捕鹰前，鹰把式们会请示族里的萨满，为他们挑选一个上山的吉利日子。

到了吉日这一天，鹰把式们一大早吃完饭，就背上鹰网带上作为诱饵的鸽子，还有其他捕鹰需要的用具，来到山上的捕鹰场地（也叫鹰场子），开始准备结网捕鹰。

鹰把式们一般都有固定的鹰场子，靠近不远处还要做一个捕鹰窝棚。捕鹰窝棚其实就是一个大坑，坑上面用树枝遮盖伪装起来，鹰把式就在这里藏身。

架设捕鹰网是一件非常重要的工作，需要经验丰富的鹰把式来做，因为收网的劲儿大了容易伤着鹰,劲儿小了又网不住鹰,所以,一定要架到刚刚好,这就需要相当精确的力道。

网架好后,鹰把式们就藏在捕鹰窝棚里,网下面罩着当诱饵的活鸽子,当有鹰飞下来去抓鸽子的时候,鹰把式一收网,就能把鹰抓住了。

不同的鹰有着不同的叫法,当年的鹰叫秋黄,两年的鹰叫坡黄,三年以上的叫三年龙。秋黄最有驯养的价值,有耐力、动作敏捷的特征,因此也常常被列为最佳的捕获对象。

围鹰之后,就要先给鹰"开食"。有的鹰脾气大、性子烈,被捕到后,往往不吃不喝,以死抗争。鹰把式就得日夜守护着,把食物摆在它能够得着的地方,直到鹰扛不住饿了,开始自己进食。等鹰进食一段时间以后,鹰把式就开始让鹰吃手食。

鹰是吃肉的,鹰把式把肉放在手上,让鹰自己来吃,但是不能喂猪肉,据说鹰吃了猪肉就会发喘,什么也干不了。

等鹰习惯了吃手食以后,下一步就要进入关键的驯鹰环节了。

驯鹰也叫作熬鹰,是一件非常辛苦的事情,等到把鹰熬好了,人也熬迷糊了。

熬鹰的时候,鹰把式们会把自己和需要驯化的鹰,关在一个单独的帐篷或者小房子里。

他们把鹰用皮绳拴了脚,放在一个特制的木架上。木架上绑上一只小铜铃铛,然后把木架吊在屋子里的中央。鹰落脚的横杠是一根滚木,一头套着一根绳子,滚木一直在转,小铜铃铛就一直在响。鹰必须小心抓紧,努力保持平衡,否则就会跌下去,倒吊在皮绳上,那个样子很难堪,也很难受。这个时候,它的翅膀一点也派不上用场,它只能哀叫着,等着鹰把式把它重新放回去。

在骨碌碌转动的木架上,鹰一刻也不敢松懈,全神贯注地坚持着,屏住气,瞪大眼睛站立着。一天过去了,两天过去了,三天过去了,许多日日夜夜过去了。它太累了,太饿了,但最主要的,是困。

尤其是夜里,当它刚刚站稳一点,想要稍稍打一个盹,试着回想一下自己在天空中飞翔的感觉,可是刚一合眼,鹰把式就拽动木架上的绳子,那只小铜铃就"丁丁零零"地响起来,没完没了,没日没夜。

鹰把式们也很少睡,一听到铃铛不响了,鹰把式就会继续拽动绳子。

鹰把式也很困。

不过,鹰把式就那么守着它,看着它,坚持着,不松懈,眼睛里布满了血丝。鹰也就不得不重新睁大眼睛,努力保持着清醒,也看着眼前这个和它一样疲乏的人。

可是,就这么睁着眼也没有多少用,困倦像雾霾一样向它袭来,灰蒙蒙的,在眼前弥漫,无休无止,一阵又一阵,如云遮月,把往日的记忆和梦想都冲淡了,淹没了。

渐渐地,它忘记了自己是谁,忘记了在蓝天下自由飞翔的日子,忘记了以往的荣耀和骄傲,那些记忆随着疲乏和困倦,坠落在无边无际的深渊里,一直沉到底,再也浮不上来了。

它的头脑开始变得一片空白,仿佛它一出生就在这个帐篷或者小房子里面,一直面对着这个人,一直和他做伴,眼前这个人就是它的一切,他庞大无比,无所不能,无论他怎样对它,都是理所应当的。

他,就是它的主人!

终于,有一天,主人把它从木架上取下来,放在自己的手臂上,喂它带血的生肉吃。

许多天来,鹰的爪子第一次抓住了结实的东西,站稳了。

它记住了,这是主人的臂膀。

主人的手抚摸着它的羽毛,很轻,很小心,从头顶、脖子、翅膀,到尾巴。它懂,那是一种爱抚,于是闭着眼睛让他摸。

偶尔,好像是不经意的,主人的手会倒戗着羽毛摸它的头顶,只一下,它即刻尖叫起来,张开嘴,好像要啄瞎主人的眼睛,主人及时停了手。

老鹰达们都知道,鹰这种猛禽是不能倒戗着羽毛触摸的,那是对它的

17

侮辱，会激怒它，在刚刚开始的时候，只不经意地摸一下即可，不能过分。

不久，主人再摸，它再叫，但不会像上一次那么恼怒得厉害。

就这样，他一次次地触怒它，直到它没了脾气，习以为常。

整个过程中，鹰开始感觉很难受、愤怒，不能不叫。但慢慢地，它发现这种触摸也不是不能忍受的，它并不疼，一点不痛苦，只是感觉奇怪，不舒服。不过，它慢慢就习惯了，不再恼怒。

当然，唯有这个人可以这样对它。

因为，他，是它的主人。

鹰第一次尝到了鲜美的生肉，也许是牛肉，也许是羊肉，这是主人给它的。与主人喂它的肉相比较，以前吃过的灰鼠、野兔子等肉的味道太差了，又土又腥，根本算不上是食物。

这个时候，主人就要给鹰"拿膘"了。

鹰要是太胖了，在飞行和捕猎时就会失去敏捷性和灵敏度。

主人在喂鹰的时候，把麻线搓成小轴，外面包上切得薄薄的肉片，鹰吞食后，肉很快被消化了，但这时的麻线轴上就沾上了剩余的脂肪，把绳子拽出来，往往都要带出黄亮亮的鹰油。这样做，既起到了减肥的作用，也能使鹰的肌肉强健，便于捕获猎物，如此反复，直到这只鹰疲惫不堪、奄奄一息。

熬鹰是残忍的，但熬鹰更能增进主人和鹰的感情。

所谓"九死一生，难得一名鹰"，就这样，它经历了生与死的煎熬，非但没有倒下，反而更加矫捷、轻灵，双爪更加有力。

熬鹰结束之后，鹰把式们还要架着鹰到处走，专找人多、热闹的地方。鹰把式们称之为"溜鹰"。这样，可以训练鹰不怕生人。

最后就是"过拳"，让鹰吃"跑食"。

鹰把式们站在远处，手上拿着鲜肉，以吸引鹰飞着去吃，距离由近及远，过拳和吃跑食的目的就是让鹰仅受驯鹰者一人驱使。

鹰驯好了，就可以到山野之中"放鹰"了。

主人站在高处观望,让人用棒敲打树丛将野物轰出,俗称"赶杖"。发现有猎物跑出来或是飞起来,鹰就会立即尖叫着俯冲下去捕获住猎物。不过,主人要尽快拿走猎物,只给鹰吃一点动物的内脏,不可喂饱,所谓"鹰饱不拿兔"。

从此,主人就解去它腿上的皮绳,开始带着它捕猎。捕捉到的猎物它不吃,召唤主人来取,等待主人的奖赏。它认识并熟悉了主人的一切,包括他的声音、动作、情绪。

他就是它头顶上的蓝天和脚下的岩石。

从此,它飞得再高也不会远离主人,就这样一直到永远。

每年鹰把式驯鹰的日子里,阿骨打除了每天练完必射的三百箭,就是拉着小叔阿合里懑和自己的弟弟斡带,跟着族里最好的鹰把式欢都去放鹰。

欢都是石鲁的孙子。欢都的爷爷和劾里钵的爷爷都叫石鲁,两个都姓完颜的石鲁,是交情过命的好兄弟,一起为完颜部打天下。为了区分他们,人们把劾里钵的爷爷叫作"勇石鲁",把欢都的爷爷叫作"贤石鲁"。两人曾经约定"生则同川居,死则同谷葬",于是,两个家族的情谊就这样延续了下来,一直延续到了劾里钵时代。

欢都是生女真完颜部最好的鹰把式,每年都能调驯出好多优秀的鹰。劾里钵把欢都驯好的鹰时不时地进献给辽国的皇帝。辽国皇帝很满意,就常常给劾里钵丰厚的赏赐。劾里钵回来之后,就会把这些赏赐原封不动地交给欢都,欢都就把这些赏赐全部换成酒和肉,分给完颜部全村的老老少少。大家一起大口喝酒,大块吃肉,一直喝到酒坛子里再也倒不出一滴酒。

阿合里懑很羡慕欢都,说,他长大了也要像欢都那样,做一个最好的鹰把式,驯养出最好的鹰,因为阿合里懑在女真语里,就是"臂鹰鹘者"的意思嘛。

"鹰神是我们女真氏族的守护神。"

阿骨打喜欢听奶奶多保真给他讲鹰神的故事。每次讲起鹰神的故事,奶奶就会望向天空,深邃的眼睛里充满虔诚。

"天初开的时候,大地是一块巨大的冰块。阿布卡恩天神就让一只神鹰每天从太阳上面飞过,把光和火装进羽毛里面,然后飞到大地上,把装在羽毛里的火和光撒在大地上。慢慢地,大地上的冰块就都融化了,有了河流和山川,有了人,有了动物。人和动物吃饭、睡觉和生儿育女。

"可是有一天,神鹰飞得实在太累了,就打了个盹儿睡着了,羽毛里的火不小心掉出来,烧着了地上的森林,大火不停地烧,把地上的石头都烧红了。神鹰醒来之后,赶紧用它的翅膀用力地扇,想要扇灭熊熊的火焰,然后又用巨大的鹰爪抓土盖火。可是烈火太猛了,把它的翅膀也烧着了,神鹰飞不起来了,掉入了火海。神鹰的灵魂就化作了萨满神;萨满神,就是一只勇敢的鹰,一只翱翔在天际的海东青。"

> 你受天之托,
>
> 展开神翅蔽日月,
>
> 乘神风呼啸而来。
>
> 你能在悬崖峭壁上飞旋,
>
> 神风荡野;
>
> 你能在无边的森林中,
>
> 看穿千里;
>
> 你振翅高飞,
>
> 所向披靡,
>
> 是阖族永生的神主。

这首歌阿骨打常常听奶奶多保真唱起。奶奶唱歌,声音特别好听,能唱到阿骨打的骨头里。

"海冬青是拯救我们先祖的神灵,是咱们女真人的真神。神鹰赋予女真人生命,也给了女真人无所畏惧的勇气。鹰神被人们永生祭奠,是因为它的付出为它带来了荣耀。"

奶奶每次讲完故事,就会抬起头望着天,阿骨打也抬起头看天。天空经常是蓝的,蓝得像一汪水,看得久了,眼睛就会疼,就会把那一汪的蓝映在阿骨打的眼睛里,化作一股温热,溢出眼眶,滑过脸颊,流进嘴角,那味道,发苦、发咸。

纥石烈部的腊醅、麻产在来流水(涞流河,今黑龙江与吉林省交界的拉林河)附近抢掠生女真放养的马匹。劾里钵在野鹊水(今黑龙江省通河县东)把他们打败了,身上受了好几处重伤。拏懒氏在为劾里钵裹伤的时候,劾里钵就把阿骨打抱在腿上。

阿骨打就问劾里钵:"阿玛,纥石烈人也是女真人,为什么我们女真人要打女真人呢?"

劾里钵摸摸儿子的头发,微笑着说:"你跟着欢都放鹰的时候,他有没有告诉你鹰是怎么长大的?"

阿骨打摇摇头,他只看过鹰是怎样被驯化的,还真不知道鹰是怎样长大的。

劾里钵就说:"一只鹰从一出生开始,就要和它的兄弟们争斗,只有获胜的那个才有机会长大。在它的翅膀还不够丰满的时候,母鹰就会把它推向悬崖,让它去锻炼飞翔。为了活下去,小鹰就不得不用尽浑身的力气飞起来。为了不被饿死,刚刚会飞的小鹰还要被迫学会自己捕食。所以说,小鹰的每一次成长,都需要经过痛苦的蜕变,它才能由弱变强,由小变大,才能变得冷静和凶猛,最终成为天空的王者、苍穹的霸主、最勇猛的雄库鲁!"

"阿玛,你是说,我们的完颜部还只是一只很小的鹰吗?"阿骨打好像听懂了。

劾里钵摸摸儿子的脸,端详着儿子的眼睛。儿子的眼珠就像是一对黑色的宝石,闪闪发光,清澈的眸子里盘旋着一只白色的鹰。

"嗯!你就是咱们完颜部的一只小雄鹰,等你长大了,我们的部落也就强大了!"

刻里钵说完,就困难地转过身,对着刚刚把鹰收回来的欢都说:"'银牌天使'快到了……"

欢都重重地"哼"了一声,刚刚落在肩膀上的鹰就挓挲开了翅膀。

完颜部的节度使乌古迺在活着的最后几年,已经把族里所有的事情都交给劾里钵去办。劾里钵从父亲那里继承下来的,除了那些在打败其他部落后被安顿在完颜部各个族长家里的众多美女们,还有好酒量。

白山黑水的老林子里,树叶儿和草尖儿青了又黄,黄了又青,那些美女们却是"黄"了之后,再不会返青。

辽国皇帝的"银牌天使"们到生女真各部催缴海东青的次数越来越多,能让他们看上眼的生女真美女们却越来越少。

阿骨打十岁这一年,到完颜部征缴海东青的"银牌天使"看上了完颜部勃堇家里的女人。

劾里钵问乌古迺该怎么办,一只手里紧紧地压着腰里挂着的刀。

乌古迺看看儿子,摇了摇已经空了的酒囊,晃了晃脑袋,说:"把酒给我打满,族里的事情,你自己看着办!"

喝多了的劾里钵被一头驴子驮回了家。

人和驴子一起进了屋,人掉在了炕上,驴子卧在了地上。

第二天一大早,女人推门进屋,阳光也就跟了进来。卧在地上的驴子站了起来,抖抖身子,看了看炕上的男人,又看了看门口立着的女人,打了个响鼻儿,出门走了。

女人坐到炕沿儿上,身子一倒,把头伏在了男人的胸口上。躺在炕上的劾里钵睁开了眼睛,眼睛里充满了血丝,紧紧地抱住了自己的女人……

"往后再也不喝酒了!"劾里钵咬着牙说。

说话的声音还没落在地上,突然闯进来一个身影,跑到墙边,一把取下了乌古迺传给劾里钵的铁弓和铁箭,奔出去的时候,屋里的地面上像起了一阵风。劾里钵头皮一紧,推开了他的女人,从炕上跳起来就追出门,却把刚从门外跑进来的撒改撞出去一个大跟头。撒改是大哥劾者的儿子,乌古迺给儿子们分家的时候,劾里钵是和劾者住在一起的。

撒改从荡起来的土里爬起来,呼哧呼哧喘着粗气,说:"叔!他们要杀阿骨打!"

使者是被一场噩梦惊醒的,梦见自己的头被砍了下来,骨碌在地上被人踢来踢去,很疼,疼着疼着就醒了。他醒来摸摸头,还在,摸摸身边睡觉都不离枕边的佩刀,却摸到了一个热乎乎的身子。

使者吓了一跳,晃一晃脑袋,懵懵懂懂地记起来,昨夜好像和一个女人折腾了一宿。他隐约记得手下说,这女人是完颜勃堇家的,想到这儿,脑袋又疼了起来,身上就瞬间出透了汗。

临来的时候,同在鹰坊的障鹰官们提醒过他,北路的生女真性子野,尤其是不要轻易碰他们勃堇的女人,这些年狙杀障鹰官的事情越来越多,都是因为占了勃堇家的女人,要小心。可是昨晚的酒喝得太多了,酒也太烈了,喝醉了的使者已经忘了自己是怎么想起来要勃堇家的那个女人的。

这可真要命!

使者轻轻溜下了炕,小心穿好了衣服,看看炕上的女人,女人没醒,睡得很沉,侧着的身子蜷成了一张弓。

清晨的山岭间还弥漫着朦胧的雾,杂沓的马蹄声惊起了林中的鸟儿,也惊起了路旁林子里蓦然飞出的一根布鲁棒(我国东北地区常用的狩猎工具)。布鲁棒的弧线很准,"银牌天使"的一个手下当即就被打落下马。

几个辽兵把一个粗壮、结实的少年押到还在头疼的使者马前,使者肚子里就有了火。几鞭子下去,少年的脸上就迸出了气味新鲜的血花。使者提起马缰绳,座下的战马两只像桦木碗大小的前蹄就腾了空,冲向少年的身子。使者心想,这马蹄子踏下去,这少年非死即伤,就算是给自己和手下们出口恶气吧。

战马的铁蹄并没有踏在少年的身上,而是重重地在地上一顿,居然还后退了几步。使者一惊,眼前不知道从哪里冒出一个半大小子,和前一个少年身量差不多,力气却大得惊人,只用一只手就牢牢地攥住了马缰绳。

使者一鞭子就又甩了出去,不想刚冒出来的少年手更快,空着的另一只手一把就抄住了鞭子梢儿。

劾里钵追到林子里的时候,被辽兵围住的阿骨打和斡带,脖子上都架满了刀,十几步之外,围着一群大大小小的少年,都举着弓,扣着箭,挡在路的中间,领头的是自己最小的弟弟盈歌。

"这两个都是我的儿子。"劾里钵跳下了马,"咚"的一声跪在辽国使者的马前,膝盖下的地面上就扬起了一层土。

使者点点头,心里有些发紧,看看左右,仰了仰下巴,指向劾里钵的刀剑就都放了下来。

跪在地上的劾里钵也冲着盈歌摆摆手,盈歌和身后的少年们就都放下了紧绷着的臂膀。

林子里的雾气散了,天上传来阵阵的鸟鸣之声。

远远的天边飞来一行大雁,使者看见阿骨打的身上背着一张成年人才拉得开的大铁弓,箭囊里满满插着长箭,心中一动,手里举着刚刚被阿骨打松开的马鞭,指向天空中渐渐飞近的雁行,眼睛看着劾里钵,嘴却对着阿骨打,说:"射下来,就放了你们。"

阿骨打看看劾里钵,重重地点点头;劾里钵看看阿骨打,也重重地点点头。

三支长箭就带着破风的尖啸,先后射上了天,只是片刻之间,三只带着长箭的大雁就依次掉落在使者的马前,三支长箭支支贯脑而出。

使者心悸之余,却又有些困惑,看着仍把一支箭扣在弦上,继续保持射姿却看向自己的阿骨打。

"这支箭,怎么不射?"

"你若食言,便射你!"阿骨打说。

阿海是一个有心的人,常常怀着一颗感恩的心。

很多年以前,乌古逎扶持他当上了星显水(今吉林省延吉市布尔哈通河)纥石烈部的勃堇。契丹统和八年(990年),阿海被当时的圣宗皇帝封为女直顺化国王(内附辽国的生女真部落首领)。乌古逎去世以后,劾里钵又帮着阿海把星显水周边的三十多个小部落,全部打进了纥石烈部的势力范围。阿海觉得,完颜部的这一份情谊,是他这辈子都报答不完的。所以,每次来完颜部的时候,阿海就会带来许多黄金,要知道,星显水一带盛产金子呢。不过,他还是觉得这些还不够,还需要把这一份情谊延续到下一代,一直延续到后辈儿孙。于是,当阿疏长大到可以骑马的时候,他就带着自己的儿子阿疏,在每年的入冬之前,前往完颜部拜访。在大雪封山之前,自己先回去,把阿疏留下来,等到来年雪化了,再把阿疏接走。

阿疏讨人喜欢,嘴巴上永远都裹着一层"蜜",无论大人还是孩子,只要和阿疏搭上话,心里就总会觉得甜腻腻的,尤其是多保真奶奶。阿疏一来,就被多保真奶奶搂在怀里,比亲孙子都亲。

从多保真奶奶怀里溜出来后,阿疏就去找阿骨打兄弟们玩儿。

阿骨打的身后总会跟着一群孩子,大一点的有劾者的儿子撒改,劾孙的儿子蒲家奴,阿骨打的小族叔阿合里懑、谩都诃,还有七水部勃堇白荅的儿子娄室,宗室里的子弟习古乃、银术可、银术可的弟弟拔离速,还有阿骨打的胞弟斡带、吴乞买和斜也。

阿疏真的好羡慕呢!羡慕阿骨打的家族里有这么多姓完颜的兄弟!阿疏又真心好嫉妒呢!嫉妒得就像吃鱼的时候,喉咙里卡了一根刺,怎么弄也弄不掉。

可是,嫉妒又有什么用呢?谁让自己就只有狄古保一个亲弟弟呢?

白山黑水的冬天很长,雪会下得很早。厚厚的,盖住了地面上的一切。太阳升了,落了,白白的雪就变得硬邦邦的了。

白雪封山的日子里,男人们会猫在屋子里,修理修理农时的耕具及打仗时用的武器；女人们会在屋子里，缝补缝补磨损了的衣服，储存和风干过冬的吃食。这样重复的日子虽然单调，却也难得平静、安逸。

孩子们呢？也都不闲着，他们会去林子里网鸟、套兔子、捉山鸡，要么就下河里凿冰捕鱼，实在无聊就分成两伙儿玩打仗。打仗的时候，他们就会选出两个头领。一伙儿的头领是阿骨打，另一伙儿的头领是阿疏。只是，阿骨打总是人少的一伙儿，阿疏却总是人多的一伙儿。

阿海把阿疏留下来的时候，总会给儿子留下很多好吃的，其中，最稀罕的，莫过于装在几个袋子里的砂糖。那些砂糖可是阿海用了不少东西，在边境的榷场（宋、辽、金、元时在边境所设互市贸易的市场）里换回来的。

每次临走的时候，阿海总会认真地叮嘱儿子，一定要分给完颜家的小伙伴儿们一起吃。阿骨打尝过砂糖的味道，不过他不喜欢。他觉得那样的味道很腻，吃完了会让自己的身上发软，没了力气。可是其他孩子呢？平日里连吃盐的时候都不多，更不要提这样的稀罕物了，要知道，就连最疼爱阿疏的多保真奶奶也吃不到几口啊。

当然，阿疏除了嘴甜，也很大方。每次玩打仗的时候，阿疏就会带上一小袋砂糖，说谁要在他这一派，就给谁一口砂糖吃，于是，阿疏总会聚拢起比阿骨打更多的小伙伴儿。最让他得意的是，阿骨打的几个亲弟弟都是他这一伙儿的。

可是，一旦打起对攻来，阿疏就会发现，获胜的一方却总是阿骨打的那一伙儿。自己这一伙儿虽然喊叫得很凶，可是一打起来，就"哄"的一下跑散了，只留下他自己，被冲过来的阿骨打扑倒在雪地里，被象征性地俘获。而且他还发现，阿骨打好像从来都不在乎他这一伙儿的人多，两伙儿混战的时候，别管有几个孩子扑在他身上，他都能很轻松地摆脱。他很不解，喉咙里的那根刺就冒出了尖儿，扎得自己又痒又疼。

一次，他终于忍不住了，就问聚在他这一伙儿的阿合里懑。阿合里懑伸着舌头舔着嘴边残留的甜甜味道，憨憨地笑着说："这有啥奇怪的，你以为谁都能像他那样,每天都坚持射上三百箭啊?我连三天都坚持不下来!再者说了,他能把障鹰官的马都差点拉个跟头,我们谁能打得过他啊!"说完一转身,跑了。阿疏还没回过味儿来,就又被冲过来的阿骨打扑倒在了雪地上。这一扑,可就把阿疏喉咙上的那根刺扑到了胸口上。

一天,孩子们玩儿得正热闹,一支队伍缓缓地从他们旁边经过,一边走,一边朝这边看。又一次扑倒了阿疏的阿骨打,看见队伍最前面的马背上,是他的父亲劾里钵。他还看见,骑在战马上的劾里钵身上到处浸染着鲜红的颜色,这颜色在雪白的天地间很刺眼,刺到灼痛了他的眼睛。他放开阿疏,从阿疏身上爬起来,在雪地里连滚带爬地跑向了他的父亲。

劾里钵和他的伙伴们刚刚结束了一场以少胜多的战斗。这样的战斗对于完颜部的战士们来说,很常见。

阿骨打跑到父亲的战马前站住,不说话,摸着劾里钵腿上的护甲,皮制的护甲上,有一层鲜血冻结凝固的冰。阿骨打呼哧呼哧喘着气,眼睛里映着血红色的冷光。

劾里钵很吃力地从马上探探身,伸手摸了摸儿子的头,直起身,对身边出生入死的伙伴劾者(完颜部的宗室后人,与劾里钵大哥劾者同名)、欢都、冶诃、拔达和盆纳们说:"有我这个儿子,我们现在所有的打拼就有了着落了。"

劾者说:"嗯,你这儿子就是一只领头的狼呢。"

欢都说:"狼吗?我咋看着像只鹰呢!要是翅膀再硬些,就是'雄库鲁'了。"

"雄库鲁……"

劾里钵看看阿骨打,思绪就飘到了云里。

劾里钵一直记得正妻拏懒氏给他讲过的神奇的梦。

拏懒氏很少能记得自己做过什么梦,却只记住了阿骨打出生那天做的梦。

那一年的整个六月,每一个傍晚的黄昏总是来得好奇怪。西边的天上先会出现一大片五色的祥云,接着,就像被火引燃,渐渐变色,变成一大片血红,浸染了大半个天空,就连晚霞映射下的按出虎水,也被这血红的颜色洇染成了一条发红、发亮的带子,曲曲折折,婉转延伸……

拏懒氏问婆婆多保真,这天上的景象会有什么样的预兆呢?多保真抬头看看天,又低头看看拏懒氏挺着的大肚子,笑笑,没说话。

整个六月里,劾里钵都很忙。拏懒氏的公公乌古迺已经把很多族里的事情交给劾里钵处理,常常会有好多天,拏懒氏都看不到自己的男人。"完颜部上下几代的勃堇,都是劳碌的命。不过,从这个孩子开始,在你的肚子里,会钻出好几个'雄库鲁'呢,是要做皇帝的呢!"多保真摸摸儿媳妇的肚皮,笑眯眯地说。

拏懒氏就笑了。

皇帝是什么?拏懒氏不大清楚。劾里钵说皇帝就是掌管天下的人。她觉得要是那样,劾里钵的父亲乌古迺就是皇帝了,周边好多部落的勃堇很听乌古迺的话,乌古迺有什么事情,派人拿一根木杖过去,他们就会飞快地出现在完颜部的村子里。劾里钵说将来他也和他的父亲一样。拏懒氏就想,这就是皇帝吧。劾里钵却笑着说,皇帝的官儿大着呢,白山黑水里的所有部族都要听皇帝的呢,也包括完颜部呢。拏懒氏就有点糊涂了。

不过,拏懒氏从来不想太多想不明白的事情。她只想自己的男人不要老出去打仗,不要总带着伤回家;她就想他能常常陪在她身边,白天在,夜里也在……

六月的最后一天,日子和平时没有什么两样,只是临近黄昏的时候,那一大片持续了月余的怪异的天边云彩,彻底红遍了整个苍穹。

这漫天盖地的红让拏懒氏心里发慌。她已经生过一个孩子了,知道自己肚子里的孩子就快出来了。可是,这个时候劾里钵不在家,又陪着辽国的"银牌天使"征收海东青去了,没说啥时候回来。可现在这个样子,她真的好想自己的男人在呢。

她这样想的时候,婆婆多保真来了。多保真一来,拏懒氏的心里就踏实了。她和婆婆都是唐括部的,她是婆婆亲自为劾里钵挑选的正室。她在小时候听说过婆婆多保真的神奇,所以,有婆婆陪着,挐懒氏也就放心了。

入了夜的时候,挐懒氏半躺在炕上和婆婆说话儿,说着说着,就迷迷糊糊地睡着了。她恍恍惚惚地做着梦。

大着肚子的自己和劾里钵在山里奔跑。劾里钵受伤了,满身都是血。山上的林子被点着了,漫山遍野都是火。有无数的辽国兵将在身后追喊着,要杀了他们。跑着跑着,他们的前面没有路了,挐懒氏害怕极了。这时候肚子突然一阵剧痛,她一下子坐在了地上,肚子一松,一个大胖小子就被她生在了林间的草地上。

天呢! 这可怎么办啊? 两个人彻底绝望了。

忽然,天空中传来一阵阵尖利的鸣叫,"阿骨——打、阿骨——打、阿骨——打"。两人抬起头,只见天空中盘旋着一只通身雪白、玉爪玉嘴的大白鹰,这就是传说中阿布卡恩都里天神座下的鹰王啊。只见大白鹰喊过几声之后,就飞下来围着刚出生的孩子绕来绕去。这时,山谷里突然奔涌出无数道迅猛的山洪,浇灭了漫山遍野的大火,绕过他们身旁,汹涌地扑向身后追杀他们的辽国兵将,将无数的辽国兵将淹没⋯⋯

生啦! 生啦! 又是个儿子! 懵懵懂懂中,挐懒氏终于被吵醒了。她先看见了劾里钵,接着,又看见了婆婆多保真,再接着,就看见婆婆多保真的怀里抱着一个结结实实的大胖小子。

劾里钵说,这孩子就取名阿骨打吧。

第二章

当那只被围堵得走投无路的猛虎纵身一跃向他扑咬过来的时候，他的第一支箭已经射了出去，猛虎在半空中停滞了一下，跳跃而起的身体就偏离了扑出去的方向，斜着跌落在距他三个马身子远的地方，带起了一片灰黄色的扬尘。

他勒住战马，举着弓，手指紧紧扣着弦上的第二支箭，瞄着伏在地上的那具硕大的身躯。

只是片刻之间，倒在尘埃里的猛虎一声咆哮，就又站了起来。

那支箭深深地扎进了它的肩背上。

它感觉得到，面前的射手非常老练，这一箭虽没有射中它的要害，却拿捏得恰到好处，使它非常难受，难受到已经不能再次进行攻击。

所以，它很愤怒，也很暴躁，不过，还是不得不冷静地确认一下眼下的形势。

多年以前，它被一群狼围住，那只头狼就是趁着其他狼吸引了它的注意力之后，在它的屁股上咬了一口，狠狠地撕掉它一块肉。正当它绝望的时候，突然冲过来两群骑马的人，高高举着长长短短的牙，互相撕咬着，一下子就把狼群冲散了。

从那以后，它就十分警惕那些身上长着各式长牙的人类，他们实在太恐怖了，他们的牙不仅长在身上，而且还能从身上飞出来。

它曾亲眼见过,自己喜欢过的一只母虎被围堵在一座山崖上,身上插满了从人类身上飞出来的各式长牙。

现在,已经有这样的长牙插在了自己的身上,而且甩也甩不掉,所以,它最明智的选择是逃生。

他从猛虎的眼神里已经看懂了它的心思,已经不想杀死它了,倒不是突发善心,而是今天的捕猎他已经尽兴了。

> 威风万里压南邦,
> 东去能翻鸭绿江。
> 灵怪大千俱破胆,
> 那教猛虎不投降。

那只被他射伤的猛虎,在被他放出一条生路的时候,惊慌、恐惧、恼怒和狼狈的样子,让作为皇帝的自己,真的好有成就感,而皇后这首即兴诗作,又展示了皇帝雄心万里、威震四方的豪迈胸襟,正值壮年的皇帝很受用。

要知道,这片林子,当年可是他的父亲,即大辽兴宗皇帝耶律宗真赐名的"伏虎林"呢。

大辽国的属地四季多寒、多风,辽人习俗秋冬避寒、春夏避暑,随水草而游猎捕鱼。

辽太祖耶律阿保机建国之后,辽国皇族仍然保持着渔猎骑射的传统。

皇帝每年四季都会外出游猎,其行营所在地即被称为捺钵。辽圣宗耶律隆绪以后,四季的捺钵开始有了固定的地方。

春季捺钵在鸭子河泺(又名鱼儿泺,即今吉林省大安月亮泡)猎捕天鹅,或在混同江(辽、金时泛指今北流松花江下段与东流松花江上段)钩鱼;夏季捺钵在吐尔山(今内蒙古巴林右旗和乌珠穆沁旗之间)或黑山(今内蒙古巴林右旗赛罕汗乌拉山)放鹰;秋季捺钵在伏虎林(今内蒙古巴林右旗西北察罕木伦河源之白塔子西北)猎虎、射鹿;冬季捺钵在永州(洲城城址位于今内蒙古赤峰市翁牛特旗东北白音他拉苏木)东南的广平淀(今辽宁西拉木伦河与老哈河合流附近)坐冬避寒,射猎和讲习武艺,并与大臣议论政事、接受宋、高丽等国使臣的朝贺。

每一年从正月上旬开始,皇帝就率领着众多宫廷亲贵与皇家心腹,在精锐部队的护卫下,来往于五京(上京临潢府:今内蒙古巴林左旗东南;东京辽阳府:今辽宁省辽阳市;中京大定府:今内蒙古赤峰宁城县大明城;南京析津府:今北京市西南;西京大同府:今山西省大同市)之间,游走在大辽帝国茂密的森林与青翠的草海之上,进行他们快乐的游猎生活。

春赏花、夏纳凉、秋猎鹿、冬捕鱼,一年四季,周而复始。

这样的快乐日子,让习惯了快乐的皇帝根本停不下来。

辽道宗耶律洪基自从平息了叔叔耶律重元的叛乱之后,十几年过去,已经厌倦了朝堂之上的正襟危坐,也烦透了听取和批阅那些来自帝国各处文武官员的政务奏折。

他渴望刺激,喜欢像狼一样享受围捕和屠戮其他兽类的那种刺激,更享受在马背上的骑射与追逐。

跟人打仗,实在提不起他的兴致,除了即位之初灭了皇叔耶律重元的反叛,大辽帝国已经好多年不打仗了。偶尔会有北方鹰路上的骚乱,也会有生女直(为避开辽兴宗耶律宗真名讳,辽国当时称女真为女直)的部落首领们替他搞定,尤其是完颜部的那个勃堇乌古迺,很卖力呢。据说,现在乌古迺将好多事情交给儿子劾里钵办了,子承父业嘛,都在为大辽国尽忠办事,这样多好。

南边的宋朝也很安静,辽、宋两国已经和睦相处了几十年,偶尔也会有一些边境上的小摩擦,但双方都很克制,不会轻易动兵。至于阻卜、鞑靼、渤海、奚人、西夏和高丽国这些藩属,一直都主动保持着和大辽帝国的密切往来。

至于女人嘛!虽说也有那么一些刺激,但是和纵情驰骋、挥斥方遒的大型围猎比起来，还是差了很多呢。

自己的皇后萧观音虽然生得很美，只是读了太多的书，整天吟诗作词，实在太矫情了。

书嘛！还是不要读得太多，要不然脑袋里面总会装进许多奇奇怪怪的念头，尤其是女人，皇帝一直都这样认为。

在伏虎林的皇帝牙帐（北方少数民族可汗居住的帐篷）内，大辽国的司天监（官职名，观察天象，推算节气，制定历法）孔致和正在向耶律洪基皇帝奏报来自帝国东北部的奇异天象。皇帝一边听孔致和描绘着诡异的五色祥云和血色黄昏，一边在脑子里想象着自己的后宫，美丽的皇后在红烛摇曳的帐幔里，无限妩媚地端起一碗酒，和对面的男子共饮，只是和皇后对酌的男子却不是皇帝耶律洪基本人。

快乐了很久的皇帝最近比较烦！

他刚刚看过两首词，都是皇后写的。不过，一首是皇后进献给他的，而另一首却是宰相耶律乙辛悄悄地呈给他的。

萧观音皇后在他这次猎虎之后，非常担心他会有什么闪失，于是特意为他作了一首《谏猎疏》，希望皇帝能以国事为重，爱惜自己的龙体，不要总是这样寻求冒险和刺激。皇帝看了，却有点烦。

皇帝有些看不惯皇后那纤柔、内向的性子。是啊！大辽国自古尚武，即便是历代的皇后们，也多是飒爽英姿、冲锋陷阵的女中豪杰，尤其是几十年前的萧绰（萧燕燕）皇后，更是个中翘楚呢！像自己的皇后萧观音这样温婉、贤淑的才女佳人，或许，更适合侍奉那些远在中原的宋朝君主吧。

耶律乙辛为他呈上的这首词叫作《十香词》，据说是皇后在香艳的帷幕里，与宫中的伶人赵惟一红烛美酒、对弹琵琶之际的即兴之作。本来是皇后亲笔写就，打算让贴身侍女单登偷偷给赵惟一的，可是单登担心将来事发之后受到株连，就冒死出宫，跑到捺钵营帐向朝中宰相耶律乙辛举报。

于是，皇帝的心里就有那么一小块地方，像那只被他放生的老虎一样,也被射中了一箭,很疼,甩不掉,也拔不出来,这让他感到羞愧。

单登原是耶律重元家从小养大的女婢,辽道宗清宁九年(1063年)六月,耶律重元叛乱被平息后,单登被召入宫中侍奉皇帝耶律洪基。

单登姿容妩媚,很有心计,也很讨男人欢喜,进宫之后,就想借着侍奉耶律洪基的机会,接近并获取皇帝的欢心,最好还能被皇帝临幸,生下一男半女,那样就可以改变自己的奴婢身份和地位,如果命好的话,还可以升至嫔妃,或许还能做皇后呢。

在皇宫里的御榻上,单登就像是一只发了情的母猫,把皇帝侍奉得很舒适。皇帝很满意,就对皇后说:"封单登做个妃子吧!"

皇后萧观音就向耶律洪基谏言,说:"单登是叛臣家的婢女,怎么能够让她轻易地留在您身边,一旦她为了旧主,借机刺杀您怎么办?"

耶律洪基觉得皇后的担忧很多余,说单登不过是个柔弱的女人罢了,除了很会侍奉男人,看不出哪里还有刺杀皇帝的本事啊。

皇后说:"食人之禄,各为其主,谁能保证女人里面就没有忠于主子的刺客呢?"

于是,萧观音就固执地把单登从耶律洪基的身边调到外院充当杂役。皇帝心里很不痛快,可也没什么办法,如果因为这件事情和皇后伤了和气,传出宫外,不好看。

单登却从此恨上了皇后萧观音,不过,表面上并没有显露出丝毫的不顺从,还经常主动地接近皇后。渐渐地,皇后也觉得自己或许有些小题大做,就把她召回来做了自己的贴身侍女。

辽咸雍六年(1070年)九月,皇后萧观音驾幸木叶山(位于今内蒙古西拉木伦河与老哈河合流处)。看不见皇帝的日子里,皇后写了一首《回心院》,写完以后意犹未尽,就想把它谱上曲,等皇帝秋季捺钵回来时,弹奏给皇帝听,于是,就召伶官赵惟一进宫帐为自己谱曲。

赵惟一是汉人,生得体态修长,仪表俊美,是辽国宫廷乐队教坊中技法高超的伶官,精通各种器乐,尤其擅于弹唱谱曲。

赵惟一遵萧观音之命进入皇后大帐,萧观音就把自己作的词交给了他。

赵惟一很快就谱好了曲,即席弹奏,把这首幽怨之词演绎得丝丝入扣,荡气回肠。皇后听后非常满意,就亲自与赵惟一隔帘对弹。

不觉就到了黄昏时分,皇后觉得不过瘾,就命侍女点上蜡烛,连夜弹奏取乐。

当时的契丹民风淳朴,宫禁中的男女界限不是很严,皇后香闺芳香氤氲,暖气袭人,皇后萧观音就让赵惟一脱去外面的伶官官服,仅剩里面的窄袖紫罗衫,萧观音也换上了透明的紫金百凤衫,杏黄金缕裙,二人进入内帐,继续执酒对饮,间或共弹琵琶,一直到院鼓敲了三下,此时夜深人寂,萧观音就命内侍出帐休息。

当时在外边值守的侍女恰好是单登。单登在外帐听不见内帐里弹奏饮酒之声,只听到隐约的娇声笑语,心生疑惑,就轻手轻脚地走近向里偷窥,只见内帐的床榻下散乱地扔放着萧观音的红凤花靴和一双男人穿的珠带乌靴;床榻的右侧,一件窄袖紫罗衫压在了杏黄金缕裙上,皇后萧观音又黑又长的头发顺着床榻边滑落下来。

院鼓打了四下,萧观音把单登唤进内帐,说赵惟一喝醉了,去把他叫醒。

单登喊了赵惟一好几次,赵惟一仿佛突然从沉醉中惊醒,连忙从帐里爬了出来。皇后正襟危坐,赐给赵惟一一篚金帛。赵惟一跪地叩首,谢恩而出。

皇后斜倚在卧榻之上,美艳、慵懒地目送着赵惟一的背影,依依不舍,脸色绯红……

皇帝的肚子下面忽然躁动不已。他晃晃脑袋,中断了自己的想象,摆摆手,阻止了孔致和的奏报,叫侍卫传旨,让大臣们都散了,然后又命人即刻把单登找来,他要在御榻上亲自向她询问皇后的事情。

"这些汉人的官员啊,总是喜欢借着天象说事儿,好烦呢!"皇帝想。

公元辽大康元年（1075 年）初夏，阿什河畔的林子里，七岁的女真少年完颜阿骨打，每天都要在这里进行三百箭的射艺练习。

这一年，在相隔千里之遥的辽国宫廷里，一位叫作阿果的婴儿在母亲的襁褓中睁开了双眼。

阿果的血统很高贵，他的爷爷是当朝的大辽皇帝耶律洪基；他的父亲是大辽帝国的太子耶律浚，是皇帝唯一的儿子；他，是皇帝的孙子，也是大辽皇储耶律浚唯一的儿子。于是，他的出生就被看作皇族血脉的延祚，所以，他被取名为耶律延禧。

不过，被取名延禧的阿果，并没有延祚太多的福禧和吉祥。

阿果刚刚半岁的时候，他的奶奶，即大辽帝国风华绝代的皇后萧观音，被阿果的皇帝爷爷赐死，被赤裸着身体，裹在一张草席里，送回了皇后的娘家。

罪名为与宫廷伶官赵惟一私通。

皇帝以这样的方式去羞辱皇后和皇后的家族，是有意的，表明了一种态度。

作为庞大的帝国统治者，他必须要在耶律皇族和后族萧氏之间，确立自己强势的地位。大辽帝国历代的皇权和后权之争，中箭倒地的大多是皇帝这只看似强大无比，实则羸弱孤单的斑斓猛虎。

阿果三岁的时候，大辽帝国的王储，阿果的父亲太子耶律浚被皇帝下旨贬为庶人，被监禁在辽国上京。可是时隔不久，居然传来了太子暴病而死的消息。

皇帝在悲痛的间隙，对太子的死因感到分外疑惑。要知道，自己这唯一的儿子，那可是勇武过人呢！七岁的时候就能连着射中九只鹿啊！那该是什么样的暴病，才能这样轻易地夺取刚刚二十岁的太子年轻的生命呢？

皇帝很清楚，太子在其生母萧观音皇后获罪赐死的过程中，对自己这个父亲积存了太多的怨恨。皇帝也很清楚,太子很想提前运用自己传承给他的至高无上的皇权,将耶律乙辛和张孝杰他们置于死地。所以,耶律乙辛他们举报太子或有抢位异心的时候,他选择了将信将疑。

皇帝把太子贬为庶人的时候,其实就是想让太子明白,自己这样处置他,无非就是让他得到一点点的教训。

皇帝的皇权只能是由做父亲的赐予,做儿子的,不到日子是不可以抢的。但是没有想到事情的发展居然失去了控制,儿子居然就这样不明不白地死了!

皇帝下旨召回阿果的母亲,想问问陪着太子一同被监禁的太子妃萧氏,太子得的是什么病,怎么就能致死?还有,自己的儿子是不是真的就像耶律乙辛和萧得里特他们说的,那么着急要抢夺父亲的皇位?

可是,阿果的母亲在被皇帝召见的前夕,居然"暴卒"了。

在太子和太子妃被押送出太子府的那天,阿果被一个叫作萧兀纳的男人偷偷地抱回了自己的家。他把阿果藏在家里一个很隐秘的地方,除了自己每天来给阿果送些吃喝,来陪他待上一阵子,再也没有其他人知道阿果住在这里。

从那天开始,皇帝的孙子阿果成了孤儿。

两年过去了,道宗皇帝很内疚。皇帝内疚的不是皇后的死,也不是对于皇后近乎冷血的处置。

皇后萧观音虽然才艺双绝,但是对皇帝的劝谏实在有点多,这些劝谏是不是都是皇后的意思,皇帝不知道。至于皇后是不是真的和伶人私通,或许,并不那么重要。

皇帝内疚的,是太子耶律浚的死。

做了几十年的皇帝,他并不糊涂。太子当年死去不久,他就得到了上京留守萧挞得的密报,当得知太子和太子妃都是被耶律乙辛派人杀害的真相的时候,皇帝还是控制了自己的冲动。

即便太子和太子妃就是被耶律乙辛派人害死的,又能怎样呢?人已经死了，就算杀了耶律乙辛又有什么用呢？而且，如果不是当年的耶律乙辛联合众多官员扶持自己，现在的皇帝很可能就是自己的叔叔耶律重元呢！

不过，现在道宗皇帝面临的最大问题，不是厘清那些是非恩怨，而是如此庞大的大辽帝国居然没有自己这一脉的直系储君！

虽说这几年，他又有了新的皇后，更做了很多努力，可就是没有生出一个儿子来。

内疚之余，皇帝真的很沮丧。

于是，宰相耶律乙辛说，可以由皇帝的侄子耶律淳做皇储。可是，北院宣徽使萧兀纳却反对，说太子的儿子阿果还活着呢，为什么一定要让皇帝的旁支来继承帝国皇统呢？

道宗皇帝的眼睛瞬间就亮了："是啊！对啊！我还有一个唯一的孙子啊！"

而一旁的宰相耶律乙辛却后背一片冰凉。

天呢！既然斩了草，怎么就忘记除了根呢？

被藏了很久的阿果，被领到了皇帝爷爷的面前，皇帝爷爷的眼睛里就映出了太子的身影。

皇帝对儿子的内疚很快就转换成了对孙子的一系列封赏。

辽大康六年（1080年），六岁的阿果被封为梁王，加号守太尉，兼任中书令；辽大康九年（1083年），进封燕国王；辽大安七年（1091年），十六岁的阿果被任命为天下兵马大元帅，总北、南枢密院院事，加任尚书令，被确立为皇位继承人。

辽寿昌七年（1101年），七十岁的辽国皇帝耶律洪基去世，把庞大的帝国留给了二十五岁的皇孙阿果——大辽天祚皇帝耶律延禧。

天祚皇帝耶律延禧在登基的第十个月，终于替他的奶奶、父亲和母亲找回了迟来的公道。

这一天，阿果已经等了太久。

阿果还在蹒跚学步的时候,就印象深刻地记住了常常忧戚不已的父亲在牙齿缝里反复咀嚼一个名字——耶律乙辛。

后来有一天,父亲和母亲就都不见了,他被人抱到了另外一个人家,于是,耶律乙辛这个名字又经常翻滚在那个抱他回家的男人萧兀纳的舌尖上。

阿果五岁那年,他终于见到了这个耶律乙辛。

那天,他的皇帝爷爷又要准备出宫行猎,这个耶律乙辛就对爷爷说:"阿果这么小,带着一起去狩猎,很容易出危险,不如留在宫里读书。"耶律乙辛一边说,一边意味深长地看着他,看得阿果身上直发冷,那双眼睛就像在皇宫看见过的一条蟒蛇在盯着阿果,似乎可以随时吞噬他。

还好,那个从来都不会离他半步的萧兀纳对皇帝爷爷说:"这样不好!皇孙年纪这么小,把他单独留在宫里,如果照顾不好,万一磕着了、碰着了,那可怎么得了?该谁来承担后果呢?这样吧!如果实在要把皇孙留下,那就把我也留下来陪他吧!"

兴致勃勃的皇帝爷爷好像忽然听懂了什么,于是就命人挑选一匹好马,让萧兀纳抱着阿果骑上去,紧紧跟随在自己的身边。

从那以后,萧兀纳就被皇帝爷爷任命为阿果的老师,并负责照顾阿果的日常起居。而且,不管阿果出入哪里,身边都会有六位剽悍的武士护卫。

后来,这个耶律乙辛就被皇帝爷爷调出了京城。再后来,在阿果十岁那年,耶律乙辛想要叛逃到中原的宋国,结果事情泄露了,被抓了起来,皇帝爷爷下诏把他缢死了。

耶律乙辛已经死了好多年了,可是在天祚皇帝耶律延禧的心里,还没有彻底死干净。

当然,还有那个和耶律乙辛一起陷害奶奶的汉人宰相张孝杰,还有宫女单登,还有和耶律乙辛一起谋害父亲的帮凶萧得里特,还有耶律乙辛的走卒、手下、从党……

总之,死了的,挖出来,把棺椁打破,把尸骨戳碎;活着的,不管是在朝的,还是告老回乡的,抓起来、抄家、审讯、定罪、杀掉。这些奸党的后人、家人,分别遣送给耶律乙辛在位期间被迫害致死的官员家里,全部为奴,没有宽恕!

当所有这一切做完了的时候,二十五岁的阿果,大辽帝国的新任皇帝耶律延禧,长长地出了一口气,忽然感觉积攒了快二十年的力气就那么一下子被彻底放空了。放空的日子久了,他就无聊了起来。

接下来的日子,该干点儿什么呢?天祚帝想。

萧奉先就说,春天到了,女直各部又进献了不少调教好的海东青,陛下若是觉得憋闷,不如移驾到长春州猎捕天鹅如何?

萧奉先(亦称萧得里底),个头矮小,还有点驼背,出身皇后一族,辽大康中期开始出仕,先补为祗候郎君,后为兴圣宫副使,兼同知中丞司事。萧奉先有萧嗣先、萧保先等兄弟,还有一个妹妹萧夺里懒。

辽大安三年(1087年),萧奉先的小妹萧夺里懒嫁给了当时的皇储——燕国国王耶律延禧,并于次年被册封为燕国王妃。辽大安五年(1089年),萧夺里懒为延禧生下一子。

妹妹的肚子争气,哥哥们的仕途也就有了加持。

没几年,先后历任宁远军节度使、长宁宫使等职,辽寿昌五年(1099年),改授同知北院枢密使事,后又授北面林牙。

乾统元年(1101年),燕国国王耶律延禧继位,为天祚帝。新皇帝登基之后,开始对害死父母和奶奶的耶律乙辛一党清算,下诏北院枢密使耶律祺和萧奉先二人专办此事。

耶律祺是皇族,还是道宗皇帝耶律洪基留给天祚帝的托孤重臣,岁数很大,也很贪,那些耶律乙辛的余党,只要贿赂足了耶律祺,就能开脱罪责。

萧奉先心思十分乖巧,很懂事地合上了眼,闭住了嘴,事事以耶律祺老人家为先,深受托孤老臣的赏识。于是,新皇帝的耳朵里也就装满了关于萧奉先的好话,新皇帝对萧奉先恩宠有加。

辽乾统三年(1103年),出身皇族,号称"强棠古"的西北成长(辽国军职)耶律棠古,因为看不惯刚刚接任西北路招讨使的萧奉先,一时冲动就顶撞了那么几句,结果,直接让萧奉先罢免了官职。耶律棠古不服,告到皇帝那里,最后却不了了之,直到一年后,萧奉先升任北院枢密使,耶律棠古才恢复原职。

从那以后,朝中大臣们看萧奉先的眼神里就夹杂了畏缩和怯懦,而萧奉先眼中看到的朝中大臣们,身材却仿佛矮小了很多。

一张弓被拉到极限,射出的箭才最有力,再多用一点劲,不是弦断,就是弓折,想要射得远、射得准,就必须稳住神、屏住气,不松懈!

这场酒宴,是在星显水纥石烈部的活离罕勃堇家里开始喝的。完颜部和纥石烈部的勃堇们都喝了不少,当所有人已经喝到舌头开始打卷儿的时候,纥石烈的阿海勃堇提议,到村子外边走走。

纥石烈部的活离罕勃堇喝得有点多,却憋得撒不出尿来,憋得久了,就在肚子里憋成了一口气。他很看不惯阿海勃堇讨好劾里钵的样子,更看不惯完颜部那些勃堇们总是压他们一头的样子,所以,他一直都在想,该怎么样让他们完颜部出丑呢?

远处的一座小山,看上去很远。

活离罕勃堇看着远处的那座小山,就想到了一个主意。于是,他就指着那座小山说:"我准备了一份大礼,很想送给完颜部的英雄。不过这份大礼只能一个人独享,所以谁能把箭射上那座小山,我就把这份大礼送给谁!"

两个部落的勃堇们眼睛里就发了光,要知道,活离罕勃堇可是纥石烈部出了名的富有,他要奉出的大礼该有多丰厚呢!

于是完颜部勃堇们的眼睛就都看向了谩都诃,要知道,谩都诃的射艺不光是完颜部,就是在整个生女真的其他部落里面,也是很难找到对手的。

可令人沮丧的是,漫都诃居然向劾里钵摇了头,说他最多可以射到二百多步(古时两跨为一步,一步约为 1.75 米),那座小山目测最少也要三百步,他射不到那么远。

完颜部的勃堇们喝进肚里的酒,味道就不对了。

活离罕赶紧就跑到一个角落里,痛痛快快地撒了一大泡的尿,真是过瘾!

劾里钵笑着说:"看来,活离罕勃堇的大礼我们是拿不回去了,我们还是回去喝酒吧!"豪爽豁达的样子,稳稳地盖住了隐隐的无奈。

站在劾里钵影子里的阿骨打说:"我想试试。"

劾里钵看看儿子说:"好。"

稳住神,屏住气,不松懈!

乌古迺时代传下来的那张大铁弓,在阿骨打的手里,被拉开,撑满。

长箭呼啸而出,带着尖利的嘶鸣,在空中划过一道弧线,箭直直地插在了远处高坡的顶端。

奉命丈量距离的人回来说:"数完了,三百二十步。"两个部落的人们一阵惊呼,劾里钵的儿子太神奇了,简直不可思议。

活离罕勃堇眯起了眼,仔细打量着阿骨打,然后对劾里钵说:"你这个儿子,是个成大事的!不如,把我的女儿嫁给他吧!"

儿子为自己,为完颜部撑足了脸面,倒让劾里钵觉得有些不太习惯。

儿子是什么呢?

母亲多保真在劾里钵有了第一个儿子的时候,对他说:"生了儿子,是当爹的底气;生了女儿,是当妈的福气!儿子多了,你的底气就足。你看我,给你阿玛生了你们一大窝的儿子,你看现在那个老家伙每天就知道喝酒了。"

劾里钵听了母亲的话,很努力,正室和侧室生的加在一起,比父亲乌古迺的九个儿子还多了两个。

在劾里钵眼里,儿子们没长大之前,就是他们母亲身边的一群小狗,在屋子里吃喝打闹,让村子里鸡飞狗跳,让他们的母亲不寂寞,也让他这个当父亲的身子后面不空着。村子里总是有被儿子们捣乱过的人家追着他诉苦、告状,不过就是这样。

可是,眼前的儿子忽然就长大了,大到可以娶亲了,这时候,他才真正尝到了做父亲的滋味。

那份沉重,做了父亲的男人和没做父亲的男人是不一样的。

成长中的儿子们像什么呢?像是崖壁上的鹰吧!阿骨打他们就是鹰巢里的雏鹰吧。如今他们长大了,可以挓挲着翅膀飞了,但是身上的羽翼足够丰满了吗?

而今,人群里的儿子表情很严肃,紧绷的唇上开始有了一层薄薄的绒毛,开始有了男人们的标志。劾里钵忽然觉得儿子不再像是孩子,是孩子中的大人,或者,是大人中的孩子。

他必须及早教给他一些东西,让他可以再快一点生长,翅膀再快一点变硬,这样,他的儿子会飞得更高。

乌古迺去世以后,跋黑就一直很难过,不是因为哥哥的去世难过,是因为乌古迺把节度使的位子传给了劾里钵。

虽然劾里钵很懂事,在即位的第一时间就把部落勃堇的位置让给叔叔跋黑来做,完颜部的其他勃堇们都夸劾里钵做事情很周到,都很支持劾里钵呢。

可跋黑很气恼,节度使和勃堇的差距很大呢,大到一个在天上,一个在地上!节度使可以在战时对其他姓氏的部落发号施令,可以领兵去东征西讨,很威风!可不带兵的勃堇是什么呢?只能平息一些部族里的家长里短、鸡毛蒜皮的烦心琐事啊!跋黑还不觉得自己很老,还想象着也许有一天做出一番超越前人的事业呢!凭什么就让自己早早地养老呢?

于是,跋黑就经常去和完颜部不太友好的桓赧、散达部落里去喝酒,去乌春、窝谋罕的部落里许愿。

跋黑拍了拍胸脯,说:"只要你们帮着我做了节度使,我就分给你们一部分完颜部的领地。"

这么好的事情,谁会不动心呢?于是,几个部落结盟了,口头约定了。乌春、窝谋罕在北,桓赧、散达部在南,同时起兵,进攻完颜部。

叔叔的举动,劾里钵一直都很留心。

得到了乌春大举入侵的消息,劾里钵做好了迎战的准备。他把族里能够打硬仗的战士们分给了弟弟颇剌淑,让他去对抗桓赧、散达部。

自己带领着为数不多、战斗力相对较弱的部众去迎战乌春部,

"尽量讲和,讲和不成再打。"队伍在出发前,劾里钵一再叮嘱颇剌淑。

他知道弟弟颇剌淑的能力,人机智聪明,就是在带兵打仗这件事上,总还差着那么一点儿。

劾里钵在出发的时候,带上了阿骨打,让他跟着自己最小的弟弟盈歌。

临行前,多保真一再叮嘱劾里钵,只许阿骨打看,不许他参战。

雨后的泥泞里,劾里钵率领的队伍在漫布山野的浓雾里迷失了方向。比迷路还糟糕的是,颇剌淑派来的信使告诉劾里钵,谈和没成,被打败了,桓赧、散达的队伍正在回军的途中。

在天空中翱翔的鹰看不到猎物的时候,会飞得很高;在地面上搜寻猎物的猎人,在失去了猎物踪迹或是迷路的时候,确定不了方向会选择一个高处,重新定位。

劾里钵打仗经常会以少胜多。

在部落之间的战斗里,能够带领大家经常取得胜利的首领,通常都是好猎手。

劾里钵在高高的山坡上确认方位的时候,远处驰来的六骑人马让他嗅出了猎物的味道。

劾里钵一声尖利的呼哨,示意山下的习不失去截断六骑人马的退路,

自己则手持铁弓,催动胯下的大赤马从山坡上冲了下去。队伍里的阿骨打看见自己的父亲像一只扑向猎物的海东青,张开的双臂更像海东青展开的双翼,从山坡上飞速滑翔,疾速俯冲。

生女真的完颜部有两匹宝马:一匹叫作大赤马,性情刚猛,擅于追逐;一匹叫作紫骝马,耐力超常,擅走远途。

大赤马是盈歌调教出来的,紫骝马是习不失调教出来的。

冲锋杀敌的时候,劾里钵会骑大赤马。它懂得如何避开刀剑,懂得如何锁定追逐目标。长途奔袭的时候,劾里钵会换骑紫骝马。它懂得如何控制步伐,懂得如何行走平稳,让主人在行进间能在自己的背上很好地休息。

它们跟随劾里钵久经战阵,相伴多年,心意相通。它们能够读得懂主人的心思,还能感知得到那些被追逐的马儿们,和它们背上的主人一样,在奔驰逃亡中,背负最多的是恐惧和慌乱。

劾里钵的箭瞄准了跑得最快的骑士,就像在打"鹿围"的时候,一定要最先射倒鹿群里领头的公鹿一样。

被箭射中的骑士还没有来得及发出声音,就像一截失去了生命的木桩,"咚"地落在了地上,带着惯性滑出老远。其余的五个人、五匹马,便分别朝五个方向继续飞奔。

部落征战的年代,男人们上了战场都是勇猛的战士,不打仗的时候,就都是打猎的好手。

猎人们都知道,三到五只狼在被围猎追捕的时候,最有效的逃生方法就是分散开来,朝着不同的方向突围,这样逃生概率会很大。

不过,若是遇到围捕中好的猎手,逃生的机会就十分渺茫。

五个人、五匹马的逃生策略没有问题,只是每到他们想要变换方向,重新调整一下逃生线路时,面前就会出现一两位手执弓箭指向自己的射手,他们不得已,只好拨转马头回到原路。

大赤马控制着速度和节奏,不疾不徐。

它的四蹄腾跃着，欢快、轻松。

它喜欢这种追逐的感觉。

第一匹、第二匹、第三匹、第四匹……

每当自己的头超过一匹马的马鞍，背上的主人就会很配合地举起武器，一下子就把对方的主人打落到马下。它觉得这样的游戏很好玩儿。

六个骑手是前往增援桓赧、散达部落的联军，被射死的是卜灰、撒骨出部的一位勃堇。本来，他们想抄一条近路尽快与桓赧、散达的联军会合，只是很不巧，他们和劾里钵一样，也在迷雾中迷路了。

雾散了，整个世界清亮了，那些在迷茫中找不到路的人就清清楚楚地看见了各自的方向。

劾里钵居然惊喜地发现，他们离桓赧、散达的老寨子——邑屯村（黑龙江省哈尔滨市阿什河河源大高山以南）很近。

恐惧是会传染的。

在五个俘虏求生的眼神里，阿骨打看到了他们发自内心的恐惧。

不过，劾里钵没有杀他们，而是让他们把这种恐惧带到了邑屯村，再然后，恐惧就变成了恐慌，邑屯村里大大小小的的木屋被恐慌蔓延，化作了火焰和浓烟。

获胜后的劾里钵并没有感受到获胜后的喜悦。

本来嘛，桓赧、散达部落的村寨里那些最精悍的士兵，此刻都还在回军的路上，守寨的只剩下为数不多的病弱男人、老人，还有女人和孩子罢了。

所以，当一支箭从混乱的人群中间向他直直射过来的时候，他的注意力正在被一个抱着孩子奔逃的女人所吸引，被战马和刀剑驱赶的人群让他的心里在那一刻生出了许多怜悯。所以，当一起奋战多年的伙伴主保勃堇用自己的身体替他把箭挡下来的时候，他开始为自己那一刻的心软懊悔不已。

在劾里钵伸手合上主保尚未闭合的双眼那刻,阿骨打的视线越过他父亲微微颤抖的肩头,看到了人生中的第一场杀戮。

老人、孩子、男人、女人,一具具鲜活翻滚的躯体在挥舞着的刀剑下,被撕裂、被砍翻,在往来奔驰的马蹄下,被毫不怜悯地肆意凌辱、随意践踏,哀告、求饶都阻挡不了残忍的血腥和狂暴。

劾里钵没有制止完颜部战士们的复仇,重新上了马,调转马头,把号哭和挣扎隔在了身后。

马前立着的,是蒲察部沙祇勃堇、胡补答勃堇的信使阿喜。

阿喜的脸上,同样也写满了恐慌。

桓赧、散达在归途中遇到了从寨子里逃出来的族人,得知寨子被攻占的消息,他们狂怒不已,没有犹豫,向最近的完颜部同盟发起了进攻。

距离最近的是裴满部。

除了裴满部,完颜部还有白山部、耶悔部、统门部、耶懒部、土骨论部,还有当年乌古迺从拔乙门手里接收过来的五国部,以及像蒲察部这样一些更弱小的部落。

在烈焰和浓烟中,桓赧和散达灭了裴满部全族,没有留下一个活口,裴满部的勃堇翰卜被射杀在熊熊烈火里。

蒲察部很害怕,因为要不了多久,一样的杀戮、一样的火焰和浓烟,会蔓延到和裴满部一样弱小的蒲察部,所以只好向完颜部求援。

劾里钵没有给阿喜打气,也没有鼓动他和他的族人们用生命去证明自己的勇气和忠诚,更不想让他们去做无谓的牺牲。

劾里钵要阿喜转告蒲察部沙祇勃堇和胡补答勃堇,带着自己族里的战士主动去投靠桓赧和散达的队伍。在完颜部和联军交战的时候,先保持安全的距离。如果完颜部胜了,可以按照约定的旗帜和战鼓作为暗号,以免误伤;如果联军胜了,那就顺从天意吧……还有,劾里钵要阿喜在经过其他结盟部落的时候,把同样的话一一转达给那些忐忑的勃堇们。

打发走了使者,劾里钵把颇剌淑带回来的队伍和自己的队伍整合在一起，准备迎战。私下里，他派颇剌淑去辽国求援，毕竟在名义上，劾里钵还是辽国敕封的节度使；另外，和辽国人打交道，颇剌淑要比自己精明得多。

清晨的山野里，雾气尚未散尽，草尖儿上的露珠饱满、透明，有不知名的鸟儿在林子间相互试探着、问候着。

一阵阵杂沓的马蹄声骤然响起，把鸟儿们的鸣叫声又憋回了肚子里，连草尖儿上圆滚滚的露珠都受到了惊吓，纷纷地钻进了土里。

一条河，隔开了两支准备厮杀的队伍。

河的对岸，桓赧、散达的联军人马众多，兵强势盛。

河的这边，劾里钵的队伍里，有不少是随着颇剌淑败退回来的部族战士，面对前不久刚刚打败自己的对手，尚未痊愈的身体还在隐隐作痛。

劾里钵不喜欢自己的部族里有战士喊疼，即使在肚子里呻吟，也会令他感到烦躁不安，于是，他下了马。

即将厮杀的战场，安静、沉默。

劾里钵解下身上的铠甲，牵着大赤马，缓缓地走到河边。

河面不很宽，河水刚刚没过小腿。

大赤马低下头，用舌头把清冽的河水引进燥热的身体里。

马的主人弯下腰，把清冽的河水用双手捧起敷在了发烫的脸颊上。

桓赧、散达的联军里，有射手准备举起弓箭，想要让刚刚站在河里的那个男人整个身体都浸泡在水里，再不会站起来。两位头领有些疑惑，相互对视一眼，抬起手阻止了射手的冲动。

因为他们看见，河对面有一个小伙子，骑马立在高处，张着弓，扣着箭，方向朝向自己这边。旁边有认识的，说，那是劾里钵的二儿子阿骨打。

阿骨打不大明白父亲的举动，但是他不想父亲受到任何伤害，于是，骑马立在一处开阔的位置，从这里可以很清楚地看到河对岸。

举起弓，扣住箭，稳住神，屏住气，不松懈！对岸的队伍里，如果有人举弓瞄向劾里钵，那么，最先倒下的，一定是射手自己。

他相信自己的眼力，也相信自己的能力。

劾里钵坐在岸边的一块石头上，一手端着一只桦木碗，另一只手从碗里抓着刚刚用河水调和好的面团，一口一口，慢慢地送进自己嘴里，眼睛注视着缓缓流动的河水，没有人知道，此刻这位女真节度使的脑子里在想些什么。

在他的左右两侧，完颜部的士兵们也纷纷散开，像他们的勃堇一样，解下铠甲，全部下马，该喝水喝水，该吃饭吃饭。

时间，仿佛已经凝固，河对岸的联军没有选择主动进攻。

他们选择了等待。

桓赧、散达兄弟和乌古迺打交道多年，彼此之间都太熟悉，熟悉到他的儿子们是什么样的个性，他们都很清楚，这个劾里钵，是乌古迺的九个儿子里面最能干的。

如果不是跋黑……说起这个跋黑，还真是不凑巧，刚刚听说这个家伙在他的小妾家里吃得太多，居然给撑死了，原本，还指望他能做联军的内应呢。

不过，这没关系，自己这边的联军要比对岸完颜部的人马多出许多，战斗力就不用说了。要知道，就在不久前，就是这个劾里钵的弟弟颇剌淑被联军打得落荒而逃呢，现在，他这个当哥哥的还能使出什么花样呢？

所以，没有必要在他毫无防备的情况下去暗箭伤害他，这样的战斗就是赢了也没有什么光彩。堂堂正正地打一仗，把完颜部彻底打服，也让那些和完颜部结盟的部落们看看，联军的实力究竟有多强大，这样多好。

更何况，还有那个一直举着弓箭瞄着联军方向的年轻人。

他们听说过阿骨打的名字，也听说过那个年轻人在辽人面前连射三雁的故事，当然，还听说过阿骨打的一支箭在纥石烈部射出多远，而眼下对战的双方，连二百步的距离都不到……

太阳高高升起，雾气已经消散干净。

欢都、谩都诃已经整理好了队伍。

劾里钵跨上了大赤马,却没有穿上铠甲,只是把上身的衣袍随意围在腰间,赤裸着上身,紧绷的皮肤上挂着尚未干透的水珠,在阳光的映射下闪着晶莹的亮。

劾里钵骑着马离开队伍,盈歌和阿骨打跟在他身后。

上了一处高坡,劾里钵调转马头停了下来。

他看了一眼自己的儿子,然后对着自己最小的弟弟说:"听我的话!随时准备逃命!若是咱们胜了,自不必说;若是败了,第一个死的,一定是我!记着!不要救我,也不要抢回我的尸骨,更不要去救援其他兄弟和亲族,一定要让自己活着,有多快就跑多快!去辽国,找到你的三哥颇剌淑,去求告辽国的皇帝,出兵,报仇!"

话说完了,劾里钵深深地吸一口气,把围在腰间的衣袍裹扎住了前胸和后心,双腿一紧,胯下的大赤马就懂了主人的意思,立刻就亢奋了起来,一声长嘶,扬鬃奋蹄,纵跃向前,载着背上的主人,如风一般向着河对岸飞驰而去……

阿骨打把大赤马的缰绳解开,悄悄牵离出军营的时候,大赤马并没有察觉会有什么异常。

它熟悉阿骨打的味道,也认识他,知道他是自己主人的小马驹子,而且是马驹子里面精力旺盛,却又鲁莽狂野的那种,不会屈服,拒绝驯化,和自己年轻的时候一样,什么都不怕!

在它第一个主人盈歌调教它的时候,这个主人的马驹子就曾和盈歌一起用刮汗板为它刮过身上出的汗,领着它在河里洗过澡,还给它喂过最精细的食料,所以,当阿骨打骑在它的背上时,它还以为他只是想骑着它出去跑几圈,像以前那样,撒撒欢。

只是,当它开始跑起来的时候,却发现自己行进的方向是白天和主人一起发动进攻的方向,从那个方向传过来的味道,好像隐藏着某种危险。不过,这样的味道和暗藏着的危险,对于它这样一匹身经百战的战马来说,没什么大不了的,不过是又一场追逐和冲撞的游戏罢了。它喜欢看着被自己和主人追逐的对手在逃跑时既狼狈又无奈的样子。这样的游戏,它喜欢!

不过,它清楚地记得,在白天的战斗里,主人的这匹马驹子好像被对方的一人一马追逐的呢,而且,还差点儿就回不来了呀!

太峪的长枪只差那么一点点就刺中目标了,真可惜!

太峪和温都部的勃堇窝谋罕都很遗憾。

可是,对于第一次真正参加战斗的阿骨打来说,这真是太难堪了。

完颜部对温都部的进攻已经持续了好些天了。

劾里钵在击败了桓赧、散达兄弟之后,继续在生女真北路扩充完颜部的势力范围,在这样的过程中,已经没有几个可以和完颜部抗衡的部落了。

温都部是其中的一个。

不过,温都部的现任勃堇窝谋罕知道,凭借自己部落的实力是坚持不了多久的。他能做的就只能是一面派人去乞求来自辽国的救援,一面死死守在自己的部落村寨里。

毕竟,温都部的前任勃堇乌春也是辽国赐名的"惕隐"(辽代的军事长官称号)。

无论怎样挑战和辱骂,都不敢拿出勇气来作战的对手,是阿骨打最看不起的。

既然是打仗,总是躲在村寨的寨墙后边算什么?

所以,他在来回传递劾里钵军令的时候,就只穿着简单的披甲,马也不骑,头盔也不带。

他觉得对于那些躲在寨墙后边的胆小鬼们来说,所有的个人防护都很多余。

所以,当温都部的勇士太峪对他进行突袭的时候,他很慌乱地躲闪着,也很狼狈。如果不是自己的舅舅活腊胡及时赶到,在危急的时刻砸断了太峪的枪杆,刺中了对方的马,迫使太峪逃跑,或许现在的自己就是这场还没开始的战斗里面最先躺倒的那具尸体吧!

回到队伍里的阿骨打一直低着头,肚子里窝着一团火。他感觉父亲身后的战士们看着自己的眼神里,有许多的意味深长。虽然没有人说什么,但他觉得,在完颜部的勇士们面前,这样狼狈不堪的自己很可耻。

晚上,他给大赤马喂完了草料,对负责管理战马的沙忽带说,要带大赤马出去洗洗澡。沙忽带没有阻拦,这不奇怪,盈歌忙了的时候,大赤马就是由阿骨打照料的啊!不过,他看见阿骨打今天的样子和平时不大一样,身上背着他爷爷的大铁弓,满脸杀气腾腾。

估计,还是在为白天的事情气恼吧!沙忽带想。

于是,他就有了那么一点不放心,就跟在了阿骨打的后边。

果然,阿骨打刚一出军营,沙忽带就知道自己的担心并不多余。

阿骨打在催马奔向温都部寨门的时候,其实根本没有想好到底该怎样洗刷自己的耻辱。

要知道,白天的进攻损失了不少完颜部的战士,最终也没有攻破这该死的寨墙,除了太峪偷袭自己差点得手之外,就再没有一个人出来过。温都部的窝谋罕勃堇就只会率领着部族战士,在完颜部进攻的时候躲在寨墙的后边,不断地朝着进攻的战士们射箭。这样的勃堇,真是没用!

阿骨打想。

可是,自己这样冒失地闯过来,到底又是为了证明什么呢?

这世上的事情总是很奇怪呢,就像你在深山里打猎,他在原野上耕田,彼此各不相干,也许一辈子不会遇见,可有些人、有些事,总是会在你意想不到的时候就那么刚好出现。

就在阿骨打接近寨墙的那一刻,那座连日来一直无法攻破的寨门居然面向他,开了。

窝谋罕勃堇想出了一个近乎完美的计划。

他看到完颜部在几天的进攻里不仅没有任何进展,而且还损失了不少勇敢的战士,尤其是今天白天指使太峪的那次偷袭,虽说没有杀死劾里钵那个很出名的儿子,不过,对方的士气也仿佛因此而低落了很多呢,很明显,今天的进攻压力是这些天里最轻的。

所以,他想,要是趁着晚上悄悄地对完颜部来一次偷袭,如果运气好,没准儿,一个不小心,还能把劾里钵干掉了呢!

于是,他把温都部所有能够参加战斗的战士连同寨墙上守望警戒的人马全部集中起来,打开寨门,准备出击!

阿骨打已经来不及判断了,先冲进去再说!就算有什么不测,也总好过背着耻辱活着!

阿骨打毫不犹豫地冲进了寨门,一人一马,风一般地撞进了温都部还没有整理好的队伍里面,举起了手中的钢刀,朝着前进路上所有阻挡奋力挥了出去。

短暂的混乱过后,温都部的勃堇窝谋罕出离愤怒了!

这也太欺负人了!就凭你一个人,就因为你是劾里钵的儿子,居然就敢向整个部族挑战!更何况,你白天可是差点儿就被太峪杀了啊!这到底是什么情况?你小子昏了头了吧?

一定要活捉了他!明天把他押在寨墙上,当着劾里钵的面,一点一点地折磨他,叫他生不如死!给完颜部的战士们好好看看!当然了,借着这个机会,还可以开出一些条件,要他们就此退兵!

已经去世的乌春勃堇,还有战败投降了完颜部的桓赧、散达兄弟们,以前都跟窝谋罕说过,劾里钵的一大窝儿子里面,好像最看重的就是这个阿骨打呢。

温都部的战士们渐渐地围了上来,却很少对他进行正面的攻击,就像围猎时困住了一只猛兽,刺激、压迫、挑逗,直到把他的体力耗尽,然后再轻松地把他俘获。

阿骨打忽然意识到,自己或许犯了一个错误,浑身涌起的热血也渐渐恢复到了常温。

不过，就在他主动寻求进攻，和对方人马的缠斗中，在那些断断续续、刀剑相交和火花迸射的瞬间，他仿佛受到了某个神灵的启示，想到了一件事情，同时，也发现了逐渐缩小的包围圈里还有一个即将合拢的小小缺口，那个缺口，正好通向村寨内侧的方向。

于是，他挥刀击退了离他最近的一个士卒，一提缰绳，朝着那个缺口冲了过去。

大赤马配合得非常默契，只是几个闪躲和跳跃就蹿了出去。

温都部的战士们吓了一跳，这小子疯了吗？怎么反倒往村寨里面跑，不要命了吗？但是，也不能就让他这么跑进去啊！村寨里可是有着战士们的父老和妻小啊！要是这小子发了疯……天呢！这太可怕了！快追！

于是，所有人，连同他们的勃堇窝谋罕在内，紧跟着阿骨打的一人一马，蜂拥着冲进了村寨里。

追得太急了，就连已经打开的寨门都忘了关。

阿骨打和大赤马没有受到任何阻碍，居然神奇地穿过了整个村寨，阿骨打自己都觉得不可思议。

不过，就在眼瞅着即将逃出生天的时候，前边，却赫然地出现了一道断崖，与断崖的另一边间隔得好远。

这可真要命！

阿骨打急急地勒住了缰绳，大赤马的两只前蹄就腾了空，人和马硬生生地就停了下来。

哈！这只猛兽终于无路可逃了，就要束手就擒了！要小心，可千万不要被他反扑和咬伤啊！当然了，也不能让他自戕了，说好了，是要活捉的！

于是，喘息未定的追兵们放慢了步伐，举着火把，围成扇形，站好了位置，小心翼翼地，一点一点逼近。

可阿骨打呢？却突然调转马头，反而向着逼近的追兵冲了过来。

于是，温都部的士卒们迅速地聚拢在一起，集结起许多支长枪，堵住了阿骨打即将冲击的方向。

绝对不能让这只猛兽逃了！不行就先刺倒他的马！

眼见着阿骨打就要撞上刺猬一般的枪尖了，他坐下的那匹马却突然一个急停，迅速一个转向，一路狂奔，一路飞驰，就在那道看似不可逾越的断崖边上，居然没有任何停顿，"嗖"的一个纵跃，一人一马，就在追兵们高举着火把的映照下，就那么在断崖的两端完成了一次神奇的跨越。

与此同时，追逐者的身后响起了一片宣告胜利的呐喊！

所有的温都部的部族战士，或死，或降。

温都部的勃堇窝谋罕逃跑了，身边只剩下不多的几个同族兄弟。

他并不是特别懊悔为什么不在围捕阿骨打的时候，下令把村寨的寨门再次关上呢？

其实，他很清楚，就算他一直紧闭住村寨的门，或迟或早，终究还是会被完颜部攻破的！他也知道，北路生女真的大部分部落已经没有能和完颜部相抗衡的了！

对于这场意外的胜利，劾里钵并没有觉得特别欣喜。仿佛这一场景在他最近的梦境中已经出现过了。

所以，当沙忽带惊慌失措地跑来告诉他，阿骨打已经独自冲进了温都部的寨门里时，他只是很平静地要沙忽带立刻传令给欢都和习不失，马上把部族的战士们集合起来，即刻进攻温都部的村寨。

所以，当阿骨打牵着大赤马出现在劾里钵面前时，他既没有责备儿子的鲁莽，也没有夸赞他的勇敢，只是点点头，说："把马喂好，歇了吧！"

一切都那么自然平常，一切又都那么顺理成章，好像一切都是事先已经安排好了似的。

一千多年前，辽太祖耶律阿保机灭掉了历时 229 年的渤海国，改名东丹国，封太子耶律倍为东丹国王。又过了五十多年，辽景宗耶律贤去世之后，撤东丹国，改隶东京道。

渤海灭国以及撤并东丹国时，辽国曾多次强迁原渤海国遗民入辽，人数多达百万余众，尚有半数遗民不肯就迁，于是部分留居故地或逃往北方生女真地区，另有数十万众流入高丽（今朝鲜半岛），还有少量远走中原汉地。

在流入高丽的移民中，有三个原渤海国的女真族兄弟，大哥叫作阿古迺，二哥叫作函普，老三叫作保活里，他们跟随父母和亲族流亡的时候，年纪都还很小。

时光荏苒，一晃数十年，三兄弟里的二哥函普有了叶落归根的念头，就和哥哥、弟弟商量，要不要一起回到原乡。已经信了佛法的哥哥拒绝了函普，说："人就是一片叶子，无论最后飘到哪里，都是命定的归宿，我的后世子孙们一定会有能与你们相聚的，我嘛，就留在这里了。"

于是，函普就和小弟弟保活里历经跋涉，走到耶懒水（今俄罗斯滨海边疆区东北塔乌黑河）的时候，三弟保活里不肯再走下去，就留了下来。

函普不愿意留下，还想继续走，想要回到当初离家的地方，于是，就一直走，直到走到了仆干水（今牡丹江流域）的完颜部境内，安了家。

那一年，函普已经六十多岁了。

兄弟三人的居住地从此相隔遥远，一直到相继故去，就再也没有见过面。

和函普相邻生活的完颜部人曾经和另一个部族发生了矛盾，还伤了人，两个部族关系恶化，经常发生械斗，难以调和。

再后来，双方因为这件事情又接连不断死伤了不少人，双方都很希望有人可以出面把这件事情公平合理地解决掉。

于是完颜部的人就想到了函普。

原因很简单。首先，他是外来户，独身一人，平时做事也很公正；其次，他作为一位长者，不会依靠蛮力偏袒任何一方；还有，函普这个名字的本身，在女真语里就是规则的意思。

完颜部的人就找到函普，说："如果你能为完颜部的人化解了这个仇怨，使两族不再互相残杀，我们就会把部族中一位年满六十还未出嫁的贤女许配给你做妻子,而且,还可以让你加入我们的宗族。"

函普想了想,就答应了。

函普先到了和完颜部争斗的部族里,对他们讲:"为了一个人的死,你们双方争斗了这么久,不仅没有争出什么结果,而且现在受到伤害的人更多了。你们看这样好不?让对方杀人的那一家出一口人,补充到被杀的这一家,然后再让他们部族拿些财物来赔偿你们。这样不仅可以解除没完没了的争斗,而且,还可以获得财产上的补偿,这样多好。"

两个部族争斗了这么久,对方的部族也死伤了不少人,大家早就想把这件事情尽快地结束,于是对方部族就同意了。函普又回到完颜部这边说明了这件事情的解决办法,完颜部更没有意见。

于是双方就都听从了函普的劝告,还由函普订立了一个相互遵照的盟约:凡有杀伤人者,不仅要征收杀人者家里的一户人口到被杀者的家里,另外,杀人者的整个部族还要赔偿二十匹马、十头母牛和六两黄金,而且赔偿一旦完成,双方即告和解,不得继续私斗。

此后,这个盟约还被其他相邻的部族接受和延续了下来,渐渐地,就成了女真各部族之间化解矛盾冲突的规范。

事情得到了完美的解决,完颜部就送了一头青牛感谢函普,并将那位六十岁的贤女嫁给了他,那头青牛就作了聘礼,而函普也得到了贤女陪嫁的财产,并获得了完颜部的姓氏,从此,函普就成了完颜部的族人。

后来,函普和这位贤女居然神奇地接连生下了两个儿子和一个女儿。

只是,不知道是怎样一种宿命安排,他们的直系后人从来就没有活过六十岁的。

当然,这也包括他们的第七代子孙,即阿骨打的父亲完颜劾里钵。

征服了温都部,劾里钵派遣阿骨打去辽国的边城宁江州向辽国边境统军司的守将通报,鹰路已经畅通。毕竟,为了拓展势力范围,需要征服其他部落的时候,鹰路被阻一直都是最好的借口,作为生女真节度使的劾里钵,是有正当的权力和理由替大辽国皇帝消除这些让人添堵的烦心小事。

阿骨打临走的时候，劾里钵特意对儿子说，一定要赶在五月中旬回来，再晚恐怕就见不到自己了。阿骨打看着马背上英武的父亲，在父亲的目光里，看到了一种不同于暂时分开的离别。

没有任何征兆，也没有任何由来，回到完颜部的劾里钵就病倒了，日渐衰颓。

卧病不起的劾里钵预见了很多事情，于是，他知道，他在这个世界上的日子已经不多了。

前一年去世的母亲多保真曾说过，一个人要是预见了太多的事情，阿布卡恩都里天神就要招他上天去了，不管吃多少灵丹妙药都没用。

挲懒氏想起了婆婆的话，痛哭不已，不过，更让她伤心的是劾里钵在清醒的时候，对她说："你不用这么难过，一年之后，我们就可以在地下团聚了。"

颇剌淑也来看望哥哥，想问问哥哥身后的事情需要做怎样的安排。

可劾里钵却对颇剌淑说："你用不着操心太多，因为用不了三年，你就会到地下来看望我了。"

颇剌淑听了很丧气，哭着对大哥劾者的儿子撒改说："你二叔真是，都这个时候了，还不好好跟我说话。"

撒改不知道该怎样安慰他的三叔，可欢都身后的小谷神（完颜希尹）却探头看了看颇剌淑，摇了摇头没说话。

于是颇剌淑明白了，二哥的话也许是真的。母亲多保真说过，欢都的这个儿子，长大了会是整个生女真部落法术最高的萨满。

阿骨打回来得很及时。

劾里钵也在一直坚持着，直到抚摸到了阿骨打的臂膀和头发。

阿骨打记得这种抚摸，那还是许多年前的那个冬天，他被父亲抱上了马鞍，父亲的战袍上洇染着殷红的血，像今天一样，父亲抚摸着自己的头发，很欣慰。

他还记得那个冬天，天地间的雪白和父亲身上的血红，都很刺眼。

劾里钵很欣慰。欣慰自己能在临终之前，还可以这样从容地对弟弟和儿子们交代后事。

恍恍惚惚，劾里钵想起了那些年和欢都一起驯鹰的日子，那些刚刚开始接受调驯的小鹰总是特别急躁，想要飞得很高，尤其是在抓到猎物的时候，总是想要撕碎、吞噬。

不过，渐渐地，在这些老鹰达们耐心的调教下，它们开始变得冷静、沉稳、聪明和稳健，直到最后，成为一只只技艺高超的好猎手。

对于自己的这个儿子，作为父亲的劾里钵并没有给予太多特别的关注，他对待他，就像他对待其他的儿子们一样。

如果有什么不一样的地方，就是阿骨打真正参与的战斗其实很少，更多的时候，他只是让这个儿子站在他的身后，远远地看。

他不是不相信阿骨打的战斗力，儿子的神勇无须验证。

有些人天生就是战场上的王者，也许刚刚开始接触战斗的时候并不能很快适应，但用不了太久，就会成为战斗中的主导，这样的悟性以及对于战场的解读是天生的。

所以，只有这个儿子最像他。

所以，他更希望阿骨打可以把勇武和稳健合在一起，那样，完颜部的未来就会走向一条王者之路，而这条路就是那些完颜部历代祖先们一直深藏于心的，从不为世人所知的终极向往。

弥留之际，劾里钵对着自己最小的弟弟盈歌说："乌雅束不够强硬，我们完颜部的未来，契丹国的终结，将来都会在阿骨打的手中做一个了断，所以，我相信，你会把所有事情都安排好的。"

盈歌郑重地点了点头，他明白哥哥的心思，当然也听懂了哥哥的意思。

劾里钵长长地出了口气，思绪开始漫无边际。他想着，自己这五十四年的人生历程其实刚刚好，如果年纪再大一点，或许就不会继续拥有更多的精力和勇气了吧？没准儿，还会成为后辈传承者们的障碍。自己的父亲乌古迺和自己一样，也活了五十四岁，父亲的父亲石鲁，据说也活到这样的年纪。

他听母亲多保真说过，他们这一支血脉，上溯几代，从来没有活过六十岁的。

难道自打函普先祖之后，完颜一族就一直把自己后辈们寿命刻意地定在了一个难以跨越的限界吗？

想到这里，劾里钵忽然感到自己的身体开始发冷。

第三章

据载,辽代松花江流域的女真族"有七十二部落,地方数千里,人口超过 10 万户,皆散居于山谷之间"。随着历史的演变,女真族渐渐由分散的氏族部落统一起来。

部是从部落发展来的;族是由氏族血缘关系改组而成。

不相统一的部落发展到"远近相服",进而推举勃堇作为部落首领,勃堇再派出自己的家族成员到那些归附的部落取代原来首领的职权,于是出现了以氏代姓统属其部的新的社会组织形式。

在为完颜部节度使劾里钵送葬后回来不久,星显水纥石烈部的勃堇阿海也去世了。

作为长子,阿疏继承了阿海的勃堇之位,统领了星显水流域的女真纥石烈各部落。

阿疏对自己少年时在完颜部居住过的印象特别不好,尤其是好多年前,被阿骨打扑到胸口上的那根刺,伴随着年纪的增长,转而向下,慢慢地扎进了肚子里。

他不想像父亲那样,对完颜部的节度使总是那么恭敬、顺从。父亲临终时要他继续效忠完颜部的嘱托,在安葬父亲的时候,被他一起装进了父亲的棺椁。

他觉得星显水的纥石烈大小三十多个部落合在一起,实力未必就很弱,有些事情不试一试怎么能知道行不行呢？

比如,把完颜部给"结盟"了呢？

不过,就在刚刚接手勃堇的时候,他还是受到了来自结盟部落里徒单部诈都勃堇的挑战。

理由不很充分,却很简单。诈都勃堇认为阿疏太年轻了,还不具备承担起壮大纥石烈部落联盟的能力。

阿疏在很小的时候就不是一个固执的人,他既会强硬,也会变通。

虽然一到完颜部,肚子里看不见的那根刺就硬扎扎地疼,但他还是谦卑地提出了请求。

刚刚接任生女真节度使的颇剌淑并没有任何迟疑,直接把自己的信牌交给阿疏,让他拿回去,传给星显水各部落的勃堇们看。

于是,阿疏的勃堇之位尘埃落定。

坐稳了勃堇之位的阿疏有着一颗进取的心。他在完颜部成长的过程中,看见了许多完颜部一方面替辽国做事,一方面暗地里扩充部族实力的智慧操作,他把这些见识牢牢地装在自己的脑子里。

像完颜部一样,身为勃堇的阿疏开始主动和辽国亲近,不仅结交了许多辽国的权贵,还向辽国进献了大量贡品,而且自小就"带了蜜的嘴巴"很快就粘住了此时在位的辽国老皇帝耶律洪基的耳朵。

这样的小动作让颇剌淑对阿疏有了警惕,只是当他开始考虑怎样处理这件事情的时候,却不幸被哥哥劾里钵的预言言中,他继位第三年就去世了。

等到盈歌接替生女真节度使的时候,阿疏已经在辽国的朝廷里混得很熟了。

阿疏的各种小动作影响很不好。很快就有一些在劾里钵时代迫于压力和完颜部勉强结盟的部落也开始有样学样,明里暗里地和辽国接触,开始渐渐地不把完颜部放在眼里。这让盈歌很纠结,也很尴尬,毕竟,阿疏今天的地位可是完颜部几代勃堇共同扶持的结果啊。

于是,继任不久的生女真节度使盈歌就邀请年轻的纥石烈部勃堇阿疏到完颜部的太师府(生女真节度使的府邸)做客。

阿骨打和兄弟们,撒改还有阿合里懑,陪着阿疏齐聚一堂。虽然大家多少有点成年之后的拘谨,但是对于少年时鸡飞狗跳、撒野胡闹的快乐回溯,还是短暂地聚集了许多久违的温暖。

一场酒宴,宾主尽欢。

临别的时候,盈歌太师送了阿疏勃堇一匹由自己亲自调教出来的骏马,还配了上好的马鞍,在那样的时代,这可是要比金银珠宝都要金贵的礼物啊!

阿疏好感动呢,发誓一定要像父亲阿海当年一样,把和完颜部的情谊世代传承下去。

可是一走出完颜部的村子,阿疏就把盈歌送给他的骏马松开了缰绳,于是没有了羁绊的骏马就走回了自己熟悉的圈里。

阿骨打看见独自回来的马,就对撒改说:"阿疏已经和我们离心了。"

撒改对盈歌说:"阿疏迟早要反叛。"

盈歌叹了口气,说:"再等等看。"

阿疏暂时还没有什么动静,可完颜部的部落联盟之间却发生了两起冲突。

阿里悗忒石水(今乌苏里江)的斡准部发生了内乱,相邻纥石烈的一个部落也受到了冲击,部落勃堇纳根涅请示盈歌该怎样处置。盈歌给了纳根涅勃堇太师府的信牌,委派他去平息这场内乱。纳根涅勃堇得到了盈歌的委托,就从相邻的部落结盟里征集了很多兵马。

内乱很快就平息了,可是纳根涅勃堇的心却渐渐膨胀了,不但没有停止用兵,还一路进军到了苏滨水(今绥芬河),把一次小范围的平叛变成了一场大范围的劫掠,还私下里制作了都勃堇的信牌,四处压服苏滨水附近各部落的勃堇们为他效忠。一些不愿屈从的部族勃堇派人求告盈歌。盈歌不得已,只得再次委派老将冶诃和劾里钵的儿子斡赛去让纳根涅勃堇发热的脑袋凉下来。

冶诃和斡赛还没有出发,新的乱子又来了,联盟里的温都部和唐括部又打了起来,双方都伤了不少人。

欢都病了,也老了,撒改正在顶替欢都处理部族内外的事情。

该派谁去搞定温都部和唐括部的冲突,这让盈歌犯了难。

阿骨打找到了叔叔盈歌,说:"我去!"

盈歌说:"你有把握吗?"

阿骨打说:"我最近做的梦,经常是满天的红云,我想,这大概是吉兆吧。"

听到这话,盈歌放心了。

冶诃和斡赛,还有阿骨打,各自带着盈歌向联盟部落征兵的信牌,出发了。

完颜部的纳葛里村变得很安静。

盈歌一边等着来自两个方向的平叛消息,一边派人密切关注着阿疏的举动。

阿疏让大家很失望,不仅没有收敛,反而更为频繁地和辽国亲密接触。

盈歌不想放弃努力,于是,就又请阿疏到完颜部的太师府来。这一次,阿疏没有来,而且以后也没有来。

时隔不久,纥石烈部的勃堇阿疏和同部落的毛睹禄勃堇一起公开宣布解除和完颜部的结盟,与完颜部为敌。

一时间,所有对完颜部不满的岭东(今黑龙江省境内)部落纷纷响应。

他们有:统门水(今图们江)、浑蠢水(今珲春河)合流处的乌古论部的留可、敌库德勃堇,徒单部的诈都勃堇,还有纥石烈本部的钝恩勃堇。

徒单部有十四个部落,乌古论部有十四个部落,蒲察部有七个部落,合在一起,是三十五个部落,完颜部的结盟只有十二个部落,三十五个部落对十二个部落,那就是用三个人打一个人。

整个岭东的众多部落最后就只剩下乌延部的斜勒勃堇,温迪痕部的阿里保勃堇和撒葛周勃堇,还保持着对劾里钵时代的忠诚,没有响应。

盈歌很生气,觉得很打脸呢。

生女真节度使的面子,完颜部的面子,很难看。

可是,生了气的盈歌认真想想,好像也没有太好的解决办法。

既然没有太好的解决办法,那就用最直接的办法吧。

于是,盈歌就从部落联盟里集结了两支精锐的队伍,一支由自己亲自率领,从马纪岭(今黑龙江省五常市及吉林省舒兰、蛟河市境之老爷岭)出发,一支由劾者的儿子撒改率领,从胡论岭(今吉林省哈尔巴岭)策应,约定最后在阿疏的本部阿疏城(今吉林省延吉市布尔哈通河附近)会师。

乌延部的斜勒勃堇找到了进军中的撒改,要给他一个建议。撒改十分尊重这位劾里钵时代的联盟勃堇,很谦虚地向他请教。

斜勒勃堇说:"你们远道而来,直接进攻阿疏城,目标明确,这主意很不错,不过,要是把潺蠢水(今吉林省延边境内噶呀河)、星显水两路阿疏的盟友部落先征服了,然后再与太师合兵,这样的效果会不会更好呢?"

撒改很精明,立刻就明白了这条建议的重要性,那就是进退有据。于是,撒改在率军攻下了离阿疏城很近的钝恩城(今吉林省延吉市西南)之后,才和盈歌的部队会师,包围了阿疏城。

盈歌对撒改的做法很不以为然。

盈歌认为,擒贼先擒王,把阿疏抓住了,其他部落也就消停了,即便攻下了钝恩城,等他们退兵回去,这座城还是要留给这里的部落,何必要这样白白浪费气力呢?

不过,这些话,他只是在心里对撒改说,因为他知道,既然交给自己的侄子一支部队,就应该完全相信他,撒改那么做,一定有他的道理,有些事情,打完了仗可以慢慢聊。

天亮的时候,下起了秋天的最后一场暴雨,天地间像被蒙上了一道厚厚的帘子,黑蒙蒙的,什么也看不清,守城的队伍及围城进攻的队伍,都在雨里静静地等。等着雨停了,开始一场胜负未决的厮杀。

一道道闪电时不时地划破暗色的苍穹,给大地留下一个个瞬间的惨白。远远地,有沉闷的雷声一点点逼近,碾滚在战场的上空,隆隆作响。

突然,一个刺目耀眼的大火球自天而降,直直地落入了阿疏城内。

城上城下,每个人的脸上都写满了惊恐!

这该是什么样的预兆呢?这预兆,是吉?是凶?是对应着进攻一方?还是守城一方?

盈歌在蒙蒙的雨中看了一眼身边的撒改,撒改心领神会,对周围的士卒说:"看呢!看呢!大家快看呢!这是天神给我们显现的吉兆啊!这吉兆预示着我们一定会取得胜利啊!"

于是,在渐渐小了的雨里,撒改的预兆很快传播到了完颜部每一个士卒的耳朵里。

雨,终于停了,天空放了晴,进攻的队伍擦干净脸上的雨水,整理好各自的刀枪,抖擞起身体里嗜血的精神,聚集起所有的狂暴和狰狞,准备随时拔寨攻城。

可就在盈歌举起战刀准备下令攻城的时候,忽然发现,自己的进攻号令发不出去了!

阿疏城的城门,开了。

一小队人马缓缓地从城门里走了出来,前边的一匹战马上,骑乘着一位辽国的"银牌天使",这位使者叫作阿息保,盈歌认识,阿息保身后,一名辽国兵士高举着一面辽国军旗,在雨后湿漉漉的冷风里,半张不张地耷拉着。

阿疏很机警,事先得到了消息,早早就带着弟弟狄古保跑到了辽国。

听了阿疏的倾诉,辽国的老皇帝很困惑,既然大家都对辽国效忠,为什么搞得这么紧张?不过,老皇帝还没有完全老糊涂。北阻卜(辽国北方草原部落)的首领磨古斯,就是借着辽国的势力发展壮大的,在不久前居然反叛了。辽国可是费了好大的气力才把磨古斯的叛乱平息了。难道这个叫作盈歌的生女直节度使，会是下一个磨古斯？

阿息保带着皇帝的圣旨去了阿疏城。阿疏多了一点谨慎，让弟弟狄古保先陪着使者回去，自己继续留在辽国。他在担心什么？他自己也不大清楚，可就是这么一点小心却意外地保住了自己的性命，只是，几年之后，阿疏城被攻破，狄古保被杀，阿疏终此一生就再也没有回到星显水的故乡。

盈歌跪在刚刚下过雨的泥地里，接下了辽国使者手中的皇帝圣旨。他觉得很屈辱，也很窝囊。可是身为大辽国敕封的生女真节度使，皇帝的圣旨是不能违抗的。

可是就这样退了兵，别的部落会怎么看？可是要是不退兵……

盈歌很纠结！

身边的撒改就说："叔叔，我们还是退兵吧！至少，我们还有钝恩城。"

盈歌看着撒改，忽然想起撒改攻下的钝恩城距离阿疏城其实很近。

唐括部和温都部离得很近，近到打猎时会经常追捕同一只猎物。两个部落的人也很友好，友好到捕获到同一只猎物时，双方一定会很公平地分享，谁也不会多贪多占。

这一年，唐括部的跋葛勃堇在山里打猎的时候，救下了被几条狼围困住的一位猎人，这位猎人是温都部的莽石。莽石为报答跋葛的救命之恩，带着自己的妻子，以及很多礼物，专程到唐括部的跋葛家里答谢。跋葛也很豪爽，再打到猎物的时候，就不忘送一份去温都部莽石的家里。一来二去，两个人就成了很好的兄弟。

莽石的哥哥是温都部的跋忒勃堇。跋忒勃堇有一位漂亮的女儿，叫雅都。都说唐括部是出美女的地方，可在跋葛的眼里，雅都的美丽却是唐括部里任何女子都比不了的。

跋葛很年轻，还没有成家，也没有心仪的女子，可每次一看见雅都，肚子里就像装满了酒，要醉上好几天。

有一天，跋葛打了一只大野猪，和往常一样，扛着一半儿就送到了莽石家。莽石很高兴，就让妻子煮熟了新鲜的野猪肉，又打开一坛藏了好久的酒，兄弟两个大块吃肉，大口喝酒，喝着喝着，跋葛就真喝醉了。

喝醉了的跋葛就把原来肚子里藏的酒，还有喝进肚子里的酒，都吐了出来。

莽石并不生气，他比跋葛年长了好几岁，做事也很稳重，酒醒了的时候，就让自己的妻子去悄悄地问了雅都。

或许是天意吧，美丽的雅都姑娘红着脸告诉自己的婶婶："第一次见到跋葛，这个男人就在她的心里住下了。"

莽石夫妻很高兴，就兴冲冲地去找哥哥跋忒说亲。可是跋忒勃堇却给夫妻两个热乎乎的心上搁了一块冰。

跋忒勃堇是一位好父亲，特别疼爱自己的女儿，把女儿当成自己的命根子，从来都不会让女儿受到一点点的委屈，就算是女儿要自己的眼珠，他也会毫不犹豫地把它们挖出来。

女儿渐渐长大了，出落成了远近闻名的漂亮大姑娘了，这上门提亲的也就多了起来，可跋忒勃堇就是不松口。

人们都说，跋忒勃堇的心大，想把自己的女儿嫁到辽国的皇宫里呢。

当莽石夫妇向哥哥说起跋葛时，跋忒说："这个跋葛我知道，人是不错，可就是太穷了！"

在那个时代，一个同族的部落会有好些大大小小的勃堇，这些勃堇都是同族的各个旁支里大家公认的好猎手，也是部落争斗中的好汉子。

这些勃堇在部落的集体打围（围猎）和对外征战中，作为各个支系的头领，在每次围猎和部落战争结束之后，根据出力多少和功劳大小，都会分配到相应的猎物或战利品。不过，这些猎物或战利品，勃堇们自己是不能全部占有的，而是要带回本部落，分配给自己同一支系的本族同宗。

在这个时候,同宗人口较多的,获取到的猎物或战利品就会多一点,勃堇们在给各家分完之后,自己留下的也会比较丰厚;而同宗人口少的,拿到的会比较少,分完之后,就不会留下很多,甚至有时候会被分到一点儿都不剩。而唐括部的跋葛勃堇,就属于后一种,所以,他就比较穷。

可是雅都姑娘不这么想,她觉得只要和自己中意的男人在一起,日子苦一点、穷一点,真的没啥!

跋忒勃堇知道了女儿的心思,就苦苦地劝,可女儿的主意一旦拿定了,就在肚子里扎下了根,任谁说也没有用。

跋忒勃堇不得已,就在温都部的族人中间给雅都定了一门亲,男方也是一位勃堇,这位勃堇的同宗人口多,也很富裕。跋忒勃堇担心夜长梦多,打算尽快把女儿嫁出去。

可就在出嫁的前一天晚上,跋忒勃堇的女儿,就要成为新娘的雅都姑娘,不见了。

一年后的秋天末尾,做了母亲的雅都和自己的丈夫跋葛,回到了温都部。

善良的雅都想,父亲从小就疼爱自己,时间已经隔了这么久,父亲的气也该消了,况且她还给父亲抱回来一个结结实实的大外孙呢!

跋忒勃堇还能怎么样,谁让女儿是自己的眼珠子呢?谁让自己把女儿宠得无法无天呢?再者,抱着自己的外孙子,那感觉也还真是很奇妙呢!

一连三天,跋忒勃堇对跋葛勃堇的态度既不冷淡也不热情,该吃饭吃饭,该喝酒喝酒,也看不出有什么不高兴的地方。跋葛勃堇也没闲着,年轻人很勤快,家里家外的活儿全都干了个遍,干得又细致又麻利。

于是大家就都放了心,莽石夫妻也很高兴,说:"这下,可是亲上加亲了。"

第四天,雅都一早起来就高高兴兴地抱着孩子去村里串门去了。

雅都与好多姐妹们一年多没见了。

跋葛也起得很早，头一天从山上砍了很多树，今天的活儿就是把它们全部劈成木柴，因为冬天快要到了。

很快，被劈得齐齐整整的木柴垛成了一座小山。跋葛有些口渴了，就擦擦汗，进了屋子，想喝点水。

跋葛的第一口水还没有喝到嘴里，后脑就遭到重重的一击，当他转过身子的时候，看见好多的棍棒迅猛地朝着自己砸了过来。

在跋葛最后的一点意识里，透过被鲜血模糊了的视线，他看到了跋忒勃堇的那张脸，刻满了冷漠和仇恨。

雅都不敢相信，一向疼爱自己的父亲会亲手杀死自己心爱的男人。当她紧紧抱着自己男人冰冷的身体的时候，她已经哭不出声音了。

所有参与行凶的男人们都放下了手中的棍棒，看着美丽的雅都那样凄楚悲绝，再坚硬的心也都化作了屋外被劈砍的木柴，一截、两截……

意外总是来得太快，让人猝不及防，已经哭到哭不出声音的雅都抱着男人的身体，突然一下子就瘫倒在了冰冷的地上，一把锋利的短刀深深地插在雅都姑娘的胸膛，那双曾经令男人心动的美丽双眼睁得大大的，再不会转动。

跋忒勃堇把自己关在屋子里好几天，就那么呆呆地坐着，不吃也不喝，整个人一下子就老了。

莽石夫妇离开了温都部，没有人知道他们去了哪里。离开的时候，他们抱走了跋葛和雅都的孩子，发誓永不回来。

很快，就有唐括部的族人来到温都部，说要找他们的勃堇跋葛。

把自己关在屋子里的跋忒勃堇知道了，就把唐括部这三个字在嘴里连着念了三遍，眼睛里就亮出了一对刀。

从此，温都部和唐括部就没有了安宁，每隔一段日子，跋忒勃堇就率领着温都部的战士去侵袭唐括部。

唐括部盛产美女和萨满，却少有勇猛剽悍的战士，不得已，只好向完颜部求援，要知道，盈歌的母亲多保真就是唐括部的族人，更何况，乌雅束和阿骨打的正妻还是唐括部出了名的姐妹花呢!

入冬后,阿骨打拿着太师府的信牌,率领着征集到的部落联盟队伍进驻到了星显水附近的乌古论部,准备平息唐括部和温都部之间的骚乱。

整个事情的经过是乌古论部的勃堇富哲达懒向阿骨打讲的。

富哲达懒勃堇还说,原本他们是想帮助唐括部的,可是他们一旦介入,就一定会有其他和温都部交好的部落卷进来,那个时候,就会演变成一场大规模的部落族群冲突,结果就是会有更多无辜的人们受到伤害。

阿骨打想了想,说:"事情成了这个样子,最好的解决方法就是要跋忒勃堇按照祖辈相传的盟约,对跋葛勃堇的本家同族进行赔偿,毕竟跋葛勃堇的死,跋忒勃堇是摆脱不了干系的。"

派去给跋忒勃堇传话的信使回来说,跋忒勃堇闭门不见,也没有回复的口信。阿骨打把节度使的信牌交给信使,要他再去温都部传话。

信使再次回来,手里捧着被砍成两半的节度使信牌。

阿骨打没再说话,把信牌收好,集合起了队伍向温都部进发。

天亮以后,雪很大,天气阴沉沉的,风也很大,吹在脸上,钻进衣服里,刺骨地冷。

阿骨打上了马,第一个冲进了风雪里,身后来自不同部族的战士也都紧随其后。对于这些战士们来说,完颜部的阿骨打在他们的心目中就是一个传奇,能够和传奇一起并肩作战,是一种幸运,更是一种荣光。

队伍快要接近温都部的时候,停了下来,富哲达懒勃堇派出打探消息的族人说,跋忒勃堇刚刚逃跑了。

跋忒勃堇知道自己的实力是不足以和阿骨打的联军抗衡的,所以,选择出逃是最明智的。他还很清楚,这里的冬天会持续很久,阿骨打和他的队伍却坚持不了太久,所以,他带出来的族人也不多,只有五六个。

风停了,阿骨打看了看漫天飞舞的雪,说:"他逃不掉的。"

追击的时候,阿骨打只带了二十个人。富哲达懒勃堇觉得人有点少,有些不放心。阿骨打说:"追捕跑不远的猎物,有这些猎手,足够了。"

兽类在觅食或逃生的时候,无论怎样谨慎,总是会留下一鳞半爪的痕迹,有经验的猎人很快就会判明猎物行走的方向,逃跑的人也一样,尤其是在冬天的林海雪原上。

雪不下了,一行足迹把阿骨打的小队伍引上了一道山岭,足迹的尽头是一个黑黝黝的山洞。

在距离洞口大约五十步的地方,追捕的队伍下了马,每个人都从背上取下弓,扣上箭,分散开,朝着山洞的方向前行。

雪后的山岭很安静,树上的枝杈上立着几只乌鸦,歪着头,看着雪地上这些小心翼翼移动着的人类。

"刺"的破空声响很突然地扰乱了乌鸦们的观察。它们"扑棱棱"地飞快扇动翅膀,想要尽快逃离这突如其来的凶险。

离阿骨打很近的几个战士倒在了雪地上,鲜血洇红了身下的白雪。

围捕的队伍迅速地从不同方向朝着发出箭的洞口回射,空气中往来穿梭的箭冷漠地编织着联结死亡的网。

几轮对射之后,山洞里没有了动静。

阿骨打派一名战士向山洞里喊话,说:"如果跋忒勃堇可以按照祖辈的盟约进行赔偿,我们会继续保证跋忒勃堇不受伤害。"

话音刚落,喊话的战士就扑倒在了雪地里,阿骨打却在这瞬间看准了来箭的方向,一抬弓,手指上扣着的一支长箭就从铁弓的弦上飞了出去。

火把的光亮里,跋忒勃堇和他的族人倒在了一起,身体还在一阵阵抽动,眼睛睁得很大,嘴里不停地涌溢着黏稠的血沫,胸口上一支致命的长箭正在汲取着濒死者最后的生命气息,箭杆上刻着的是阿骨打的标记。

富哲达懒勃堇摇摇头,叹了口气,说:"这又何苦呢?"说完,蹲下身子,伸手替跋忒勃堇合上了眼睛,跋忒勃堇的身子猛地一挺,就再也不动了。

大辽国实在是太大了,幅员万里的辽阔疆域拥有五十二个部族,九百余万的人口,这让继位第二年的大辽国天祚皇帝耶律延禧既感到惊讶,又觉得无所适从。

他觉得爷爷在去世之前已经为他安排得很好了,大辽国所有的官员都很尽责,跟邻近的宋、西夏和高丽也已经和平很久了,更不要说那些境内的各个部族,在帝国委派的那些部落节度使的治理下,各部落都那么恭顺,定时觐见和朝贡,让他觉得整个世界只要大家各自相安无事,或许就会这样一直延续下去吧。

可是,总会有一些人、一些事,给皇帝平静的生活里添上一些小小的烦恼。

大辽乾统二年(1102 年)十月,辽国皇后一族的帐郎君萧海里杀了人,死者家人告到了朝廷。萧海里在被皇帝下旨追捕的时候,居然鼓动了数千人的地方部队抢了乾州(今辽宁北镇西南)的兵甲库,造了反。

接到奏报的天祚帝觉得非常好笑。

几千人的乌合之众竟敢反叛强大的帝国,这简直太荒唐了。

延禧下旨,命北面林牙郝家奴率领三千皮室军(辽国皇家心腹精锐部队)去平叛。

另外,传旨北院枢密使萧奉先准备下一年的春季捺钵。

“这每年的四季捺钵,还真是很让人上瘾呢。难怪皇帝爷爷在生前,一年到头不乐意回皇宫呢!”天祚帝想。

平叛的先头部队和叛乱的部队刚一接触就被击退了,幸亏后续的部队压上来,才没有被叛军冲击得太难看。

不过,萧海里还是选择了撤离,虽然抢到了几百副铠甲和数量众多的兵器,但和大辽皇家的皮室军相比,地方部队的战斗力还是相持不了很久的,即便是王牌军队,也已经很久没有打过仗了。

郝家奴追击叛军很谨慎,谨慎到只要萧海里的叛军一停下来,辽国的皮室军就会跟着停下来。叛军歇够了继续走,郝家奴就下令继续追。叛军逃得很从容,追兵却追得很狼狈。就这样走走停停,萧海里就带着叛军逃进了生女真的阿典部(今辽宁法库、彰武县境内)。

追击的队伍行进到生女真的地界,停了下来,郝家奴派人奏禀皇帝,接下来的军事行动该怎么进行。

辽国为了加强对女真各部的统治,曾于立国之初分别在长春州(所辖以今吉林省境内查干湖为中心的嫩江、松花江以西及洮儿河下游一带)设东北统军司,在黄龙府(所辖为今吉林省西部及黑龙江省松花江以南地区)设兵马都部署司,在咸州(今辽宁省开原市一带)设详稳司,分别辖治和管理女真各部。

生女真各部曾是辽国边境最为严重的边患,他们或依附于高丽,或臣服于契丹,叛服无常。辽国统治后期,帝国渐渐衰落,朝廷为了便于管理,就任命一些部落联盟的部落长为生女真的节度使或详稳,代替辽国行使统领和节制生女真各部的权力。一般来讲,辽国的正规军队是不会贸然进入生女真的地界,否则,是很容易引发误会和骚乱的。这一点在大辽北院(北枢密院,辽国最高军政机构)做官多年的郝家奴心里很清楚。

于是,刚刚结束讨伐阿疏的生女真节度使盈歌就在同一天的不同时间里,先后见到了两位使者。

先来的是萧海里的使者斡达剌,希望可以和完颜部及其所属部落联盟联手,共同抗击辽国,一旦取胜,可以推举盈歌成为一国的王者。

后到的是来自辽国的使者,手里捧着的是大辽皇帝耶律延禧的诏书,诏书里责令生女直节度使盈歌,协同辽国军队一起围捕叛军首领萧海里。

盈歌和撒改、乌雅束、阿骨打兄弟们商议的结果就是扣住斡达剌,派人押送到了辽国,一同带去的还有皇帝赋予完颜部自行募集带甲兵士的诉求。

盈歌很清楚拥有带甲战士和没有防护的战士之间战斗力的差距,完颜部的几代勃堇努力到了今天,全族的带甲战士也不过几十人,而在哥哥劾里钵时代,曾因为部落里有人私自从乌古论部偷偷买了九十副铠甲,被当时敌对的乌春勃堇知道,差点儿就引发了一场部落间的大战呢。

这一次协助辽国军队平叛,不同于以往的部落冲突,萧海里叛军的主体基本是辽国地方的正规部队,没有防护的部落战士和正规军队作战,向来处于下风。以前,完颜部协助辽国军队在鹰路上,在好多次压服反叛的生女真部落战斗中,这样一边倒的战例,盈歌见过了太多。

皇帝的旨意回复得很快,准予所请!不过,带甲兵士所需的铠甲,须由完颜部自行解决,或者,从萧海里的手中去取。

盈歌接到圣旨,说:"这就够了。"

一千余名战士倾尽了完颜全族各部的精壮男子。

女真军在盈歌的率领下,行进到了混同江附近,刚好赶上大辽军队和萧海里叛军的战斗打响。

郝家奴并不想主动进攻,但是皇帝的圣旨加上刚刚被皇帝降职到宁江州刺史萧兀纳和其他边防部队的增援,推得他不得不硬着头皮向叛军发起了进攻。

可是,数量和武备都占了上风的大辽皮室军,不仅没有占到什么便宜,居然还被叛军回击得毫无还手之力,要不是萧兀纳和其他边防部队的助战,皮室军恐怕早就逃离战场了。

战场上的情形让刚刚抵达战场的盈歌十分惊讶,大辽帝国的皮室军,皇家精锐中的精锐,难道就这样不堪一击吗?

盈歌在惊讶之余,心里也对王牌军队的战斗力产生了疑问。

同样感到惊讶的还有阿骨打。

双方都是数千人的队伍,在相互进攻的时候,居然都能保持队形完整、进退有据,靠的就是那么几面旗子。

回身看看部落联盟的队伍,虽然表面上在服从节度使的指挥,可实际上还是完全听命于各部落自己的勃堇,需要征集和调用他们的时候,除了节度使的信牌,还要借助他们本部落勃堇的信牌和传话才行。

"这样打仗可不行!"阿骨打想。

盈歌派人传话给郝家奴,说:"请辽国的军队全部收缩后退,由女真军前出迎敌。"

队伍里的一些部落勃堇们很疑惑,说:"我们一定要替辽国人这么拼吗?"

盈歌说:"我们在辽国最精锐的皮室军面前把叛军打败,再由他们把我们的战绩传扬出去,你们说,辽国皇帝和其他的部族对我们女真人会怎么看?"

郝家奴终于松了口气,立刻传令辽军后撤,同时委派萧兀纳和前来增援的渤海留守送了十副铠甲过来,以示激励。

渤海留守把其中的一副铠甲亲自递给阿骨打。阿骨打却不肯穿上,说:"穿上你们的铠甲,打赢了仗,这胜利的荣耀岂不是要落在你们身上?"

这话让同来的萧兀纳听见了,很尴尬。

女真军很快进入战场,快速发起攻击。

千余人的女真军被分成了三支小部队,每一支小部队三四百人,分别由盈歌、撒改和乌雅束率领,从左、中、右三个不同的方向向叛军的队伍发起冲击。

女真军的进攻方式很简单,打仗也很老实,没有什么花样,也没有什么阵形。就只是冲进去,杀出来;再冲进去,再杀出来。哪里的敌人多,就往哪里冲。

叛军的队伍很快就被冲击得一片混乱,难以聚集在一起进行有效的反击。

女真军的战士在和敌人厮杀的时候,都很沉默,无论是自己的刀剑砍到了敌人的身上,还是敌人的刀剑落在了自己的身上,仿佛都没有任何知觉;浑身上下流淌着鲜血,哪些是自己的,哪些是敌人的,谁也分不清,更没有人去理会。

这样的战法、这样的战士,让后边观战的大辽军队,从将领到士卒,每个人的身上都感觉发冷,浑身都起了一层鸡皮疙瘩,手里握着的兵器都在不由自主地抖个不停,以至于在以后的很长一段日子里,和别人聊起这场战斗,说者和听者的脸上都会变了颜色。

阿骨打就是在这反复冲击的中间看见了正在拼命收拢队伍的萧海里。

稳住神,屏住气,不松懈!

乌古迺传下来的大铁弓,射得很准,一箭就射中了萧海里的眉心。

尘烟渐渐消散,萧海里的首级被阿骨打挑在了长矛的矛尖上,高高地俯瞰着停止了厮杀的战场,没有了身体的头颅,面色灰白,紧紧地合上了再也不会睁开的双眼。

叛军投降了。

除了被杀的、逃散的,叛军俘虏都被押回了辽国。

萧海里的首级被装在一个木头匣子里,由阿合里懑跟随押解俘虏的队伍去辽国当面呈献给天祚帝。

叛军抢得的数百副铠甲及数量众多的武器,按照先前的约定,作为皇帝的赏赐全部留给了女真人。

女真军带着众多的战利品,踏上了归途。

乌雅束是最先率领队伍冲破叛军阵营的,而紧随其后的阿骨打又是最先射杀萧海里的,所以,盈歌就让乌雅束和阿骨打兄弟骑马走在队伍的最前边,在士气灰败的辽国军队面前,有意放慢行进的步伐,缓缓经过。

目送女真军收获满满地扬长而去,忧心忡忡的萧兀纳很无奈。

同样无奈的还有郝家奴,刚刚接到圣旨,自己的北面林牙官被皇帝罢免了。

女真人和高丽国的领土之争已经很久了。

女真在很久以前叫作肃慎;在汉朝的时候称作挹娄(洞穴);到了魏晋南北朝的北魏时期(为了和三国时曹操父子建立的曹魏政权区分,后世把鲜卑拓跋氏建立的北魏称作元魏),有的汉语史籍就把肃慎记载成勿吉(丛林);在隋朝的时候又称为靺鞨,当时的靺鞨有七个部落同时并存;到了唐朝初年,七个部落就只剩下黑水(今黑龙江流域)靺鞨和粟末(今松花江流域)靺鞨两个部落,其他的五个部落突然消失了,以后就再也没有在史籍中出现过。

公元 7 世纪之前,在当时的辽东和朝鲜半岛上,共有高句丽、新罗和百济三个国家,其中以高句丽最为强势,曾经打败过隋炀帝杨广的进攻,此时的黑水靺鞨和粟末靺鞨都臣服于高句丽。

唐朝贞观年间,高句丽联合百济进攻新罗,新罗派使者向大唐帝国求援。唐太宗李世民派出大将李绩出兵东北,在新罗的配合下,最终灭了高句丽王国。

在臣服于高句丽王国的粟末靺鞨部落里,有一支部族看到了机会,就在首领大祚荣的带领下,很快在高句丽的故土上建立了一个渤海国,并向大唐帝国上表称臣。

粟末靺鞨建立渤海国的时候,黑水靺鞨还在粟末的北边,居住在松花江流域和黑龙江下游两岸,共分十六部。

唐明皇李隆基时期,备受新兴渤海国打压的黑水部部族首领继粟末靺鞨之后,也主动向唐王朝上表称臣,唐朝就在东北设置了黑水都督府,以当时的部族长为都督,并赐姓李,名献诚,为黑水经略使。

安史之乱后,大唐帝国开始衰落,无法维持对黑水都督府的统治,而此时由粟末部建立的渤海国开始强大起来,黑水部只得臣服于渤海国,断绝了与大唐王朝的往来。

唐朝末年,契丹族开始强盛。公元 926 年,辽太祖耶律阿保机灭掉了渤海国,改立东丹国,把臣服于渤海国的黑水靺鞨改族名为女真。到了辽兴宗耶律宗真时期,为了避讳,就把"真"字的两点去掉,于是后世的史籍上女真又被称作女直,也就是后来的黑水女真。

公元 918 年,朝鲜半岛的泰封国侍中(首相)王建推翻了国君弓裔,自立为王,建国高丽,把开城作为首都,并积极向北方扩张领土,想要恢复旧时高句丽的疆土。

而辽太祖耶律阿保机在灭亡渤海国之后,把渤海国的国土全部纳入辽国的管辖范围。王氏高丽对辽国的做法极为不满。他们认为,渤海国曾经占据了许多旧时高句丽王国的领土,高丽国作为高句丽王国的继承者,在渤海国灭亡之后,理应继承高句丽王国旧时的疆域。

辽国和高丽就此引发领土之争,曾先后发生三场大战,双方虽互有胜负,但高丽国毕竟国力较弱,最终臣服于辽国。

辽国后期,朝廷对原来的渤海故土,特别是对朝鲜半岛北部的女真地区控制力减弱,而居于黑水流域的生女真各部在完颜部的带领下,开始迅速崛起并控制了辽东半岛的大部分区域,于是,高丽国就和辽国控制下的黑水女真开始了对朝鲜半岛北部地区的争夺。

阿疏一直回不了家。

盈歌从阿疏城撤军的时候,留下了哥哥劾里钵时代的老将劾者屯兵在钝恩城,继续围困着阿疏城,阿疏就只能继续躲在辽国,这一躲就是两年多。

寄人篱下的日子过太久了,阿疏很想回家。不过,新继任的天祚帝似乎对完颜部一直很宽容,每当阿疏提起要辽国出兵帮他解围的事情,皇帝都会把话题岔开,要知道,完颜部可是刚刚替辽国平息了萧海里的叛乱呢。

盈歌病倒了。

在延禧行猎的御帐里,盈歌当面谢过了辽国皇帝的封赏。盈歌一回到完颜部,就莫名其妙地病倒了。和他的哥哥们一样,这病来得没有任何征兆,也找不到任何救治的办法,就只能在萨满请神驱魔的铃鼓声中,慢慢地耗尽生命的最后气息。

阿疏知道了这件事情,就想到了一个主意。

他派出自己的族人达纪去煽动曷懒甸(今图们江以南至朝鲜咸兴一带)的边境部落住民,鼓动他们脱离完颜部的女真部落联盟,去投靠高丽国。这样,完颜部一定会派兵干涉,高丽国就会举兵入侵。即便完颜部不出兵干涉,为了保护现有的领地,他们也会把分散在各处的兵马集中到相对重要的边境地带,到那个时候,自己的阿疏城一定会解围。

这个主意很完美。

曷懒甸平原上,居住着三十个部落的女真住民。他们都是当年渤海国灭亡时,留居在渤海故地的粟末靺鞨后裔,因其住地紧邻长白山,也被称为白山女真。

乌古迺在世的时候,就有一些白山女真部落和完颜部建立了联系。经过劾里钵、颇剌淑的经营,到了盈歌担任生女真节度使的时候,完颜部的声势更加强盛,于是就有更多的白山女真纷纷要求加入部落联盟。这让领土和曷懒甸接壤的高丽国愈发感到不安,因为他们也很想把自己的疆域推进到更北的北方。

达纪的挑唆很成功,曷懒甸的七个部落先后脱离完颜部部落联盟,归附了高丽国,还有一些部落在左右摇摆。不过,达纪在继续说服其他部落的时候,却被这些部落的勃堇们绑起来,押送到了完颜部。

盈歌已经没有力气处理这件事情了。

完颜部和高丽国之间先前还保持着和平,彼此之间也有一些往来,但是后来高丽国经常诱使和完颜部结盟的一些部落叛逃。盈歌曾先后几次派出使者与高丽国交涉,但都没有结果,双方也就中断了联系。

女真军替辽国消灭了萧海里的叛军之后,高丽国感受到了完颜部崛起的力量,就主动派使者和完颜部谈判,希望能和完颜部订立友好盟约。

盈歌指派了部落里的勃堇石适欢去和高丽国使者接洽谈判的事情。可就在石适欢准备出发的时候,盈歌突然病倒了,完颜部就只好把谈判先停下来。

阿疏挑在这个时候指使达纪挑唆曷懒甸的白山女真归附高丽国,时间算得刚刚好。

盈歌去世了,乌雅束接替了生女真的节度使,还有完颜部的都勃极烈。

早年间在完颜部居住的经历使得阿疏对完颜兄弟们的性格十分了解,乌雅束的性格特别温和,而做事情往往会很犹豫。

不过,不管完颜部出不出兵,阿疏都要准备回家,阿疏决定了。

让阿疏意外的是,乌雅束虽然温和,却不糊涂。他考虑再三,派人把达纪押送到了辽国,向皇帝陈述阿疏的阴谋,接着又派出了叔叔在世时原本受命和高丽国谈判的石适欢勃堇,要他募集星显水、统门水一带的各路女真部落兵马进入曷懒甸,把归附高丽国的七个部落再召回来。

石适欢领命之后,率领着征集到的女真军一路声势浩荡、恩威并用,迅速收复了叛离联盟的七个部落。那些摇摆观望的部落受了感召,纷纷主动投诚。

这让已经开始准备回家的阿疏好失望。

高丽国王知道了女真军的战绩,不算平静的内心非常慌张。

于是大臣中有人提议:"我们不如先假装和女真人讲和,邀请那些观望摇摆的部落首领到我们这里,然后趁机扣留他们,这样,那些摇摆的部落就会死心塌地归附我们。"

石适欢接受了高丽国的和平建议。

女真部落联盟中的十四个部落勃堇也欣然接受了高丽国的邀请。为了表示诚意,石适欢派出了杯鲁作为信使,和部落勃堇们一起拜见高丽国国王。

事情却突然发生了反转。高丽国王很热情地留下了十四位部落勃堇,却很粗暴地驱逐了石适欢的使者杯鲁,说:"曷懒甸的事情和你们完颜部没有关系,你们来做什么?"

石适欢听完杯鲁带回来的消息,说:"高丽国一定会派军进攻我们,看来我们需要准备迎战了。"

高丽国王不仅胁迫十四位部落勃堇归附自己,还利用他们和其他部落结盟的关系,同时胁迫星显水、统门水、浑蠢水、耶悔水(今吉林省境内叶赫河流域)以及曷懒水(今吉林省延吉市海兰江)的五水部落一起归附自己。

事情办得如此完美,高丽国王的内心强大了。

他觉得把疆土推进到北方的北方的机会来了。

辽乾统四年(1104 年)二月,高丽国派出东北面行营都统林干率军从境内的定州(治所位于今朝鲜咸镜南道定平郡,与辽属定州不在一地)出关,进入曷懒甸,武力干涉女真军对曷懒甸叛逃部落的征伐,女真军被迫奋起反击。

高丽国武力干涉的后果很尴尬,女真军不仅把高丽军打回了出发的地方,还追着战败的高丽军队到了高丽境内的两座边城里,截获了大批粮草和军械,这才意犹未尽地撤了军。

消息传回高丽国,高丽国王刚刚强大起来的内心很受伤。

高丽国王觉得失败的原因一定是自己用人不当。于是,在恼羞成怒之余,国王罢免了林干的官职,任命高丽国的另一位名将尹瓘为新都统,再次入侵曷懒甸。

女真军的战斗力实在太强,名将尹瓘的战果和林干没什么两样,再次战败。

再次受伤的高丽国王只好主动派出和谈使者前往完颜部。

高丽使者的态度很诚恳,说:"这次冲突,都是一些官员私下里策划的,国王并不知情。为了表示诚意,国王愿意把扣留的勃堇们都送回来。"

新任节度使乌雅束很大度,说:"既然不是国王的意思,那就继续保持和平!"

于是,乌雅束就派族叔斜葛陪着高丽国使者到了曷懒甸,划定了彼此的边界,并命石适欢在三潺水(今朝鲜咸镜南道东部北青大川)建立幕府(原指军队出征时将帅的帐幕,此处指地方大员的僚属机构),代为行使生女真节度使权力,掌控曷懒甸地区。

第二年,高丽国国王肃宗王熙带着一颗壮志难酬的勃勃雄心郁郁而终了。

名将尹瓘咬着牙,向着死不瞑目的老国王和即将继位的新国王发誓,一定要和女真再战,为了雪耻,为了报仇!

大辽乾统七年(1107年)十月,经过了三年的精心准备,尹瓘率领十七万精兵(号称二十万),从水上和陆地兵分五路突然杀向曷懒甸。

短短数日,曷懒甸的女真各部落在没有任何防备下,被俘获和杀伤了好几千人。

消息传回完颜部,乌雅束立刻召集各部勃堇们商讨应对策略。

各部的勃堇们大多不愿意出兵救曷懒甸,他们担心辽国会派兵干涉,会向着高丽国,不管怎么说,高丽国还是辽国的属国,如果完颜部和高丽国发生了冲突,在属国和部落之间,皇帝向着谁真的很难说。

可阿骨打说:"要是我们不出兵,失去的就不只是曷懒甸的白山女真了,到那个时候,现在的部落联盟就都会离开我们了!"

阿骨打醒来的时候,太阳的颜色是火红的,和他梦里的颜色一样,他的胸口里就有了烧疼的感觉。

同行的谷神就说:"到家的时候,先去斡带那里看看吧!"

欢都的儿子谷神现在已经是一位法力高超的女真萨满了。

阿骨打是在去宁江州办事的路上,遇到刚刚从苏滨水平叛回来的斡带。他看见弟弟的脸色很不好,就想让弟弟和自己一道去宁江州。

和高丽国的战争已经进行好几年了,完颜家族的兄弟们都在为部族的事情各自奔忙,相互之间难得一见,斡带是众多兄弟里面阿骨打最疼爱的那个。

女真军在和高丽国作战期间,为了增强兵力,在生女真的各部落征集战士。位于苏滨水一带的部落勃堇们经过判断,认为完颜部兵力和战斗力不足,获胜的机会不很大,于是就有了一些想法,开始和高丽国私下联系,对于太师府传递的命令也很怠慢。

这让乌雅束很不满意。

当年盈歌在世的时候,斡带曾经跟随族兄撒改征伐和降服过乌古论部的留可和坞塔勃堇,对苏滨水一带的情况比较熟悉。乌雅束就委派斡带到活罗海川(今牡丹江)的撒阿村,召集苏滨水各部落的勃堇们,向他们当面传达太师府下达的征集令,要各部落的勃堇们配合完颜部征募士兵。

大部分部落勃堇接到了太师府的传令都到了撒阿村,只有含国部的斡豁勃堇没有到,斡准部的狄库德勃堇、职德部的厮故速勃堇虽然来了,但看了看现场的情形又偷偷溜掉了。

两位溜掉的勃堇在返回部落的路上,遇到了乌古论部的坞塔勃堇率领着一支队伍,就问他要去哪里。

坞塔勃堇说:"收到了太师府召集令,要赶去撒阿村。"

两位勃堇就劝坞塔勃堇,说:"现在高丽国和完颜部已经势如水火,不过,完颜部应该坚持不了太久。我们刚从撒阿村回来,亲眼看见完颜部的号令已经没什么人服从了,所以就偷偷溜了回来。你过去不也是反对完颜部的吗?为什么不趁这个机会,卷土重来呢?"

坞塔勃堇点了点头,就对身后的战士们说:"把他们两个抓起来!"

斡带对于乌古论部的坞塔勃堇对完颜部的支持,在众人面前表示出真诚的赞许。

再次见到斡带的两位勃堇却很担心,他们想斡带一定会杀了他们。

出乎意料,斡带并没有为难他们,而是当着众人要两位勃堇做保证,保证现在和将来完全听命太师府,永不背叛。

当二位勃堇立下誓言之后,斡带就立刻放了他们,这让其他在场的部落勃堇们很惊讶,也很钦佩。于是,大家就都对完颜部和斡带做了保证,这样,斡带就征集到了很多兵马。

征集到兵马的斡带做的第一件事,就是率兵攻克了含国部斡豁勃堇的斡豁城,并乘势挺进到北琴海(今兴凯湖,黑龙江省密山市东南中俄边境),又马不停蹄攻取了另外几座背叛联盟的部落城寨。在得到了这些部落勃堇的效忠之后,斡带就又把这些村寨交还给他们,这才乘胜回来。

听了哥哥的建议,斡带无精打采地说,他很累,只想早点回家。

阿骨打看着斡带远去的背影,心里莫名地有点儿发紧。

办完了宁江州的事情,在回纳葛里村的前一天晚上,阿骨打借住在来流水附近的一个村子里,夜里做了一个梦。

梦里,阿骨打看见斡带家里储备过冬木柴和干草垛子的场地上,起了大火,熊熊燃烧的烈焰红彤彤的,照亮了整个天地。

阿骨打站在火场边上,张着嘴大喊,可他发现自己既发不出声音,也动弹不了,就只能眼睁睁地看着,看着大火吞没了斡带家的房子,任凭火焰袭来的热浪一股股扑在他的脸上、身上,直到早上的阳光热乎乎地翻开了他的眼睛。

他把夜里的梦说给谷神听。谷神沉默了一下,说:"赶紧上路吧!也许还来得及!"

阿骨打的心立刻就抽紧了。他没有再问谷神"还来得及"是什么意思,只是急促地催动胯下的战马,飞驰般地奔向纳葛里村。

阿骨打看见斡带的时候,斡带已经病重得不能说话了,看向哥哥的眼神里堆满了想要活的愿望。

阿骨打很难过,也很懊悔,懊悔没有在兄弟相遇的路上把斡带带去宁江州。

斡带走了,走得很不甘心。在斡带的生命里,阿什河水的毛针草总共才绿了三十四回啊!

刚刚料理完了斡带的后事,阿骨打就被乌雅束请进了太师府。

乌雅束就任节度使的第六个年头(1109 年),和高丽国耗时数年的战争终于结束了。

完颜部落联盟援助曷懒甸的女真军在乌雅束的异母兄弟斡赛和斡鲁先后指挥下,击溃了高丽国数次大规模的进攻,最终进入了长时间的相持。

尹瓘很恼火，可是实在没有更好的办法。和女真军打的那仗是他这辈子的名将生涯里，最令他羞愧的一场战役。

女真军的战法实在太朴实了。

高丽军在被占领的曷懒甸地方筑起了九座城寨据守，女真军有样学样，就在相距很近的位置上同样筑起了九座城寨防御。高丽军主动发起挑战，女真军就老老实实迎敌。

说来也难堪，双方每次交战，高丽军就从来没占过上风，一直都是被打败的一方。

作为主帅的尹瓘很早就看到了这场战役的结局。

当初，突然杀向曷懒甸的时候，最主要的战术就是奇袭，就是要在女真人没有任何准备的情况下迅速占领全部的曷懒甸平原。他们深知，辽国皇帝对北方的生女真部落联盟还是很有戒心的，生女真节度使若是真要出兵曷懒甸，辽国军队一定会出面干涉。

所以，他们在取得最初的胜利之后就放慢了前进的步伐，开始一点点推进，毕竟，高丽军队是离开自己的国家出征，后勤的粮草运送没有那么快。

可是，事情的进展和他们预想的不一样。

北方的生女真各部落联盟不仅在节度使乌雅束的召集下迅速出了兵，还成功地阻挡了高丽军的攻势；而辽国皇帝好像觉得曷懒甸的两方冲突和他的四季捺钵相比，实在不值一提，居然充耳不闻、毫不理会，继续着他的快乐游猎生活。

高丽国的战线拉得太长了，国内运送的粮草和军需常常被作战朴实的女真人派出大量的小股骑兵部队侵袭、骚扰或截获，这让常年在外的高丽军士气越来越低落。

尹瓘放弃了，不再固执，也不再坚持，而且，眼下的局势也实在难以兑现当年在两位国王的面前立下的那些气吞山河的壮志！

高丽国王派出使者，再次提出和议。

乌雅束也再次接受了高丽国王的诚意。

高丽国放弃了曷懒甸的控制区域,放还了被俘获的白山女真,放弃了精心筑就的九座城寨,也放弃了向北方的北方继续拓展疆土的雄心,退兵回国。

双方就此之后,难得延续了很多年和平。

不过,乌雅束的麻烦却还没有完,一件让他头痛的事情立刻就来了。

和高丽国停战的第二年,生女真的境内爆发了大饥荒。

女真和高丽国的冲突从盈歌时代开始,到乌雅束时代结束,前前后后历经了九年之久。

连年的征战也让联盟里各个部落的部民承受了沉重的负担。

他们不仅要送出各自部落里的青壮男人,还要为这些在外打仗的男人们,以及他们骑乘的战马们提供源源不断的粮食和草料,更不要说每年还要定时向太师府缴粮纳赋、向辽国宫廷进献海东青和东珠这些珍奇名贵的宝物。

和高丽国的仗虽然打完了,可这些出去的男人们却没有带回来什么补贴家用的战利品。要知道,女真军的最终胜利只不过是抢回了被高丽国占据的领土而已。

现在,这些男人们倒是回来了,可是对原来的苦日子不仅没有任何缓解,还凭空多添了许多能吃的嘴啊!

饥荒开始不久,一些较为强势的部落就开始抢掠一些弱小的部落,那些弱小部落被抢掠的部民为了活命,就结伙做了强盗,分散在各个地方抢劫他人的财物。

这些强盗被捕获之后,就都被送到了完颜部的太师府。乌雅束感到非常难办,就只好把各部的勃堇们找来商量。

欢都说,把这些强盗都杀掉,然后再起兵去讨伐那些抢掠别人的部落。

乌雅束听了,沉默,在他心里真的不愿杀死这些被迫成为强盗的部民，况且刚刚结束和高丽国的战争，马上再和其他部落开战，这样的内耗对大家都没有好处。

阿骨打说："现在是灾荒的年份，这些人都为了活命才被迫做了强盗。如果因为这个原因把他们杀掉，说不过去！而且强盗这么多，都杀掉，人口的损失也很大，各部的人心就不稳了。不如这样，让他们交出抢到的财物，再付三倍的赔偿，放了他们吧！"

乌雅束想了想，同意了。

可没过几天，阿骨打就又被乌雅束请到了太师府。

太师府的外面围满了各个部落的老人、女人和孩子们。

阿骨打的主意很好，可是这些强盗之所以做了强盗，就是因为家里太穷了，现在要他们拿出三倍的赔偿来换取自由，就只能出卖自己的妻子和儿女，来抵偿太师府的惩罚。

太师府里，大家都没了主意。

阿骨打进来之后，想了想，就走到乌雅束身边，拿起了父亲和叔叔们曾经用过的、象征着部落都勃堇身份的木杖，用一块白色的绢帛包住木杖的一头，从太师府里走出来，站在众人的中间，把木杖高高地举了起来。

人们聚拢起来，围住了举着木杖的阿骨打。

木杖上包裹着的白色绢帛在太阳底下轻轻摆动，反射着太阳的白光，白得夺目，白得耀眼。

阿骨打说："现在，咱们的日子都很难过，贫苦的人更难过，所以，就有人被迫做了强盗。我们按照祖辈的约俗惩罚强盗，可还是太严厉了！逼得大家卖儿卖女，妻离子散！这是我们的过错！从今天起，这些惩罚全部免除了！各个部落向太师府缴纳的钱粮，也免除三年！三年之后，咱们慢慢再说！"

阿骨打的声音不高，却传进了每个人的耳朵里、心里。

快出山的时候，在爬犁的不远处，有什么东西在来回游荡。

走近了一些,把乌雅束和阿骨打吓了一跳。

是狼,是林子里的狼,它们就好像在那里专门等着乌雅束和阿骨打。

乌雅束勒住马,说:"坏了,有狼。"

阿骨打看了一下,说:"只有三只,我们把它们射死就是。"

说罢,张弓,搭箭。

乌雅束说:"别急!这几只狼只是探路的,头狼还没来。"

拉爬犁的马仿佛感觉到了危险,吓得倒退了一步,踩到了爬犁的辕木上。

乌雅束拉住缰绳,想把马头调转方向。马一面嘶叫,一面刨着蹄子,可是马腿绊在辕木上,不能动了。

大约十几只野狼突然从坡上的林子里冲了出来。

乌雅束和阿骨打从爬犁上跳下来,数支羽箭急速射出,箭箭命中,但是并未阻止狼群的势头,它们的目标似乎十分明确,直直地冲向爬犁。

两人箭筒里的箭射光了,狼群还在继续向他们逼近。

最后一支箭射完的时候,狼群还剩下八九只的样子,最前面的那只狼体大胸高,下颌像被焦炭熏黑似的,把白森森的锋利牙齿衬托得异常恐怖。

一匹马,两个人,一个爬犁,被狼群围成一圈。

乌雅束兄弟的心境有些奇怪,既有些恐惧,又有一种强烈的好奇心。

让他们感到吃惊的是,他们从未如此近距离地观察过活着的,甚至即将威胁自己生命的狼。

他们曾见到过父亲劾里钵和族里猎人们杀死的狼,觉得它们和部落里养的猎狗差不了多少,只不过稍稍大点罢了。现在他们明白了,狼就是狼,是一种绝不同于被豢养之狗的野兽。当然,即使是一只最烈性的狗,在最后的关头也会有某种东西,如恐惧、爱抚,或者人的一声厉喝,可以把它镇住。而这只下颌焦黑的狼,只有死亡才可以使它退却。它既不嗥叫,也不唬人,只顾追逐自己认定的目标。一对黄褐色的、圆圆的眼睛里射出的目光,那样固执,而且丝毫不加掩饰。

看得出,这只下颌焦黑的狼是头狼。它一面围着爬犁转,一面打量着那匹马。

兄弟俩又上了爬犁,阿骨打从乌雅束手里拿过鞭子,抓住爬犁的托梁,瞅准机会狠劲抽了头狼一鞭子。

头狼被打得吓了一跳,它没有想到阿骨打会动手。

头狼跳到一边,把牙咬得"咯咯"响,另外几只紧随其后。所有的狼都围着头狼转着圈子,仿佛在等着下令。头狼后腿蹲在雪地里,用牙挨个蹭着群狼,像要把牙蹭得更锋利一些……

乌雅束和阿骨打相互看看,再瞅瞅爬犁。爬犁上,除了捕获不多的猎物,还有一把斧头。乌雅束手里有一根马鞭。

乌雅束说:"它们要的是马。"

阿骨打跳下爬犁,用力推马。

乌雅束把爬犁上的猎物投向狼群,狼群只是嗅了嗅,继续逼近。

乌雅束和阿骨打绝望了。

阿骨打直起身,从爬犁上把斧子攥在手里,等着合适的机会,想再给头狼一下子,但头狼有了戒心,始终和爬犁保持一定的距离。

乌雅束也下了爬犁,继续推马,努力地想使那匹马脱离困境。

几只狼离开同伙,跑到爬犁的另一边打转。

马终于在乌雅束的努力下摆脱了羁绊,奋力扬蹄,带着爬犁重新跑了起来。狼群不紧不慢地在两侧跟着,头狼跑在最前面,不时地观察着马,准备寻找机会跳上去。

阿骨打也在找机会。

猛地,他从爬犁上跳了出来,手里的斧子朝着另一边的几只狼挥去。几只狼避开攻击,缩着后腿,做出要扑人的架势。就在同一时刻,头狼感觉到了脚下踩到一块硬地,于是躬身一跳,马猛地往旁边一闪,倒在雪地里,把乌雅束抛出老远。

爬犁来了个底朝天，压住了马的后腿，马挣扎着要起身，头狼一跃而上，一口咬住了马脖子。

马一声嘶鸣就倒在了雪地里。头狼松口转了一个方向，跳到马的身前，探出尖利的爪子，一下子就豁开了马肚子，其他狼一拥而上，雪地里顿时殷红一片。

群狼撕咬着还在不时颤动的马肉，并把一团团冒着热气、血淋淋的青色马肠子在白亮耀眼的雪地上拖拉着、撕扯着，不时地"呜呜"叫着，偶尔，头狼还用黄褐色的眼珠子瞪着旁观着的阿骨打兄弟。

这一切发生得太快，可怕而又简单，就像是一场梦。

乌雅束拎着鞭子，阿骨打拿着斧子，有些失魂落魄地看着眼前这幅狼吞虎咽的群狼盛宴。

头狼的目光再次从他俩身上扫过，那是一种志得意满的目光，一种赤裸裸的胜利的目光。这种目光中显露出的得意和轻蔑激怒了阿骨打，他举起斧子，用尽吃奶的力气大叫一声，向着狼群猛扑过去。狼群跑开几步，停下来，却不停地舔着血淋淋的嘴巴。它们舔得那样认真，那么津津有味，根本就不把手执斧子的阿骨打放在眼里。

阿骨打抡起斧子向头狼奔去，头狼纹丝不动，停止了其他动作，目光冰冷地注视着他，弓起了身子，身上的毛发挓挲了起来，像一蓬蓬钢针。

离着头狼不到十步，阿骨打停住了，身子略略前倾，端着臂膀，一只手里攥着斧子，眼睛死死盯着头狼。

彼此就这样一直冰冷地对视着。

过了好一会儿，阿骨打忽然松开执着斧子的手，斧子无声无息地掉进厚厚的雪地里。

乌雅束惊呼一声，却见阿骨打回头朝他轻轻一笑，做了个鬼脸，回过身冲着头狼，就像平时和小伙伴们角力似的，活动了活动身子。

雪地上的人和狼全都停止了动作，和头狼一样，莫名其妙地看着阿骨打，不知道这个少年究竟想干什么。

　　阿骨打活动完毕,向着头狼走近几步,把身子放低,头狼下意识地又缩了缩身子,收紧了后腿。

　　一人一狼,近距离彼此相对,在雪地上形成一幅奇异的画面,空气仿佛瞬间凝固了一般,寂静的雪地上只能听到一群狼和两个少年的喘息声。

　　突然,毫无征兆地,只见阿骨打和头狼同时跃起,向对方扑去。

　　一人一狼在雪地上打了几个滚儿,阿骨打翻身半骑在头狼的身上,双手搂住头狼的脖颈,向一侧用力扭着,用膝盖死死抵住头狼的后腰;头狼死命挣扎地想要把身子拧过来,巨大的狼爪不停地在雪地上刨蹬着,喉咙里不时发出令人恐怖的"呜噜呜噜"的声音。

　　其他狼看见头狼受制,仿佛突然清醒一般,纷纷作势跃起,准备攻击阿骨打。

　　在这危急时刻,雪地上的阿骨打死命用力,"咔吧"一声,头狼脖颈终于被折断,一缕鲜血顺着嘴角慢慢淌了下来……

　　阿骨打放开了头狼,站起身,嘴角挂着笑,朝着乌雅束走过来。可乌雅束突然发现,被阿骨打折断脖颈的头狼忽然又站了起来,弓身缩腰,毛发奓起,从背后飞速冲向了阿骨打。

　　乌雅束已经来不及呼叫阿骨打小心了,抬手就举起了不知道什么时候拿在手里的弓箭,一支支地朝着头狼射去。可头狼像有了灵性,把所有射过去的箭都躲开了。乌雅束急坏了,大声呼喊,却突然发现自己发不出一点声音,再看阿骨打,还是笑吟吟地朝着自己走着,对身后的事情毫无知觉。

　　乌雅束眼睁睁地看着头狼从雪地里一跃而起,在空中张开血盆大口,乌雅束恐惧地闭上了眼睛……

　　等他再次睁开眼睛的时候,却看见周围的雪地里跪伏着无数的野狼,阿骨打手里握着父亲传给他的大铁弓,站在天地的中央。阳光映照下的雪地里,阿骨打的身上也像裹上了一层耀眼的白光,那只硕大的头狼的脖子上,插着一支长长的箭,安静地倒在了阿骨打脚边。

乌雅束看见阿骨打安然无恙,内心充满了欢喜,抬腿就向阿骨打跑去,可是身子一动,就醒了。

乌雅束头疼了好几天,少年时的那场有惊无险的狩猎最近总是在他的梦境里出现。

只不过,当时可不是梦里梦见的那样啊;而且,也不是只有他们兄弟两个啊,还有谩都诃、阿合里懑、吴乞买、颇剌淑、斡带,还有那个每年都到完颜部住上好一阵子的阿疏呢。

那年冬天,雪太厚了,狼群找不到吃的,猎人捕不到活的野兽。

阿骨打他们就结了伙,想进山里碰碰运气。

乌雅束记得,当时可是坐了好几个爬犁呢。

狼群一般不会主动进攻人类,除非饿极了,而且当时它们进攻的是拉着爬犁的马。

他们也并没有去救助那只被绊倒的马,而是任由狼群把马吃干净,然后一只只把狼群全部射杀。

因为,有经验的猎人都知道,狼的肚子里有了食,在没有消化之前,奔跑速度和逃生能力是要大打折扣的。

那只头狼其实没有被箭射杀,阿骨打说了,狼群里数它的个头大,可以收一张完整的狼皮。

于是头狼就被他们追着逃进了一个雪窝子里,被阿骨打和吴乞买合力用绳索套住,勒死了。

那张狼皮被劾里钵完整地剥了下来,做成了一件狼皮筒子,穿在了奶奶多保真的身上。

乌雅束把梦境说给了撒改,撒改就问谷神。

谷神说:"这是一个好预兆啊,预示着你们一直在努力做的事情最终会在阿骨打的身上实现。"

乌雅束听了谷神的话,就放心了。

一天,他跟阿骨打说:"今年辽国春捺钵,你去吧!我身上不舒服。"

第四章

混同江里的野鸭、大雁、天鹅、大鸨等水禽极多,史上又被称为鸭子河,契丹太平四年(1024 年),辽圣宗耶律隆绪下诏,改鸭子河为混同江。

混同江江水很深,江面宽阔,窄处六七十米,宽处百多十米。这里不但水禽多,而且虎、熊、鹿等大型兽类经常出没,除此之外,江里还盛产鲟鳇鱼,每条可重达百余斤。

春天,混同江青草复绿,染碧原野,芦苇抽枝,杨青柳黄;夏日,湖波潋滟,百鸟翔集,百花盛开,野兽出没;秋天,天高水阔,万鳞竞跃,虎肥鹿壮,百兽出没;冬天,冰封雪覆,银装素裹,莽莽苍苍,壮阔浩瀚。

每年的春季捺钵,辽国皇帝都会在混同江举行。

因为皇帝要在这里亲手钩得春季捺钵的第一条鱼,用来预示国运恒昌,皇祚永续。

皇帝到了混同江,在岸边扎好御帐之后,要在江水的冰面上再设一个大帐,名为冰帐。

接着,侍从们就在混同江的上下游相隔十里的冰面下设置两道毛网,用来把鱼群聚拢起来,方便堵截,防止逃散;另外,还要在冰帐前的冰面上预先凿开四个冰眼,中间的冰眼要凿透,另外三个冰眼留有薄冰,用来观察水下鱼群的分布情况。

整个冬天,鱼群都生活在封闭的冰面之下,一旦发现冰面上有了被凿开的冰眼,就会争先恐后游到被凿透冰眼的水面上,探头吐气,畅快呼吸,全然不顾危险,越挤越多。

这时,负责察看鱼情的侍从就会奏禀皇帝,请皇帝移驾钓鱼。皇帝来到冰眼处,将系有长绳的鱼钩子用力掷出。

因为聚集在冰眼里面的鱼很多,所以,每一次掷出都会有所收获。

冰眼里的鱼一旦中钩负伤,就会带着绳子逃走,不过,一般不会逃得太远,只能在冰眼附近游窜。

等鱼游到没了力气,左右侍从就用绳子把鱼拽上来,称之为"得头鱼"。

"头鱼"可不是普通的鱼类,一般都是体重力大的鲟鳇鱼,最重的可达数百斤。

皇帝钓得第一条鱼后,就要移到岸上的御帐里,摆满盛宴,载歌载舞,庆贺新春,这样的宴会,就叫作"头鱼宴"。

早春二月,黑油油的大地上尽管还有星星点点的残雪,但是已经有了盎然的春色,浸染着富饶的土地。

每年这个时候,这片平时寂寥而蛮荒的土地就会因为皇帝、文武百官以及众多随从侍卫和皇家禁军的到来,显得格外富有生机,尤其是那些腰肢袅娜、香风萦绕的帝后妃嫔们,为仍然有些肃杀的北方原野带来一股鲜活生动的气息。

女真部、室韦部、兀惹部、渤海部、奥里米部、越里笃部、越里古部等辽国境内的各个族群部落首领都已经提前赶到,准备好各自的珍奇异兽、名贵珠宝,遵照次序,等候着向辽国皇帝进献。宋朝、西夏、高丽等邻国,也因为天祚帝的春捺钵,各自派来朝贺的使者。

春捺钵的营地人山人海,大辽国的宫廷贵族、大小官员们,除了簇拥在身边的侍卫和随从之外,不能少的还有他们的娇妻宠妾。

在向外邦和异族体现优越感的时候,这些容姿冠绝的女人们永远都是世上最为美丽的彰显。

西天的最后一抹晚霞已经融进冥冥的暮色之中,四周的群山呈现出青黛色的轮廓,大地一片迷茫。

黄昏下的混同江像一条闪闪发光的带子,蜿蜒着静静流淌着,远处陆陆续续的队队人马仍在持续不断地驰来。

依照氏族的强弱和贫富不同,各部的人数、排场也大不相同,大小帐篷和各色的旗帜在沿江的岸边铺列开来,旗帜上各部族的图腾或者纹章在风中猎猎展动。

皇帝的大帐里,一年一度的"头鱼宴"渐渐进入高潮,大辽国天祚皇帝耶律延禧,醉了。

他虽然没有醉到神志不清,但是也开始恍惚迷离。

于是,醉了的皇帝就有一些心血来潮,就想找一些新鲜的刺激。

每年都是这个样子,邻国朝贺,异族献礼,歌舞美女,饕餮宴席,实在没有太多新意,皇帝就想多找一些从来没有玩儿过的乐子呢。

所以,当一位胖胖的、圆滚滚的部落首领在献完了贺礼,准备退下的时候,皇帝忽然抬起手,叫住了他,说:"我听说你们边民的部落里,每逢喜庆的日子,男男女女就都会聚在一起跳舞、唱歌,这样的情形,我见得不多,好可惜。这样吧,今天我们君臣难得一聚,你就在这里表演一下,让我见识一下,也为大家助助兴,好吧!"

皇帝的声音很随意,随意到令人不能抗拒。

当这位首领满头大汗,涨红着脸,拽动着圆滚滚的身体笨拙地舞蹈和旋转的时候,皇帝的大帐里,所有人都已经笑翻了,尤其是皇帝身边的女人们,更是笑到花枝乱颤。

首领舞艺献毕,皇帝非常开心,于是下旨,要所有在场的部落首领们遵照进献的次序,一个都不能少,全部上场轮番为皇帝起舞献艺。

皇帝说出的口谕是温和的;可是口谕换作了旨意就是认真的,认真到如果不去执行,就是抗旨,抗旨是要被杀头的!

于是,这些平日里强弓硬箭、搏熊伏虎、捉鱼猎鹿的部落首领,一个接一个地在大辽皇帝、辽国的邻邦使者、辽国的文武百官、皇后嫔妃和贵戚命妇,甚至包括那些随从、侍者面前,踏着扭捏的步伐,扭着雄健的身体,舞动着、摇摆着,在皇帝大帐里的阵阵爆笑中,艰难地执行着帝国皇帝的圣旨。就这样,一直轮到了生女真节度使乌雅束的代表完颜阿骨打。

完颜阿骨打走进了大帐,立在场地中央,昂首挺胸,面无表情,一动不动,不错眼珠地注视着众人拱卫的大辽天祚皇帝。

喧闹的皇帝大帐忽然就安静了下来,所有人都很惊讶,惊讶地看着这个站在场地中央,居然不肯遵从皇帝的圣旨为大家献上舞艺的生女真男人。

刚刚喝进去半碗酒的皇帝被呛了一下。

他有点没弄明白,站在大帐中央的这个男人为什么不跳舞,为什么不像其他部落首领那样,扭摆着惹众人发笑。

他看看左右,发现身边的官员、侍卫们和他的神情一样,脸上都堆满了疑惑和不解。

他叫过来枢密使萧奉先,问:"这是谁?"

萧奉先说:"这个,是生女直完颜部节度使乌雅束的弟弟,叫作完颜阿骨打。乌雅束病了,不能来,由他替他哥哥向皇帝进献。"

皇帝问:"他为什么不跳舞?"

萧奉先说:"这个……臣不知道,臣去问问。"

萧奉先没有得到答案,阿骨打双手抱肩,神情倨傲,眼睛里似乎浮着初春的混同江里拒绝融化的冰凌,刺骨、坚硬、寒气逼人。

萧奉先是一个善于变通的人,尤其善于化解比较难堪的场面,就像眼下的尴尬。

他不会坚持一定要从阿骨打的身上找出一个答案。他知道,在这样的男人身上,有比铁还硬的东西,是很难在重压之下屈从的,除非把他杀掉。

可是,这是一年一度的"头鱼宴"啊!是一年当中最先开始的吉利日子啊!在这样开心的日子突然砍掉几颗脑袋,不仅会让各个部落的首领感到紧张,那些前来朝贺的邻国友邦也会心存许多疑虑,那样可就太扫兴了。

于是,天祚帝听从了萧奉先的劝告,下了旨,说:"今天已经很尽兴了,大家就散了吧,攒攒精神,明天进山打围。"

夜深了,醒了酒的天祚帝躺在了大辽帝国最美丽的女人文妃娘娘萧瑟瑟的怀里。

软玉温香的怀抱中,皇帝的脑海里却总是漂着一个粗犷的男人。

阿骨打这个名字,天祚帝有一点印象。

那还是爷爷道宗皇帝在世的时候,这个阿骨打曾经随同他的父亲劾里钵一起来辽国上京进献过海东青。

在皇帝赏赐的宴席上,就是这个阿骨打和皇族里的一位将军下棋,将军输了,想要悔棋,可是这个阿骨打居然不给面子,硬是不干,双方争执起来。这位皇族的将军就有些出言不逊。阿骨打一怒之下,竟然拔刀相向。幸亏和他们同来的一个叫作谷神的年轻人死命摁住了这个家伙,即便是这样,这个阿骨打还是拿着刀柄捅伤了那位将军。当时爷爷为了保持北路的鹰路畅通,还有生女直各部的稳定,给了劾里钵的面子,最终放过了他。

这件事情给当时还很年轻的天祚帝留下很深的印象。

今天的"头鱼宴"上,居然又是这个家伙出来煞风景,一想到这里,皇帝的脑袋就忽然很疼。

萧奉先是从被窝里被侍卫叫到皇帝寝帐的,皇帝依然对晚宴的事情耿耿于怀,他要萧奉先找一个借口,把这个叫作阿骨打的家伙杀掉。

萧奉先深吸一口气,说:"这些野蛮人真是不懂什么规矩,也不知道什么叫作礼节。不过,在讨伐萧海里的时候,就是这个阿骨打射中了萧海里的,为平叛立了大功。如果因为这件事情把他杀掉,其他部落的首领们会心里有所疑惧,就会产生一些不必要的恐慌;再者,就算这个阿骨打有什么非分的念头,就那么一个小小的部落,还能有什么更大的作为呢?"

萧奉先说话的时候,天祚帝一直闭着眼睛,闭着的眼睛里阿骨打的影子已经有些模糊。等萧奉先说完，皇帝懒懒地睁开眼睛，刚好看见了自己的美丽皇妃刚刚打完一个哈欠，一双绝美的双瞳在寝帐内的烛火映照中朦胧带雾、幻彩迷离，真是别有一番风韵。皇帝的身上突然就燥热了起来，一把就把文妃摁倒在了御榻之上……

于是，萧奉先悄无声息地退出了皇帝的寝帐……

春天快结束的时候，一直为阿骨打担心的乌雅束总算把弟弟盼了回来，"头鱼宴"的事情已经像长了翅膀的鸟儿一样，飞快地传遍了白山黑水的各个部落，自那以后，一直到乌雅束永远闭上双眼，阿骨打就再也没有离开过乌雅束的视线。

"头鱼宴"之后的几天里，天祚帝对于阿骨打的杀心还是没有完全消解，不过，在伴随皇帝进山打围的时候，吴乞买、粘罕（完颜宗翰）、胡舍这些完颜部狩猎好手接连不断地为皇帝上演了许多令人惊异的神奇技艺——吴乞买的林中哨鹿（模仿鹿的声音捕猎）、粘罕的山中伏虎、胡舍的徒手搏熊。在这些新鲜和刺激里面，皇帝渐渐地就把阿骨打在"头鱼宴"上给他制造的那场小小的不愉快，不经意地忘记了。

乌雅束很欣慰，他的父亲和叔叔们赋予他的那些遗愿，那些上天在梦里为他昭示的愿景，终于在他活着的时候，得以平稳、顺利地交托在阿骨打的手里。

阿骨打明白哥哥的用心，一直陪在哥哥身边。他也记得奶奶多保真在世的时候曾经对他说过，完颜一族的勃堇们是活不过六十的。

辽天庆三年（1113 年）十月，生女真节度使、完颜部的都勃堇乌雅束去世了。

和他的父亲、叔叔们一样，他刚刚五十出头的年纪就踏入了仿佛上天特意为完颜部家族勃堇们设定的宿命循环。

在纳葛里村乌雅束的灵位前，阿骨打继任了生女真节度使。

不过，正在完颜部境内征缴海东青的辽国使者阿息保却很不满意。

因为阿骨打在继承节度使的时候,并没有向他进行禀告。

这让堂堂的大辽使者脸上很没有光,于是,他特意前来纳葛里村质问阿骨打,说:"乌雅束首领去世,你们为什么不向宁江州的刺史和辽国的朝廷上奏?"

阿骨打说:"既然使者大人已经知道节度使去世,那为什么不先来吊唁逝者,却先来怪罪我们,难道作为大国,就是这样讲究礼节的吗?"

阿息保接不上话,很尴尬,只好走了。

过了几天,阿息保有点不甘心,就又来到纳葛里村。于是,他就看见了别的部落勃堇送给逝者乌雅束的赗马①。

为了表达对乌雅束节度使逝去的尊重,各个部落送来的赗马都是优中选优的好马。

阿息保对这些赗马产生了极大的兴趣。

那个时代,生活在北方的各个民族对于骏马的热爱是与生俱来的,只要见到好马,就会不自觉地想去驾驭和占有,去体验奔驰和征服的快感。

阿息保也不例外,于是,他就解开了一匹赗马的缰绳,这匹马,他已经注意很久了。

阿息保过于专注观察这匹赗马,根本没有察觉到,一直在不远处注视着自己的阿骨打。

阿骨打不想搞事情,可是辽国使者对于逝者的不尊重已经超出了他能容忍的底线。

于是,怒火中烧的阿骨打就抽出了腰间悬挂的刀。

可是,刀子在刚刚抽出一半的时候,阿骨打的手却被身后的另一只手

---

① 赗(feng)马:赠予送葬的马。

古时,亲朋好友馈赠给逝者的送葬之物,被称为赗。赗马是馈赠的物品之一。

很久以前,生活在白山黑水的女真人,主要的生活来源大多还只是打鱼捕猎,各个部落拥有马匹的数量是很少的,不像生活在草原上的部落族群,动辄就是成百上千的马群。所以,一个部落里,若是有人去世,身边的亲友送来几匹好马作为馈赠,表示对逝者极高的尊重。如果逝者身份高贵,那馈赠的赗马一定是百里挑一的好马。

摁住了。

这只手的主人是乌雅束的大儿子谋良虎（完颜宗雄）。他看了看正在牵着赗马准备离开的阿息保，对阿骨打说："叔叔，我去。"

谋良虎问阿息保："使者大人看上这匹马了吗？"

阿息保说："是。"

谋良虎说："那使者大人知道这匹马是做什么用的吗？"

阿息保说："不知道。"

谋良虎说："这匹马是别的部落送来的赗马，是为死者送葬用的。使者大人要是实在喜欢，我们就送给你啦！不过，送葬的马总归是不吉利的。这样吧，我就从它身上取下一些东西，就当作除去晦气，然后，你就能把它牵走了。"

说完，谋良虎就从自己的腰里抽出一把极锋利的刀子，突然出手，飞快地削掉了赗马的两只耳朵。赗马骤然吃疼，一声嘶鸣，前蹄腾空，纵身跃起。

谋良虎眼疾手快，一把就从阿息保的手里抢过缰绳，硬生生把马拽住落在原地，使之动弹不得。

阿息保面色惨白，脸上星星点点的，挂着从赗马耳朵上甩溅的血滴，呆呆地站了一会儿，迈开僵硬的步子，木然而去。谋良虎回过身看看阿骨打，阿骨打点点头，叔侄二人就都笑了。

阿息保回到上京，把阿骨打没有经过朝廷的诏令就直接继任节度使的事情禀告给天祚帝，可是皇帝并没有放在心上。

他觉得先前萧奉先说的还是很有道理的，这些生女直人不过就是一些野蛮人，就那么大的地方，就那么些人口，只要听话、不折腾，保证海东青和东珠这些宝贝定时的进献，什么节度使、详稳，不过就是一些虚职而已，就由着他们自己安排吧！一个帝国的皇帝要是总为这些小事操心，多累啊！

可是，一位在辽国居住了很久的客人听说了这件事情之后，坐不

101

住了。

阿疏在辽国已经住了很久了，当年进攻阿疏的生女真节度使盈歌被辽国使者强令退兵的时候，曾留下劾者继续保持对阿疏城的围困。

两年之后，和阿疏一同对抗完颜部的毛睹禄勃堇撑不下去了，只好投降了。

劾者攻下阿疏城的那一刻，阿疏的弟弟狄古保坚持到了最后，和阿疏城一起被刀剑和马蹄碎裂了。

阿疏失去了部落和亲人，活着的唯一意义就只剩下了复仇。

自那以后，阿疏就利用一切可能的机会在辽国皇帝的耳边不断地描画着完颜部的称霸野心，不断重复着完颜部图谋不轨的预言。

可惜，无论老皇帝还是新皇帝，对他的忠告都置若罔闻，还经常抚慰他，说："你们那里的日子过得太辛苦，不如就在辽国终老吧！这里不愁吃、不愁喝，我们彼此想念的时候还可以随时见面！多好！"为了安抚阿疏和其他内附辽国的生女真部落首领，天祚帝在天庆二年（1112年）特意下旨封阿疏为阿鹘产大王。

于是，在辽国的皇帝身上看不到任何希望的阿疏，渐渐没有了坚持的力气，只好尝试着寻找新的机会。

虽然成功挑起了女真部和高丽国的曷懒甸之战，但结局，阿疏是很失望的。

不过，失望的阿疏还没有完全绝望。

他心里知道，女真部和高丽国之间的和平只是暂时的，把国土疆域拓展到北方的北方是历代高丽国王及其继任者们延祚传承的梦想和夙愿，怎么可能轻言放弃呢？

所以，阿疏就把对辽国皇帝的失望转化成了对高丽国王的企望，于是，阿疏就和族弟银术可（与完颜部银术可同名）、辞里罕合计，想找个机会偷偷地逃亡到高丽国，去帮助高丽国实现他们的梦想和夙愿，也希望可以借助高丽国重新夺回被完颜部占去的原本属于他的族群和部落。

可世上的事情总是那么不遂心意!

让阿疏十分郁闷的是,完颜部的历任节度使从来就没有忘记对他的惦记,从盈歌开始,阿疏的所有举动都会随着南来的风吹向他曾经住过的纳葛里村。

浑都仆速是一个有办法的人,经常来往于各个国家,不仅能够传递很多消息,还能办理许多常人办不了的事情。

阿疏就私下里委托浑都仆速和高丽国的宫廷里取得了联系,并请浑都仆速游说高丽国王,接纳阿疏一行流亡入境。

高丽国的君臣们很热情、很爽快地答应了浑都仆速的请求,然后又很痛快地派人告诉了阿骨打。

把阿疏的事情给新任的女真节度使做一个顺水人情,这样多好。

高丽国的君臣们不想自找麻烦,历经多年的战争消耗,高丽国的国力已经透支了,已经无力再次发起像样的进攻了,目前的态势,能做的就是韬光养晦,徐图东山再起。

阿骨打得到了阿疏的消息,就派遣族里的勃堇夹古撒喝,带领数百名战士,前往与高丽国交界的地方去堵截阿疏。可急行到边境的夹古撒喝却意外地听说,银术可和辞里罕在穿越边境的时候,被辽国的边境军队抓住了,浑都仆速也趁乱逃跑了。

阿疏没有和他们一起出逃。

阿疏一直还记着当年狄古保先替自己回了阿疏城,结果他失去了自己的弟弟。

所以,这一次,他还是让银术可、辞里罕先行一步,看看情形再说,结果幸运又一次眷顾了阿疏。

夹古撒喝没有抓到阿疏一行,就四处搜捕浑都仆速,却一无所获,只得抓了浑都仆速的妻子和儿女们回到完颜部。

这样的一场热闹之后,阿疏彻底灰了心,只得黯然留在了辽国宫廷里。不久之后,纥石烈部的另一位勃堇赵三也在和完颜部作战失败后辗转投奔了辽国。他和阿疏聚在一起，收拢各自的部众，期待着能够复仇的一天。

而女真完颜部也因为这一次没有结果的抓捕行动，意外地获取了一个非常好用的理由，在这以后，阿疏这个名字会反复地出现在女真和辽国之间，尤其在每一场交战之前。

完颜一词，据说是从汉语"蜿蜒"音转的女真语，"蜿蜒"或"完颜"，属于同音异写，天长日久，女真语"完颜"就演变为汉语中的"王"，完颜氏就成为女真族中的王族。

很多年以前，依蜿蜒河（松花江左岸支流，今黑龙江绥滨县境内）而居的女真人，沿着河水不断迁徙、延伸、繁衍。他们的姓氏大都以蜿蜒河之名命名。他们如同天空中散落的星辰一般，形成大大小小的部落，聚居在白山黑水之间。

话说当年入赘到完颜部的函普去世以后，他的后人绥可勃堇就带领整个部落辗转迁徙到了阿什河畔。

时光荏苒，岁月轮转，有一年，生活在耶懒水部落的保活里后人直离海勃堇无意中听到了函普后人的下落，非常兴奋，就派了族人邈孙来到完颜部认亲。当时的完颜部勃堇乌古迺非常热情地接待了远方的同族，并留邈孙住了很久，临走的时候，还托邈孙带回去很多礼物。

过了没多久，耶懒水部落发生大饥荒，乌古迺听说了，就准备了许多的牛马和粮食，派儿子劾里钵前往救助。劾里钵一路奔波，很快就把牛马和粮食运到了耶懒水，自己却因为疲劳过度病倒了。

直离海勃堇的儿子石土门就一直不离左右地照顾劾里钵，一直到劾里钵病愈。临别的时候，两个人做了一个约定，若是彼此的部落有什么事情，一定要相互照应。

劾里钵接任节度使的时候，接替直离海勃堇的石土门公开支持劾里钵。耶懒水相邻的其他部落不服，就在劾里钵的叔父跋黑的挑唆下，联合起来进攻石土门,结果都被石土门打败了。

后来,石土门索性公开晓示其他部落,率领全族纳入完颜姓氏,成为耶懒水的女真完颜一部。

再后来,在配合劾里钵、颇剌淑以及盈歌、乌雅束等历任生女真节度使的征伐和平叛中,石土门率领全族战士为完颜部落联盟的发展和壮大立下了汗马功劳。

石土门兄弟三人都是当时有名的勇士。

石土门和二弟阿斯懑的性情相近,勇敢、剽悍。在对抗敌对部落的战斗中,石土门曾被对方的战士射中了肚子,却毫不在意,折断箭杆,继续战斗,不受任何影响;而阿斯懑则一个人徒步对战敌方七名战士,还杀死了敌方著名的勇士斡里本,在击败敌对部落的战斗中起到了决定性的作用,一战成名。

不过,要论智勇双全、远见谋略,还要数最小的弟弟迪古乃。

迪古乃为人冷静、沉稳、办事得体,耶懒水完颜部和其他部落之间的交涉、谈判,以及和辽国之间的定期往来,基本都是由迪古乃经手和办理的。

世事无常。

这一年的春天,阿斯懑不幸染病去世,石土门悲痛欲绝。为了把弟弟风光安葬,石土门派人把消息传遍了白山黑水间,邀请所有完颜一姓的同宗和相互交好的部落,一起为弟弟阿斯懑送上最后一程。

新任生女真节度使阿骨打手里有了阿疏叛逃高丽国的证据,就派遣堂弟蒲家奴前往辽国上京,要求辽国把部落联盟的叛徒阿疏交回完颜部,由生女真节度使处置发落。

辽国皇帝和朝廷重臣都觉得非常可笑,认为一个小小的野蛮部落,一个辽国境内太普通不过的小小节度使,就这么随随便便向皇帝要人,脑子大概坏掉了吧!所以,没有人理会蒲家奴,别说皇帝,就连一般的官员都懒得理他。蒲家奴无可奈何,只好回到完颜部。

阿骨打不甘心,就又派银术可、习古乃再次启程去辽国,一定要把阿疏要回来。

结果还是一样,不过,两个人带回来一些不相干的信息却引起了阿骨打的极大兴趣。

银术可说,辽国的皇帝很忙,经常四处游猎、搜寻美女,很少在上京的朝廷里。

习古乃说,辽国的官员很清闲,什么都不做,也很少在衙门里办理公务,街市凋敝,盗匪横行。

银术可又说,从不见辽国的军队操演、练阵,士兵们的马匹保养得很不好,都很老了。

习古乃也说,辽国的官吏们都很霸道,和盗匪差不多,经常公开抢掠和强占普通百姓的财物,还和士兵们一起抢女人,百姓们不得安宁,怨气很大。

阿骨打听着两人的描述,一对像鹰一样的琥珀色眼睛一点一点地亮了起来。

阿骨打说:"你们把这些话,再去和撒改说说。"

女真人有长子另立门户,幼子在家继承产业的旧俗。

乌古迺当年选定了劾里钵接替自己,劾里钵的大哥劾者就被分家分了出去。

劾者的儿子撒改很能干,盈歌很欣赏他,就任命他为国相。

乌雅束继位的时候,撒改代表长房一支管理着旧有的领地,而乌雅束则掌管着父亲劾里钵开拓的疆域。

阿骨打即位后,这一安排也就这样延续了下来,匹脱水(今黑龙江省哈尔滨市阿城区和宾县间果河、松花江支流蜚克图河)以北由阿骨打统领,来流水一带由撒改管辖。

过了几天,撒改的儿子粘罕、乌雅束的儿子谋良虎、欢都的儿子谷神,一起来找阿骨打。

粘罕说:"我阿玛见过银术可和习古乃了,听他们说了,要我过来看看你有什么想法。"

谋良虎也说:"现在各联盟部落的民心可用,机会正好。"

谷神正要说话,天上忽然飞过一群鸟儿,叽叽喳喳的,很吵。谷神仰起脸看了看,说:"有信使来了,是丧事。"

那个时候,女真人没有文字,部落之间的消息传递都是由使者来回传递口信,使者身上都会有各部落自己的信牌。盈歌去世之后,阿骨打就建议乌雅束废除了联盟内部其他各部的信牌,统一使用完颜部的信牌。

阿骨打验看了使者的信牌,又听完使者的口信,说:"知道了,转告石土门,我会亲自去。"然后和粘罕他们说:"我们一起去,去听听迪古乃的想法。"

石土门很高兴,纳葛里村的女真节度使府不仅来了人,而且来的还是节度使本人,阿骨打代表的不仅仅是完颜部落联盟长,还代表着某种意义上的辽国官方背景,这份面子算给足了。

迪古乃在辽国办事,赶不回来参加阿斯懑的葬礼,于是阿骨打和粘罕一行就在葬礼结束之后留在耶懒水等他回来。

这一天,阿骨打、谋良虎和粘罕他们在石土门的陪同下四处走走,忽然天上由东往西飞来几只乌鸦,盘旋在众人的头顶,"嘎嘎嘎"叫个不停,声音刺耳、难听。

阿骨打抬头看看,取下身上背的大铁弓,从背上的箭囊里抽出一支箭。

稳住神,屏住气,不松懈!

长箭激射而出,一只乌鸦应声而落,另外几只四散飞逃。

石土门下马捡起乌鸦,乌鸦的左翅被阿骨打的长箭洞穿而过。

石土门说,乌鸦是不吉利的鸟,节度使一箭射中,这可是吉利的预兆呢!

阿骨打没说话，眼睛越过石土门举着的乌鸦，远处，一骑人马飞奔而至。

迪古乃回来了。

这一年的六月，宁江州的辽国统军节度使耶律捏哥收到了一个非常重要的消息，新任的生女真节度使完颜阿骨打正在修筑城寨，积聚力量，准备反叛。

耶律捏哥认为这个消息有些不大可靠。

完颜部历代的节度使对于辽国的忠诚，是值得信赖的。

尤其保持鹰路的畅通，一直都是辽国边将最为头疼的事情。如果没有完颜部不时地替他们扫除障碍，很难保证皇帝和朝中的权贵们会经常得到最好的海东青呢！

要知道，海东青可不仅只会帮助人们捕获猎物，还能助许多有想法的官员们获得皇帝更多的青睐和晋升机会啊。

当耶律捏哥带着疑问，见到了正在指挥族人修筑寨墙的阿骨打时，身为武将的他，一下子就看明白了阿骨打的部署和用心。因为，除了加固寨墙之外，在纳葛里村附近，他们还修筑了另外几座寨堡，相互联结，彼此呼应，这样的布局和结构，可攻、可守。

耶律捏哥的心里就起了警觉。

他问阿骨打："你们部落的寨墙修整得如此完备，又准备了这么多的攻防器具，莫非想要反叛吗？"

阿骨打停下了手中的事情，看了看耶律捏哥，说："大人也知道，我们为了保证大辽国的鹰路畅通，得罪了很多部落，这些部落一直想要借机报复我们。为了防备他们的偷袭和进攻，我们修缮自己的寨墙，这样做，难道有什么不对吗？"

耶律捏哥闭了嘴，知道自己问不下去了。

阿骨打给的理由很充分。

辽国对于边境地区的生女真部落管理其实是很松散的，只要保证不会阻断鹰路,按时进献,一般情况下,边境守将对于部落之间的冲突基本是不怎么干涉的。除非有一些部落在冲突中渐渐强大,那个时候,辽国军队就会立即介入,会把这些强大的部落强令拆解、分散,始终保持在能够控制的范围之内。

所以,一些部落为了避免在冲突中受到太大的损失,就会时不时对本部落的村寨进行必要的修筑和加固,这样的事情很常见。所以,耶律捏哥很难把阿骨打的修缮和加固行为,硬性地和叛乱强加在一起。

不过,在耶律捏哥眼里,完颜部纳葛里村的加固怎么看都不像在修缮和防护,倒更像是一种积聚,是一种战备物资和战斗力的积聚。

整个纳葛里村,就像是一座居中坐镇的中军大营,在有条不紊、按部就班地进行着集中、准备、整合、调配。

耶律捏哥心里很清楚,纳葛里村在生女真各部当中早就没有什么威胁了,一旦这里的首领振臂一呼,那么,接下来的事情……

耶律捏哥不能再想下去了,要立刻回到宁江州,尽快把这里的事情上奏朝廷。

"还是请皇帝去做决断吧!"耶律捏哥和自己说。

重峦叠嶂的山谷生长着桦、柳、松、柏等各种树木,或翠绿或杏黄或橙红或暗紫,枝叶扶疏,五彩缤纷,呈现出一片初霜之后的秋林胜景。

野草和山花之间,溪水淙淙流淌。山坡上,巨大犄角的公鹿正在追逐雌鹿,而不远处的另一只公鹿也在"呦呦"地昂首鸣叫,似乎在呼唤远方的雌鹿。近处的溪水岸边,两只野猪在一前一后觅食,蓝天上,有白云飘浮,一行大雁排着古老的阵列向南飞去。

这是一幅后世临摹的壁画里辽国皇家秋季捺钵的场景。

1939 年,有人在内蒙古赤峰市巴林右旗白塔子北辽庆陵的圣宗陵寝中,临摹出了四幅壁画。壁画生动地反映了当时皇家狩猎的四季捺钵场景,真实地还原了每一处捺钵所在地的景色和风光。

辽国上京道庆州(今内蒙古巴林左旗西北,巴林右旗北部地区)一带,群山逶迤,河湖错落,水草茂密,人迹罕至,种类繁多的野生动物在这里寒来暑往繁衍生息。

也正因如此,这里就成了辽国秋季捺钵固定的射猎之地。

秋天的野鹿膘肥体壮、肉质鲜美。

皇家的狩猎队伍在秋季捺钵进山打围的时候,猎获最多的就是野鹿。

契丹猎人在捕获野鹿的时候,发明了一种方法,就是在鹿群出没的地方,找出一小片开阔地,在地面洒一些盐水,然后躲藏在林子里面。野鹿喜欢舔食盐分,于是就纷纷聚拢过来。这时,藏在林中的猎人就会不紧不慢地把野鹿们一只只射倒。

据说,捕鹿最好的猎人是女真人。

每年白露过后的第三天,他们就会进山,穿上鹿皮做成的衣裳,在帽子上绑上两只鹿角,或者干脆顶着一只保存较为完整的鹿头,模仿成野鹿的样子,在天不亮的时候,潜伏在鹿群出没的地方。

女真的猎人大都拥有一样特殊的本事,会使用一种桦树皮做成的哨子。这种哨子放在嘴里,按照特定的方法一吹,就可以模仿出野鹿的声音,这种本事也叫作"呼鹿"。

鹿是争偶性动物,只要听见一只鹿在鸣叫,其他的野鹿就会接踵而至,而潜伏了很久的猎人就会把循声而来的野鹿全部捕获,一只都逃不掉。

阿骨打的弟弟吴乞买就是在那一年的春季捺钵"头鱼宴"第二天,陪着皇帝进山打围,把这种本事发挥到了极致,在不是很适合猎鹿的春天捕获了很多的野鹿,从而得到了大辽天祚皇帝的很多赏赐,也间接地减轻了阿骨打顶撞皇帝的严重后果。

秋天是收获的季节,以大辽皇帝为核心的秋季捺钵队伍,通过射猎和打围的活动,不仅获取了大量的野味肉食,同时,也进行了一场军事演练。只是,在辽国后期,由于武备懈怠,军队散漫,这样的捺钵打围更多的是彰显权臣贵戚们的光鲜亮丽、哗众取宠和讨巧炫耀,早已没有了大辽太祖、太宗时期的军容整肃、阵列森然的进取气象。

辽国的皇家秋季捺钵,好像总是会出现许多状况。

辽国有两位皇帝(辽景宗和辽兴宗)都驾崩在了秋季捺钵的行营里;道宗皇帝耶律洪基的叔叔耶律重元,也是趁着道宗皇帝秋季捺钵的时候,伙同儿子涅鲁谷起兵发动叛乱,最终落得全族被灭;再有就是道宗皇帝的弟弟耶律弘世,因为天热中了暑,在秋季捺钵的行营里不治身亡。

辽天庆四年(1114年)七月,正在庆州捕猎的天祚帝很不开心地收到了来自上京的几道奏章,先是女直完颜部向辽国索要阿疏,理由是阿疏长期滞留在辽国,违背了女直各部落之间的盟约,是背叛的行为,希望辽国皇帝可以把阿疏交还给女直部落联盟;接着,宁江州统军司节度使耶律捏哥奏报,说生女直完颜部在边境多处修筑寨堡,大量积聚各种战备器具。

不仅如此,耶律捏哥的奏报里还提到了另外一件事情:辽天庆二年(1112年)九月的时候,女直的两位部族首领赵三、阿鹘产大王(阿疏)曾到咸州(今辽宁省开原市一带)详稳司(辽国境内熟女真各部的朝廷派出管理机构)告状,说阿骨打的完颜部派兵进攻了他们的部落,还掳走了很多部属。

当时的咸州详稳司就把这件事情上报到了辽国北枢密院。北枢密院枢密使萧奉先却觉得不是什么大事,就把这件事发回咸州详稳司,要他们自行处理。于是,详稳司就数次派人叫阿骨打去咸州问话。阿骨打却一直不去,推说自己病了。

可就在第二年三月的一天,阿骨打突然率领五百人马来到咸州,径直闯到详稳司衙门为自己辩护,让咸州的官员和百姓们恐慌了一阵,以为有部落反叛了。结果还没等详稳司搞清楚状况,第二天阿骨打就又带着他的人马迅速地离开了。临走时派人传话,说是担心自己被人杀害,所以不敢留下来。

咸州详稳司觉得莫名其妙,于是派人去叫他来,却再也没有回音。

耶律捏哥从完颜部回来，一位前来宁江州办事的咸州详稳司官员顺便就把这件事情说给了耶律捏哥，要他对女直完颜部多加防备。耶律捏哥立刻就觉出了危险，于是，就把自己在完颜部了解到的情况以及这件事情一起上奏给了朝廷。

听到这些消息的天祚帝脑子里有点乱，情绪上也受到了很大的干扰，于是就下了旨，派刚刚从女直征缴海东青回来的阿息保再去完颜部走一趟，看看这个阿骨打到底想搞什么。

阿息保真的不想也不愿意和那个完颜阿骨打再打什么交道了，赠马的事情在他的心里留下了很大一片阴影，一直没有散去。

可是，又有什么办法呢？皇帝的旨意谁敢违抗呢？

再次见到阿息保的阿骨打，对于来自皇帝的质问，态度很轻慢。

阿骨打说："我们侍奉你们大辽国，一直都小心翼翼、谦卑恭敬，从来都不敢违抗你们的旨意，可是你们大辽国是怎么对待我们的呢？你们不仅没有体恤我们的忠诚，还总是庇护我们的叛徒，甚至指使他们和我们为敌，难道这样的做法就是你们大辽国应该做的吗？我们并没有什么太多的想法，只要你们把阿疏还给我们，我们就还和以前一样，岁岁朝贡，按时进献，不失礼节。如果连这一点要求你们都不肯满足的话，那么，我们也就没啥好说的了。"

一直紧绷着的阿息保一下子就泄了劲儿。阿骨打的态度这么明白，他也就没有什么好说的了，只好赶回庆州的秋季捺钵行宫，把情况如实禀告给皇帝。

天祚帝不高兴了。

堂堂大辽帝国怎么能任由一个小小的部落随意要挟呢？如果就这样把阿疏还给他们，那么以后辽国境内的其他藩属和部落，还怎么能压得住呢？

于是，皇帝下旨，命令东北路统军司（辽代官署名，为确保五国部朝贡和鹰路畅通，以及对生女真各部对外扩张进行遏制而设）统军使萧兀纳调集兵马,前往宁江州,随时防备女直反叛。

辽国生女真节度使完颜阿骨打最近比较忙。

在耶懒水的阿斯懑葬礼之后,阿骨打和粘罕、谋良虎、谷神一行终于等到了从辽国办完事情回来的迪古乃。

阿骨打还没有把话说完,迪古乃就听懂了阿骨打的意思,他的回应很痛快。

他说:"辽国皇帝沉迷游猎,无心政事,贪官污吏暴虐横行,百姓极为不满,以完颜部目前的实力,再加上其他部落的拥戴,现在起兵反辽,正是最好的时机。只要你们一起事,我们就立刻响应。"

迪古乃心里知道,阿骨打想听的、想要的,就是他们的态度。

有了同宗同族的支持,阿骨打的心里就有了底。他马上返回了纳葛里村,一方面派人召集完颜部联盟的各部落勃堇们,共同到纳葛里村商讨抗辽的具体计划;另一方面命人抓紧时间加固纳葛里村的寨墙,增强防御。

"头鱼宴"之后,回到完颜部的阿骨打开始一点一点地把周围的相邻部落并入纳葛里村的完颜部,这些村寨都被改建成了能够相互支援的寨堡。这些部落里面也有不愿意合并的,阿骨打就把他们的首领或者家眷"请"进纳葛里村居住,然后把这些部落的人口全部纳入了完颜一族。

阿骨打甚至还亲自指派一小队人马,偷袭了天祚帝赐给赵三和阿鹘产(阿疏)纥石烈部驻地,劫掠了许多部众,致使赵三和阿鹘产不得不远遁至咸州详稳司去向朝廷告状。

面对辽国官员和皇帝特使的反复质询,阿骨打故意回应得傲慢无礼,因为他想试一试辽国可以容忍他到什么程度。

终于,他听到了辽国开始在宁江州集结兵马的消息。

阿骨打在一些小的事情上比较容易冲动,比如,阿息保要牵走赠马的事;可是在一些特别重要的事情上,却非常谨慎,就比如,在准备和辽国打仗之前,他就一定要弄清楚辽国兵马的兵马数量。

他派出了族人仆聒剌去宁江州,用追问阿疏消息的借口,去伺机打探一下辽国军队的集结情况。

仆聒剌的胆子有点小,只是在宁江州附近转了转就带回辽国兵马数也数不清的消息,这让阿骨打十分疑惑。

辽国的军队刚刚开始集结,宁江州又位于边境的偏远地区,军队人数怎么能在这么短的时间里多到不计其数呢?

满心疑惑的阿骨打就又派胡沙保去打探消息。

胡沙保是一个心思细密的人,胆子大,有办法,而且,也经常陪着阿骨打去宁江州为部落里办事,统军司的人都很熟。

胡沙保进了宁江州城,见到了统军使萧兀纳。

性情沉稳的萧兀纳为人很耿直。他很诚恳地对胡沙保说:"皇帝听说你们要反叛,已经开始调集各路兵马,很快就要攻打你们。念在你们以前为辽国立过大功,你回去告诉阿骨打,让他不要再做背叛辽国的事情,否则,辽国大军一到,你们全族就都完了。"

胡沙保非常认真地听了萧兀纳的劝说,就告辞准备返回完颜部。在走出统军司衙门的大门口时,他却发现守卫的兵卒里居然站着萧兀纳的孙子移敌蹇。胡沙保心里一动,看起来,辽国军队的数量并不多,要不也不至于让移敌蹇这样的半大孩子来充当守卫。

胡沙保正想着,就看见了带着兵马刚刚奉命抵达宁江州的渤海军统领梁福。看见了梁福,胡沙保的心里就有了办法,因为这个人他很熟。

宁江州城里的一家酒楼上,胡沙保和梁福把几坛子烈酒灌进了肚里,没用多久,梁福就把宁江州的兵力和城防布置全从肚子里倒了出来。

宁江州的守备部队,统军司的常驻部队,还有刚刚抵达的渤海援军,全部加起来,总共八百!

女真人认为,天地万物皆有神灵。

他们最崇敬的就是天神。他们认为天神主宰着世间的一切,生老病死、战争胜负、五谷丰收。

女真人中,那些能与天地鬼神沟通的人被称为"萨满"。

在古老的传说里面,这世间的第一个萨满就是天神和鹰的孩子。

在女真人的心目中,鹰是萨满敬奉的诸神里面地位最高的神,也是众多动物神灵中的首神。

鹰神是太阳和神火的化身,太阳和神火是人类和众多生灵的生命之源,而鹰神则是"带着阳光""披着金光"的神灵,是司光与光明之神。在人们的心中,鹰是最神圣的,是不可替代的神。

每当女真萨满们在出马请神的时候,鹰就是女真萨满的领路之神,他们能够借助神鹰的力量,在空中展翅飞翔,可以任意来往于天堂和地府之间。

辽国天庆四年(1114年),刚进九月,来流水河畔的寥晦城(今黑龙江省双城区附近)已经集结了由完颜部召集的上千名部落联盟战士。

只是,原本已经定好渡河的日子,因为一支队伍没有如约而至,只好推迟。

七月过后,阿骨打做了很多事情。

先是派遣婆卢火前往耶懒水路,征调石土门、迪古乃的部落联盟兵马;然后派斡鲁古和阿鲁向行军途中经过的一些女真部落进行通告和安抚。那个时候,像完颜部这样强大的部落一旦出兵,最紧张的就是那些沿途的其他部落,谁知道他们在征伐异族的时候,会不会把沿途的部落也一起灭了呢?另外,阿骨打又派实不迭领兵,去抓捕距离最近的辽国障鹰官,即达鲁古部(今拉林河以西)的勃堇辞列,还有宁江州的渤海部勃堇大家奴。

辽国的皇帝为了更方便、快捷地获取海东青,会委任一些其他族群的部落首领作为辽国副使,代替辽国使者向女真各部征缴。有时这些副使的恶行并不比辽国使者差多少。

不过,眼下摆在阿骨打面前最重要的事情就是努力要让族里的其他勃堇们相信,他一定会率领着部落联盟的战士们打败辽国军队。

在对辽国出兵的时机上,各部的勃堇们意见不一。

迪古乃建议,不如按照古老的习俗,各部的勃堇们在野外画灰议事。

画灰议事是女真各部落一种古老的军事会议,各部的勃堇们不分辈分大小,每人面前铺上一小堆草灰,摊平了,各人把自己的意见和计划,甚至进军的意图画在上面,各自陈述,最终会选择一个被大多数勃堇们认可的方案,决议之后把草灰扫平,不留任何痕迹,以防泄密。

可这一次画灰议事的结果很不成功。

年轻一点的主张即刻出兵;老成一些的建议看看辽国军队的动向再说。

争执到了最后,阿骨打结束了大家的讨论,说:"辽国人已经知道了我们正在征召各路兵马。若是等到他们的军队集结完毕,我们就太被动了。不如趁他们现在还没做好准备,我们主动出击,先发制人,一定会取胜。"

作为完颜部长房的勃堇撒改虽然没有反对阿骨打的作战计划,但是一向谨慎的他还是决定由他辖制的来流水完颜部作为后援,暂不出兵。

阿骨打没有过多努力去争取改变撒改的想法,不过,还是需要族里一位众人尊重的长辈出面来增强本部部民们对他的信任;当然,他还需要一场胜仗来打消所有人的顾虑。

完颜一族的长辈中,辈分最高的、最长寿的,就是阿骨打的婶母——二叔颇剌淑的夫人蒲察氏。

看见阿骨打领着全族的勃堇们上门拜访,蒲察氏的眼睛里很热。

阿骨打跪在了蒲察氏的跟前,说:"我打算领着族人去和辽国人打仗!请您给我们赐福!"

蒲察氏说:"嗯,昨天我梦见了你的爷爷、奶奶,还有你的阿玛、叔叔们啦!"

阿骨打说:"我不知道这一仗能不能打胜。"

蒲察氏说:"我看见阿合里懑养的鹰,能喂'跑食'啦!"

阿骨打说:"请您保重身体,等我回来,给您祝寿!"

蒲察氏扶起了阿骨打,看看他,说:"你奶奶多保真说过,你就是咱们部落里的'雄库鲁'! 现在,你已经继承了父兄们的基业,身上就系着咱们全族父老的安危。我已经很老了,只要你们做事不草率、不莽撞,我也就放心了。既然是'雄库鲁',那就展开翅膀高高去飞吧!"

蒲察氏的话说完了,阿骨打的心里就有了底。

蒲察氏的态度决定了族中长者们的态度,这些长者们的态度就决定了全族里勃堇们的态度。

阿骨打和众位勃堇们簇拥着蒲察氏,在纳葛里村村东的土地上,祭祀了皇天后土,向天地申告辽国人恃强凌弱、世代欺侮女真百姓的罪行;向天地祈祷护佑女真,出兵辽国逢战必胜。

祭祀完毕,回到村里,蒲察氏坚持要阿骨打坐在正中,然后率领着众多儿孙辈的勃堇们恭恭敬敬地向阿骨打行礼,并要所有的勃堇们歃血为盟,共同立誓,一心一意全力辅佐阿骨打。

耽误了渡河集结时间的婆卢火终于带着石土门、迪古乃兄弟的耶懒路人马匆匆赶到。

阿骨打没有问他为什么会失期,而是命人把婆卢火捆起来,砍头示众。

部落的勃堇们都很诧异,就为婆卢火求情,大家认为这并不是什么大事,不过是晚了几天,有必要这样严苛吗?

阿骨打说,有必要。

那个时候,部落之间打仗全凭斗狠,只要有人带头,大家就会一拥而上,相互砍杀。只要有一方被打散了,这仗就算打完了,早一点来,晚一点来,都没关系,反正都会按照部落的习俗,所有的战利品大家会一起分。

可完颜部即将面对的对手不再是过去松散的部落族群,而是大辽帝国的正规军队,和这样的对手作战,一定要有规矩!

石土门、迪古乃兄弟看见了阿骨打的态度，就明白了阿骨打的心思，在众人面前带头下跪，很诚恳地替婆卢火求情。

阿骨打说，可以免除死刑，但是一定要惩罚，于是，在众人面前，婆卢火的脊背上有了数十道血淋淋的杖痕。

木杖打在了婆卢火的身上，也敲在了众人的心上。

石土门、迪古乃兄弟是完颜始祖函普的弟弟保活里的五世孙，阿骨打的爷爷乌古迺的同辈；婆卢火是完颜始祖函普的长房长孙跋海（后世被追谥为安皇帝）的五世孙，和阿骨打的父亲劾里钵同辈，是阿骨打的叔叔。

一方是同宗的爷爷辈，一方是同族的叔叔辈，他们在联军里不仅是阿骨打的长辈，而且位高权重，甚至连进攻辽国的方略都是由迪古乃来推动和策划的。

只是，在眼下以弱战强的生死关头，如果因为宗族的私情导致军纪散漫，这在刚刚组建成军的联盟部队里是绝对不能允许的，只有上下一心同仇敌忾，才能看到胜利的曙光。

有些事情是一定要做给众人看的！

所以，阿骨打选择杖责叔叔，压服爷爷，用惩治近亲的做法来达到整束军纪、壮大军威的目的。

拉林河左岸有一片大沙坨子，位于吉林省松原市扶余市德胜镇石碑崴子村的河套里。

1114年阴历九月初十这一天，天空晴朗，万里无云。

完颜部的大萨满谷神带着熠熠闪亮的神帽，在这片大沙坨子上，为女真联军举行了一场盛大的野祭。

祭天，祭鹰神。

仪式开始，谷神萨满手持香火，向着东方初升的太阳叩拜，然后击响神鼓，大声吟唱："我受天之托，带着阳光的神主，展开神翅遮蔽日月；我乘神风呼啸而来，山谷村寨都在抖动；我旋了九个云圈，又长鸣了九声，神鬼惊遁，众神退后。神武的，披着金光的神鹰，我来了！"

歌声落,舞蹈起。谷神舞动着神帽上长长的彩色飘带,跳到场地的中央,快速旋转,神裙飘飞,神帽闪光。

此时,有数名栽力(侍神的人)各自敲响手中的铃鼓。

伴随着鼓声的节奏,谷神张开双臂,绕着场地疾走,张开的双手扇动着,上下起落,旋转起舞,闭着眼睛,脚步越来越快,动作越来越复杂,嘴里发出一种似兽似禽的声音,继续吟唱着:"你在悬崖峭壁上飞旋,神风荡野;你神明的火眼能在密林中看穿千里,防备着歹徒和陷坑。你向着我们部落的房子,展翅飞来。你是阖族永世的神主,所向无敌!"

谷神的吟唱清亮高亢,神鼓的节奏越敲越快。

所有人的心脏都被这鹰舞、神歌和神鼓的节奏所带动,情绪高涨。

突然,谷神停住脚步,仰天长啸,紧闭双眼,脸上的表情怪异,一副痛苦不堪的样子,然后四肢张开,身体竟慢慢升起,令人难以置信地浮在了半空之中,让在场的所有人都看得目瞪口呆。

"我们苦难的女真人啊,世代受着辽国的欺凌;可恨的'银牌天使'啊,掳走了我们的财富和生命;姐妹同胞的贞操啊,都被他们玷污占尽;女人们梦里的哭声啊,彻夜撕扯着男人们的心;天上降下的雷雨啊,就是我们日日夜夜的哭泣;就连空中飞过的天鹅,也在为女真人的悲苦哀鸣。

"至高无上的神灵啊,派出了拯救女真的鹰神;至高无上的鹰神啊,要为我们女真改变命运!"

浮在空中的谷神像在梦呓一般,说完了这些就一下子跌落在了地上,等他再次站起身,睁开紧闭的眼睛,又像从梦中刚刚醒来。

醒过来的谷神很快就恢复了正常,大声对着众人说:"我刚才在天上看见了伟大的鹰神。它挟着万灵之力飞到了白山黑水的上空。它绕着我们完颜部飞了三圈,冲着我叫了三声:阿骨打!阿骨打!阿骨打!

"它告诉我,阿骨打就是众位天神选出来的'雄库鲁',就是人世间的神鹰,我们必须要像拥戴鹰神一样拥戴阿骨打。他的旨意,就是天神的谕示!就是鹰神的谕示!神圣不可违背!"

谷神的话音刚落，大沙坨上的所有人就全都跪倒在了阿骨打的马前。

阿骨打的内心很激动，骑在他的赭白马上，远远望去，仿佛看见两千五百名的部落战士身后，爷爷乌古廼、奶奶多保真、父亲劾里钵，还有二叔颇剌淑、小叔盈歌、哥哥乌雅束，都在远远地向他招手、微笑。

再抬头望天，有鹰在头顶上方盘旋，那是从族叔阿合里懑的手臂上，刚刚飞起来的。

阿骨打的眼眶里热泪充盈，身子也在微微颤动，他猛地抽出了腰间的战刀，向天振臂高呼，声震苍茫四野。

"我将问罪于辽，天地神灵可鉴！"

"嗬！嗬！嗬！嗬！嗬！嗬！"

激越高亢的呼声和着几千把刀剑在皮甲和身体上的拍响，在旷野上卷起了低沉浑厚的声浪，使全体士卒们热血沸腾。

象征部落最高权力的木杖从阿骨打身边的勃堇们开始，在每一个人的手里依次传递。

大沙坨上，阿骨打郑重立誓："从今日起，大家同心协力，共同立誓抗辽。如果立功，此前若是奴隶，即刻成为平民；此前身为平民，即刻授予官职；此前若有官职，即刻按功行赏。如若违背誓言，即刻身死杖下，连家属也不赦免！"

这样的誓言，既是约定，也是赏罚。

阿骨打知道，有些应许，简单、直接最好。

宁江州大胜之后，这一片大沙坨子——女真人来流水的誓师之地，就被后来的大金国命名为"额特赫噶珊"或"忽土皑葛蛮"，意为"得胜坨"。

又过了七十多年，金国世宗皇帝完颜雍巡幸故都上京，沿途揽物记胜，抚今追昔，倍感祖先创业艰辛，下诏在此建碑，以纪念抗辽首战的胜利。

又过了五百多年，清朝顺治年间，有一位在当时名气很大的南方学者、著名诗人吴兆骞先生，因科考案受到牵连，被流放到了宁古塔，途经此

地阅读残碑,感慨万千,于是,赋诗一首:

> 江涛滚滚白山来
> 倚棹中流极忘哀
> 襟带黄龙穿碛下
> 划分玄菟蹴关徊
> 部余石弩雄风在
> 地是金源霸业开
> 欲读残碑询故老
> 铭玫无字蚀苍苔

辽国边城宁江州始建于契丹清宁四年(1058 年),是辽国边陲的军事和贸易重镇。

辽太祖耶律阿保机立国之后,边境地区的契丹人与当地的少数民族,尤其是和生女真各部之间,冲突时有发生。

辽道宗时,由于朝廷对海东青和东珠的索求加大,更激化了彼此之间的矛盾,阻断鹰路和截杀辽国使者的事件时有发生。朝廷不得已,就在与生女真各部接壤的地方修建起了这座边城。

宁江州建成之后,行政长官先是被定职为防御使(地方军事长官),后来被升级为观察使(地方军政长官,位于节度使之下),行政归东京道所辖,军事隶属东北路统军司。

宁江州设有榷场。

那个时候,生女真地区没有货币,金银也只是用来打造器皿,并不流通,女真部民们所需的盐、铁、布匹这些日常生活用品,都是由各部部民们用自己的土特产去和辽国人交换得来的,而榷场就是交易这些生活用品的贸易集镇。

辽国的契丹人仗着有辽国官府撑腰,常常把女真人和他们做交易的物品价值压得很低,而把自己和女真人交易的物品价值抬得很高,女真人若有异议,就会即刻遭到契丹人的围攻或毒打,辽国人把这样的事情戏谑地称作"打女真"。

可怜女真人,有时候不仅换不到什么东西,就连自己辛辛苦苦带来交换的物品也被契丹人抢个干净。

阿骨打和迪古乃选择宁江州作为首战之地,是经过反复考虑的。

首先,宁江州作为边防重镇,军事和地理位置很重要;其次,生女真各部的勃堇们大多来过宁江州榷场,对这里的地形比较熟悉;再次,宁江州的渤海人很多,对契丹人的压迫也不满很久了。

据载:渤海人的祖上叫作粟末靺鞨;女真人的前身叫作黑水靺鞨;很久以前两支靺鞨的前身都叫肃慎人。

相对于其他族群,渤海人的民心更容易被鼓动,所以便于女真联军扩充兵员。

毕竟,在那个时代,能够打仗的女真战士并不很多。

生女真的各部落联军开始向宁江州进发,行进到唐括带斡甲之地(今德胜坨以西、贾津沟子以东),实不迭押着辞列和大家奴赶了上来。

迪古乃对阿骨打说:"我们在这里做一场襀射①吧。"

阿骨打说:"好。"

于是,辞列和大家奴就成了女真军第一次出师的襀射标靶。

据说,襀射之后,出征的士卒们往往能够看到有光浮在进军的路上,不会散去。

1114 年 9 月,在唐括带斡甲之地的这一场襀射,多年之后还依然被人们口口相传。

据说,当阿骨打射出第一支箭的时候,就有一道道白光,宛如炽烈燃

---

① 襀射,又被称作"射鬼箭",是北方少数民族在出征之际祭祀天神的一种古老仪式,一般将一个或几个死囚绑在木头柱子上,朝着进军的方向,由众人引弓齐射,乱箭毙命,然后以死囚的鲜血祭旗、辟邪、祈福、祝祷出师吉祥。

烧的火焰一般,显现在每一名士卒的兵器尖上,显现在每一名士卒的脚面上,同时,万里无云的朗朗晴空居然传来了刀剑相交的铮铮之声。

地面上的所有人都很惊讶,也很惶恐。

紧接着,迪古乃的谶语就迅疾传遍了全军,

"看哪!这白色的神光就是我们的吉祥之兆。这天上的声响就是天神在显灵。这是天神在预示我们,这一战,我们女真必胜!"

于是,女真联军的热血又一次被炽热点燃了。

而这神奇的白光,在联军经过了一夜的行进,来到辽国和生女真交界的扎只水之后,又出现在了所有人的刀剑之上。

扎只水就是现今辽宁省扶余市东南的贾津沟子,是一条没有水的沟。

雨季的时候,上游松花江涨水,沟里就注满了水,这条沟就成了一条河;江水退了以后,沟里没有了水,这条沟就成了一道天堑,天然地为契丹人和女真人划出了一条边界。

九月的扎只水,沟里没有多少水,却有很多泥。

阿骨打就只好选了一处较为狭窄的地方,命儿子斡本(完颜宗干)领一部分人,砍树、背土、填平壕沟,好让队伍快速通过。

女真士卒们很辛苦,由于没有填土工具,就只好用头盔取土,然后把土用自己穿着的衣袍包好,背在身上,来回取运。

阿骨打看见这场面,一个劲儿地摇头。

女真联军历尽辛苦,渡过了扎只水,还没来得及歇口气,辽国派遣到宁江州的增援部队,在海州刺史高仙寿所部的渤海军前锋大将耶律谢十的率领下,开始向女真联军发起了第一次冲锋。

唯一的一次。

渤海男子以骁勇著称于世,素有"三人渤海当一虎"之说。

926年,由粟末靺鞨建立的渤海国被辽太祖耶律阿保机剿灭,渤海国留下的军队被收编进了辽国军队,称作渤海军。

渤海军是由清一色的渤海人组成的军队,在战时,常常作为辽国军队的前锋部队。

阿骨打善于学习,在和萧海里的作战当中,很认真地学习过当时辽国军队在战场上的队列和阵形。

这一次,他也很认真地把联军的队伍分配成左翼、右翼和中军,左翼和右翼各七百余人,中军千余人。

渤海军前锋部队主动向女真人发起了进攻,冲向了联军的左翼。初次接战的联军士兵表现得很不自信,被对方突然的进攻压制,有些不知所措。

阿骨打刚要下令联军反击,脑子忽然一转,觉得也许用不着这样和渤海军硬碰硬。

阿骨打把身边的族叔阿合里懑喊过来,叫他赶紧告诉左翼的首领们,要他们假装害怕,稍稍往后退一退。

进攻中的渤海军前锋看到女真联军在后撤,就加快了进攻的节奏。在他们眼里,这些大部分身无铠甲,甚至高举猎叉的猎人们,根本不是渤海军的对手。

阿骨打的异母弟弟斜也离阿骨打有点远,看见敌军在进攻,却没有看见联军反击,以为大家都被渤海军的进攻吓呆了,于是,就单枪匹马地冲向敌人,想要给大家做个样子,给联军的队伍提振士气。

阿骨打看见了,就在心里说,这个斜也真是太莽撞了。

于是,他赶紧让斡本去把斜也截回来。

斡本催马疾奔,在斜也还没来得及和敌人交手的时候,把他截了回来。

可是,在他们两人就要返回联军队伍的时候,忽然发现,耶律谢十和他率领的前锋兵马似乎跑得更快,一直紧紧地尾随着他们,离得最近的只差三个马身子。

这世上总会有一些事情就是那么凑巧。

就在耶律谢十举起刀挥向斜也的时候,他的坐骑,一匹身经百战的好马,突然失了前蹄,扑倒在了地上,一下子就把耶律谢十摔出了老远。紧随左右的渤海士兵立刻停止了追击,返身搭救他们的主将。

正在密切注视着战场的阿骨打就对身边的迪古乃说:"把弓箭递给我。"

阿骨打射出的每一支箭都很准,只要是接近耶律谢十的士兵,都被他一一射倒。

狼狈的耶律谢十只得硬撑着,爬起来,甩掉沉重的铠甲,打算趁乱逃脱。

于是阿骨打就把手中的弓箭瞄向了耶律谢十。

第一支箭射中了耶律谢十的大腿,阿骨打控制的力度不很大,但是足够减缓他的奔跑速度。

第二支箭钉在了耶律谢十的背上,箭杆没入的深度刚好是一只手掌的长度,耶律谢十的嘴角流出了一缕鲜血。他一咬牙,反手把箭拔了出来,一道鲜血随着箭头喷了出来。这个时候,他的忠诚坐骑已经从跌倒的地方爬了起来,跑回到主人的身边。

就在耶律谢十艰难地跨上马背,准备再次逃生的时候,阿骨打射出了第三支箭。这一次,他的手臂加大了力量,这支箭居然从耶律谢十刚刚拔掉的创口处射了进去,直接贯穿了前胸。

耶律谢十从马背上掉了下来。

附近的渤海军看到这一场景,都惊呆了,不知所措。

斡本抓住机会,纵马冲到耶律谢十的死尸跟前,飞快地跳下马背,挥刀砍下首级,提在手里,然后又迅疾地跳上马背,调转马头往回跑。

渤海军看见主将被砍了首级,才猛地回过味儿来,眼睛里就有了被鲜血染红的颜色,全都发了狂,疯了一般冲向了斡本,想要抢回耶律谢十的首级。

斡本很快就被敌方的骑兵围了起来,而此时的联军已经和渤海军混战在了一起。

阿骨打看到了儿子的危险,于是,甩掉身上的铠甲,把箭囊斜背在身后,裸着上身,一手执弓,一手抽箭,催马杀进战场,把冲向斡本的骑兵纷纷射倒。

一旁阿合里懑的眼睛里,恍惚像看见了许多年前的劾里钵。

忽然,一支长着眼睛的箭朝着阿骨打飞了过来,他本能地一闪,那支箭就贴着他的脸颊擦了过去,一阵灼痛,迫使他稍一停顿,就看见混战中的一名渤海射手已经举弓持箭,瞄向了斡本。

阿骨打的箭先射了出去,那名射手的眼窝里瞬间就插进了一支长长的箭,那名射手射出的箭就从斡本坐骑的马肚子下面钻了过去,扎进了土里。

好险!

阿骨打下令,把视线里所有能看见的敌人全部歼灭!

战场上所有的女真联军士兵都听见了,于是,接下来的战斗就成了一场屠戮。

耶律谢十率领的渤海前锋部队留下了近百具尸体,也包括他自己的,剩下的都逃了,逃回宁江州的不到二十人。

耶律谢十的马是一匹难得的宝马,斡本牵着这匹马,提着耶律谢十的首级,回到了阿骨打的跟前。

阿骨打点点头,说:"你走一趟,把这匹马送给撒改。"

斡本带着缴获的战马,回到了来流水完颜部。撒改看看斡本,又看看这匹缴获的战马,一下子就明白了阿骨打的心思。

撒改是完颜部长房的都勃堇,还是完颜部的国相,阿骨打专程让自己的儿子从战场上回来,给撒改送来从敌军主将那里俘获的战马,既是出于对他的尊重,也是用一场胜利来告诉长房的族兄,对于辽国的战事,一旦开启,绝无回头。

撒改委托儿子粘罕和欢都的儿子谷神,带着自己的诚意,跟随斡本来到了宁江州前线。

粘罕说:"阿玛委托我恭喜节度使首战得胜!他说了,他准备召集各部落勃堇一同推举你做皇帝。"

阿骨打很无奈,也很无语。

这些部落的首领们对辽国和女真之间的实力存在着很大的误会!在他们的认知里面,辽国的地盘,或许只是两三个完颜部合起来那么大吧。

这也难怪,对于撒改和其他的部落勃堇们来说,他们朝着辽国方向走到最远的地方恐怕就是宁江州了,而阿骨打可是跟随着父亲劾里钵觐见过辽国皇帝呢。

他见识过强大帝国的都城怎样繁华兴盛,又怎样富丽堂皇,所有这些经历都给他留下了很深的印记,也铸就了他此生中矢志不渝的伟大梦想。

阿骨打看了看谷神,谷神笑了笑,摇摇头,没说话。

辽国的都城谷神也去过。

阿骨打对粘罕说:"请转告你的阿玛,他的心意我明白。不过,要我做皇帝这件事,还是不要搞了。这次和渤海军的前锋作战不过是一场小胜罢了,我们连辽国五京的一座都城还没占领,就要推举一个皇帝出来,会让人家笑话的。"

第五章

看着城外准备进攻的女真联军,再看看手下的 800 名宁江州守军,萧兀纳知道,这座边城肯定守不住了。

萧兀纳,又叫萧挞不野,出身于辽国皇族,自幼文武兼备。

辽国大康五年(1079 年),萧兀纳凭着一腔忠勇,挫败了权臣耶律乙辛欲图加害皇孙阿果的阴谋,感动了当时的道宗皇帝耶律洪基,皇帝为了奖励他的忠诚,特封他为兰陵郡王,并命他做了帝国储君阿果的老师。

身为官员的萧兀纳诚实正直,作为老师的萧兀纳全心施教。

可惜,身为储君的学生阿果,和他的皇帝爷爷一样,酷爱游猎,无心治国。

过了几年,道宗皇帝去世,皇孙阿果继位,成了大辽天祚皇帝。

为了表达对老师的尊重,天祚皇帝拜萧兀纳为大辽兴军节度使,并授予"守太傅"的称号。

秉性正直的人大多过于耿直。过于耿直的萧兀纳经常在朝堂上不留情面地劝谏过去的学生,这让已经做了皇帝的耶律延禧很头疼,也很发愁。

皇帝的身边总会有很多替他排忧解难的人,有人看到了皇帝的烦恼,就动起了为皇帝解忧的念头。

佛殿小底(辽国皇宫内府官职)王华掌管着皇帝祭祀的器皿。一天,他向皇帝禀奏,说萧兀纳借走了内府的一对犀牛角不肯归还,似乎想要据为己有。

皇帝很生气,就叫来萧兀纳质问。萧兀纳不服,说:"我在做宰相的时候可以随时动用十万钱的费用,区区一对犀牛角,值得我去占有吗?"

皇帝听完,忽然呵呵一笑,说:"你的意思,你家里什么都有,就连皇宫里的东西在你面前都不值一提喽?"

萧兀纳虽然耿直,但并不傻,只好闭上了嘴。

萧兀纳先被降为宁江州刺史,后又被改为锦州临海军节度使。

在边境线上为皇帝站岗的萧兀纳依然没有改变他的忠心耿耿,经常和生女真各部打交道的他,觉察到了女真完颜部的崛起和野心,于是多次上书皇帝。可惜已经成年的皇帝已经没有了执政之初诛杀耶律乙辛一党的锐气,终日沉湎于美女和游猎之间,乐此不疲。

萧海里叛乱平息之后,天祚帝也从众人的口中注意到了生女真完颜部的强大势力,于是任命萧兀纳为黄龙府知事,继而改任东北路统军使,成为宁江州最高军事长官,毕竟,老师的能力和忠诚在学生的心里,还是十分清楚的。

不过,也只是仅此而已,这之后,皇帝就又开始了快乐的游猎生活。

萧兀纳接手宁江州防务之后,连年上书朝廷,强烈建议增强边境防务,平衡生女真各部势力,遏制女真完颜部的发展。

可惜,皇帝身边的人都太会玩儿了,时不时地变换着花样,让皇帝开心得不得了,所以,皇帝根本抽不出来时间去关注和批阅这些耿直的奏章。

萧兀纳等不来朝廷的关注,就只好利用现有的军力在城防工事上尽力而为,加筑城墙,挖深壕沟,操演士卒,静观其变。

辽天庆四年(1114年)九月初十,女真完颜部起兵反辽,萧兀纳用加急快报向正在庆州猎鹿的皇帝告急。天祚帝认为萧兀纳有些小题大做,觉得女真人无非又因为征缴海东青的事情折腾,就漫不经心地下了一道旨,诏令海州刺史高仙寿率本部八百名渤海军前往宁江州援助。

女真联军先是渡过了扎只水,在界壕的附近全歼了渤海援军前锋,杀死了耶律谢十,接着,又击溃了前去救援的后续部队。

十月初,女真联军兵临城下。

东北路统军司在宁江州一线分布的各处驻军,总计有三千人马。

萧兀纳的防御系统还是十分周密的。

宁江州的城墙在萧兀纳来了之后,加高加固了不少,城外的护城河也加宽和挖深了许多。萧兀纳还在宁江州附近设置了多个卫城,宁江州一旦发出警报,各卫城就会迅速出兵前来救援。

胡沙保是一个心思十分缜密的人,在打探宁江州部队虚实的时候,还把城防的布局、兵力的配置了解得十分清楚。

阿骨打根据胡沙保的情报,把中军帐设在了宁江州城北的一座高高的土岗上,站在这里,居高临下,可以很清楚地看到辽国军队在城里的举动。

女真联军驻扎停当之后,阿骨打就派遣移烈、阿里罕、娄室等各部落勃堇,各领数百精兵埋伏在各个卫城通往宁江州的路上,去堵截各个卫城前来救援的兵马。于是,当宁江州发出警报的时候,各个卫城的兵马就已经在前来救援的路上,被埋伏在各条路上的女真精兵逐个歼灭。

据说这样的战术在中原的汉人那里,叫作围城打援。

等不到救援的萧兀纳还不算很绝望,他的护城河挖得很深,也很宽,而且他还知道,女真联军除了兵器,并没有其他攻城的器械,据说,女真军在渡过扎只水的时候,士卒们填平堑壕用的背土工具居然是衣服和头盔。

女真联军没有攻打城池的经验,也没有准备什么攻城的器具,对于又宽又深的护城河只好还像渡扎只水那样,采取背土填壕的办法。可是宁江州的护城河又宽又深,这样的方法实在太慢了,更何况,白天填土的时候,城上的辽军还会频繁地向这里放箭,背土填壕的士卒们多有死伤。

一时之间,女真联军陷入一个十分困窘的境地。要知道,宁江州的战事已经开启,告急的奏章已经如雪片一样飞到了皇帝行宫,双方再这样僵持下去,朝廷调集的辽国援兵就会源源不断地开来,到那个时候该怎么办?

谷神没有跟着粘罕回到来流水,而是跟着阿骨打到了宁江州,看着眼下的困境,想了一个办法。

宁江州附近的许多村寨里,有女真人,也有渤海人,他们也和生女真的部民们一样,备受契丹人的欺侮和歧视,生活得也很艰难。谷神穿上了萨满做法的神衣,去这些村寨里做法,并对人们说:"阿骨打是阿布卡恩都里天神派到凡间解救他们脱离苦海的'雄库鲁',是'万鹰之神',只要帮他打败辽国人,你们就会过上好日子。"

萨满是联结天神和凡间的使者,在那个年头,人们对于萨满的话是深信不疑的。

于是,这些村寨的部民们就把抬筐、木锹、门板,甚至牛车都送到了女真军中,而且,还有许多青年男女前来帮忙。这样一来,女真联军集中力量,用了两个昼夜把东西南北四个城门方向的护城河渠各填平了三十丈左右。

城外的阿骨打终于松了口气,可以攻城了。

而城上的萧兀纳则叹了口气,暗自叫苦。

最先发起进攻的不是女真联军,而是守城的辽军。

这一天清晨,宁江州的东门突然打开,一支数百人的辽国骑兵部队,在宁江州防御使大药师奴的率领下,迅猛地冲向了女真联军。萧兀纳的孙子移敌塞也勇敢地参加了这一场近乎自杀式的突袭。

萧兀纳希望以一次出其不意的主动进攻,打乱或挫败女真军的进攻部署,为宁江州的固守待援争取更多的时间。

有消息传来,皇帝又接到无数告急奏章,再次下旨,命另一路渤海军统领合讷率三千人马即刻驰援宁江州。

女真联军遭到突然从城里涌出来的辽国骑兵进攻,显得慌乱而不知所措。

阿骨打即刻派出联军温迪痕部从正面阻击，挡住了辽军朝向自己的进攻方向，然后命阿徒罕率本部从侧翼包抄，截断了辽军退路，很快，在阿骨打的指挥下，女真联军稳住了阵脚。

没有队列，没有阵形，一场没有任何章法的混战。

几百人的辽国兵马，在前后夹击的漩涡里面，不到半天就被女真联军吞噬得干干净净。大药师奴奋力拼杀，突破重围，仅仅带着数骑逃回城中，而年仅十六岁的移敌塞却没有这样幸运，在乱军中被杀。

悲伤的萧兀纳只得紧紧关闭城门，死守不出。

女真联军的攻城之战异常艰苦、惨烈。

因为他们从来没有过攻打城池的经验，也没有像样的攻城器具。先前都还只是猎人的部族战士们，只能靠着在山林间追捕野兽时练就的攀缘本领，架着临时绑扎起来的简易木梯，凭着一股蛮勇，冒着被不断从城上坠落的巨石、滚木砸中的风险，奋力去攀爬被辽军精心加固的高大城墙，唯一依持的就是身后联军对城上守军的箭雨压制。

女真联军的进攻持续了七天七夜。

第八天早上，娄室的儿子活女肩背上插着几支被守城辽军射中的箭，第一个登上了宁江州的城头，紧接着，石土门的儿子习室率领一部分登上城头的战士奋力拼杀，终于打开了宁江州的东城门。

宁江州，被女真联军攻陷了。

坚持了七天七夜的萧兀纳，在宁江州即将陷落的最后一刻，被忠诚的属下拼死护卫，从西城门突围，逃向了庆州方向的皇帝行宫。

宁江州防御使大药师奴、渤海军统领斡答剌、梁福，城陷被俘。

城内的原守备部队、渤海援军、各卫城守备部队，纷纷投降。

宁江州城被攻陷之后，阿骨打没有随着队伍进城，而是继续在城北高冈的中军帐里等了整整一天。

阿骨打知道，此刻被攻陷的这座城池，正在经历着一场杀戮。

很多年前,桓根、散达的邑屯村在被完颜部攻陷的时候,劾里钵因为主保的死,默许了部族战士的屠戮。当整个村寨燃烧在哭喊声中的时候,劾里钵调转了马头,背转了身子,那一天,阿骨打就站在他父亲的身后。

时隔多年之后,在宁江州城北的高冈上,阿骨打和他的他父亲一样,没有办法因为心中的些许怜悯去阻止这场屠戮的发生。

进入城中的女真联军像没有了羁縻的猛兽,又像被恶灵附着了身体,狂暴无比。

宁江州的城里,女人的尖叫声、孩子们的哭喊声、垂死之人的哀号声,在各个角落里此起彼伏。

只要是契丹人的房屋,都被抢掠得干干净净,然后一把火点燃,不会留下任何有价值的东西。

全城的百姓都被驱赶到了一起。

只要是契丹男子,全被杀死;所有契丹女人,都被掳进了联军的帐篷;剩下的老人、孩子们,被随意践踏而死。

没有任何同情,没有任何怜悯。

此刻的肆意杀戮,究竟在释放着怎样的情绪?这些狂暴的士卒们,自己也弄不清。

是为了那些被"银牌天使"们玷污了身体的妻女姐妹?还是为了那些因为抓捕海东青而丧命山林的部族兄弟?是为了那些因为采捕东珠而沉入大海的血亲同族?还是为了那些所有过往的、磨不灭的、浸在骨子里的欺压和仇恨?

这一切的一切,都已经在狂暴的氛围裹挟下,厘不清了。

七天七夜的攻城作战,身边倒下的同伴,要么是自己的兄弟,要么就是自己的亲族。

此刻,屠戮这些没有抵抗能力的生命,或许,就是对先后死去的同族们,还有那些祖辈受辱的血亲们最大程度上的安慰吧!

一天之后,阿骨打命斡本传令各个部族的勃堇,收束本族的战士,立即停止抢掠杀戮，否则，将会受到军法的严惩。

联军战士们的热血终于在狂暴过后，渐渐冷却。

来流水誓师的时候，落在婆卢火背上的木杖已经敲在了每个人的心上，所有人都知道，阿骨打的军令是不可违抗的。

传说，渤海国的女人性情凶悍，容不得丈夫有侧室，即使丈夫在外面与其他女人偷情也不行，一旦发现，便会想方设法地将男人所爱的女人用药毒死。所以，契丹、女真等地的民风开放，男子大多有正妻和小妾，而渤海国没有。于是，渤海国的男子们大多愿意当兵，因为只有在战场上，男人们才能把他们多余的精力，通过残酷的搏杀释放出来。

宁江州以及其他卫城的各处降卒基本是渤海军。

阿骨打亲自问询他们，是愿意回家呢？还是愿意留下来，加入女真军？

降卒们都很犹豫。

阿骨打就说："愿意回家的，会发放路费；不愿意回家的，会被编进女真军，在今后的作战中，按照功劳大小，获得相应的赏赐。这些赏赐里面，除了钱财，还有女人。"

听说还可以得到女人，渤海军的男人们的眼睛就都亮了。

于是，绝大多数降卒表示愿意加入女真军，跟着女真军继续打仗，不回家了。

宁江州防御使大药师奴、渤海军统领斡答剌和梁福，被带到了阿骨打的面前。

他们的肚子里都是一样的心思：他们的性命就快走到尽头了吧？

理由很简单！败军之将嘛！

令他们出乎意料的是，阿骨打不仅没有杀掉他们，对他们还十分客气。

阿骨打说："我们女真和渤海原本就是一家，是辽国人硬把我们分开的。我们自家兄弟,怎么能自相残杀呢?这样吧!现在还不能把你们放走,等到我们撤军回家的时候,再想想怎么安置你们。"

阿骨打说完,就意味深长地看着他们。

大药师奴心里动了动,就问:"要是我们渤海人加入你们女真的队伍,在打了胜仗之后,真的能像你们女真军一样,公平地分到财物和女人吗?"

阿骨打笑笑说:"能!"

大药师奴就看看斡答剌和梁福,斡答剌和梁福对他点点头,没说话。

隔了一天,负责看守斡答剌、梁福的谋良虎向阿骨打禀告,说两人趁看守送晚饭的时候,打昏了守卫的士卒,趁着夜色逃跑了,他派人去追,没追上。

又隔了一天,谋良虎向阿骨打禀告,负责看守大药师奴的守卫喝醉了,大药师奴趁人不备,也跑掉了,他派人去追,也没追上。

阿骨打就问谋良虎:"听说大药师奴的祖上是旧渤海国的皇族?"

谋良虎说:"是。"

阿骨打说:"我知道了,为了惩罚你的失职,我现在命你把宁江州府库里的所有财物,按照功劳大小,全部分给参战的将士们!然后,我们回家!"

阿骨打率女真联军回到了纳葛里村,一些之前摇摆犹豫的女真各部首领们,看见阿骨打带回来好多财物和女人,就都坐不住了,纷纷要求加入联军。

宁江州的仗打完了,也打胜了,但是对于辽国的影响实在不算很大,而且辽国皇帝很快就会派大军前来镇压。在辽国人的眼里,女真联军这次的胜利和之前的那些部落叛乱没什么两样,无非就是参与的人数多了点,折腾的动静大了点。

可对于阿骨打来说,他必须要准备一支像点样子的军队,来应对即将到来的战事。

那时候的生女真部落没有什么常备军,平日里种田、打鱼、射猎,各过各的日子。若是部落里进行大型的围猎,或是与其他部落之间发生了冲突,全族所有的成年男子都会作为本部落的战士接受调遣;若是部落联盟出征,则由联盟的都勃堇派出使者,向各部的勃堇们征兵,各部的勃堇们则负责调集本部落的战士。

为了能够随时出征,经过和各部勃堇们的商讨,阿骨打制定出了女真军队的最初兵制,结构和几个部落合在一起打大围(大型捕猎)差不多。

以生女真各路的部落为单位,每三百户设一谋克(百夫长),每十谋克设一猛安(千夫长),每十猛安设一忒母(万户长)。

各部的勃堇们在战时就是猛安和谋克,谋克的副手叫作蒲里衍,兵士的副从(类似于家丁、仆从)叫作阿里喜。

平时,就以这样的单位组织围猎;战时,就直接上战场,所需的马匹和粮草均由个人自行备足,作战获胜后的战利品按各自的军功分配。

另外,阿骨打还规定,今后,凡是有其他异族前来加入女真军的,待遇一样。

辽国庆州行宫里的皇帝耶律延禧不高兴了。

说起来,整个秋天的围猎一直很开心,收获也很大,尤其是自己射获的牡鹿,要比往年的多。

可是,当他看见老师萧兀纳的时候,所有的开心就都成了闹心。

闹心的皇帝询问身边赔着小心的官员们:"现在该怎么办?"

汉人行宫的副部署萧陶苏斡说:"生女直的地盘虽然不大,但是民风强悍、作战勇敢、精骑善射,尤其是当年平叛了萧海里之后,势力已经越来越大了,而我们辽国的士兵们已经太久没有打仗了,遇到强敌的时候,一旦失利就可能导致各部离心,到了那个时候,局面就更难控制了。"

皇帝问:"那你的主意呢?"

萧陶苏斡说:"臣下的建议,不如大举征发各道的兵马,在人数和气势上把女直人压服了,然后再把他们一一分解。"

当时的辽国疆域分为五京六府,一百五十六个州、军、城,三百零九个县。和中原地区的宋朝一样,辽国也设有五京制度,主要是为了控制因为战争获得的土地,有时也是为了与别国争夺领土而设置。

辽国的政体机构分为五个道,每道都有一个政治中心,就是京,辽国的道都以京的名称命名。

上京道,治所上京临潢府,所辖以今西拉木伦河流域为中心的原契丹本土;中京道,治所中京大定府,辖制原奚族本土(今河北北部);东京道,治所辽阳府,所辖原东丹国(原渤海国)地区;南京道,治所南京幽都府(后改析津府),所辖今海河、大清河以北,长城以南、河北、北京、天津部分地域;西京道,治所西京大同府,所辖今山西和内蒙古交界处。

萧陶苏斡建议的发各道兵马,实际上就是等于举全国之兵。这样大规模的征伐,皇帝有些犹豫。

看到皇帝沉吟不决,萧奉先就站了出来,表示反对。

萧奉先说:"举全国之兵去消灭一个小小的原始部落,明显就是告诉女直人我们大辽国的武力不行了! 这要是让周边的国家知道了,多没面子。"

听了萧奉先的话,皇帝的脸上微微有些发热。

萧奉先接着说:"为臣之见,我们只要征发浑河(今辽宁省浑河)以北的兵力,就足够把女直人打服了。"

萧陶苏斡摇摇头,不说话了。

萧兀纳也轻叹一声,一脸怅然。

在皇帝的身边做官,都不容易呢,何必要惹祸上身呢? 再者,萧奉先总是能找到新鲜乐子,让皇帝总是开心,这种本事,换了别人还真是学不来呢。

于是,萧奉先的建议再没有人站出来反对。

萧奉先暗地里松了口气。

萧奉先的大弟弟萧嗣先时任守司空、殿前都点检(辽国军职),虽然位居禁军统领,但是没有立过军功。

寿昌二年（1096年），萧奉先以都监身份，随西北面招讨司讨伐达里得、拔思母的部落叛乱，俘获大批俘虏，记有军功，所以，在朝廷中升迁很快。

这一次派兵征讨女真人，萧奉先存了一点私心，想要弟弟萧嗣先作为此次带兵的统帅，积累一些军功，为他日后在朝廷里的仕途升迁打基础。

当然，他也很清楚自己的弟弟从没有过带兵打仗的经验，不过没关系，他可以推荐刚刚被女真人打败的萧兀纳作为副帅协助萧嗣先，这样就没有什么问题了。

萧兀纳的战败其实就是缺少兵马，这件事情大家的心里都很清楚！就连皇帝也不好意思对自己的老师过多指责，只能是多加安抚，毕竟，萧兀纳的带兵能力那是没得说的。

皇帝听从了萧奉先的建议，下旨派遣萧嗣先为东北路都统，原东北路统军使萧兀纳戴罪立功，降为副都统，协同领兵。

辽国是一个马背上建立起的国家，实行全民皆兵的兵制，凡境内男子，十五以上，五十以下，均为战士，按当时的人口计算，有适龄军人一百六十多万。

辽国军队按其所属，大致分为六类：

一是御帐亲军，属辽军的主力，是由皇帝直接掌握的精锐禁军，包括皇族的皮室军和后族的属珊军；二是宫卫骑军，由皇帝设立的直属骑军，平时护卫，战时扈从；三是大首领部族军，由王族、后族亲王和朝廷重臣的部属组成；四是部族军，以部落为单位，由契丹境内各游牧族群组成的军队；五是五京乡丁，由五京道的民丁组成，也就是民兵；六是属国军，即辽国境外附庸国的军队。

1114年11月，辽国出兵征讨女真，征发契丹、奚族兵马三千，中京路禁军和地方豪强大户的武装两千，又从其他州县调来武勇三千，总计七千人马，对外号称十万。作为主力作战的禁军，占了绝大多数。

以中京虞侯崔公义任都押官，侍卫控鹤都指挥使邢颖为副押官，限期集结,择日出征。

一切安排就绪,天祚帝就问萧奉先:"冬捺钵的行宫,准备好了吗?"

还没到半夜呢,阿骨打的头就已经从睡枕上滚落三次了,而且每一次惊醒,都隐约听见有人说"渡河,进兵,渡河,进兵"。

他弄不清这声音是来自梦里,还是出自自己的口中。

他索性坐了起来,让自己的脑子清醒清醒。

女真军经过连续数日的行军,人困马乏。

在鸭子河(特指北流松花江)南岸驻扎停当之后,大家都很累了,睡得都很熟,可他们的首领阿骨打却睡得很不踏实。

辽国的大军驻扎在鸭子河北岸的出河店(今黑龙江肇源西南),却一直没有渡河,这让阿骨打有点摸不着头脑。

胡沙保带回来的消息已经很详细了,辽军的总兵力为七千人,领军都统是萧嗣先,副都统是原东北路统军使萧兀纳。

辽军把兵力分为两部,互为应援。一部作为前军,驻扎在出河店河口;一部作为后军,驻扎在斡沦泺(今黑龙江省肇州和肇源两县交界处达三十千米的断续湖泊)。

不过,有意思的是,辽国军中的一些贵族和将领们随营带了很多的扈从和家人,据说,是担心战后在分配俘虏和战利品的时候,怕人手不够用。

阿骨打听了,心里就发了紧。

宁江州胜了,是因为宁江州的兵马很少,辽国的皇帝也没有太过认真。所以,女真军的这一场胜仗,赢得有些侥幸。

这次辽国出动的兵马,几乎比女真军多了一倍,当中还包括了辽国的精锐禁军。

而女真军的三千七百人已经是阿骨打从女真各部调集兵马的极限了,这里面还包括宁江州的渤海降卒,以及来流水北岸撒改的完颜部兵马。

宁江州的胜利和阿骨打带回来的战利品,闪亮了撒改的眼睛,也打动了撒改的心,这一次,在儿子粘罕一再的鼓动下,撒改主动出了兵。

可这一仗,该怎么打?阿骨打的心里却还没有底。

和各部落勃堇们画灰议事的时候,大多数人的心里不踏实:宁江州之战,女真军比辽军人多,即便是这样,还打了七天七夜;这一次,辽军比女真军多,而且,来的大多数还是辽军中的精锐。

于是,就有些勃堇建议,不如像以前一样,先和辽军讲和。

快半夜了,阿骨打再也睡不着了,就叫帐外守卫的军士去把族叔习不失和军中的大萨满谷神请过来。

阿骨打把自己睡不着的情形说给了习不失和谷神听,然后肯定地说:"这一定是上天的神明在提醒我即刻进兵。"

习不失点点头,说:"这个月份,河面上的冰应该冻结实了。"

谷神走出帐外,抬头看天,过了一会儿,又闭上了眼睛,用鼻子仔细闻了闻空气中的味道,然后转身进帐,说:"明天一早,会起大风。"

这一晚,鸭子河北岸的前军大营里,辽国大军的副都统萧兀纳也睡不着。

辽国军队到了这里就不再前进了,作为副帅的萧兀纳多次提醒主将萧嗣先,要抢在女真军的前面渡过鸭子河,争取进攻上的主动,可傲慢的萧嗣先却说:"这一次的用兵,我说了算!"

无奈的萧兀纳只好在自己的职权范围里,督促驻守在阵地上的辽军加强布防,密切监视对岸的动静。

午夜时分,同样睡不着的萧兀纳带着数名亲兵,骑着战马,巡视着河岸边的辽军布防。夜色里泛着蓝光的冰面,让他感觉到了阵阵寒意,不由收紧了身上的战袍。

忽然,他想到了一件事情。

他让身边扈从的亲兵下河,去看看河面上的冰是不是已经冻实了。

不一会儿,亲兵回报,河岸附近的冰面,还有两岸水流平缓的蜿蜒之处,已经冻得很实了,走人和骑马都没有问题。

萧兀纳心里一惊,赶紧下令,命负责值夜的军官马上率领部分兵卒,带上工具,把这些已经冻实的冰面全部凿开。

此刻,鸭子河南岸,上天的神灵给予阿骨打的启示,已经被萨满谷神和习不失传递到了每一个人的耳朵里。大家毫无怨言地起帐拔营,点燃火把,在黑沉沉的夜里排成一条长长的火龙,向辽军驻扎的出河店方向紧急行军。

辽天庆四年(1114 年)十一月月初,这一天后半夜,很冷,滴水成冰。

刚刚凿开的河面,过了没多久就又被冻实了。

没有什么太好的办法,萧兀纳只得命令士卒们把冻实的冰面再次凿开。

黎明的时候,女真军到了出河店的岸边,火把和晨光映照的河面上,已经辛苦了一夜的辽兵还在努力凿着持续冻结的冰面。

斡本的反应很快,不等阿骨打下令,就带着十几个身手矫健的战士下了马,飞快地奔向了河面,一边跑,一边手执弓箭,射向还在河面上凿冰的辽军。

河面上凿冰的辽军猝不及防,瞬间躺倒一片,剩下的大叫着扔下凿冰的工具逃向己方的岸边。只是,在冰面上逃生的速度远远比不上长了眼睛的弓箭的速度,很快,奔跑中的最后一名辽兵倒在了离岸边几步之遥的冰面上。

或许是天意,先前河岸边负责警戒的辽兵因为天气实在太冷,在萧兀纳布置完军令离开后,也都躲回各自的军帐里酣睡,以至于河面上发生的这一场急促的短兵相接居然无人知晓。

辽军的破坏还是给女真军带来了很大的麻烦,天大亮的时候,渡过鸭子河的女真军不过一千余人。

粘罕和谋良虎向阿骨打请命,是即刻进攻,还是等人齐了再说。

阿骨打望了望还在沉睡中的辽军大营,说:"不用等,一千人,足够了。"

萧嗣先没有想到真的要和女真人开仗，有过打仗经验的哥哥萧奉先在自己临近出发的时候特意关照过他，不要去主动进攻女真人，在边境的地方驻扎一段日子就好。

哥哥还告诉他："女直人是绝对不会主动进攻的。他们的部落分散，人口又少，各个部落谁也不服谁，时间一长，联军自己就会解体，要不然，为什么宁江州都打下来了，还不敢在那里驻守？抢个干净就撤了，这不是心虚还能是啥？所以，不用紧张。再者，这不是还有个萧兀纳吗？所有的行军事宜就都交给那个老头子去办。等女直人那边消停了，你就让他随便找几个弱小的女直部落，全灭了，把人头带回来，作为你的功劳上奏皇帝，这样你就有军功了，就等着升官发财吧！"

哥哥把弟弟的未来描述得很美，弟弟想得也就很美，不仅想得美，还把一些更美的歌姬美女带在了身边，带进了军营。

萧兀纳是个耿直的老头子，直言进谏，说："军营里是不可以携带随军家眷和歌姬的。"

萧嗣先说："我是统帅，怎么能和普通士卒一样呢？我累了的时候，她们可以帮我解乏呢！"

萧兀纳又说："战事当前，主将通宵达旦地饮酒作乐，会影响军队里的士气。"

萧嗣先说："哪里会有什么战事？你放心吧！我们的兵马这么多，又都是军中精锐，女直人是没有胆量前来挑战的。你不要总是那么担心，我看你是打了败仗之后，就被女直人吓怕了。来吧！喝杯酒吧！把酒喝好了，你就不会害怕了。"

萧兀纳听了，涨红了脸，闭紧了嘴，再不说话了。

当上千匹战马的铁蹄踏进辽军前军大营的时候，大多数的辽军官兵还没有从睡梦中醒来。

有的辽军听见了动静，钻出帐篷，互相呼喊着，想要聚集在一起，但是女真军的进攻实在过于迅猛,使得他们始终无法靠近彼此。

阿骨打冲在队伍的最前面,身后左边是谋良虎,右边是粘罕。

他把身子伏低,紧紧贴在马背上,反握刀柄,刃口朝外,用刀背顶住胳臂肘,不时地探出身体,在空中划上一道弧线,只要是来自前方的阻挡,无论是人是马,一旦挨上,就会在不同的位置上碎裂着各自的肢体。

这样的厮杀,靠的是腰上的力气;这样的冲锋,靠的是战马的速度。

阿骨打的赭白马是很懂得主人心思的,也许对方刚刚举起刀,或者刚刚搭上弓箭,赭白马都会很灵巧地调整好行进方向,在每一个最佳的位置上,让背上的主人用最舒服的姿势,去格杀面前的每一个敌人。

直到前边没人了,它很自然地掉过头,再冲回去。

而马背上的阿骨打就在这个时候,换成另外一种姿势,把身子探过马头,把手臂舒展,用灵巧的手腕用刀在空中划出一个个的圆弧,趁敌人来不及躲闪,或自以为躲过去的时候,削掉对方的鼻子、耳朵,或者直接把刀尖捅进对方的眼睛。

至于剩下的事情,就由身后的谋良虎和粘罕去处理。

听见大营里的厮杀声,萧兀纳立刻从行军榻上跳了起来,顺手抄起兵器,出了营帐,飞身上马。

看着前军大营的混战,凭着萧兀纳多年的领军经验,他知道,这一刻最明智的做法就是赶紧逃跑。

很多年以前,年轻的阿骨打在跟随他父劾里钵讨伐窝谋罕的战斗中,差一点被太峪刺中,自那之后,每一次在战场上,阿骨打的注意力都很专注,不让自己再有任何疏忽。无论是战场上的缠斗厮杀,还是获胜之后的乘势追击,他都会时刻留意周围的异常,把握所有能够把握的时机,做出准确清晰的判断。

在混乱中的辽军大营,阿骨打敏锐地发现有一小股敌人逃离了战场。

他立刻传令阿合里懑,去接应后续渡河的女真军,由他们接手这里的战斗,自己则率领斗志正旺的突袭队伍快速穿过出河店前军大营,紧紧尾随这一小股敌人。

后军大营的中军大帐,领军都统萧嗣先宿醉未醒。

其他的军帐里,各部的将领和属下士卒们都还在各自的睡梦中,体会着不同于现世的悲喜人生。

萧兀纳率领的一小队亲兵带着一阵风卷进了后军的大营,急促杂乱的铁蹄声踏碎了所有人的梦境。

数千名懵懵懂懂的辽军在乱哄哄的号令和叱骂声中,被萧兀纳和各部的统领们驱赶着,勉强摆出阵形,准备迎击阿骨打和他的队伍。

主将大旗下的萧嗣先骑在马背上的身子,止不住地阵阵发抖。主人的恐惧似乎传递到了胯下的战马身上,马被主人的情绪感染,不安地喷着响鼻,用马蹄刨着冰冷的地面。

紧随而至的阿骨打没有让辽军等得太久,他在极短的时间里就对辽军阵列的强弱做出了判断,当即下令,直接进击中军。

他已经远远地看见了辽军主将萧嗣先的脸上堆满的恐惧和慌张。

女真军和辽军刚一接战,天地间突然刮起了一场诡异的大风,大风卷起了漫天的尘埃,遮天蔽日。更让人抓狂的是:此刻正在向前冲锋的女真军,顺风;而正在迎战的辽军,逆风。

逆风中的辽军无法直面冲杀过来的敌人。这突如其来的大风吹得他们无法睁开眼睛,射出去的箭射不中目标,舞起的刀枪落不到敌人身上。

顺风中的女真军占尽了便宜,他们催动胯下的战马乘势而击,靠近那些低着头、闭着眼、在风中乱舞刀枪的辽国兵将,轻松避开朝向自己的各种兵器,举起手中的枪槊和刀剑,随手一击,辽国的兵将就"砰"一声倒下一个,顺势一刺,"砰"再倒下一个……

仗打成这样,已经没法儿再坚持着硬撑了!

萧兀纳的心里阵阵发苦,他拼死保护着萧嗣先率先逃离了战场。

崔公义、邢颖、耶律佛留、萧葛十等辽军统领深陷阵中,先后被女真军杀死。

辽军完败,数千辽军投降,被阿骨打收编进了女真队伍。

女真军缴获了无数战利品,并且,在后军的主帅营帐里,还俘获了多名美艳的歌姬。

看着这些特殊的俘虏,阿骨打就想起了一件往事。

阿骨打有一个妻妹,叫作白散,生得很美,美得让阿骨打心动不已。阿骨打还曾盘算过,该怎样能把这位美丽的妻妹也一并纳入自己的房中。

可惜,当年为了增进和辽国之间的亲密关系,美丽的白散被献给了辽国的宫廷,成了辽国皇帝的禁脔。这件事情被阿骨打装在了肚子里,深深地藏了好多年。

此刻,眼前的这些歌姬掀开了在他肚子里已经装了很久的往事。

阿骨打稍稍想了一下,说:"不要伤了她们,发给她们一些盘缠,放了吧!"

第一时间就接到战败奏报的萧奉先非常紧张,他最先想的是怎样才能保住弟弟萧嗣先的性命。

于是东北路一些地方州县的加急奏章就帮着萧奉先想出了保住萧嗣先的主意。

辽国旧俗,军队出征时,人马是没有粮草配给的,每天的人马用度都是由专门的"打草谷骑"四处劫掠。这种没有专门的后勤保障,靠士卒自行筹集给养、劫掠民间的粮草财物的方式,就叫作"打草谷"。

一些从出河店战场上逃跑的辽军,或三五结伙,或小股结队,向上京和中京方向流窜和逃亡,沿途还不忘"打草谷",劫掠当地百姓,有的甚至还攻击地方府库,扰得地方州县不得安宁。

这些州县纷纷向皇帝上奏,恳请皇帝速速降旨,派兵弹压。

住进冬季捺钵行宫不久的天祚帝,一看见呈上来的大堆奏章,宿醉未醒,就发了怵,问萧奉先:"眼下的情形,该怎么办?"

萧奉先赔着小心,说:"这次兵败,实在是天气的原因,谁能想到在战场上会刮起这诡异的大风呢？说不定，这就是那些装神弄鬼的女真人整出来的，所以，依臣之见，不如把这次带兵的将领们全部赦免，戴罪立功。至于那些禁军，也是因为害怕陛下降罪才做出这些反常的行为。若是就此问罪，难保他们不会聚众造反，就像当年的萧海里一样，恐怕后患无穷，就请陛下一并赦免他们，让他们感激圣上的恩德，继续为国家效力。陛下以为如何？"

皇帝的心里有些疑惑，总觉得哪里有些不对，但是，好像也没有什么太好的解决办法，只好点点头，说："准了吧！"

圣旨一下，朝廷和军队一片哗然，有功不赏，有过不罚，大辽皇帝的做法让众多朝廷官员和军中将领们既愤懑又心寒，尤其还在前线和女真军零星作战的各路官兵，更是无心坚守，一触即溃。

一百多年前，大辽太祖耶律阿保机建立了契丹辽国后，征服了北方各个民族，女真族也是其中之一。

女真族各部民风强悍、难以驯服，耶律阿保机为了稳固边境统治，削弱女真族实力，隔断女真各部之间的联系，就采用了"分而治之"策略，把女真族中的强宗大姓强行迁入辽东半岛，编入了契丹国籍，被称作曷苏馆女真，意思是篱笆内的女真，后来，就被大家通称为熟女真。

辽国为了加强对熟女真的管理，在他们的聚居区域还特别设立了大王府，任命其首领为都大王。这些大王们可以自行建制本部族的旗鼓，以号令其所属的部落，目的在于以女真管理女真。

这些系辽籍的熟女真除了按时向朝廷纳贡之外，还须提供战时的兵员调派和物资供应。

那些留居于粟末水（松花江）以北、宁江州以东的女真各部就被称为生女真，这一部分生女真的主体同属黑水靺鞨的后裔。阿骨打所在的完颜部就是生女真的一支，也就是黑水靺鞨的直系后裔。

这些生女真的各个部落大多以所居住的山川河流命名，同时，又以同一姓氏分为若干个小部落，构成了以血缘关系组成的网络，组合起来就是一个很大的部落族群。

由于生存和生活条件所限,生女真在当时的人口并不很多,居住的地方也很分散。只有发生了战事,平时联系较为紧密的部族才会组合在一起结成联盟,共同抵御外敌。

阿骨打的先祖们就是依托完颜一姓的部落联盟,借着辽国的姑息和大意,默默地发展自身实力,直到后来脱颖而出。

而今,雄心勃勃的阿骨打已经朝着完颜先祖们的梦想和目标,迈出了最初的一步。

阿骨打率领女真军取得连胜之后,觉得需要安排的事情有很多,脑子里也冒出了很多的想法。只是眼下这么多的事情和想法到底先做哪一样,他需要找一个和自己想法差不多的人去问问。

于是,他就想到了刚刚加入女真军的渤海人杨朴。

杨朴是渤海人的后裔,是一个胸怀大志、很有主见的人,祖居铁州(辖境相当于今辽宁省营口、大石桥、盖州三市及岫岩满族自治县一带),年纪轻轻就考中了辽国的进士。

杨朴的学识很高,精通辽、宋典章制度和儒家学说。

不过,才华出众的杨朴并没有得到辽国朝廷的赏识和重用,只是进了枢密院,做了一名校书郎。

就在杨朴郁郁不得志的日子里,传来了女真首领阿骨打起兵反辽的消息,杨朴敏锐地感觉到,能够施展自己人生抱负的机会来了,于是,就在宁江州战后毅然前来投奔。

杨朴的到来给阿骨打展开了一个全新的世界。从杨朴的口中,阿骨打知道了很多新鲜的事情,尤其是隔着辽国的另一边,那个物华天宝、富庶丰饶的中原宋朝给阿骨打留下了很深的印象。

很快,杨朴就成为阿骨打最信任的高级谋士。

杨朴说:"我们眼下最先做的事情就是选定一个战略目标,占据其州城和府县,以此建立根基,招纳和吸收各路的生女真、熟女真、渤海、汉人和其他别族部落,扩充女真军实力,徐图推进。"

阿骨打听完杨朴的建议,就笑了,说:"杨先生,你说的和我心里想的一样!"

1114年的最后两个月,在听取了杨朴的建议之后,阿骨打挟宁江州、出河店两战取胜之势,先后派出宗室里的娄室、斡鲁古勃堇,恩威并施,招降了多路系辽籍熟女真部落,连克宾州(今吉林省农安县红石垒)、祥州(今吉林省农安县伊通河北苏家店)、咸州等地,使得邻近的辽属兀惹国雏鹊室大王、铁骊国回离保大王也在女真军的高歌猛进之下,审时度势,主动派遣使臣向阿骨打请降。

至此,女真军实力大增。

随即,一句"女真不满万,满万不可敌!"的谶语开始在辽国境内广为传播。

天庆四年(1114年)就快过去了。

这一天,眼下还是辽国生女真节度使完颜阿骨打的家里,坐了一屋子人。

大家聚在一起的目的只有一个,就是再次劝说阿骨打做皇帝。

这种事情,在那个年代叫作劝进。

这一次挑头的,还是统领来流水完颜部的勃堇撒改。

宁江州战后,撒改曾派谷神和儿子粘罕主动劝进。不过,刚刚初战告捷的阿骨打觉得这件事很荒唐,没有答应。

这一次,为了劝进成功,撒改拉上了更多的族人。

他们是:乌古迺的儿子阿合里懑,乌古出的儿子习不失,撒改的儿子粘罕,乌雅束的儿子谋良虎,欢都的弟弟蒲家奴,欢都的儿子谷神,阿骨打的弟弟斜也、吴乞买,阿骨打的儿子斡本和斡离不。

阿合里懑说:"看看现在辽国的情形,败亡是迟早的事。我们女真人越战越强,将来一定会替代辽国,所以,及时建立一个名号才能聚拢起更多的人来支持我们。"

习不失说："当初起兵的时候,各部落的战士之所以没有任何犹豫追随我们,就是为了建功立业、留名后世。如果看不到这样的结果,大家的心就会散了。"

撒改说："我们已经打了两场胜仗,占了辽国不少州县,威名远扬,各部落都来主动投降。可我们终归还是少一个能够立住脚的名号,所谓名不正则言不顺! 没有一个正当的名号,我们既没有继续和辽国对抗的名义,也没有和辽国平起平坐的条件,所以说,现在做皇帝正是最佳时机,你就不要再犹豫了!"

阿骨打想了一会儿,说："你们先回去吧! 我再想想。"

出了木板屋的门,大家就没了主意,都看着谷神。

谷神摇摇头,说："让杨朴来说吧!"

杨朴在这件事情上和撒改他们的心思一样,只是自己毕竟是外族人,这样的大事情由他来提,肯定不合适。

现在,大家都来请他出面劝进,正好合了他的心思。

阿骨打一看见杨朴就笑了,说："是他们叫你来的吧?"

杨朴也笑了,就点点头。

阿骨打说："好,让我听听你怎么说。"

杨朴说："我曾听过中原汉人的一个典故,技艺高超的工匠可以为人们制作圆规和曲尺,但并非每一个人都能做到尽善尽美;德高望重的师长可以作世人的楷模,却不能使每一个人都照着他的样子去做。就拿当下来说,我们现在所拥有的力量都已经可以拔山填海了,却不能革故鼎新,创建一个能够让百姓们安居乐业的环境,所以,我心里有一些想法和建议,看看你能不能采纳,希望你能慎重地考虑考虑。"

杨朴的话,客气、礼貌、亦柔、亦刚,尤其是引用中原汉人的典故,更是引起了阿骨打极大的兴趣。

阿骨打就说："杨先生,你接着说。"

阿骨打的态度让杨朴心里有了底,于是,他就继续说:"自从来流河誓师伐辽,各个部落都来主动追随我们。宁江州和出河店两战大捷,辽国的衰亡日渐明显。这个时候,如果我们不自立国号,那么你就还是辽国的节度使,还是辽国的臣子,还在继续接受着辽国的统治,你以臣子的名义去攻打君王,就是反叛,那么,我们就没有什么正当的名义去继续聚拢各部首领和百姓们的心。你一再地拒绝称帝,就给大家造成了一个印象,你还只是一个部落的勃堇,你的目标也无非就是获取比现在的节度使更高的官职罢了,在你的心里好像还没有完全做好和辽国彻底决裂、战斗到底的准备,还没有完全放弃维持小家小业的念头。就像现在的每一场战斗的胜利,我们表现出来的样子仿佛只是为了抢掠辽国人的财物,获取许多的战利品。这样时间一久,有的部族就有可能在分享到足够的战利品之后离我们而去,这样下去我们女真是没有发展的。

"我们只有充分去利用现有的声势和威望,把'家'变成'国',把女真的部落联盟发展成一个名正言顺的国家,我们只有建立起和辽国平起平坐的国家,才能树立起你至高无上的威望,吸附和聚拢更多的部众,维系住各部众誓死抗辽的决心,称霸于天下!

"我们大家都从心底里希望你能利用这些连续取胜的机会,审时度势,顺天应时,建国称帝,即刻授予各部首领以官职,让他们拥有不同于部落时期的荣誉感和责任感。只有这样,我们在指挥调动各部部众的时候,才会得心应手,事半功倍。那个时候,只要你一声令下,千里之内都会闻风而动,就会有更多的疆土为我们女真所有。也只有这样,我们才能建立起一个东接大海、南连大宋、西通西夏、北边安抚远国之民的泱泱大国,从而成就千古帝王大业!"

杨朴凭着对战局的总体把握,对称帝与否利害关系的精湛论断,把阿骨打的心说动了。

其实,阿骨打的心里又何尝没有想过称帝?只是,他觉得仅仅通过一两次的胜利还不足以让所有的部众信服。他就是想再等一等,等到获得更多的认可之后再说。

不过现在,杨朴的这一番解说让他觉得,时机差不多了。

杨朴摸准了阿骨打的心思,就继续趁热打铁,接着说:"古话说得好,当断不断,祸来快如箭,为人要干大事,意志不可不坚,机会一失后悔难,全凭一时决断,现在,是你下定决心的时候了。"

听完杨朴的话,阿骨打站了起来,深深地吸了口气,原本魁梧的身子仿佛又高大了许多,褐色的眸子里射出了两道金色的光。

1115年(大辽天庆五年,金国收国元年)正月初一,完颜阿骨打在女真各部首领的拥戴下,在按出虎水的纳葛里村,举行了皇帝的登基仪式。

登基仪式,隆重、简单。

首先,阿骨打率领宗族的众位将领举行了祭天仪式。随后,他坐在自家的屋子正中接受献礼仪式,其他各部的勃堇和长老们围坐在他的周围。先是由阿合里懑、粘罕代表众人在阿骨打面前陈列了九套耕作用具,其用意是要阿骨打谨记耕稼是立国之本;随后,由习不失和谋良虎代表完颜各部献上九队良马,每队九匹,一队一种颜色,另外,再献上甲胄、弓箭、刀矛等兵器,其用意是不忘兵备,随时征战。

再接着,由阿骨打宣布确立国号。

阿骨打对着众人说:"辽国以镔铁为号,是取其坚固的意思。镔铁色黑,辽国崇尚黑色。但是镔铁虽然坚固,却也有锈蚀朽坏的一天。我们按出虎水是出金子的地方。我们女真人崇尚白色,金子色白,不会变坏。以金抑制镔铁,以色白替代色黑,一定会无往不胜,无所不克,所以,我们就取国号为大金。"

众人听了,一齐下跪称贺,倒把新晋的皇帝吓了一跳。

阿骨打站起身,一时激动,泪流满面,把身前下跪的长辈和亲族们一一扶起,哽咽着说:"今天的成功,不是因为我自己有多么强大的力量,而是靠着各位亲族们的出生入死、同心协力换来的。现在,我虽然做了这个皇帝,无非也就是给外人做个样子。我做皇帝,可不是想着一定要和各位亲族们显示什么差别。这样吧！今后在我们亲族之间，都不必讲究这些礼节，我们依旧遵照部落的习俗，有事大家共同商议，平时还是亲族兄弟。不仅现在这样，就是将来继任我的人，也一样。"

众人听了，内心十分感动，再次拜谢不已。

阿骨打终其一生的大部分时间都住在纳葛里村，住在自家旧木板房改建的非常简朴的"皇宫"里。

所谓的皇宫，无非就是比村子里其他人家的木板房子大一点，多几间，房子外边围着一圈篱笆。

建国以后，前边的房子叫作"前殿"，后边的房子叫作"后殿"。每逢有国家典礼的时候，村里的孩子们就趴在篱笆外边看热闹，阿骨打他们也不以为意。

夏天下雨的时候，"前殿"和"后殿"之间经常是汪洋一片，他和他的几位夫人们要是想在"前殿"和"后殿"之间来回进出，就得把鞋子脱下来蹚水过去。雨要是下得太大了，"宫里"就会下小雨，阿骨打晚上睡一宿觉，还得挪上好几个地方。

阿骨打召集众人议事的时候都在"前殿"，其实就是一个大火炕。天冷了，还要拿柴火把火炕烧热，大家盘腿坐在上面，阿骨打坐中间，大家挨个说，说完了再由阿骨打来做决定。

到了吃饭的时间，大家就不走了，就都留在皇帝家里吃饭。当时部落人口也不多，也没有专门的侍女，就由他的几位夫人们来回端酒添饭。大臣们最多就是在炕上欠起身子，说声谢谢，也没有什么特别的礼数。

平常的日子里，阿骨打和其他的村民们也没什么两样，天热了，和村民、部下们一起在河里洗澡，大家互相搓着背，一起谈论着今年的收成，一起商量着军国大事。要是有谁家杀头猪或宰只鸡，只要招呼一声，他就会毫不在意地去做客凑热闹。他和大臣们一起喝酒的时候，相互之间勾肩搭背，拧胳膊、揪耳朵的胡闹稀松平常。君臣之间从来不拘泥于繁文缛节。

后来，促使宋、金联盟的赵良嗣代表宋朝前来出使，就是在这样简朴的"皇宫"里受到阿骨打的热情接待。对于赵良嗣的惊讶，他只是很随意地说："我家从祖上就是这样的风俗，不会奢侈，有个屋子住就行了，冬暖夏凉的，挺好，用不着修造什么宫殿，太折腾，劳民伤财，请你们别见笑。"

就这样，阿骨打就在自家的木板房里做了皇帝，建都会宁府（今黑龙江省哈尔滨市阿城区南白城子），从此，纳葛里村就成了皇帝的御寨，俗称"皇帝寨"。

做了皇帝的完颜阿骨打，这一年，四十八岁。

刚刚成立的金国，还算不上是一个真正意义上的国家，也没有什么具体的内政和外交事务。

不过，对于熟谙礼仪典章的杨朴来说，他首先想到的，就是金国的政治地位和新建国家的合法性。所以，他向新晋皇帝阿骨打提议的第一件事情，就是要求邻近的大国册封。

阿骨打说："我们邻近的大国不就是辽国吗？可是，我们现在正和辽国打仗，辽国的皇帝怎么能给我们册封呢？"

杨朴说："这事好办，我们主动派使者去，求和。"

阿骨打惊诧地说："求和？我们可是打了胜仗的啊？"

杨朴说："这个请求册封就是个策略。现在求他册封，等到将来一旦被辽国打败了，我们也有话说，就说我们早就有了打算依附辽国的举动；如果辽国不答应我们的请求，也省事儿，我们再要出兵讨伐，就用不着去找其他的借口了。"

阿骨打就笑着说："杨先生，还是你的主意多。不过，以我们现在的实力，辽国的皇帝不一定会买账。我想，不如再打几个胜仗，再多占些地盘，到那个时候再去要他册封，我们就会硬气得多。"

黄龙府是辽国东北边防重镇，统辖五州三县。

黄龙府设有兵马都部署司，主持东北五国、女真等部军政事务，南通辽国各州,物阜民丰,是辽国设在东北地区最大的赋税收缴地,素有"银府"之称,是辽国经济的重要命脉,也是女真人通往辽国腹地的必经之路。

1115年(辽天庆五年、金收国元年)正月初五,刚刚登基四天的大金国皇帝完颜阿骨打御驾亲征,下旨由粘罕率领中军,谋良虎率右翼军,斡本率左翼军,兵分三路,直指黄龙府。

临出发前,阿骨打对各路领军的将领们说:"这一仗,我们要这样打,我们先朝着黄龙府进军,路上不要走得太快,传令宾州、祥州、咸州的娄室、斡鲁古他们,迅速率领本部与我们会合,同时,把出兵攻打辽国的消息扩散出去,辽国的皇帝知道以后,一定会派大军救援,我们就等援军距离我们很近的时候,掉头突袭,把这些援军吃掉,然后,再顺势把黄龙府附近的州县扫平,解除后顾之忧,最后集中兵力拿下黄龙府。"

众人听了都很惊讶,心里都在想,就这么几天的工夫,这些主意是他早就在肚子里盘算好的呢?还是一下子就想出来的呢?

辽国天祚皇帝耶律延禧得知了女真进兵黄龙府的消息,立即传旨,命耶律斡里朵为都统,萧乙薛为左副都统、耶律章奴为右副都统、萧谢佛留为都监,紧急调遣骑兵二十万、步兵七万,日夜兼程赶往黄龙府。

耶律斡里朵是一个谨慎的人,当他打探到阿骨打正在带兵向黄龙府进军的时候,就把辽国大军驻扎在了达鲁古城(今吉林省松原市扶余市西北土城子)。

阿骨打知道了辽国大军进驻达鲁古城的消息后,就对身边的将领们说,这个耶律斡里朵是个会打仗的。

达鲁古城位于来流水、宁江州和宾州之间的三角地带,辽国军队再前进就可以直逼金国腹地;屯兵驻守,就可以截断女真军从黄龙府归来时的退路。

这样的部署很高明。

二十七万人的辽国军队是个什么样子?对于当时还处于结绳记事时代的金国将领们来说,谁也想象不出来,包括阿骨打。

大家就问见多识广的杨朴先生。杨朴想了想,指着漫山遍野的草木,说:"二十七万人,就是你们现在看到的样子。"大家相互看了看,感觉还是很模糊。

阿骨打说:"管他呢!女真满万不可敌,现在我们的军队已经过了万,任谁也挡不住我们!"

于是,阿骨打率领着金国大军从宁江州西调整了进军方向,前往达鲁古城。

部队行进在来流水岸边的时候,天上突然掉下来一个大火球,就在部队行进的前方,砸出一个巨大的深坑,冒着灼热的烟气。

士卒们惊慌不已,停止了前进。

谷神催马靠近阿骨打,说:"陛下,这是天神降下的吉兆呢!"

阿骨打马上明白了,立刻叫身边的斡本去河边打些清水,自己则下了马,走到大坑的边上,高大魁梧的身体在烟气缭绕中,像一尊神。

阿骨打从斡本的手里双手接过装满清水的桦木碗,高举着,向天行了三次祭奠之礼,大声说:"感谢天神,赐予我女真必胜的神迹。只是在这征战的路上,我只能用这河中的清水,向您献上我的心意!乞求万能的天神,请将您的神力,赐予我全体金国的将士,护佑我们,再次获取胜利!"

队伍里的谷神把目光和不远处的粘罕碰了一下,粘罕举起了刀,从嗓子里发出一声喊。

"女真必胜!金国必胜!"

一个人,十个人,一百个人……当一万个人跟着齐声呐喊的时候,来流水的水沸腾了。

金国的大军刚刚驻扎停当,辽国的使者僧家奴就前来下书,议和。

耶律斡里朵其实挺难,辽军的人数虽然号称二十七万,但基本都是各州、府、县的乡军,尤其到了天祚帝时代,国家太平已久,这些乡军早就没有什么常规的军事训练了,和那些平日里游牧、耕作和渔猎的平民没什么两样。

还能算得上有点战斗力的,就是他自己和几位副都统们率领的部族军,只是,这些部族军的人数太少,不过几千人。

耶律斡里朵从宁江州和出河店的两场作战中,已经知道了女真军的厉害,也知道人多并不代表能打仗,尤其是打胜仗,所以,他想了想,决定先礼后兵。

耶律斡里朵先奏请皇帝,派使者和金国议和,然后,利用两国谈判的间隙,尽最大的努力把辽国大军的部署预先完成,寄希望于双方交战的时候,利用压倒性的兵力优势给金国军队造成强大的震慑,进而取得歼灭性完胜。

僧家奴的议和使命完成得很快,因为双方没谈成。

阿骨打说辽国想要和平,条件很简单:一是要求金国和辽国以兄弟相称,金国为兄,辽国为弟;二是要求辽国把黄龙府的官署迁到别处,由金国接管;三是交还阿疏等女真叛徒。

这些条件,对于僧家奴来说,都是不可能完成的任务。

双方既然谈不拢,那就只有开战了。

金国其他各路的部队已经全部集结完毕。最后赶来的娄室所部日夜兼程,已经是人困马疲。阿骨打看见了,就命谋良虎调三百匹战马给娄室,娄室拜谢不已。

辽天庆五年(1115年)正月二十九日的一个清晨,辽、金双方摆开战场,准备开战。

阿骨打率领金国的将领们登上了达鲁古城附近的一处高地,观察辽国军队的分布情况。

达鲁古城城外,布满了辽国军队的兵将,身后连绵密集的营寨铺满了山岭旷野,队伍中各色的旗帜刀枪,就和漫山的灌木丛林一样,找不到一丝空隙。

看着下面密密麻麻的辽国军队,金国将领们的脸色都凝固了,他们终于明白了杨朴先生为什么要拿漫山遍野的草木形容辽国人马众多的样子,原来,二十七万人摆在那里,竟然是这样一个令人瞠目的景象。

不过,阿骨打的脸色没有那么难看。

他细看了一会儿,说:"辽军虽然兵马众多,但是队形有密有疏,结阵过于松散,刀枪和旗帜晃来晃去、摇摆不定,说明士卒们的军心散漫、胆小怯懦,所以,纵然人多,也不足为惧。"

阿骨打说完下令,先由谋良虎率所部右翼军进攻对向的辽军左翼。

耶律斡里朵的布阵还是费了一番心思的。他把数千人的部族军都摆在了左、右翼军和中军位置的前列,其用意是先由这些战斗力较强的部族军抵挡住女真军最初时的进攻,等到把敌方的进攻部队拖住之后,再由后边的乡军部队从两侧跟进、包抄,进而达成围歼的目的。

二十七比一,毕竟,人数上的优势摆在那里。

可是,耶律斡里朵忘记了最重要的一点,这些乡军基本是没有上过战场的平民,乍一看见血肉横飞的景象,全都傻了,哪里还听得见那些将领们声嘶力竭的号令。金军发起的第一次冲锋还没持续多久,辽军左翼的士卒们就纷纷丢下手中的兵器四散奔逃,一下子就把耶律斡里朵辛辛苦苦摆好的阵形冲散了。

阿骨打看见辽军左翼在谋良虎的冲击下已经乱了阵脚,马上把娄室和银术可叫到跟前,说:"你们两个各领本部,一个由东,一个由西,从谋良虎打开的缺口冲进去,进去之后不要合兵,分开两个方向冲出去,杀回来,再冲出去,再杀回来。切记不要缠斗!把辽军搅乱了就好!"

娄室和银术可领命出击,率领两支队伍像两条苍龙一头扎进了辽军大阵,翻江倒海一般反复搅动。

很快,辽军的左翼就被女真军搅得人仰马翻、兵相骈藉。

粘罕看时机差不多了,对阿骨打说:"我去进攻敌人的右翼!"

阿骨打点点头,传令,先由斡本领中军一部人马向辽军中军方向佯动,摆出要向对方进攻的样子,疑惑辽军,然后让粘罕领左翼军做好准备,伺机攻向辽军右翼。

耶律斡里朵看见金军的中军阵内有旗帜在来回晃动，人马进进出出，判断阿骨打一定要率领全军出击了，于是，迅速传令右翼前列的部族军迅速向中军靠拢。

粘罕看见辽军右翼松动，立即催动金军左翼对向冲击辽军的右翼。此时，谋良虎在娄室和银术可的配合下，已经将辽军的左翼击溃，正在率领人马返身从后向前冲击辽军右翼后方。

辽军右翼在粘罕和谋良虎前后两军夹击下，也很快溃不成军。

两翼一失，中军也就跟着乱了。

二十多万的辽军人数优势，此刻已经成了灾难，绝大多数未经战事的士卒们，在金国将士们的刀剑下成了任人宰割的羔羊。

这一场厮杀，从清晨杀到正午，从正午再杀到黄昏。

哀号声、喊杀声，不绝于野。

成片成片死去的士兵尸体支离破碎，就连天边渐落的夕阳也被战场上肆意流淌的血水映衬成了惨烈的鲜红。

胜了，又胜了！

立在高冈上的阿骨打深深吸一口气，昂首向天猛地大吼一声。

这一刻，金国皇帝完颜阿骨打对于大辽帝国的最后一丝敬畏，烟消云散了。

第六章

辽天庆五年(1115 年)的春天,闷了整个冬天的辽国天祚皇帝耶律延禧率领文武百官来到鸳鸯泊(又名鸳鸯泺,今河北省张北县西北安固里淖),在鸳鸯泊四周设下牙帐,安营扎寨,准备进行一年一度的春季捺钵。

鸳鸯泊是辽国的另一处春捺钵之地,水深淖广,野生鱼类众多。春天的鸳鸯泊,数不尽的鸳鸯在湖面上嬉戏,迁徙的天鹅和雁类也在这里聚集。

这里的牧草丰盛,水域辽阔,气候凉爽,兽类繁多。蓝天、白云下,周围数十万亩草原上栖息着数不清的獐狍鹿兔。

无数匹骏马在草原上奔驰,参加春季捺钵的辽国禁军声势浩大,马背上的将士们铠甲闪亮,刀枪耀眼,弓弯如月,箭似流星。

天祚帝在文武百官的簇拥下,放飞起第一只猎捕天鹅的海东青。

站在上风处观望、身穿墨绿色衣服的皇家侍从们,携带刺鹅锥、锤等捕鹅工具和鹰食,几步一间隔,分列在湖泊四周,一旦发现天鹅便举旗示意,由骑兵飞马报告给天祚帝,然后擂鼓把天鹅惊飞起来。侍从们立即骑马挥旗,把四处惊飞的天鹅驱赶到天祚帝所在的上空。这时,皇帝的贴身侍卫就把蒙在海东青头上的绣花锦帽摘下来,由天祚帝亲自放出海东青。

天鹅四起,海东青从天而降。

海东青最善于攻击天鹅,放飞时如旋风一样直上云际,搜寻到目标后,居高临下,箭一般地直扑天鹅,用利喙将天鹅啄落。

天鹅一旦落地,军士们就蜂拥而上,用刺鹅锥向坠地的天鹅猛刺,然后取出鹅脑喂食海东青,以示慰劳。

军士们谁抢到第一只天鹅,谁就会得到皇上亲赐的赏银。

皇帝每次猎得第一只天鹅,都要大宴群臣,名为"头鹅宴"。

夜晚,一轮皓月当空,穹庐数百顶,篝火绵延数十里。行宫御帐的"头鹅宴"上,天祚帝和大臣们吃着天鹅肉,喝着进贡的美酒,乐不思返。身着貂锦羊裘的大臣们拿着皇上的赏银,互送酒果表示祝贺,还把鹅毛插在头上,饮酒作乐,纵情狂欢,没有人去想未来辽国会被这善于捕鹅的海东青追到哪里。

春天还没过完,东北路各州官署和将领的告急奏章,如同漫天柳絮,纷纷飞进了大辽皇帝的捺钵行宫。

除了辽军在达鲁古城败给了女真金国,饶州(今内蒙古赤峰市林西县西南)的渤海人古欲也在二月初起兵反叛了。

天祚皇帝在许多时候很难搞清自己到底醒着还是醉着。

达鲁古城战败的消息让他感到十分困惑。他弄不明白,拥有二十七万之众的辽国大军怎么就能让区区一万女真人打得溃不成军?

现在,又闹出一个古欲来,真头疼。

他叫来萧奉先,问:"现在怎么办?"

萧奉先说:"女真之乱在边境,离得还远,古欲的叛乱可是近在咫尺,容易动摇国家根本,不如给达鲁古城战败的辽军都监萧谢佛留下旨,命他领军前去讨伐,戴罪立功。"

可惜,萧谢佛留辜负了萧奉先的信任,达鲁古城的败仗给他的心里造成了难以治愈的创伤,以至于在面对古欲不到三万的平民部队时,又败了。不得已,皇帝只好又派出了萧陶苏斡,历时三个月之久,终于把古欲的叛乱给剿灭了。

自那以后,天祚帝每次在朝堂上,看着位列在文武百官前边的萧奉先,肚子里总是一个劲儿地泛着嘀咕。

从"头鱼宴"到宁江州,从宁江州再到出河店,再到册封金国、达鲁古城战败、饶州平叛不利……每次听完这个家伙的主意,事情总是弄得不可收拾,他开始怀疑自己的这个大舅子处理国家政务的能力。

七月,皇帝在吐尔山的夏季捺钵行宫,接见南、北面两院大臣,听取各级官员对于国事的奏报。

这一天,轮到南府宰相张琳、吴庸的时候,皇帝忽然问起:"对女直的事情,你们怎么看?"

大辽国分北面官和南面官,设有北、南枢密院。

北枢密院是北面官系统的宰辅机构,同时,也是全国最高的军事机构,秉承皇帝的旨意,处理军机,统御全国的军事力量;南枢密院是南面官的宰辅机构,负责汉地的州县治理、地方赋税征收等事物。枢密院下有北、南宰相府。

辽国的军事指挥权一直都由契丹的贵族牢牢掌握,各级军政机构、番汉军队中的高级将领主要由契丹人担任,只有少数受到契丹贵族集团赏识的奚族、渤海人和汉人才有资格领兵为将。

辽太祖耶律阿保机建国以后,除了开国时任用的一批汉人将领之外,就数辽圣宗耶律隆绪时的汉人韩德让了。在他之后,汉人在辽国的朝廷里基本是无权参与军政大事的。

张琳是刚刚被皇帝擢升的一位汉人大臣,一直在想着该怎样报答皇帝的知遇之恩。

这一次,皇帝居然主动向自己问询国家的用兵方略,张琳身上的血马上就热了。

他不假思索地说:"我军的这几次失利主要原因是有些轻敌。若是征调二十万汉军,兵分几路大举进军,女直一定会望风而降。"

启用汉军?

皇帝的眼睛立马就亮了,张琳的建议让他想起了一百多年前,那位大名鼎鼎、能力超巨的汉人宰相韩德让。

"汉人的头脑活,主意多,或许用汉人去讨伐女直,没准儿会有不一样的结果呢!"想到这些,天祚帝激动了,对张琳说:"你的提议很好,不过,对付女直,有十万正规的汉军部队也就够用了。现在就命你来做统帅,择日出兵吧!"

皇帝的态度是诚恳的,不过,对于用兵的数量还是有顾虑的。

汉人嘛,又不是契丹人,难免会有什么想法。

听了皇帝的话,张琳的背上像敷了一块冰,浑身发抖,无法站立,就跪着趴在了地上。

皇帝很奇怪,就问张琳:"你很冷吗?"

张琳哆嗦地说:"我们辽国有祖制,凡是汉人,不能参与军事上的大事,更别说带兵出征了,所以,请陛下收回皇命,另派他人领军。"

张琳很清楚,自己最擅长的只是读书,至于打仗这种事,他是真心做不来的。

天祚帝没有给张琳继续推辞的机会,即刻下诏:中京、上京、长春、辽西四路,凡每家有家产三百贯的,必须出一人入伍,自备武器和盔甲,限二十天内,招募十万人,以张琳为领军统领。

诏令一下,国内大乱。

契丹旧例,在辽国动员各州县征兵时,是依照户籍、户等征发,部民户等分上户、中户和下户三等,摊派兵役时,多是先从上户开始,依次向中户、下户摊发。

按照天祚帝的诏令,家产合计够三百贯的就得出一个男丁当兵,够六百贯的就得出两个男丁。那些有钱的富贵人家不想出人或是男丁不够,就得按照家产比例负担兵员,少则一百人,多则两百人,于是,许多的富家大户一夜之间家财散尽,民间百姓怨声载道。

辽国的部族军和汉军在军队的装备和给养上是不一样的。

部族军原本就是部民,打仗就是战士,繁茂的草原、滋生不息的牲畜,都是部民们的衣食之源,弓箭、马匹在平时就是主要的生产工具,战时就是军事装备,遇有征发,部族军都会自备衣食器械。

每一名部族里的正军都会带着负责打草谷和立毡帐的家丁两名,自带三匹马、四张弓、四百支箭、长枪、短枪、骨朵、斧钺、小旗、锤锥、火刀石、马槽、草料,以及沙袋、搭钩的毡伞各一套,还要带上二百尺拴马的绳子,其他的还有个人装备的铁甲、马鞯韂,马匹的护甲等物,视个人能力而定。

辽国的汉军多驻防在五京的州县,既不从事生产,也不像部族军一样随处建帐、牧马牛羊。他们的军备、给养和中原汉地一样,是由官府定额配给的。

张琳没有打过仗,只是做过东京辽阳府的户部使,对付和制服地方上普通民众的闹事还行,但是对于调遣大规模的军队作战,以及各项军事上的准备工作,却一无所知,尤其是对于军队中所需的各种装备,更是毫无头绪,他只是听凭各路兵士们自便。

于是,应招募集来的士卒们就都以平时打猎种田时的刀枪农具充数,而弓弩和盔甲,在百人当中,也就一两人才有,至于其他的攻城器械什么的,就更不用提了。

八月初,辽国十万汉军分别在来流河、黄龙府、咸州、好草峪分四路大军出征,以张琳作为主帅,征讨金国。

按大辽祖制,四路的都统必须都是契丹将领,副都统就由汉官或是地方团练来做。

这一次四路领军的都统分别是:北枢密副使耶律斡里朵为来流水路都统,卫尉卿苏寿吉为副都统;黄龙府尹耶律宁为黄龙府路都统,桂州观察使耿钦为副都统;复州节度使萧湜曷为咸州都统,将作监龚谊为副都统;左祗候郎君详稳萧阿古为好草峪都统,商州团练使张维协为副都统。

各路辽军的推进速度很不一致,只有北枢密副使耶律斡里朵的来流水路汉军深入了女真军占领区,剩下的三路汉军走得很慢,边走边看。

这样的行军节奏,作为主帅的张琳也没办法。

达鲁古城战败，耶律斡里朵被皇帝免了职。这一次，皇帝希望他可以为皇族们的脸上增一些光。

耶律斡里朵感恩不尽，祖先们尚武的血液奔涌在他的骨子里，激励着他，为了报答皇帝的信任，主动向女真军发起了进攻。

金国的皇帝阿骨打正在做着进攻黄龙府的准备，听到辽军来犯的消息，就派娄室率一部女真军去探一探辽军的虚实。

娄室率领的女真军遇上了耶律斡里朵的汉军。

双方就打了一仗，就打不下去了。

娄室没有想到这支辽军这么不经打，一触即溃；耶律斡里朵也没有想到自己属下的这支汉军会败逃得这么快，差点就把自己留给了敌人。

耶律斡里朵率领的汉军逃回大营，再不出来了。

娄室只好在辽军对面安下了营寨，守着。

一天晚上，耶律斡里朵听见有人说守在其他营寨的汉军已经逃了，大惊，也不派人前去核实，当即丢下自己率领的汉军兵马，领着所部的亲军弃营逃走。

到了早晨，军士们醒来一看，营中的主帅耶律斡里朵不见了，无奈之下，只得推举将作少监（掌管宫室建筑、打造金玉珍玩的文职官员）武朝彦为都统。

武朝彦没有参与辽军最初的进攻，奉命在大营里留守。

耶律斡里朵的溃败和逃跑让武朝彦从心里很鄙视，不过，他嘴上没有说。

此时，这一路汉军还有三万兵马。武朝彦得知对面的金军才几千人马，内心就充满了自信，也不做什么具体的部署，打开营门倾巢而出。

三万汉军被驱赶着涌向了对面的金军大营。

两军一旦接战，武朝彦终于理解了耶律斡里朵的痛苦，奋力督战的自己差一点就被属下的部队在逃命的时候把自己留给敌军。

其余的三路汉军一听说来流水路汉军战败的消息，就迅速撤兵，各自退回到黄龙府、咸州一线。

辽军征讨失利的消息上奏给了朝廷,却都被萧奉先压了下来。萧奉先不敢告诉皇帝,担心皇帝知道张琳失利的结果之后,会在这夏天最后的酷热里着急上火。

女真的萨满说:"柳树,是女真人的始母神。"

传说,在很古老的岁月,世界上刚刚有了天和地,天神阿布卡恩都里一个人生活在世界上,很寂寞,就用身上搓下的泥做成了和自己一模一样的人,吹一口气就活了。后来天神阿布卡恩都里搓累了,就把围在腰间的柳树叶摘了一把,吹一口气,柳叶上就长出了人、飞禽和走兽。从此,大地上就有了人烟。

后来,大地上突然发了大水,淹没了所有的生灵。阿布卡恩都里天神用泥和柳叶做成的人就只剩下最后一个男子在大水里随波漂流。

就在这个男子也即将被大水吞噬的时候,水面上忽然漂来一根柳枝托住了他,载着他漂进了一个被半淹在水里的山洞。男子从水里爬上了岸,一回头,发现这根柳枝化成了一个美丽的女子,走到他的跟前。男子就和这个柳枝化作的女子结合在了一起,繁衍出了绵绵不绝的后代。

这位柳枝化作的美丽女子就被后世的女真人供奉成了始母神,定时进行祭祀。

契丹人在建立辽国之前,每逢天旱,各个部族就会由部族的萨满主持举行一场叫作"瑟瑟仪"的祈雨仪式。在仪式上,会由部落的首领和贵族们射柳树。

契丹人的萨满们说,柳树生在水边,就是大地上水的替身,祈雨的时候,只要射中了它们,就是射中了水,水就会从天上降落下来,也就祈求到了雨。

有些部落居住的地方没有柳树,他们就会专门派人去有柳树的地方,采一些枝条回来栽种在地上。到了举行"瑟瑟仪"的时候,就射这些柳树的枝条,射中了以后,再把这些枝条埋在土里。

萨满说,这是把水射死在这里,也埋葬在这里,今后,这里就不会再发生干旱,也永远不会再缺水了。

契丹人建立辽国之后,征服了很多异族,只有女真人最难驯服。萨满就对皇帝说,把"瑟瑟仪"定为国家的礼制,因为柳树是女真人的始母神,年年举行射柳,就会把女真始母神的灵魂驱散,女真人得不到神灵的佑护,就再也不会兴旺了。

再后来,随着辽国统治日久,各族之间相互杂处,女真人也渐渐接受了这一习俗。

有一年,阿骨打去宁江州办事,路过鸭子河的时候,看见一个部落正在比赛射箭,河边的一棵柳树上插满了箭,人们正在相互争论到底谁才是射得最准的射手。

部落的勃堇看见阿骨打由此经过,就请他来为大家做出评断。

阿骨打想了想,就折了三根柳枝,把柳枝的中央削掉一小块树皮,露出一个小白点,然后捆在一起,绑在柳树上,再让大家退出五十步开外,重新比赛,以射中柳枝中间的小白点为胜。

这一下在场所有的射手都射不中目标,阿骨打呵呵一笑,跳上自己的战马,在奔跑的马背上张弓搭箭,连射三箭,箭箭命中,大家齐声喝彩。

自那以后,阿骨打每到一处,就把这个方法推荐给当地的部落,一方面提高了大家的射艺,另一方面也增强了各部落之间的紧密联系。

阿骨打率领金国军队取得达鲁古城大胜之后,整整休憩了半年。

胜利之后新增的领土和战争中大量的俘虏使得女真各部一下子聚积了太多的财富,这对于刚刚把部落转成国家的女真人来说,是需要一些时间来慢慢消化的。

这段日子里,阿骨打做了很多重要的事情,最主要的就是制定了金国最初的礼制和官制。

首先,他把每年的五月初五、七月十五、九月初九正式定为"拜天射柳"的礼制,把女真人射柳的这项赛艺和祭祀天神的仪式结合在了一起。

每一次祭祀天神之后,都要举行一场射柳比赛,不分尊卑老幼,谁都可以参赛。比赛之后要举行一场盛大的宴会,给予优胜者丰厚的奖励。

这样做,不仅激励了将士们不断提高自身的骑射技艺,还增进了各部族之间的相互了解和彼此交融,更营造了君臣之间上下一心的亲密氛围。

另外,阿骨打还建立了"勃极烈"的辅政制度。

女真部落旧俗,各部落的治理是由都勃堇(部落联盟长)和国相分别控制的,因此,女真部落联盟的权力结构相对比较分散。

每当联盟部落需要做出重大决定时,要由都勃堇、国相及其他各部落勃堇进行"画灰议事",共同参与决策,整个议事过程需要参与的人员数量非常庞大。也就是说,阿骨打如果要决定一件大事,可能需要召集几十人甚至上百人召开会议。而且,如果各部的意见不一致,这件事情就会很难通过。

如今,金国已经建立,阿骨打本人也做了皇帝,这种原始部落联盟的体制已经无法适应作为一个国家的政体运转。

于是,经过和习不失、撒改、谷神、粘罕、谋良虎、杨朴等众人的商议,阿骨打取消了传承数代的"国相"制度,建立了一套全新的"勃极烈"(女真语,长官)辅政制度。

这个制度的结构十分简单。

金国的最高统治者被称为"都勃极烈",也就是皇帝。这个位置,毫无疑义属于阿骨打。

皇帝之下设立四个国论勃极烈职位,"国论"在女真语里是贵的意思。他们与皇帝一起管理整个国家。

第一个职位叫作"谙班勃极烈","谙班"在女真语里是尊贵的意思,"谙班勃极烈"相当于皇位继承人。这个位置的首个人选是阿骨打的弟弟吴乞买。

后来的历史证明,阿骨打的选择很有远见。

吴乞买在继承了兄长的雄厚遗产之后，破西辽、慑西夏、灭北宋，使得金国在当时东亚地区的强盛达到了顶峰。

第二个职位叫作"国论忽鲁勃极烈"，相当于宰相，"忽鲁"在女真语里是统领官的意思，由撒改担任。

第三个职位叫作"阿买勃极烈"，相当于第一副宰相，由习不失担任。

第四个职位叫作"昊勃极烈"，相当于第二副丞相，由斜也担任。

"都勃极烈"皇帝阿骨打，再加上这四个人，组成了大金国建国初期最高的权力核心，所有的国家军政大事都由他们五个人来决定。

在以后的发展中，勃极烈的一些成员虽然不断发生变化，但有一点是不变的，那就是所有担任勃极烈的成员都是完颜一系的家族成员。

后世几百年后，清朝的前身后金也仿制了这样的制度，只不过他们把"勃极烈"改了称呼，叫作"贝勒"。

阿骨打创立的勃极烈辅政制度非常符合金国初期的政治发展需要，同时，也极大地巩固了阿骨打家族的皇权地位，确保了皇权牢牢地被控制在完颜家族的手里。

后来，随着历史的发展以及金国汉化程度的深入，勃极烈辅政制度最终没能在金国存续下去。

金熙宗天会十四年（1136年），存在了二十二年的金国勃极烈辅政制度被"三省制"取代，勃极烈制度就正式被废除了。

金国收国元年（1115年）的四月和六月，辽国派遣耶律章奴作为特使，两次向金国递送国书，要求停战备和，可是言辞之间态度傲慢。阿骨打扣下了部分出使人员，要耶律章奴转告辽国皇帝，重申金国之前的诉求，归还阿疏，称金国为兄。

六月底，阿骨打下旨，调集各路兵马准备出征黄龙府。

七月，完颜阿骨打派遣娄室、银术可先率部收服了黄龙府东南的奚族各部，以及黄龙府西北的熟女真各部。

八月初，天祚皇帝耶律延禧派张琳率十万大军兵分四路进入辽、金边境。完颜娄室率兵击溃了耶律斡里朵统领的来流水一路,余下的三路随即回军,退守各个边城。

此时,金国境内的各路军队已经集结完毕,黄龙府周边的威胁也已全部廓清,阿骨打觉得时机已经成熟,于是亲率大军再次进军黄龙府。

这一天,金国大军行进到了混同江边。

进入秋季的混同江江宽水急,波翻浪涌,江水深不见底。沿江的渡船已经被事先得到消息的辽军全部收缴和销毁了。

金国大军一筹莫展。

阿骨打骑着赭白马沿着江边来回查看了一会儿,然后在一个低洼处停下了马,举起马鞭向前一指,对身后的将士们说:"我先乘马渡江,你们看我马鞭所指的地方,然后紧跟上来,不要掉队。"

说完,阿骨打催马扬鞭,跃入江中,于是大军紧随其后。

说来也神奇,原先深不见底的江水此时却仅仅淹没至马腹,大军平安渡过。

过了江,许多将士疑惑不解,就有士卒趁整理队伍的时候,悄悄返回江边,再次测量水的深度,却惊异地发现,水深竟达数丈有余。

更为神奇的是,队伍再次启程的时候,所有士卒的兵器锋刃上居然又亮起了神奇的白光,经久不散。

黄龙府的攻坚战很惨烈。

金军自起兵以来,一直都是野外作战,没有攻打坚城的作战经验。

他们的战法也很简单。

排好队伍,听从号令,轮番发起冲锋。

这一次的攻城战和之前的战法没什么两样。

阿骨打把队伍分成四部,自己率主力进攻北城门,粘罕、斡本率一部主攻南城门,娄室、银术可率一部主攻东城门,斜也、谋良虎率一部主攻西城门。

八月初十,清晨,号炮声起,金军在阿骨打的统一指挥下,开始对黄龙府府城发起进攻。

四路铁骑卷起了四路烟尘,夹着风雷之声冲向了四座城门。

黄龙府的四座城门紧紧关闭,城头上也看不到一个守军的影子。

当各路金军的骑兵快要接近城门的时候,所有城头的垛口上突然冒出了无数的辽军,手执弯弓,箭矢如雨纷纷射向正在催马疾驰的金军骑兵。

那些被箭射中的战马在高速的行进当中,嘶鸣着扑倒在地;那些在行进的马背上被箭射中的骑兵一头栽下来,被身后奔涌上来的马蹄踏成了一团团的肉泥,血光四起。

马蹄声、喊杀声、惨叫声骤然响彻天地。

一队又一队的金国骑兵冲到城下,留下一片又一片残破的肢体。

可后边涌上来的金国将士们依然踏着倒下的尸体前仆后继,奋勇向前。

黄龙府的城墙高大坚固,城内粮草充足,守城的辽军是辽军中的精锐部队宫骑军,战斗力很强。

这一场恶战,从八月一直打到了九月。

可黄龙府的城门还是依然紧闭着,巍峨高耸的城墙也没有多大损伤。金军的死伤却十分惨重。

包括阿骨打在内,大家都没有太好的办法,只能持续进攻。

九月初,金军加强了攻势,不分昼夜。

不能再耗下去了,已经有消息说,辽国的皇帝听说黄龙府被围,正在调集大军,准备前来救援。

那天晚上,正在东门督战的完颜娄室在火把的明暗之间,不经意地看见了城角上的木制角楼。他虽然之前也曾看见过,但是从未留意,可那一晚,他的脑子里忽然就猛地现出了一片灵光。

他选出数百名精兵,点燃了更多的火把,然后五个一束、十个一捆,把这些点燃的火把用投石车向木制角楼投去。这些捆束的火把带着呜呜的风声,如雨点一样落在了角楼之上,瞬间,角楼就变成了火楼,守城的辽军乱了。

　　紧接着,完颜娄室率领着一队死士,身先士卒,手持长矛,踏着攻城的梯子,不顾城上向金军倾泻下来的礌石箭雨,也顾不上自己身受重创,强行攻上城楼,力杀辽军数十人,以至于城上的大火将他的靴子都烧着了,也浑然不觉。

　　终于,在那个夜晚即将结束的时候,紧紧关闭了将近一个月的城门,开了。

　　黄龙府城内有一座巍然屹立的佛塔。

　　据说当年辽圣宗耶律隆绪为使辽国基业万世不衰,曾特意找来一位法力无边的得道高僧,请他预测辽国的未来。

　　高僧说,辽国的江山很稳固,但是在白山黑水之间,会有一条土龙出世,会在将来与大辽后世的皇帝争夺天下,所以请圣宗早做准备。

　　圣宗就问有什么对策可以化解。高僧说,皇上若是在黄龙府东北六十里处修建一个佛塔,就可以祛祸呈祥!

　　圣宗听了高僧的建议,就按照高僧提供的佛塔模型,在国内征集能工巧匠,在高僧指定的地点大兴土木,建造佛塔。

　　修到第三年的时候,突然从塔基的东侧冒出一股大水,将这座已经修到六层的佛塔冲塌了。

　　圣宗就找来高僧询问这是怎么回事。

　　高僧说,这条与后世辽帝争夺天下的土龙已经顺着大水遁到黄龙府里去了。

　　圣宗问高僧,那该怎么办呢?

　　高僧说,只能在黄龙府内重新修一座佛塔,镇住土龙。

　　金国收国元年(1115年)九月初,金国皇帝完颜阿骨打率领大军浩浩荡荡进入黄龙府,看见了这座佛塔,心里一动,就笑着对身边众人说:"你们瞧,我就是那条传说中的土龙,辽国虽然建了这座镇龙的佛塔,可又能拿我怎么样呢?"

据当地的百姓们说,黄龙府城被攻破的那晚,有黄龙现于空中,久久盘旋,恋恋而去。

辽国天祚皇帝耶律延禧快喘不上气来了。

他清楚地记得,自己正在率领文武百官射柳祈雨,可当他射出的箭射中那棵老柳树的时候,那棵老柳树居然活了,被箭射中的位置忽然开裂,现出了一张满是褶皱、笑容诡异的脸,树身上长出了无数条手臂般粗细的枝条,伸过来紧紧缠住了自己。

他大声喊叫着,却发现自己发不出一点声音。他拼命地挣扎着,这一动就醒了。

睁开肿胀的双眼,发现自己的脖子上缠了一条雪白的臂膀,顺着这条臂膀转过头,看见了一张陌生女子的脸,女子的脸很好看。

皇帝推开了缠在脖子上的臂膀,坐了起来。女子的嘴里咕哝了一声,翻了个身,露出同样雪白的又赤裸的肩背。

天祚帝看看这雪白的肩背,隐约想起来,这是昨晚萧奉先送进牙帐里的西夏国王进献来的美女。

看来,昨儿晚上的酒又喝得不少。

皇帝抻直了胳膊,打了个哈欠。

哈欠打了一半,就被打断了。

帐外一阵吵嚷,帐里就冲进来一个人。

皇帝紧眨了几下眼,才看清了这人是自己的老师萧兀纳。

辽国立国百年,虽然在礼制上引入了中原朝廷的各种仪轨,但是,骨子里豪放不羁的性情从未改变,对于大臣的偶尔僭越,并不十分计较。更何况,老师带给他的是金军正在攻打黄龙府的消息呢。

行宫御帐的虎皮座椅上,歪着身子、半躺半靠的皇帝,眼睛死盯着趴在地上的萧奉先,脸色很难看。

皇帝没想到,之前寄予厚望的张琳早就被金国打败了,自己居然现在才得知消息,如果不是萧兀纳硬闯牙帐禀报军情的话,恐怕就连黄龙府被围攻的消息也被这位大舅子捂着无从知晓了。

不过,皇帝现在想的不是怎样处置萧奉先,最着急的是该怎样化解黄龙府之围呢?

今年春夏,年景不好,东京道辽阳府大旱,受灾百姓成千上万。

自己已经率领文武百官举行过好几次"瑟瑟仪"射柳祈雨了,可天神并没有理会他这个地上皇帝的诉求,旱情没有任何缓解。

黄龙府若是一丢,辽国的赋税就少了很大一块,灾民的钱粮赈济眼瞅着就没了出处,真要命。

天祚帝很头疼。

萧兀纳、萧陶苏斡建议,这一次,只有皇帝御驾亲征,才能彻底解黄龙府之围,剿灭金国。

天祚帝的肚子里就开始嘟囔,今年的秋季捺钵算是黄了。

辽国天庆五年(1115 年)八月,天祚帝下诏亲征女直,凡国内男子,年龄在十五岁以上五十岁以下的,都要入伍出征。

诏令一下,许多人家父子相携、兄弟相伴,同日启程,家中的妇孺老人出门相送,哭声数里相闻。另外,天祚帝为了确保此役全歼女直,命令所有应征士卒都要备足几个月的粮食,人马所需的粮草均由出兵的家庭自备。有的贫困人家为了备齐作战所需之物,倾尽家中所有,困厄的情形随处可见。

发兵之前,天祚帝亲率番汉文武臣僚浩浩荡荡前往木叶山,举行祭山仪式。

传说木叶山是契丹先祖的发源地,契丹始祖奇首可汗和他的美丽妻子可敦在这里养育了八个儿子。随着时间推移,八个儿子的后代繁衍壮大成为契丹的八大部落。

这些后代里出现了许多杰出的首领,也留下了很多神奇的故事。

据说,其中有一位叫作乃呵的首领,一生下来就是一个骷髅的模样,终年住在一个毡帐里，身上覆盖着厚厚的毡片，从来不见人。契丹人每逢大事就杀青牛和白马作为牺牲。青牛、白马的鲜血一渗入大地，毡帐里的骷髅就瞬间化作一位高大威猛的汉子。他走出毡帐，决策部落里的大事，等到事情有了结果，就回到毡帐之内，又变回骷髅的模样。

一次，有一位族人按捺不住好奇心，就悄悄尾随乃呵回到毡帐，等他进去，就从毡门的缝隙偷看，结果，乃呵就再也不见了。

契丹人在木叶山上修建有奇首可汗和可敦庙，用以供奉两位契丹先祖及所生八子的神像。

每逢春秋两季或行军出征，都要事先供奉白马、青牛作为牺牲，祭奠先祖，以及历史上那些神奇而伟大的先人们。

木叶山的东向设天神、地祇之位，并仿照朝廷之上文武百官按班出列的样式，中间种植高大的君王树，前面两侧种植象征文武百官的群臣树，又在最前方再植两棵树，号称神门树。

这一天，天祚帝率群臣登上木叶山，把杀过的白马、青牛和白羊挂在君王树上，然后和皇后亲自祭拜天神、地祇、祖先，文武大臣则依次祭拜君王树和群臣树。皇帝再率领近支的皇族在乐曲声中绕神门树三周，身后的大臣绕七周，然后礼拜上香，把用来祭祀的酒食向东方抛撒，最后由萨满念唱神歌，祈求祖先和神灵保佑，出征大捷。

祭拜完毕，接下来就是在御驾亲征前必须举行的"射鬼箭"仪式，这一仪式和女真人的禳射一样。

为了表示这次讨伐势必剿灭女直的决心，萧奉先特意找了一位无辜的女直平民作为"射鬼箭"的死囚，绑在柱子上，以天祚帝为首，率领出征的将士，众箭齐发，把死囚的身体射成了刺猬。

可令人惊讶的是，被"射鬼箭"的死囚刚刚咽下最后一口气，周围禁军队伍里，所有士卒的枪戟尖上都冒出了火一样的光芒，在场的马匹也都嘶鸣不已。

皇帝很紧张，就问司天监的天官李圭这是什么预兆。

李圭惊慌不已，居然答不上来。

一直陪着皇帝祭天的宰相张琳就说："这可是吉兆啊！想当年，唐朝庄宗攻打梁国都城的时候，夜里，士卒们的矛戟上也发出了火一样的光，将士们都很惊惶。当时的军中将领郭崇韬就说，兵刃上起火是破敌取胜的吉兆，大家只管奋勇杀敌。果然，就在当天，梁国都城真的就被唐军攻破了。现在，我们的大军尚未出征就已经有了这样的吉兆，这是上天提前预示我军出师大捷啊！"

皇帝听了，松了一口气，转忧为喜。

出征仪式之后，天祚帝以围场使阿不为中军都统，耶律张家奴为都监，统率番、汉兵十万；以萧奉先为御营都统，诸行营都部署耶律章奴为副，率精兵两万为先锋。

调遣都检点萧胡笃为都统，枢密直学士柴谊为副都统，率领汉军步骑三万，南出宁江州路；驸马萧特末和林牙萧查剌率宫骑军五万、步兵四十万屯驻斡邻泺；萧兀纳率军殿后；对外号称七十万。

几路人马在长春州会合后，分路而进，直扑金国国都会宁府方向。

天祚帝亲率大军从骆驼口出发，车骑连绵数百里。皇帝出征，威仪十足，鼓角旌旗震耀原野。可是大军没有严格的军纪，步骑车帐散漫随性，沿途的村寨和民居、庄稼和田园都遭到了肆意地焚毁和践踏，所过之处，百姓吃尽了苦头。

辽国皇帝御驾亲征的消息很快就传到阿骨打这里。

阿骨打立即举全国之兵，聚集了两万人马，集合各部将领商讨应对之策。

当听说辽国军队有七十万之多，金国各部的将领们脸色都变了，简陋的皇帝御寨里罩上了一层暗淡的云。

粘罕说："辽军必败。"

阿骨打颔首示意，让他继续说。

粘罕接着说："天祚皇帝这十几年一直沉迷在四季捺钵里，贪图淫乐，已成积习,难以自拔,既不问政务,又不谙兵事,君臣之间,彼此猜忌;另外,辽军兵分多路,统军的将领互相都不熟悉,都是各行其是,各怀心思,一旦有了战事,彼此之间相互掣肘,难以协调;再加上前几次被我们打败之后,辽国朝廷对败军之将赏罚不明,导致军心不齐,士气低落。

"反过来看看我们这边,每逢出征,皇帝都会亲自带兵,每战奋勇当先,临机应变,智计百出,而且宽厚随和,深得将士们的拥戴;另外,我军人数虽少,但号令统一,人马精良,每次临阵,都是以一当十,以十当百,与辽国军队的几次大战都是以少胜多;大家心心相印,君臣上下一心,将卒同甘共苦。而今,辽国几乎是举全国之兵压境,我们已经没有任何退路,各个部族都同仇敌忾,只要皇帝一声号令,全军将士必定会踊跃争先,赴死相搏。所以,这一场战事,只要我们主动迎敌,必将大胜无疑。"

阿骨打点点头,看向众人,说:"你们觉得怎样?"

除了撒改、习不失、谋良虎和斜也等不多几个将领表示赞同以外,剩下的绝大多数勃堇们沉默着,不说话。

阿骨打挥挥手,说:"先散了吧!"

心事重重的阿骨打在院墙里来回走着,走着走着就听见远处隐隐约约地传来一阵祭奠逝者的哭声。

阿骨打站住听了听,忽然想起了死去的弟弟斡带,想着想着褐色的眼睛一下子亮了起来,赶紧喊人去把兀术和粘罕叫来。

兀术(完颜宗弼)是阿骨打第四个儿子,性情和斡带很相近,私下里和粘罕的关系很好。

阿骨打吩咐兀术和粘罕一起去办一件事情。

刚刚启程的天祚皇帝接到了金国将领粘罕和阿骨打四儿子兀术送来的一封书信,用词很客气,内容却很气人!

他们请大辽国的皇帝陛下最好不要对金国兴师动众、大张挞伐,如果一定要打,金国也不怕,一定会叫他有来无回。

天祚帝很恼火,感到了从未有过的挑战和侮辱。

恼火的皇帝命令全体将士们在大军所有的旗帜上,都写下"女直作过,大军剪除"的字样,并下旨:此番征讨,凡是金人,一律不准请降,一旦俘获,斩尽杀绝。

兀术和粘罕得知辽国皇帝的反应之后就放了心,他们俩这样做是故意的。

女真人有一种"剺面之俗",如果有人去世,族里的至亲就会在悲戚的同时,用刀在额头上划开一道口子,血泪交下,以此表达悲痛之情,也被叫作"送血泪"。

金国收国元年(1115年)十二月,这一天,大金国都城会宁府,按出虎水岸边的旷野上,列满了女真金国的将士。

天上没有风,铅灰色的云压在所有人的头上,沉甸甸的。

所有人都很安静,很沉默,只有将士们胯下的战马偶尔会耐不住这样的寂静,轻轻地打一两声响鼻。

女真金国皇帝完颜阿骨打,骑着赭白马,身披白色战袍,立在高处,看着这些跟随自己出生入死的将士们,面色凝重。

天上下起了雪,很密,很急,很细,不管不顾地扑向所有人的头、脸、肩、铠甲和手里紧握的兵器上,一阵阵"沙沙沙"的声响打破了旷野上的宁静。

忽然,立在高处的阿骨打猛地抽出了腰间战刀,反转刀锋,飞快地在额头上一划,一道血珠顺着眉峰滑下,滴落在白色的战袍上。

辽阔的原野上,阿骨打的声音洪亮、高亢。

"这里所有的人,无论远近,不论亲疏,都是我的亲族。我们一起起兵抗辽,都是因为忍不了辽人对我女真的欺凌。眼下辽国大军压境,我们自觉实力不如,想着主动向辽国皇帝请降,或许会免除这一场灾祸。可没想到辽国的皇帝说,要把我们女真全部剪除!这样一来,我们战也是死,不战也是死!不过,大家若是想要活命的话,也不是没有办法,你们把我杀了,然后向辽国的皇帝投降,这样,辽国的皇帝就会放过你们,你们也会因祸得福!现在,我就在这里,是战是降,由你们决定!"

混合着鲜血和热泪的声音随着漫天的雪花飘进了每一个战士的耳朵里,也淌进了每个人的心里。

"誓死一战!誓死一战!誓死一战!"

"嗬!嗬!嗬!嗬!嗬!嗬!"

无须更多言语,无须煽情表白,两万个男人的低吼混合着兵器敲击的声响,漫卷起滚滚的声浪,震裂了按出虎水上已经冻结硬实的冰面。

队伍里的兀术和粘罕相互看看,眨眨眼,嘴角都向上翘了起来。

阿骨打在建立了猛安、谋克之后,也同时加强了行军作战时的军情刺探。每当部队出征时,就精选剽悍、矫健的士卒作为斥候,每十人左右为一小队。他们身穿轻衣软甲,白天,行进在大军前方的二三十里处专门观察和瞭望敌军动向;夜里,大军每前进五到十里,他们就跑到队伍前面一段距离之后,下马停留片刻仔细倾听,从声音里判断前方有没有军队和人马行进。

如果和敌方的队伍遭遇,对方人数若是少于己方,就把他们全部歼灭或擒获;若是对方人多,就迅速转向,返回到身后的大部队报告敌情;如果遇到的是对方的主力大军,就直接向统领全军的主帅报告。

阿骨打率领女真军行进到爻剌(今黑龙江阿城区白城与黑龙江肇源县之间)这个地方,派往前方刺探军情的斥候小队就接二连三地传回了消息,说是辽国军队就像是蜜蜂和蚂蚁,聚在一起,难以计数,他们扎营的帐篷彼此相连,望不到边。

阿骨打听了,问身边的将领们:"这回的仗,你们看该怎么打?"

大部分将领说:"辽国的兵马太多了,七十万人,就是站在那里一动不动,由着我们去砍,三天三夜也杀不完。等到我们杀得累了,举不动刀了,他们的刀就会很轻松地举起来,砍到我们的脖子上。"

阿骨打没说话,大家又说:"我们走了这么远,已经人困马乏了,不如先扎下营寨,深筑高垒,防守待敌吧。"

看见大家都这样说,阿骨打也不好再说什么,就让粘罕传令,先在爻剌这个地方挖设堑壕,布置防御;另外,派遣迪古乃和银术可二人,率兵驻守达鲁古城。

阿骨打和女真的将士们严阵以待了十几天,却一直不见辽国大军前来进犯,四处派出的侦骑带回的消息依然还是辽军营帐联结千里,各部的毡房漫天漫地。这让阿骨打感觉很奇怪。

按照辽军出兵的时间推算,双方早就已经开战多时了,可究竟是什么原因导致辽军迟迟未能出现呢?要知道,七十万的军马,每天消耗的粮草是巨大的,辽军又是远道而来,这样磨磨蹭蹭的,没道理啊?

莫非有了什么变故?

阿骨打决定亲自走一趟,去探个究竟。

天祚皇帝原本想尽快进军,解除黄龙府之围,可是大军刚刚出发到第三天,长途行军的枯燥就让皇帝无聊到快要发疯,每天除了喝闷酒,实在是找不出可以提起兴致的事情。

萧奉先找到中军都统阿不,一起商议该怎样让皇帝高兴起来。阿不原是围场使,是专门负责皇家围场狩猎事宜的。

阿不想了想,就说:"不如让皇帝继续捕猎吧,我们可以派出一些禁军借着'打草谷'的名义,给皇帝找一些适合'打围'的地方。然后呢,皇帝再借着巡查各部军营的名义,去这些地方散散心。这样一来,也不会引起那些朝中大臣们多嘴和非议。"

皇帝听了这个主意很高兴,于是,就率领着皇帝御营的禁军借着巡营的名义四处捕猎。随军的文武大臣和将领们看见皇帝这个样子,自知无力劝阻,也就都随着皇帝的节奏走走停停。就这样,原本不到一个月的路程,拖拖拉拉地走了将近三个月,一直走到落叶凋零、河水结冰、鸟兽隐踪。

黄龙府失陷和阿骨打主动迎战的消息传到了天祚帝的耳朵里,天祚帝就问大家:"这个仗怎么打?"

萧奉先说:"现在金国的兵锋势头正猛,而且,这段时间皇帝捕猎的收获很丰厚,我们御营行进得太快了,也太靠前了,不如,先避一避,等我们后边的大部队都跟上来再说。"

天祚帝听了,就立刻传旨,御营退后三十里。

辽太祖耶律阿保机的祖父匀德实有四个儿子:长子麻鲁很早就去世了,没有子嗣;次子岩木的后代被称为"孟父房";三子释鲁的后代被称为"仲父房";第四个儿子,就是阿保机的父亲。

辽太祖阿保机登基做了皇帝之后,就把自己后代的这一房称为"横帐",把弟弟剌葛、迭剌、寅底石、安端苏他们的后人称为"季父房"。

大辽国的皇族一脉被后世称为"一帐三房"。

辽朝,每逢皇位更迭,都会引发一场血腥的皇族内部大清洗,"一帐三房"、后族以及各大部落势力和文武官员都会身不由己地被搅入血雨腥风的角逐中,无一幸免。

辽国大军的副都统前锋耶律章奴是"季父房"的后人,不满萧奉先已经很久了,而且,对于当今的天祚皇帝耶律延禧也有很多看法,尤其是此次出兵,皇帝不问军务,依然沉迷于捕猎,甚至在刚刚听到金军接近的消息就急令退兵三十里,实在让他觉得有辱祖先的威名。

于是,耶律章奴就带着亲兵闯进了御营,请奏皇帝:"为什么还没接战就要退兵?"

皇帝一时无言以对,就看向萧奉先。萧奉先说:"我军过于深入女直境内,为了皇上的安危,我们需要等到大军来齐了再打。"

耶律章奴说:"我这里有两万的前锋部队,都是我们皇家的精锐,足以和金军一战。"

萧奉先还没回应,天祚帝却被吓了一跳。

兵骄将悍,尤其是皇族,一个不小心就会被阵前的大将反噬,前朝的教训实在太多了,这不能不引起皇帝的戒心。

还有,听萧奉先说,朝中许多重臣对于辽在战场上的失利,以及境内的民生凋敝极为不满,更有一些皇亲贵胄甚至直接在公开场合讲,既然皇帝这么喜欢游猎,就把皇帝的位子禅让出去,交给当年差点儿当了皇帝的燕王耶律淳好了,而耶律章奴就是支持耶律淳的大臣和皇亲之一。

皇帝想了想,说:"这样吧!几个月的行军,你也很辛苦了,你先把前锋的部队交给萧奉先,然后到后边的行营里歇一歇吧!"

被打发到后营的耶律章奴很郁闷,就找来了萧敌里和萧延留喝酒。

几个人聚在一起,不怎么说话,就喝闷酒,喝着喝着就喝多了,喝多了就开始吐,吐干净了肚子里的东西,就开始吐心里的郁闷,把心里的郁闷吐完了,就开始吐出来肚子里的盘算。

萧敌里说:"不如去投奔燕王耶律淳。"

萧延留说:"不如让我的舅舅燕王耶律淳做皇帝。"

萧敌里是南京留守、魏国王耶律淳大妃萧普贤女的弟弟,萧延留是燕王耶律淳的亲外甥。

耶律淳的父亲是老皇帝耶律洪基的弟弟耶律和鲁斡,按辈分排下来,耶律淳是阿果的父亲耶律浚的堂兄弟,也就是天祚皇帝耶律延禧的堂叔。

耶律淳为人亲善谦和、宽厚贤达,在辽国朝野上下颇有赞誉。

当年如果不是萧兀纳提醒老皇帝耶律洪基在皇位的继承人序列里还有皇孙阿果的话,那么现在的辽国皇帝或许就是耶律淳了。

不过,每个人的宿命都不能靠假如来设定,就像耶律淳一样,从未想过要当皇帝的他,居然会在并不遥远的未来真的当了皇帝,虽然这个皇帝的位子并没有坐多少天。

耶律章奴率领两千亲军悄悄地离开了战场,人马还没有赶到南京(又称为燕京),就从身后的辽金前线上传来了辽军大败的消息。

耶律章奴很庆幸,庆幸自己早走一步。另外,他对游说耶律淳当辽国的新皇帝有了更多的信心。

小舅子萧敌里和外甥萧延留的游说让驻守南京的燕王耶律淳很

纠结。

他很清楚，自己的侄子皇帝并不糊涂，不仅没有像前朝历代的皇族血亲那样对自己严加防范、刻意打压，相反，却对自己给予了很大程度上的信任。

耶律延禧即位后，十年间，耶律淳先后被封为北平郡王、郑王、东京留守、越国国王、南府宰相、秦晋国王、魏国王。父亲耶律和鲁斡去世后，他又继任了父亲的南京留守之位。每年春夏，耶律淳都会得到两次进京面见皇帝的殊荣。放眼皇族诸王之中，这样的宠信无人比肩。由于南京属燕赵故地，故耶律淳又被时人称为燕王。

不过，饱读汉人典籍的耶律淳也深知自己的福祸衰荣全存于皇帝的一念之间，皇帝捧得起你，也摔得起你，无论面子上拥有了多么大的荣光，哪一天皇帝不高兴了，一样可以把你踩在脚底，就像碾死一只草原上的虫蚁，毫不费力。

虽然从萧敌里和萧延留的口中，以及另外一些渠道，都传来了辽军战败的消息，可毕竟天祚帝的下落尚未得知，所以，耶律淳不能马上表明自己的态度。他把小舅子和外甥暂时留住，想看看情形再说。

阿骨打亲自领着一小队人马抓住了几个出营打猎的辽军，从他们口中得知，天祚皇帝已经走了好几天了，走的时候很急，后续跟进的各路大军也都奉皇帝旨意全部转向上京路，只留下联结千里的营帐和无数空荡荡的毡房，以及少量奉命留守的部族军。

这些留守的部族军每天闲待在空荡荡的营寨里，实在无聊，又不敢违命离开，就和他们的皇帝一样，三五成群地结伴出来打猎。

其中的一伙儿运气不好，遇到了金国的皇帝阿骨打。

至于天祚帝为什么离开，这几个辽兵说不清楚，只是听说，上京方向出了事，有人叛乱了。

阿骨打不放心，又沿着辽国皇帝退军的路线，沿途查看了五六十里，发现了不少被散乱丢弃的兵器,心里就有了底。

金国的将领们听说辽国皇帝退了军,都激动了,纷纷请命追击,生怕落在别人后面。

阿骨打就说:"辽国大军压境的时候,你们都不说话,现在敌军退了,你们就吵着去追,显得你们很勇敢吗?"

将领们都低了头、红了脸。

阿骨打又说:"你们若是下了决心和辽国人拼死一战,现在就做个样子,即刻出发,带上两天的口粮,把其余的东西都扔下,等把辽国人追上了,打败了,我们就什么都有了,你们愿意吗?"

第一天追击的路上,大家看见了辽军丢弃的东西,很好奇,不过,没有人停下来。

第二天追击的路上,大家发现辽军丢弃的东西里居然有许多金银之类的财物,于是,队伍的行进速度就慢了下来。

阿骨打发现了,就传令,说:"这是辽国人故意丢弃的,目的就是拖住我们的追击速度。等我们打败了辽军,辽国皇帝的财物数也数不清,那时候,你们还发愁没得分吗?"

第三天一早,轻装疾行的两万金国将士在护步答冈(吉林省榆树市一带)追上了数十万的辽国大军。

辽国的军马实在太多了,漫山遍野,看不到边,比达鲁古城之战的人马还要多得多。

金国的将士们都很吃惊,每个人都不由得暗自紧张起来。

阿骨打却毫不在意,立在高处向不远处的辽军观望了一会儿,就回身对左右的将领们说:"大家不用慌,你们看,辽国的兵马虽然众多,但是他们的队形还不如达鲁古城那一仗的队伍严整呢。再瞧瞧他们的将领和士卒,一个个无精打采的,就连兵器都是在地上拖来拖去的。这样的队伍,这样的士气,哪里会是我们的对手?"

阿骨打的话刚刚说完,忽然从士卒们手执的枪矛尖上又发出了如火

183

焰般炽热的白光,耀人眼目。

在场的所有将士们都惊愕不已。

就听阿骨打发出一阵大笑,指着枪矛上的白光,说:"你们看,这就是我们此战必胜的吉兆啊。大家还记得我们首次出征之时,不也是有这样的神光护佑我们,让我们旗开得胜的吗?"

将士们听了阿骨打的话,再看看兵器尖上这神奇的白光,身上的血液迅速沸腾了起来。

阿骨打看看时候差不多了,就对身边的将领们说:"辽国的军马虽然没有他们说的那么多,但几十万的兵力还是有的。我军的兵力不多,若想取胜,只有集中兵力攻其一点。我刚才看了看,辽军中,只有辽国皇帝所在的中军最为牢固,所以,只要我们集中兵力把辽国皇帝的中军击垮,这一仗就胜了。"

说完,就下令谋良虎和斡本各领一支硬军,突击辽军的左右两翼,并仔细叮嘱两人,不得贪战深入,只需把辽军两翼的队伍冲乱了就好。

女真人刚刚起兵反辽的时候,所率的人马全部是骑兵,每次出战,士卒们都随着旗帜的指挥统一行动。

队伍除旗帜之外,每匹战马的头上都会系着一个小木牌子,上面刻有各自部落或姓氏的符号。

很多年以后,南宋抗金将领吴璘对金国的军队做过一个总结,称其有"四长",即骑兵、坚忍、重甲、弓矢。这"四长"就成为后世女真骑兵扬名天下的专属标志。

再后来,宋、金交战时,被金国俘获的北宋官员沈琯,在给当时组织抗金的北宋宰相李纲信中,也特别描述了女真金国的重骑兵。

他在信中描述说,女真军中,有一种骑兵全部身着重甲。这种重甲除了甲片厚实、制作精良、非常坚固之外,防护面积也很大,穿戴者最多只露出一双眼睛,所以,一般的刀枪弓箭很难对这些重甲骑兵造成有效的伤害。唯一可行的办法就是像契丹人那样,用铁骨朵、铁锤等钝器击打他们的头部。

宋人范仲熊也在完颜宗翰的军营里近距离观察过女真骑兵。

他说，金国的女真骑兵在作战的时候分为两排，前排是重骑兵，人、马都披重甲，主要作战兵器是长达一丈二尺（近 4 米）的骑枪，还装备一根八棱铁棍或一把腰刀作为副兵器。

后排是轻骑兵，只穿一件轻甲，战马不披甲，主要武器是拉力为七斗（84 斤左右）的骑弓，携带的箭支在一百到三百支之间。

金军骑弓的拉力不算太高，但箭支的形状独特。铁质的箭头长达六七寸，（18~22 厘米），而且形状细长，像一根铁凿子一样，穿透力极强。

金军骑兵一般在五十步（75 米左右）之内的距离才会射箭，所以，近距离杀伤力极大。

女真骑兵在作战的时候，往往会先派遣一两个骑兵，去侦察敌人的兵力多寡、阵形是否严密、各军之间是否存在缝隙。

如果敌军数量不多，己方占有兵力优势的话，女真的轻重骑兵就会排成紧密队形，先后向敌军发起冲锋。

女真金国初期，这些披有轻重骑甲的骑兵不过数千人，战时被分为一个个的小队，每一小队五十人，二十名重甲骑兵，三十名轻甲骑兵。

遇敌时，每小队前二十名重甲骑兵以十人一组，分为两列前出。其中一列就是一条两百人左右的骑兵线。

轻甲骑兵也按十人一组，分为三列，排在重甲骑兵之后。

进攻时，第一列冲锋完毕后迅疾退出，第二列接踵而至，延续第一列的破坏力度，继续打击；当第二列重骑兵退出的时候，第一列重骑兵已经重新整好队形，再次出击。

几个冲锋过后，两列重甲骑兵全部退后，由轻甲骑兵策马趋前，分轮次在近距离内向敌方引弓齐射。一般这个时候，敌方的作战力量基本已被几个轮次的打击消耗殆尽了。

如果敌军数量众多或者摆成大型的空心圆阵，准备施行防御反击的话,轻甲骑兵就会发挥其优势,在敌方的阵形外环绕奔驰,反复挑逗和射杀敌军兵将,拖住敌方阵形的移动,寻找战机,准备随时进行快速打击。

而这时候的重甲骑兵就会选择步战,全部下马结成战斗队形,进行地面冲锋。

这些下了马的重甲骑兵,每人身上背一张弓、一箭囊,箭囊里备有三十支箭。

他们先是结成进攻队列,凭借身上的重甲防护,冒着敌方投射的箭弩或枪矛,顽强推进到敌军的阵地上,利用手中的长枪、铁棒,在敌方的阵线上撕开一道缺口,然后放下这些重兵器,再次结成梯次队形,取下身上的弓箭,向阵中的敌军轮番齐射。此时在外围环绕的轻甲骑兵则收好弓箭,手持刀、斧、锤、棒等近战武器,从缺口纷纷涌入敌方阵中,来回穿插,大肆砍杀,直至敌阵彻底溃散。

女真骑兵纪律极强,即使败了,也能聚集在一起,结队撤退,使对方不敢紧追;若是胜了,也是整队地进行追逐或截击。

辽国军队虽然也有重甲部队,但其作战主力还是以轻骑兵的骑射为主,多为倚重弓箭杀伤,不以肉搏冲击取胜,所以,在和女真骑兵作战时,很不适应。

女真金国的这些以冲锋肉搏为主的轻、重甲骑兵就被称作"硬军",战力强悍、意志坚定。

硬军的队伍,设有伍长、什长、百长和千长军制。

队伍行进过程中,伍长击柝(打更的梆子),什长执旗,百长挟鼓,千长则旗帜金鼓悉备。

硬军在遇敌作战时,如果伍长战死,其余四人皆斩;什长战死,伍长皆斩;百长战死,什长皆斩。另外,父子兄弟、宗室血亲们基本会被编在一个作战单位,父死子继,兄死弟继,前仆后继。

后来,金国又在硬军的基础上组建了闻名后世的"铁浮屠"。数年之后,金国南侵北宋,"铁浮屠"和另一霸气军种"拐子马",一起和完颜阿骨打的四皇子完颜宗弼(兀术)南征北战,立下了赫赫战功。直到后来,在川陕咽喉要地的"仙人关之战"中,遇见了抗金名将吴阶和他的秘密武器——神臂弓,经过六天六夜激战,"铁浮屠"灰飞烟灭。

这一次,阿骨打不惜代价,把女真硬军全部投入了这一场事关女真金国生死存亡的旷世大战。

辽天庆五年、金收国元年(1115 年)十二月的这一天,辽、金的护步答冈之战正式展开。

最先发起冲锋的是谋良虎,所率硬军分前后两行,前者为硬军重甲骑兵线,手执长枪直击辽军左翼前军,第一轮次冲击之后,从中间分作两列沿着左右方向朝本阵退后。后者硬军轻甲骑兵迅速结成梯次队形出前,轮番齐射。辽军兵将瞬间倒地一片,辽军左翼一下子就乱了。

另一边,斡本率领另一支硬军冲击辽军右翼。

辽军两翼同时受到进攻,纷纷后退,中军立刻调兵驰援。

阿骨打看准时机,下令阿离本和完颜蒙刮率三千兵马直扑辽军中军,临行前,对他们也是跟谋良虎和斡本一样的叮嘱,不要贪战,把辽军中军打乱就好。

阿离本和完颜蒙刮率领着三千兵马从地上卷起了一阵风,令人战栗地刮进了辽国中军大营。

两人杀得很过瘾,冲得也很靠前,忽然发现阵中有黄色的麾盖在来回晃动,立时想到辽国的天祚皇帝一定在这里,于是,就忘记了阿骨打的叮嘱,不约而同地直奔麾盖之处杀去,中途遇到的辽国兵将纷纷倒在了两人的刀剑之下。

眼瞅着离天祚皇帝不远了,可把附近的辽将吓坏了,纷纷引兵护驾,将两人围在核心。

在金军后方观战的阿骨打摇摇头,下令温迪罕和迪忽迭率领四谋克(四百人左右)的兵马,马上前去接应阿离本和完颜蒙刮。

完颜蒙刮向前冲得太猛,受了伤,但依然不肯放弃,仍旧力战不已。

阿离本奋力冲杀到他的身边,前刺后挡,拼命护持住他。

正在危急时刻,只听杀声一片,辽军忽然像潮水般向两旁分开,闪出一条路来,温迪罕和迪忽迭的兵马杀了进来,拼死力战,这才把阿离本和完颜蒙刮救了出去。

辽国的中军已经开始松动,阿骨打接着下令,命斜也再领三千兵马继续冲击辽军中军。

斜也很明白阿骨打的心思,把三千人马分成三队,每一千人为一队,像三把匕首一样直插入辽军中军。

三队人马冲进中军阵营之后,分成三个方向迂回穿插,反复冲杀,杀得辽军要么四散奔逃、惊慌失措,要么立在原地、无所适从。

斜也更是杀得几进几出,浑身上下已经分不清哪些是敌人的血,哪些是自己的血,只管一路冲杀。面前的辽军纷纷退让,唯恐躲避不及。他直杀得辽国中军大营就像是一锅烧开的水,沸腾了。

阿骨打看见辽军的中军彻底乱了,这才微微点头,对身边的将领们说:"现在,该我们出手了。"

说完,轻轻拍了拍赭白马的脖子,一提马的缰绳,赭白马心领神会,扬起前蹄,一声长嘶,蹿了出去。

身后余下的一万多金国兵马,看见他们的皇帝一马当先,也就毫不犹豫地冲向前方,杀向了超过自己几十倍的、有着数十万兵马的辽国大军。

相传,鹰与鹫都是隼演变而来的,它们共同生活在苍茫的草原上。

有一年,天地间一场大旱,寸草不生,漫山遍野都是因为饥饿而死的动物尸体。

为了生存,隼中的一群选择了振翅长空,穿越草原,落脚于群山之巅,继续以鲜活的动物为食;而剩下的一群则不愿承受长途飞行的辛苦,终日敛翅低行,宁愿以腐尸殍肉为食。于是,前者就化作了鹰,后者就活成了鹫。

鹰和鹫最大的不同在于面对生存的态度。

鹰,性情孤傲,志向高远;鹫,粗俗鄙陋,苟且偷生。

作为大辽帝国的皇帝,耶律延禧认为保护好自己的皇位宝座要比战场上的胜负更重要。

所以,当耶律淳的岳父萧唐骨德跑来告诉他,耶律章奴打算迎立耶律淳做辽国皇帝的时候,天祚帝的心立刻凌乱了。他想起了当年起兵反叛爷爷的叔祖父耶律重元,是当时的南京留守。

撤军的前夜,天祚帝紧急派遣长公主驸马萧昱率皇家精骑千余,奔赴长春州的广平淀,加强守卫那里的皇家冬季捺钵行宫。

因为他不知道耶律章奴脱离战场之后,第一个目的地会是哪里。

因为此刻,皇家的嫔妃、宗室和番王们都还在广平淀的行宫,等着皇帝凯旋,继续冬季捺钵的快乐捕猎呢。

另外,天祚帝派出耶律乙信作为特使,持着自己亲笔书写的手谕,对耶律淳进行安抚。

撤军第一天,因为走得太急,就把一些没有必要的军中仪仗沿途丢弃了。

第二天,听说女直人追了上来,就听了萧奉先的建议,一路又丢下了许多金银财物和攻城器械。本来嘛!女直人那么穷,大辽国这么富有,随便给他们点东西,他们拿够了也就回去了,等把朝里的事情料理清楚了,再组织更多的兵马彻底把女直人从这个世界上清除干净,省得老是这么闹心!

可没想到,第三天,女直人居然追上来了,据说只有两万人。

皇帝出离愤怒了,这叫什么事儿?堂堂大辽国几十万大军被区区两万女直人追着跑,这叫自己这个当皇帝的,将来还怎么在臣子们面前抬头?

于是皇帝下旨,全军摆开阵势,一举歼灭女直人。

可令他感到惊讶的是,女直人居然会主动发起进攻。

女直军同时向左右两翼发起进攻的时候，天祚帝还很有些不以为然，毕竟，双方的兵力就在那儿摆着嘛！

可刚一接战，辽国的队伍就开始纷纷后退，这让皇帝很不高兴，立刻吩咐左右，调兵增强两翼，把那些女直人通通杀光，一个不留。

这边增援的兵马刚刚离开，他就看见一队女直人马不顾拱卫皇帝御帐的枪林箭雨，拼命往大营里冲，甚至还有不少的女直人差一点儿就冲到自己的跟前。

他从扈从侍卫们的人缝里，看见那两个冲在最前边的女直人一脸凶神恶煞的样子，浑身是血不说，身上居然还插着好多没有拔出来的箭杆。

天呢！这哪里是正常的人类，简直就是地狱里冲出来的恶魔啊！

那一刻，天祚帝的心里慌了。

他问萧奉先："现在该怎么办？"

早就紧张不已的萧奉先对心神凌乱的皇帝说："不如，我们先退出战场吧。"

天祚帝的座下是一匹罕见的宝马，驮着大辽国的主人，从白天跑到了黑夜，又从黑夜跑到了白天，这一跑就跑出了五百多里，一直跑到了长春州。

天快亮的时候，天祚帝停了下来，回头看看，一直跟着自己跑的，只剩下萧奉先等不多的几个文武大臣，还有五百名左右的扈卫禁军。

惊魂未定的天祚帝叹口气，让萧奉先派一些士卒返回去，看看后边还有没有金国的追兵，自己则换了一匹马，伏在马背上暂时歇歇。

几个时辰过去，派出去的人马返回来说，金国人追了一百多里，回去了。

天祚帝松了口气，从马背上滑了下来。

天祚帝在广平淀的行宫里歇了好几天，总算缓过神儿来。

他的心里很失落，他实在弄不明白，几十万大军呢，就这样在不到一天的工夫，就被区区两万由土著猎手组成的女直杂牌军队打得落花流水。

要不是自己多年在四季捺钵中练就的马上功夫,恐怕,自己现在就已经是金国皇帝阿骨打的阶下之囚了。

问题究竟出在哪儿呢？皇帝想。

从战场上逃回来的将领和官员们多了起来。行宫的皇帝御座跟前,大家纷纷指责萧奉先,为什么在兵力占优的情况下却鼓动皇帝撤离战场。

萧奉先低着头,沉默不语。皇帝也很尴尬,只得当众宣布,解除萧奉先现有官职,改任西北路招讨使,起用耶律大悲奴为枢密使,萧查剌为同知枢密院使。

为了表明这次亲征失败皇帝也有一定责任,天祚帝表示,以后但凡军国大事,就会和南面宰相、执政吴庸、马人望、柴谊等共同商议,多多听取不同意见,避免失误。

只是,这几位老先生不是岁数太大,就是优柔寡断,每遇大事,难以裁决。

渐渐,民间就开始流行几句谚语,说:"五个翁翁四百岁,南面北面顿瞌睡。自己精神管不得,有甚心情杀女直。"

远近传为笑谈。

曾有官员把这几句民谣报告给了皇帝,皇帝笑了笑,什么也没说。

后来,天祚帝也受不了这几位老先生,就罢免了耶律大悲奴,又把萧奉先召了回来,将萧查剌改任西京留守,再往后,免去了吴庸、马人望、柴谊的官职,由李处温、左企弓取代。

数年后,李处温、左企弓拥立燕王耶律淳为北辽皇帝。

广平淀的兵马太少了,天祚帝很不安心。

其实在当时,南路的汉军并未参与护步答冈之战。耶律章奴叛乱后,萧奉先曾怀疑南路的汉军暗里和耶律章奴同谋反叛,就告诉了天祚帝。皇帝听了,就派遣同知宣徽北院事韩汝海到南路汉军的行营传旨,说:"汉军将士已经离家数月,很辛苦,现在暂时也没有什么战事,他们可以先行回家了。"

汉军们听了都很高兴,各自打点行装准备回家。可没想到几天之后,萧奉先又派人前来督师进发。无心战事的将士们非常不满,都拖沓着按兵不动,等听到辽国大军全线溃败的消息后,立时焚烧了营帐,一哄而散。

就这样,等天祚帝逃到了广平淀行宫,除了先前派过来的驸马萧昱所部千余骑兵,就仅有从战场上逃亡时一直随行的数百禁卫亲军而已,近处的州府已无兵马可以调遣。

天祚帝不得已只好下旨,招募燕、云汉人前往广平淀护驾,凡有官者晋升一级,平民百姓升三级入朝为官。

又过几天,有人来报,说有一单骑向着广平淀飞奔前来。

天祚帝立刻就紧张了,心想,难道还会有更倒霉的事情吗?

萧敌里和萧延留的人头表明了耶律淳的忠诚,天祚皇帝忐忑的心总算有了些许的安慰。

耶律淳看完耶律乙信给他的皇帝手谕没多久,就得知了皇帝已经逃亡到广平淀的消息。

国家遭此大变,耶律淳由不得悲从中来,放声痛哭。

没有任何犹豫,耶律淳亲手杀死了萧敌里和萧延留,带着二人的人头由南京出发,单骑奔到了广平淀的皇帝行宫。

耶律章奴的运气很不好,东奔西走地折腾了小半年。

在南京城外等了很久也没有看见萧敌里和萧延留出来,心里就明白了,两人恐怕出不来了。于是,他带着两千兵马走了。

从南京出来,耶律章奴先后攻下了祖州、庆州和饶州。此时,中京大定府的地方豪强侯概也聚集了一万余人起兵反辽。耶律章奴在攻下了饶州之后,就派人游说侯概和自己一同反辽。侯概便带兵前来投奔,两军合在一起,叛军队伍已达数万人。随后,联合起来的叛军又攻陷了高州。

第二年三月,东面行军副统萧酬斡率辽军在川州打败了耶律章奴的叛军,侯概被擒。

耶律章奴兵败之后,索性孤注一掷,率剩余人马直奔广平淀,杀向天祚帝行宫。

不料,中途遇见依附于辽国的顺国女直大王阿鹘产(阿疏)率三百骑兵前来协助平叛。耶律章奴的叛军士气低落,无心应战,被阿鹘产一击而溃,两百多军中贵族被阿鹘产生擒后,全部斩首示众。

耶律章奴侥幸逃脱,仓皇逃亡。

逃亡路上,耶律章奴想起先前有过出使金国的经历,而且皇帝赐予的使者金牌还一直带在身上,于是,就把自己伪装成派遣去金国议和的辽国使者,打算投奔金国。

可惜,他的运气糟糕透了。当他走到接近女真金国的泰州(治所位于吉林省白城市西南城四家子)时,碰巧与辽国巡逻的边防部队相遇,被其中的兵士认出,当即捕获,一路绑着就被押到了广平淀的皇家行宫。

没什么可说的,天祚帝下旨将耶律章奴腰斩,把他的心肝挖出来,祭奠了祖先的灵位,尸体分做五个部分,传往五京各路的官员们示众,耶律章奴的妻妾子女被发配到绣院为奴。

失落的皇帝把战败之后很长一段时间里的沮丧、恐惧和屈辱,全部倾泻在了耶律章奴的身上。

阿骨打率领着金国将士狂追了一百多里。

阿骨打自己也想不明白,究竟是自己的运气太好呢? 还是天神对他有着特别的眷顾呢? 自从宁江州起兵开始,在一年多的时间里,出河店、达鲁古、黄龙府和刚刚结束的护步答冈之战,辽国出动的兵马一次比一次多,可每次战斗之后的结果,给阿骨打带来的除了胜利,就是收获。

这一次,收获辽军天祚皇帝御用的舆辇帝幄、兵械军资,其他宝物及马牛骆驼等,实在是不可胜数。

每一次的胜利之后,阿骨打的心里都会充满感激。感激那些支持自己的亲族,感激那些冲锋陷阵的将领,感激那些不惧生死的士卒。

他会在感激的同时,对那些勇敢的将士给予最高的赞赏,有时候,还会伴着这些赞赏把自己身上的甲胄和战马直接赐给他们。战场上获取的战利品,阿骨打全都分发给这些勇敢的将士们,自己却什么都不留。所有的将士们都被阿骨打的无私和真诚所感动,都在心里默默发誓,终此一生,誓死效忠!

当然,胜利之后的阿骨打,很自豪,也很骄傲。

这一次大胜之后,他就想借着得胜的势头,再把辽国的和长春州和泰州拿下来。

在将士们纷纷说"好"的时候,斡本却说不好。

阿骨打就问:"怎么不好?"

斡本说:"春、泰二州是辽国的军事重镇,城高池深、防守坚固。我们刚刚打了胜仗,将士们体力和战力已经达到极限了,这个时候,如果再去攻取坚城,将衰兵疲,必然导致久攻不破。那时,辽国其他各路救援天祚帝的兵马就会乘机切断我们的后路,令我们进退两难。我们现在的胜利也就没有了任何意义。所以,我们不如率师凯旋,休养士卒,再图大计。

"辽国遭此大败,元气已经大伤,再想恢复国力已经很难了!我们双方短期之内不会再有大的战事,我们可以在此期间大量招募士卒,整饬战备,到那时,再去攻取辽国的广大疆域就花费不了太大力气了。

"还有,眼下我们俘获了那么多的辽国降卒,阿玛打算怎样处置他们呢?"

阿骨打自起兵开始,每次出征,最头疼的就是兵源,毕竟,生女真的人口就那么多,能上战场的男人们也就那么多。

一年多的时间里,女真军以少胜多、以弱胜强,在对辽国的各次战事中,大部分俘获的降卒被招纳和收编进了自己的队伍。

在这些战事里,辽国的军中主力基本上是渤海人、汉人,以及系辽籍的女真各部,而作为辽国战力主体的契丹军很少,所以,每次战后,阿骨打都会下令,愿意留下的编入军中,与其他女真将士的待遇相等,赏罚一致,不愿意留下的,给发放路费,资助其回家。

而这一次,战场上投降和俘获的辽国军卒超过了之前所有战事中降卒的总和,这里面还包括不少契丹人的部族军,所以,对于这些降卒的处置,阿骨打还没想好。

听了斡本的话,阿骨打沉吟了一下,没说话。

粘罕就说:"不如都杀了!"

杨朴张了张嘴,却没出声。

阿骨打看见了,就说:"杨先生,有话直说,我们之间不必讳言。"

杨朴就说:"中原人在打仗的时候,有句俗话,叫作'杀降不祥',意思就是对于在战斗中已经投降了的士卒再次进行屠戮,会给胜利者带来不好的影响。

"我们金国初立,正是需要收拢天下人心的时候。如果我们连辽国的契丹降卒都可以收纳,那么辽国境内的其他部族一定会对我们刮目相看,主动来投。我们一方面补充了兵源,增强了军力;另一方面也能让世人看见,我们的皇帝除了攻城略地、神勇无敌的武功,还有着海纳百川、宽厚仁德的胸怀。这样的名声传扬出去,该有多好。"

阿骨打点点头,说:"杨先生说得有道理,我们就照你说的办!今后,凡是契丹、奚、汉、渤海、系辽籍女真、室韦、达鲁古、兀惹、铁骊等诸部的官民,已经投降或被我军俘获以及逃跑之后又受了感召回来的,都不论罪;他们的勃堇和首领仍继续担任以前的官职;没有土地的,咱们还要找好地方好好安顿。这样吧,你就把我这个意思写出来,当作诏书,发出去吧!"

阿骨打回到纳葛里村的皇帝寨,不久,就先后迎来了两位使者。

先来的,是已经很久没有来往的高丽国使者。

高丽国使者对金国皇帝说:"大金国现在如日中天,取代辽国也是指日可待,我王从内心崇敬不已。此番前来,一是向金国皇帝庆贺这次辽金大战的胜利,另外,想提出一个小小的请求,可不可以把边境上的保州(今辽宁省丹东地区和朝鲜新义州部分地区)地区还给高丽?"

高丽国使者的态度,很恭敬。

阿骨打的心里却很疑惑。

保州地区是辽国、高丽之间的争议之地,但在归属上是属于辽国的。

现在金国日益强大,过去辽国和高丽边境的许多地区已经由金国攻占或接管。至于保州地区,虽然还有辽国守军在那里驻守,但阿骨打在出兵黄龙府的时候,就已经派遣加古撒喝、乌蠢等将领率领一支偏师经略这些地方,只不过据传回来的消息,进展不太顺利。现在高丽国忽然提出这样的诉求,不得不引起阿骨打的警觉。

可是,现在金国和辽国之间正处于随时交战的状态,如果不答应高丽的诉求,很有可能会把对方推到辽国一方,那样的话,金国就会处于两线作战的境地,对于金国下一步的战略推进是非常不利的。

阿骨打想了几天,就招来高丽国使者,说:"保州现在还有辽国驻军,如果你们想要占据这个地方,就自己领兵攻取吧。"

打发走了高丽使者,阿骨打立刻派快马传旨,命正在经略边境地区的加古撒喝和乌蠢等将领要时刻注意高丽国军队动向,如果高丽国军队攻打保州,切记不要和高丽军队合兵一同向辽军发起进攻,而且,高丽军在攻打保州的时候,金军要守好自己的防线,确保不要和对方发生冲突。

高丽使者走后不久,又来了一位使者,说是奉辽国东京的高永昌将军派遣,来联合女真金国共同对抗辽国。

阿骨打有些摸不着头脑,就问身边的大臣们:"高永昌是谁?"

926年,辽太祖耶律阿保机灭了渤海国,在今辽阳地区设立东平郡。契丹天显三年(928年),辽太宗耶律德光改东平郡为南京,为陪都,并遣哥哥东丹王耶律倍离开东丹国,前往南京驻守。938年(契丹会同元年),辽太宗耶律德光改南京为辽国五京之一的东京,并设东京道,置辽阳府。

东京地区地域广大,下辖九县;道府辽阳规模庞大,建筑宏伟,仅次于辽国上京临潢府。

辽国灭了渤海国之后,曾经数次将大量原渤海国官吏、百姓迁离故土,移至辽阳一带,与同样被迫迁移来此的系辽女真人、奚人以及从中原地区掳掠来的汉人等族群杂居。这些族群经常遭受契丹人的压迫和歧视，民族矛盾很多。

辽国天庆年间，担任东京留守的是辽国皇后萧夺里懒的弟弟萧保先。萧保先的两个哥哥就是辽国朝廷重臣萧奉先和萧嗣先。

萧保先在东京留守任上，倚仗着哥哥们的权势飞扬跋扈、施政严酷，为人又天性残忍、刻薄寡恩，百姓们深受其苦。

东京辽阳府的守军之中有一位叫作高永昌的裨将（军中副将），属下两千兵马，镇守辽阳府城外的八甗口要塞。

高永昌是渤海人，虽然在他生活的年代，渤海国已经被灭快二百年了，但是故国曾有的辉煌和来自契丹人的歧视，让他在很小的时候，就种下了一颗复国的种子。

成年之后，从军的高永昌作战勇猛，表现出众，很受上司的青睐，渐渐被委以军中要职。而此时，历经多年军旅生涯的高永昌已经对腐败不堪的辽国朝廷和战斗力严重退化的辽国军队有了非常直观的认识，尤其是在耳闻和目睹了女真金国的崛起之后，那一颗多年深埋于内心的复国种子开始破土、发芽。

东京是辽国统治渤海、女真和控制高丽的东部军政重镇，也是辽国的赋税重地，承担着辽国大部分财政支出。萧保先上任之后，横征暴敛、中饱私囊，致使民怨沸腾、冲突频发。

天祚帝为了挽回辽、金之战的败局，不断增大征兵和筹措战争物资的力度，加重了各京、道、府的税赋征缴。身为东京留守的萧保先借着朝廷征收国家税赋之机，更是大肆敛财、任意妄为。

于是，身在军中的高永昌就看到了机会。

辽天庆六年（1116 年）正月初一，夜里，辽阳府东京留守的府邸大门响起一阵杂乱急促的拍打之声，刚刚躺下准备就寝的萧保先被拍门声惊扰，顺手提着一根木杖也没有叫起府内的家丁，孤身一人、怒气冲冲前去开门，准备狠狠教训一下这些不知死活的来访者。

不过，到了门前，他还是留了个心眼儿，问门外敲门的是什么人。

门外乱糟糟的好像不止一个人，其中一人说，军营里有兵卒造反，特地前来禀告。

萧保先心念一动，想，若是有兵造反，一定会有专门的有司衙门差专人前来通禀，而且禀告的礼仪也不会这么没有规矩，于是又问，派他们前来通禀的官长是哪一个。

门外，瞬间就安静了。

萧保先感觉不对，犹豫了一下，想返回身进府院，去招呼府中的扈从守卫。可就这么一耽搁的工夫，从府门的边墙上"蹭蹭蹭"地跳进来十几个年轻人，一个个喝得醉醺醺的，人手一把短刀，把他团团围住，出手便刺，当即就把萧保先捅倒在血泊之中。

时任辽国东京户部使的大公鼎接到萧保先被刺的消息，即刻摄任留守之职，与副留守高清臣调集千余守军维护城内秩序，安定民心。

第二天一早，守军开始在街上抓捕刺杀留守大人的凶徒，只用了半个上午，辽阳府的四个城门上就挂上了几十个人的人头，只是，这许多的人头里大多是渤海的平民。

府城里的大街小巷很快就出现了许多怒气冲冲的年轻人，手持棍棒、兵刃，或三人一群，或五人一伙，只要看见契丹人装束的军士或平民，不问任何情由，立刻围攻打杀，城内大乱。

大公鼎和高清臣率守军四处弹压，费了很大的精力才使得辽阳府城内渐渐趋于平静。

可城里刚刚安稳了不到半天，府城的东门外就杀来了一路人马。

这一路人马就是高永昌所部镇守八甗口的两千渤海籍兵卒。

一切真相大白，刺杀萧保先，在城里引发混乱，都是由高永昌带头策划的。

辽阳府的城里城外就展开了一场激烈的夺城之战。

大公鼎和高清臣的辽国守军与高永昌所部的渤海军混战一场，难分胜负,看看已经日暮,就各自收军。

第三天,大公鼎与高清臣登上了首山门城关(辽阳市北)劝谕高永昌,说州府可以不计前嫌,免他的叛乱之罪,要他即刻率部返回八甗口。

高永昌没有理会,继续率军猛攻。

双方又激战了两天,初五的夜里,城里的渤海居民放了一把火,打开了城门。高永昌率军一拥而进,和守军展开了巷战。

辽阳府城里的渤海人都帮着高永昌打辽军,大公鼎、高清臣的辽国守军越战越少。

不得已,大公鼎和高清臣只好打开西门,率领几百残兵逃离府城。高永昌也不追赶,一面部署防守城池,一面派人安抚城内百姓。

接着,高永昌就四处招募兵卒,不到几天的工夫,人马就已达八千多人。

天庆五年二月,高永昌在辽阳府称帝,建立大渤海国,自称大渤海国皇帝,建号隆基,除沈州(今沈阳)外,占据了辽东五十一个州县疆域,终于实现了自己的复国梦想。

阿骨打是在看见胡十门的时候,才知道了这些事情的经过。

话说完颜部始祖函普的大哥阿古逎一直生活在高丽,终生再没有踏上故土。他的后人也不知从哪一代起,相继离开了高丽,迁居在曷苏馆路。

曷苏馆路在辽阳府的正南,与大海相接。阿古逎的后人离东京很近,就入了辽籍,即所谓的系辽籍女真。

高永昌称帝的时候,曷苏馆路系辽女真之中,有一位名叫胡十门的,父亲叫挞不野,在辽国身居太尉之职。

胡十门因为其父的原因,从小受到了极好的教育,精通汉人语言,对契丹大小字也很精熟,做事果断,勇敢善战。

高永昌在东京称帝,派人来招募曷苏馆路系辽女真。在这之前,曷苏馆路系辽女真一直依附于辽国。现在,他们面前忽然出现了一个渤海国,这让曷苏馆路的女真人必须做出一个选择，是继续保持依附辽国呢？还是归顺高永昌的渤海国？

族中多数人认为，高永昌兵强马壮，又有渤海人的拥护，曷苏馆路与辽阳近在咫尺，依附他们应该是最好的选择。

可是，胡十门却认为渤海国不会持续很久，坚决反对依附高永昌。

但是，他一个人说服不了大家。

他就把自己所部的族人们召集在一起，对他们说："我们的先祖有兄弟三人，同出于高丽。现在金国皇帝阿骨打的先祖，就是我们先祖兄弟三人中老二的后人，而我们的先祖是三兄弟中老大的后人。如今阿骨打做了皇帝，把辽国打得毫无还手之力，将来辽国必然会被金国所灭。所以，我觉得我们应该去投奔金国，而不是向高永昌称臣。"

族人们听了，纷纷赞同。

高永昌知道了胡十门准备投奔金国的事情，就派兵来抓捕他们。胡十门和族人们难以抵挡，就投奔到了来流水的完颜撒改部。

撒改听了胡十门的身世，很高兴，一面派人火速给阿骨打送信，一面与胡十门等人认了宗亲，并为他们找了一处地方进行安置。

当初阿骨打起兵宁江州，以及后来和辽兵在鸭子河交战的时候，曾派斡鲁古和娄室合兵攻破咸州，并留下斡鲁古率军在咸州驻守。

那时，他的眼睛就看到了辽国东京辽阳府，而咸州就是辽阳府外围的军事重镇。

高永昌的叛辽称帝让阿骨打有了新的想法。

在撒改的居处，阿骨打见到了胡十门，至此，当初阿古迺的预言全部实现，完颜始祖函普三兄弟的后人终于在故土团聚和相认。

胡十门告诉阿骨打："渤海国和高丽国有着十分密切的联系，如果他们结成了联盟，将来一定会给金国带来很多麻烦。而且目前，有一个地方的地理位置非常重要，必须马上攻占不可。如果抢先动手占据了这个地方，就可以扼制渤海国向东的扩展，为袭取辽阳府做好准备。"

撒改也说:"是呢,眼下我们对高永昌用兵还有些为时过早,我们要是攻取此地,然后坐观成败,乘机袭取辽阳,就很容易了。"

阿骨打说:"你们说的是沈州吧?"

胡十门和撒改都睁圆了眼睛,张大了嘴,说:"你怎么知道?"

辽、金时代的沈州就是今天的辽宁省省会沈阳。

两千六百多年前,这里是春秋战国时的燕国重镇方城,隶属燕国辽东襄平县。211年,秦始皇统一中国,分天下三十六郡,沈阳隶属辽东郡(今辽阳)。西汉时,被称作侯城。秦、汉两朝,这里一直是中原王朝对抗东胡、匈奴的前沿阵地。

后来,由于人口繁衍和各民族之间的流动,这里渐渐发展成了一个边塞贸易重镇。因为附近有一条叫作沈水的河流,于是,在唐朝睿宗景云年间,这里被设为州城,改名沈州。

契丹建国之后,辽太祖耶律阿保机把从河北三河、天津蓟州等地虏获来的汉人安置在此,大力发展生产,这里开始繁荣起来。

沈州的位置很关键,处于女真金国会宁府通往东京辽阳府和燕京的会合点。

所以,阿骨打在宁江州之战后,就留下了斡鲁古驻守在咸州一带,而咸州离沈州很近。

高永昌虽然做了皇帝,但他知道,想以区区八千兵马抗拒辽国,无异于螳臂当车,就算眼下辽国在女真金国的攻势下已经显出了败亡的征兆,可要说对付他高永昌,那还是绰绰有余的。

所以他想联合女真金国一同抗辽,对双方都有好处。

可随同高永昌的使者一道前来的金国使者胡沙保让他很失望。

胡沙保说:"我们的皇帝说了,一起抗辽没问题。不过,你要当皇帝,不可以,可以考虑封你做一个金国的藩王。"另外,胡沙保还说:"为了表示你的诚意,希望你能把逃亡在这里的女真叛徒胡突古交还给金国。"

高永昌的自尊心很受伤,就对金国的使者说:"胡突古可以交给你们,但是你们也要把逃到金国的胡十门交还给我们。另外,要我去除帝号,做金国的藩王,这样的条件,我接受不了。"

胡沙保回来把高永昌的态度告诉了阿骨打。阿骨打笑笑说:"先不用理他,用不了多久,他还会再来求我们。"

辽国天祚皇帝耶律延禧听说了东京辽阳的叛乱,惊惧不已。

一个女真金国就已经把大辽国折腾得够呛了,现在又闹出个渤海国来,这还得了,自己这皇帝的位子还能不能坐了?

天祚帝召集来南北府院的大臣们,商议该怎么办。

大臣们心里都知道,东京辽阳府的兵变问题出在萧保先的身上,可当着萧奉先的面,这个话没人敢说。

于是大家都说:"这是大公鼎和高清臣没有做好善后,最终导致了民怨和兵变,不如对高永昌好言相劝,许给他高官厚禄,也许就能被招抚。要是不打仗就能平息东京之乱,那就最好别打。如果高永昌实在拒绝招抚,到时候再打也不迟。"

天祚帝点点头,心里也说:"最好还是别打。"

于是,就派遣殿前副点检萧乙薛前往东京辽阳府招抚。

没过半个月,萧乙薛回来了,谒见了皇帝,说:"渤海人和大辽国结怨太深,高永昌拒绝招抚,还是打吧!"

天祚帝咬了咬牙,说:"高永昌不听招抚,我大辽若是再不出兵,就永无安宁之日了!可是,该派谁去平叛呢?"

萧乙薛对皇帝说:"宰相张琳做过两任的东京辽阳府户部使,对那里的情况很熟悉,而且为官期间素有声望,不如让他去试试?"

张琳之前曾率十万汉军征讨女真失利,被皇帝罢免了官职,此刻正在家中赋闲。

皇帝派人传旨,起用张琳为帅,即刻募兵,平定东京辽阳府的叛乱。

张琳对付女真人不行,但是对付东京辽阳府的渤海人还是有一些办法,因为张琳是沈州人,沈州很多的地方豪强都姓张,而沈州离辽阳也很近。

不过,张琳领了旨却犯了愁,现下大辽的各路道府满眼里除了躲避战乱的遍地流民,哪里还有打仗的兵?

天祚帝亲征失败后,除了身边的扈卫禁军,已经没有再能调动的兵马。这段时间虽然有不少的勤王部队陆陆续续集结到了皇帝所在的广平淀行宫,但是出于对皇帝的安危所系,是不可能再分出兵马前来平叛的。

张琳想了又想,就想到一个办法,不如把这些遍地的流民招募成为"转户军"。

番汉转户,属辽代宫户的一种,是番转户和汉转户的合称。番是指契丹族和汉族之外的其他少数民族;汉即汉族。

辽国的军制里面,有一个军种叫作"宫卫骑军",是辽国皇帝、皇后的私人宿卫军。契丹人把皇宫叫作"斡鲁朵",所以宫卫骑军也被称作"斡鲁朵军"。皇帝和皇后在宫里的时候,他们担任宿卫;出行时,担任扈从;作战时,担任亲军;皇帝和皇后去世了,就去守陵。

这些军士都是连同家属一起被征募的,家属会在指定的聚居地居住。这些聚居地属于皇帝的斡鲁朵,聚居地里的居民就被称作"斡鲁朵户"或"宫户"。宫户里的契丹人被称为"正户",是宫卫骑军里的军事骨干力量。

随着辽国版图的不断扩张,对外征服掳掠或者投降的人口也越来越多,有汉人,也有其他的少数民族,基本都被编入了皇帝或其他宫卫的私人户属,这些人口就被称为"番汉转户"。

他们的身份虽然比正户低,但是会给分配一些土地或者杂畜牛羊,平时从事生产和劳动,战时向军队提供给养、输送兵源。

于是,张琳的征兵告示贴了没几天,麾下就有了两万人。

毕竟,只要替皇家打几场仗就有希望成为"转户军",比之当下的流离生活不知要好上多少倍,所以,报名参军的流民很多。

可是有了兵，军粮又成了问题，连年征战，各道府的府库早就空了。

不得已，张琳只好求助家乡沈州的大户们给予支援。幸好，家乡的父老们很给面子，纷纷响应，筹措了许多粮草，还将不少家中的子弟送到张琳的军中。

手里有了兵，口袋里有了粮，张琳就有了底气，开始整饬兵马，从显州（今辽宁省锦州市北镇一带）出发，进军辽阳府。

张琳准备讨伐高永昌的消息很快就传到了阿骨打这里。阿骨打找来撒改，说："攻取沈州和辽阳府的机会来了，你看，派谁去合适？"

撒改没有直接回答，而是问阿骨打这两个地方，他想怎么打。

阿骨打说："我们派出一支队伍游弋在沈州和辽阳中间，辽国和渤海国打起来的时候，双方一定会尽出主力兵马，我们则按兵不动，就看着他们打，等到双方分出胜负的时候，我们就趁胜者追击败者的时候，去攻取胜者一方的老窝。据说这个战法在汉人那里，叫作"鹬蚌相争，渔翁得利"。

撒改赞叹不已，说："这个主意太好了，我看把这支队伍交给斡鲁最合适。"

阿骨打呵呵一笑，说："你说的人和我心里想的人一样。"

斡鲁性格沉稳，善于用兵，在乌雅束时代，在女真和高丽战争中筑城对峙，成功遏制了高丽国的攻势。

接了诏书之后，斡鲁立即传令完颜阇母、蒲察、完颜迪古乃，以及咸州路都统斡鲁古等各路将领，做好准备，择日出征。

东京辽阳府城外有一条河名叫太子河，古时称太梁水，或东梁河。这条河流发源于干罗山，向西流淌五百里，到了距离辽阳城东北五里左右，折道向西北流去，最后汇入浑河。

四月末，张琳率领的辽军和高永昌的渤海军在太子河的两岸连战三天。

高永昌的兵少，但是骑兵多，打不赢的时候就躲回辽阳城里。张琳的兵马虽多,但骑兵少,步兵多,渤海军一撤兵,辽军就追不上。双方都很难受。

张琳在进攻辽阳府的时候,为了速战速决,只带了五天的口粮。要知道,两万人的队伍,粮草的消耗是十分惊人的。张琳打过一次败仗,已经有了一些战场经验,这样的攻防战,他可是真心拖不起呢!

没办法,他只好一面给皇帝上书,请求调兵增援;一面做好准备,打算先回沈州,缓缓再说。

高永昌得知了辽军调兵增援的消息,就紧张了。

他派遣挞不野作为使者,带了很多的珠宝,还有金国要的叛人胡突古,再次恳请金国的皇帝阿骨打出兵抗辽。

挞不野是胡十门的父亲,曷里馆的系辽籍女真都勃堇。高永昌在占据辽阳府之后胁迫他们一起抗辽,胡十门带着族人投奔了金国,挞不野就只好做了高永昌的幕僚。

阿骨打很热情地招待了挞不野,胡十门也赶来和父亲相见,团聚过后,挞不野说明了此行的目的。

阿骨打说:"我的态度和上次一样,只要他肯去除帝号,做我们金国的藩王,我就出兵。"

挞不野说:"那我就只好回去复命了。"

阿骨打就说:"不如你也留在金国吧。"

挞不野说:"我不能不回,我的族人们还在高永昌的手里。"

阿骨打笑着说:"那好吧!我把胡突古留下,派胡沙保和你们一起回去,以免高永昌对你起疑心,不过,我们迟早还会相见。"

挞不野看看阿骨打,又看看胡十门,心里就想,真的还会再见吗?

张琳是在夜里偷偷拔营撤军的。他想,高永昌应该不会冒冒失失地尾随追击的,毕竟几天的仗打下来,基本都是渤海军率先退出战场的。

可是当队伍刚刚走到一半的时候,队伍的后面一片喊杀之声,高永昌居然真的率兵追上来了。

高永昌是跟了很长一段路才打消了辽军故布疑阵的顾虑，放心大胆地亮出了战刀。

幸亏沈州和辽阳很近，张琳率领着辽军一路狂奔，除了一些老弱残卒留给了高永昌，剩下的基本都逃进了州城。

张琳进了州城，立刻紧闭城门，坚守不出。高永昌在城外试着攻了几次，看看天已大亮，只好回军辽阳府。

高永昌刚走，刚刚松口气的守城兵卒就看见远处东北方向一路兵马正向这里靠近，立刻禀报给了张琳。张琳心里就放松了，他想，这一定是救援的兵马到了，于是传令准备打开城门迎接。

可不一会儿就又有守城的兵卒来报，来的好像不是辽国军队。

张琳吓了一跳，立刻带着亲兵上了城门，透过滚滚尘烟仔细观看。

等到那支队伍离得近了，张琳才终于看清了对方的旗帜，天呢！是金国的女真军。

斡鲁是在沈州以东的照散城（今辽宁省清原满族自治县东南山城镇）附近，遇见了前往沈州增援的辽军。

张琳率十万汉军征讨女真的时候，兵分四路，除了耶律斡里朵一路汉军被完颜娄室击溃，剩余三路就都撤了军，在咸州一路和女真军对峙。

接到张琳的求援，天祚帝也没了主意，还是萧韩家奴提醒他，咸州路一线还有六万汉军。

天祚帝立刻传旨，命萧韩家奴统领六万汉军驰援沈州。萧韩家奴悔得肠子都青了，只好硬着头皮接了旨，肚子里直骂自己多嘴！

因为出发地点不同，斡鲁的队伍还没和斡鲁古的咸州兵马会合，两军开始交战的时候，萧韩家奴所率的辽军仗着兵力优势，挡住了金军前进的脚步。

斡鲁指挥金军冲击几次之后，就对身边的阿徒罕勃堇和乌古论石准勃堇说："辽军不敢向我们进攻，但是又不敢放我们过去，再耽搁下去，沈州就会被高永昌借机占领。这样，我领着一部分人马在这里缠住他们，你们领着剩下的人马绕开他们,去打沈州。"

阿徒罕勃堇和乌古论石准勃堇就说:"那怎么行? 你是军中主帅,肩负皇帝委托的重任,不能这样草率从事。这里就先交给我们,你领军先走。"

斡鲁点点头,不再推辞,说:"那你们多加小心!"说完,传令蒲察带所部人马留下,配合阿徒罕勃堇和乌古论石准勃堇与辽军缠斗,自己则率完颜阇母和完颜迪古乃所部人马绕过辽军,继续向沈州进发。

第七章

从起兵、登基,到做皇帝,高永昌的复国梦想只坚持了几个月。

女真金军在斡鲁的率领下,会合了咸州斡鲁古以及击溃了萧韩家奴的蒲察、阿徒罕和乌古论石准诸部的兵马,很快就攻取了沈州城。

张琳所部的辽军一看见女真军就没了底气,只是象征性地做了一番抵抗就投降了。

主帅张琳在女真军即将攻入州城东门的时候,从州城西门偷偷用绳子把自己缒下了城墙,带着部分下属和族中子弟,逃了。

隔了一天,高永昌重整兵马再次进攻沈州,猛然发现,沈州的城头上已经插满了金国的旗帜。

高永昌的心,立时就凉了。

高永昌无奈之下,只好退回辽阳,想了几天,还是决定"好汉不吃眼前亏",先向金国低头、服软,等到金国撤军之后再借机夺取沈州,甚至还可以从金军的背后给它一下子,也让他们知道知道自己的厉害!

为了防止流言和稳定军心,高永昌暗地里派出贴身的家奴锋刺,携带一枚金牌和五十多枚银牌去见斡鲁,说:"答应金国皇帝先前提出的条件,愿意成为金国的属国。"

这样的事情斡鲁做不了主,就派了快骑信使去禀奏皇帝阿骨打。阿骨打很高兴,虽然这样的结果早就在他的意料之中,但是他没有想到高永昌的变化会有这么快。于是,他就又派出了胡沙保作为使者,前往东京辽阳府接受高永昌的投诚。

胡沙保到了辽阳府,受到了高永昌的盛情款待,金国提出的各种条件,高永昌一一应允。胡沙保很高兴,觉得这一次出使很成功。

高永昌的属下有一名叫作高祯的将领。高祯的母亲住在沈州城里。高祯是个孝子,在渤海军和金军对峙的几天里,他很不放心,担心母亲受到惊吓。

一天夜里,高祯悄悄潜进了沈州城,打算偷偷把母亲接出来。可惜运气不好,他还没进家门,就被金国的守城军士当作奸细抓了起来。

守城的士卒长官对高祯盘问再三,高祯却始终闭口不答。长官没了耐性,就吩咐手下把这人杀了。高祯叹口气,说:"带我去见你们主帅!"

于是,高永昌的谋划就从高祯的嘴里传到了斡鲁的耳朵里。

斡鲁很生气,一面派人再次派出信使向阿骨打奏明高永昌的阴谋;一面调集兵马,直抵辽阳府城下。

斡鲁想自己带兵压境,再进行耐心的劝降,高永昌应该不会很固执,毕竟,金国的使者胡沙保和撒八还在辽阳府的城里。

看见金军兵临城下,高永昌知道自己的计策已经败露,恼羞成怒,就把胡沙保押到城门之上,当着全体金国将士的面,一刀一刀地把胡沙保的身体割成了十几块,而且,每肢解一块,就向城下扔一块。

胡沙保是个硬汉子,刀割在身上,既不求饶,也不喊疼,只是冲着高永昌骂不绝口。

高永昌这样做的后果很严重。

高永昌希望以这样的残忍血腥让女真将士们感到恐惧和胆寒。可惜,这一做法却无异于激发全体女真将士们的决死勇气。主帅斡鲁一声令下,将士们宛若潮水一般,全然不顾城上的矢石箭雨,纷纷涌向高大的城墙。

原本,高永昌还指望依托着东京辽阳府的高城厚墙,可以抵挡到金军战力困乏、粮草不济时自动退兵。可是很快他就发现，自己属下的渤海军撑不住了，这些攀附在城墙上的女真军没有一个怕死的，哪怕是浑身插满了箭矢，也要用尽最后的力气投出手中的兵器，而且紧随其后的士卒毫不退缩，居然就那么踏着同伴的尸体继续攻城。

高永昌知道，自己的这座都城守不住了，而自己这个皇帝恐怕也做不成了。

和丢弃沈州的张琳一样，金军攻破了北门之后，高永昌就带着败兵撤出了南门，朝向大海的方向狂奔五百多里。

到了海边，高永昌命令部下把岸边所有的船只搜集到一起，除了用于出海的船只以外，剩下的一律烧毁，然后率领全部人马登船下海。

一路紧追不舍的斡鲁在海边望着远去的高永昌，苦于没有船只可用，只好留下兀室、讷波勃堇率三千骑兵在此监视高永昌的动向，自己则返回金国会宁府，向阿骨打复命。

渤海国的皇帝高永昌每天站在一座海中孤岛的高处望着茫茫无际的大海，心情很不好。心情不好的时候，他就喝酒，喝醉了酒，就鞭打和责骂手下的士卒，骂他们既无能又无用，为什么就不能像女真人那样，只用区区几千人，就能打垮辽军几万、十几万，甚至几十万的兵马。

渐渐地，手下的士卒们就积攒了许多的不满和怨气。

挞不野忍不住了，就劝谏他对手下的士卒好一点，毕竟，这是大渤海国仅存的力量，或许将来还要靠这些士卒们再次建功立业呢！

高永昌却冷冷地对他说："听说，你的儿子胡十门在阿骨打那里很受重用呢。"

挞不野的身上就发了冷，再不说话了。

高永昌不喝酒的时候，很想家，逃亡的时候很匆忙，没来得及把自己的妻子带出来。岛上的生活实在太寂寞了，而他的妻子很美、很温柔。在这样的时候，也只有她才能够给自己带来最大的慰藉。于是，他就派属下恩胜奴和仙哥带人潜回东京辽阳府，把妻子接到岛上来。

恩胜奴和仙哥很能干,躲过了金军在海边的盯防,把高永昌的妻子从辽阳府里接了出来。可到了准备上船下海的时候,两个人却犹豫了。

宁江州之战结束后,女真军俘虏了很多辽国属下的渤海军,当时就有女真将领说,把这些俘虏全部杀掉,可以节省好多粮食。

阿骨打却说,女真和渤海原是一家,愿意留下的就加入女真军,不愿意留下的就发给路费回家。

后来,有些加入女真军的俘虏在和辽军作战的时候,担心打不过强大的辽国,就偷偷地逃掉了,

于是就又有女真将领们请命,把这些逃跑的渤海人抓回来,统统杀掉,用以震慑那些逃兵。

阿骨打又说:"还是放过他们吧!我们起兵抗辽,开拓疆土,并不是为了更多的杀戮。我们现在放过了这些俘虏,他们就会心存感激,就会感念我们的宽容,而且,还会把我们宽容的名声传播出去。这样,就会有更多的人来投奔我们,甚至还会帮助我们做许多其他的事情呢。"

于是,这些逃亡的渤海士卒就都平安地回到了自己的家乡,而这些渤海军卒所在的部落亲族也都知道了起兵抗辽的阿骨打是一位很宽厚的人。

恩胜奴和仙哥就是当时从宁江州逃亡回家的渤海军俘虏。

看着茫茫大海,两人实在不愿意再登上船,再次回到那个荒凉清冷的海岛,更何况,那个领着他们逃亡的大渤海国皇帝,喝完酒的脾气还很不好。

于是,驻守在海边的兀室和讹波勃堇就看见了一位非常好看的女人。陪着这个女人的两个渤海降卒说,这个女人是大渤海国皇帝高永昌的妻子。

又过了没几天,两位金国的将领就又看到了许多来自海上的船,还有曾替高永昌出使过金国的使者挞不野,挞不野的身后捆着大渤海国的皇帝高永昌。

没办法,高永昌听说妻子被恩胜奴和仙哥献给了金国之后,大发雷霆,之后就喝了很多酒,酒醉之后又鞭打了更多的部下。然后,这些部下就在挞不野的鼓动下,把他捆了起来,然后收拾东西,上船下海,扬帆回家。

阿骨打没有让兀室和讹波勃堇把高永昌押到会宁府,而是传命斡鲁就地把高永昌杀了。他不想把高永昌的事情搞得太大,毕竟,高永昌在渤海人的心里是一个抗辽的英雄。如果英雄死得很难看,那么在渤海人的心里,女真人和辽国人也没有什么两样。

高永昌的妻子,阿骨打让两位将领派兵护卫送回家中,并吩咐地方官吏好生安顿她,不得骚扰。

随着高永昌逃到海岛的渤海军有五千多人,跟着挞不野向金国投诚的有三千多人。岛上剩下的两千余人其中有许多都是在高永昌反叛时裹挟在一起的汉军,这里面就有曾经追随过耶律章奴反叛的侯概。侯概在耶律章奴兵败的时候,曾被辽军擒获,后来花了许多的金银上下打点,终于保住了性命,却被发配到了东京辽阳府的汉军营里充军。高永昌叛乱的时候,侯概积极响应,很快就受到了高永昌的赏识,做了汉军的统领。

侯概和另一位汉军的统领吴撞天既不想投降金国,又不愿再回辽国,于是,就把剩余的士卒聚集在一起做了海盗。他们把这些海盗分作两队,各自率领一队。一队叫作云队,专门抢掠沿海海岸;一队叫作海队,专事洗劫海上商船。

据传说,这些海盗十分残忍,如果遇到灾荒之年,或者海上的劫掠没有任何收获,他们为了活命,就会以人肉为食,一顿饭就要屠杀成百上千的人,以至于沿海的许多村落时不时地就被屠戮殆尽。

由于他们常年生活在海岛之上,加之驶船技术高超,辽朝后期和金国初年对他们都没有太好的办法。

后来,随着金国对辽国的攻势加强,宋、金之间进行联盟,中原的宋朝向金国的对辽作战区域输入了大量军用物资。这些军用物资是无法通过陆地运输的，因为辽国就横亘在金国和宋朝之间，所以，这些军用物资的运送就只能通过海上。为了保护这些军用物资的运送安全，阿骨打一面调遣兵马打击沿海匪患，一面要求宋朝出水军廓清海上航线。在宋朝和金国的双重打压下，侯概逃亡内地，后来又参与了董才儿的叛乱，而吴撞天则不知所踪，余下的海盗们逃的逃、散的散，终于销声匿迹。

至于大渤海国则就此谢幕，在此后上千年的历史长河中，再也没有类似的政权出现过。

至此，金国大军在阿骨打的精心部署下，成功占领了辽国东京府的五十多个州县，军事实力得到了进一步的增强。

张琳丢了沈州、萧韩家奴失利、高永昌的渤海国被金国灭了的消息，很快就传到了辽国天祚帝这里。天祚帝的内心灰败到无以复加的程度，他就想，难道大辽国的朝中就再也找不出一位像样的将帅吗？

一些大臣们就向皇帝建议："不如起用燕王吧！"

提起这位叔叔，皇帝的脑海里就想起了被自己下令分尸五块的耶律章奴，身上忽然起了一层鸡皮疙瘩。

金收国二年、辽天庆七年十二月初一（1117 年 1 月 5 日），金国谙班勃极烈完颜吴乞买和全体大臣们为阿骨打献上尊号，称大圣皇帝，改年号为天辅元年。

改了年号之后，杨朴又向阿骨打提出了要辽国朝廷给予金国册封的事情。阿骨打也认为是时候了，就派遣使者出使辽国，要求辽国天祚皇帝册封，并附带了十个条件：一是要自己的皇帝尊号，叫作大圣大明皇帝；二是要封女真的国号——大金；三是要皇帝用的玉辂（古代帝王专车）；四是要衮冕（古代皇帝或王公的礼服和礼冠）；五是要玉刻御前之宝（皇帝玉玺，女真当时还是以信牌传令）；六是两国间要以兄弟相称，金国为兄，辽国为弟；七是两国皇帝的生辰、正旦（节日）要互派使者；八是每年辽国输送给金国二十五万两（匹）银绢，并且要把宋国给辽国岁贡的一半分给金国;九是辽国割让辽东、长春两路疆土;十是归还女真顺国的赵三、阿鹘产(阿疏)大王。

天祚帝见过金国使者之后,召来文武大臣,商讨该怎样给金国使者答复。

萧奉先说:"女直主动要求我们册封,这说明他们还是对我们大辽心怀敬畏的,如果拒绝了他们,难免又要挑衅滋事,不如就答应了他。但是,就这样满足了他们,又显得我们太没面子,所以,还是要压压他们。想要我们册封他们为大金国,这个绝对不行。不过,我们倒可以册封他们为东怀国,其寓意就是要让他们感怀我们的恩德,这样就完美了。"

于是,静江军节度使萧习泥烈作为首次出使金国的辽国使者,携带着天子的衮冕、玉册、金印、车辂、法驾等御用之物,准备册封完颜阿骨打为东怀国至圣至明皇帝。

阿骨打生性简朴,更不贪婪,看见这些眼花缭乱的东西就很高兴,打算好好招待一下辽国使者,

杨朴却看出了不对,就使了眼色,示意和阻止了阿骨打的热情。

辽国使者退下之后,阿骨打就问杨朴有什么不对。

杨朴说:"使者带来的这些仪仗用品并不符合皇帝的礼制;册书里也没有册封陛下是兄长的文字;还有封我们为东怀国,隐含着要我们感怀辽国恩德的意思。所有这些都表明辽国既没有诚意册封,也没有足够的尊重。"

杨朴的话一说完,阿骨打就涨红了脸。

辽国的使者团都被押到了御寨的空地上。

阿骨打很愤怒,便下旨将这些使者全部腰斩。

粘罕说:"把他们全杀了就没了传话的了,不如把他们先关起来,想想再说。"

于是辽国的使者团就又被押回到了阿骨打的面前。

阿骨打说:"我是真心请你们皇帝册封,他却辜负了我的一片诚意,居

然在册书里骂我我都没觉察出来。回去转告你们的皇帝,国号、徽号、玉辂、御宝啥的我们都有,不用他的。他要是承认我国是兄长,我们还有话好说;他要是不承认,我马上就带兵攻取你们的京城。"

阿骨打说完就下旨把正、副使者萧习泥烈和杨立忠放回辽国,将剩下的使者团成员每人打一百鞭子,关了起来。

堂堂的大辽国使者团不仅被金国扣押了,还被打了鞭子,这一鞭鞭的抽打很快就传到了天祚帝的脸上,火辣辣的,很疼,不仅疼,还很羞耻。

于是,被疼痛和羞耻包围的天祚帝立即任命耶律淳为都元帅,自行募兵,东征女直。

耶律淳接了圣旨,却犯了愁。

要知道,护步答冈之战已经倾尽辽国全国之力了,现在,就算是天祚帝给予自己莫大的信任,准予自主募兵,可是,该去哪里招兵买马呢?

时任翰林院承旨、辽太祖耶律阿保机第八世孙、大辽国唯一的契丹族进士耶律大石就说:"要不我们也学学那个汉人宰相张琳,招募流民和饥民入伍?"

女真起兵、古欲叛乱、高永昌叛乱,短短数年之间,辽国境内的辽东地区战乱频发,导致田园荒芜,饥民、流民遍地。

这些饥民、流民多为在辽金对抗中失去了土地的汉人、被女真金国驱逐的契丹贵族,以及古欲、高永昌叛乱后四处流亡的渤海人。

流民当中,有不少人当过兵,不管是国家的正规军队,还是叛乱者的反叛队伍,只要有口饭吃、有件衣穿,就无所谓把刀剑指向谁。

所以,耶律淳听了耶律大石的建议,心中存了许多顾虑。

他对耶律大石说:"女真人起兵抗我大辽,是为了摆脱我们的役使;古欲和高永昌的叛乱,是梦想着恢复渤海故国。如果没有一个大家都能认同的理由,我们很难指望这些饥民和流民们会听从调遣替我们去对抗金军。更何况,这些年我们的吏治堕落,百姓对我们也没什么好感,或许等到肚子里吃饱了,身上穿暖了,就会拿起刀剑朝向我们呢!"

　　耶律大石想了想,就说:"这样吧! 这些人大多是因为战乱而流离失所的,心中一定会对战争充满了怨气。我们就把导致这些战争的原因全部推给女真人,就说他们现在的苦难都是因为女真人的叛乱引发的,包括古欲和高永昌的叛乱,都是受了女真人的蛊惑和煽动。只有打败了女真人,他们才能重新拥有土地,才能重新回到以前衣食无忧的生活。"

　　耶律淳眼睛一亮,点点头,说:"这样的理由太好了! 我们就把这支队伍叫作'怨军'吧!"

　　耶律大石说:"这个名字取得好。不过,募兵的办法虽然是我们想出来的,但是等到募兵的时候,一定要以皇帝的名义!"

　　辽天庆七年(1117 年)八月,耶律淳奉辽国皇帝圣旨,在阴凉河(古水名,又名阴凉川,今内蒙古喀喇沁旗锡伯河)募兵,得军两万人。他给这支队伍取名"怨军",同时又调集南京禁军五千,劝谕燕、平、云三路地方富户出两千名武勇军,征发三千辆牛车及三千民夫用于军资运送。

　　刚刚组建的"怨军"以按州募兵先后分为八营,即在宜州(今辽宁省锦州市义县)招募的兵卒就叫作前宜营,在乾州(今辽宁省北镇市西南部,盘山县以北一带)招募的兵卒就被称为乾营,以此类推,即前宜营、后宜营、前锦营、后锦营、乾营、显营、乾显大营、岩州营,每一营设渠帅一名。

　　这些渠帅当中,有一名叫作郭药师的,将于五年之后成为辽国的噩梦。

　　辽国大军自八月开始东进,十月进驻乾州一带。

　　耶律淳在辽国的朝野里是一个很谨慎的人。领兵作战,他想先探探金军的虚实,然后再确定该向哪个地方用兵。

　　等了一个多月,耶律淳终于打探到被金军占据的沈州城里没有领兵的主将,只有一些留守的军士把守。于是,耶律淳传令各军,准备向沈州城进发。

　　十一月二十四日的晚上,准备次日出征的耶律淳正在帐中沉睡,忽然听见帐外喊杀四起。耶律淳反应机敏,迅速跑到别的营帐藏了起来。

管押武勇军、太保少卿武朝彦和下属马僧辨都曾经和女真人打过仗，领教过女真军的厉害，同时，也对辽国的未来不抱什么希望，就打算向金国投降。为了投金之后得到更大的封赏，他们就想把耶律淳抓住，作为进献金国皇帝的大礼。

可惜，两人率领着百余精骑在中军帅帐扑了个空。眼见天快亮了，大营里围过来的辽军也越来越多，他们只好冲杀出来回到自己的营帐，率所部两千骑兵向南逃去，中途，被武勇军首领张关羽截杀。

耶律淳惊魂甫定，不敢再耽搁，立即领兵渡过辽河，屯兵于沈州城下。

沈州城内的金军没有领军主将，只有部分守城军士。看见辽军来了，守军金军紧闭城门，加强防守，并迅速派人向咸州方向求援。

耶律淳命人射箭书到城上，劝守城金军投降。

但城中无人理会，耶律淳就下令攻城。城上守军以箭矢、巨石进行防守，辽军多有死伤。正在耶律淳打算加强攻势的时候，有探马来报，说金军咸州路都统斡鲁古率一万兵马前来救援。

不得已，耶律淳只好撤兵，一路退回徽州城。

辽乾亨三年（981年），大辽国景宗皇帝耶律贤的秦晋长公主，在现今的辽宁省阜新蒙古族自治县八家子镇乌兰木图山西南梯子庙屯建了一座公主城，起名叫作徽州城。

辽乾亨五年（983年），景宗皇帝的儿子，即辽圣宗耶律隆绪到徽州看望他的姐姐长公主，发现乌兰木图山占地广大，大小山头三十多个，而且沟沟有水、坡坡草肥，实在是个练兵、屯兵、养兵的好地方，就和姐姐商量，把徽州城作为一座军城，作为辽国扼守上京路和中京路的军事重镇。

一百多年后，从沈州无功而返的耶律淳把帅帐安置在了徽州城，把"怨军"主力布置在了蒺藜山一带，另外，还在显州（今辽宁省北镇市及义县、凌海市部分地区）安置了两营"怨军"，互为呼应。

蒺藜山是乌兰木图山支脉的一座小山，即现今的辽宁省阜新蒙古族自治县哈达呼少镇章古台山，四周被大片的沃野良田包围着。不过，这座小山虽然不起眼,却是辽东地区通往辽上京和中京的必经之路。

耶律淳一回到徽州城,就接到禀报,说驻扎在显州的两营"怨军"士卒因没有领到御寒衣物,哗变了。耶律淳不敢怠慢,立刻率两千轻骑奔赴显州处置。正在赶路的途中得到消息,说是两营中煽动哗变的头目已经被杀,有一位叫作郭药师的"怨军"头目已经控制了局面。

耶律淳还没来得及把心放宽,就又接到探马来报,说金国的队伍已经渡过辽国向徽州城进发。耶律淳叹口气,只得带着两千骑兵返回徽州城,调集全部兵马,迎战金军。

金天辅元年(1117年)十二月末,金军将领斡鲁古、完颜娄室率一万金国精骑,在蒺藜山和耶律淳的"怨军"展开作战。

两军刚一接战,人数占优的"怨军"就在女真精骑的硬军面前纷纷退却。不过,"怨军"中也有不少的契丹人和渤海人,他们对女真金国怀有深深的怨愤。如果不是因为女真起兵抗辽,战火蔓延,他们不会过上这样流离失所的日子,更不会被迫从军。

所以,面对全身护甲的女真精骑,这些装备极差的"怨军"很勇敢,也很拼,全都勇往直前、奋不顾身地和金军血战。

山上山下,战况惨烈。

有徒手扯去金兵头盔皮甲相互撕咬致死的;有身中数刀仍然手持兵刃刺杀金兵不止的;有抱住金兵滚入山中深壕同归于尽的。

只是实力和战力上的悬殊,使得这些为数不多、拼死力战的"怨军"士卒无法改变战场上的结局。在女真精骑的冲击下,"怨军"最终被击溃,尸横遍野,四处逃散,耶律淳只带了五百亲军逃离战场。

金军乘胜进军,辽国显、乾、懿、豪、徽、成、川、惠等州相继投降,尽入金国掌控,金国通往辽国上京和中京的门户就此被打开了。

耶律淳兵败的消息很快传到了辽国朝廷,天祚帝惊惧不已,睡觉都睡不踏实了。

天祚帝吩咐管理宫廷内库的官员秘密把宫里的珍宝、珠玉打包成五百多个行囊，另外挑选两千多匹骏马，每天夜里圈进皇家飞龙苑的马厩，备好鞍鞯、喂足草料，准备随时出发。

他还对身边的心腹们说："如果哪一天女直打过来了，我有日行三百五十里的好马，南面的宋朝是我的兄弟之国，西边的夏国是我的甥舅之国，不管我去到哪里，还是能保证这一生的富贵，而遭受灾祸的不过是那些老百姓罢了。"

这些话很快就被传出宫外，听见的人都寒了心，相互议论说："大辽国真的是完了，自古以来，哪里见过把臣子和百姓们丢弃了，只为自己打算的皇帝呢？"

于是朝野上下，人心背离，大臣们也都无心理政，都和皇帝一样开始为自己的将来做准备。

来自辽国的消息传到了金国皇帝的御寨里，粘罕建议皇帝阿骨打乘着胜利的势头继续进攻辽国的上京和中京，去占领更多的地方。

阿骨打说："还是先等一等吧。从我们起兵到现在，已经占领了辽国太多的地方。这就像吃下去太多的食物一样，需要慢慢消化，不然，会被撑坏。"

两人相视一笑，就想起了跋黑。

阿骨打接着又说："我听说斡鲁古和娄室因为进军太快，把战马都跑累了，甚至有些主动请降的州城，他们只是在城外接受了地方官吏的降表，连城都没进就离开了。这些只是在名义上归属了金国，既没有我们委任的官员，也没有我们派驻的守军，这样的占领对于我们又能有多大意义呢？

"另外，我们的兵力还是太少了。如果将来能够取代辽国，就会直接面对诸如宋朝和夏国这些强邻。若没有足够的守卫和进攻力量，是很难保证不被强邻侵犯的。

"再有，我们已经建国了，不能再像以前的部落联盟那样，把其他不服的部落打服就行了，不能任由着他们自生自灭。而是要像辽国那样，选拔和任命一些官员去管辖和治理这些地方，保境安民、休养生息、游牧耕作，为我们将来发动更大的攻势做好粮草和兵员的储备。所以，我们需要多花一点时间好好琢磨琢磨该怎样把这些事情都安排好。"

粘罕张大了嘴，睁圆了眼，看着自己的叔叔说："现在你知道我们为什么一定要推举你做皇帝了吗？你想的东西就是比我们多！"

金天辅二年（1118年）到天辅四年（1120年），将近两年的时间里，金、辽之间没有发生太大的冲突，双方的使者为了册封的事情来来回回跑了十几回，不是这个条件不成熟，就是那个要求太过分，总是在一些细节上谈不拢。

其实，更多的时候，双方都是故意的。

辽国的天祚帝借着相对平静的休战间隙重新开始了快乐的捕猎生活。皇帝觉得这样的方式最适合抚慰自己这几年来格外受伤的身心。

而金国的皇帝阿骨打却借着相对平静的休战间隙做了很多事情。

阿骨打一直记得奶奶多保真说过的话，完颜家的勃堇们是活不过六十的。不过对于生死，阿骨打并不是特别在意，只是希望在自己的宿命到来之前，可以为女真金国做更多的事情。

天辅四年，阿骨打已经五十岁了。

不打仗的日子里，阿骨打发布了很多诏令，对投靠和依附金国的各个部落族群一视同仁，大多做了妥善合理的安置；任命了许多官员，派驻到各地方州、府、县，鼓励田间耕作和恢复生产；对于原有的契丹人、汉人、奚人和渤海人的官员，也毫无偏见地委以重用。同时，严禁部族里的同宗和同姓之间通婚，这在一定程度上推动了不同族群之间的相互融合。

另外，阿骨打还在汉学造诣很高的杨朴的影响下，开始大力推广汉文化。

面对华夏中原几千年的历史，阿骨打表现出了罕有的向往和尊重，对于汉文化更推崇备至。在早些时候，已经有宋朝的使者开始往来于白山黑水之间,主动和尚未建国的完颜部接触,商讨一起联手合力对抗辽国。

建国称帝之后不久,阿骨打就给自己取了一个汉名,叫作完颜旻,以表示他对汉文化的尊重。当然,这在某种程度上也表现出了对于中原宋朝往来接触的最大诚意。

不仅如此,他还给身边的直系亲族们也都取了汉名,不过阿骨打对于完颜亲族每个人的汉名并不是随意取的,而是效仿了中原汉朝的取名规矩。

在他这一代,就取单字,即"日"字辈,所以他的汉名就叫作"旻",弟弟吴乞买就叫作"晟";到了阿骨打儿子这一代,就取"宗某"双字,即"宗某"字辈。我们在《说岳全传》里最为熟悉的金国四太子金兀术,汉名就是完颜宗弼;斡离不就叫完颜宗望;斡本就叫完颜宗干等。

阿骨打给大家都取汉名的同时,还将其颁诏全国,要百姓对君王的名讳就像汉人一样进行规避,努力将汉文化的普及进行到底。

金国初年,当时的人们还只是避讳太祖阿骨打皇帝的汉名"旻"字,到后来,连发音相同的"闵"字也要一同避讳掉。

后来被金国扣押的北宋使者洪晧在其著述的《松漠纪闻·补遗》书中提到,金国人对皇帝名字的避讳很严厉,曾经有一名军中的武官,在给当时领兵的西路统帅传递军情文书的时候,不小心随口说了皇帝的汉名,当即就被打了一顿板子,流放了。

有了皇帝做表率,金国的文武大臣们也都群起效仿,纷纷恳请皇帝给自己取个汉名。

因为据杨朴说,皇帝给自己的臣子们起名,在中原汉地的朝廷里叫作"赐名",那可是极为尊贵的荣耀呢!

于是,完颜部的众多宗室亲族就拥有了皇帝赐予的汉名。

比如粘罕就叫作完颜宗翰,谋良虎就叫作完颜宗雄,谷神就叫作完颜希尹等。

阿骨打不仅给文武大臣们起名字,还听取了杨朴的另一个建议,就是给女真宗室的各个部落也都冠以汉人的姓氏。杨朴还说,在汉人的朝廷里,皇帝能给一个家族赐姓,也是皇家的高规格赏赐,如果能有幸被赐予和皇帝一个姓,那就更不得了了。

于是,阿骨打就先把完颜本部冠以"王"姓,就是皇族,然后再给其他的各个部落分别赐姓。

除了取汉名、赐汉姓之外,他还听从杨朴的建议,广揽人才、招贤纳士,并且效仿汉制,建立起了较为完备的官僚系统和朝廷管理制度。

不过,这些事情在阿骨打看来都不算什么,最让阿骨打感到骄傲和自豪的是,在这短短的两年休战期,大金国创立了女真人自己的文字。

女真人一直没有文字,在很久以前,部落间的联系全都要靠"闸剌"们来回传话。这些叫作"闸剌"的人和中原汉地往来于驿站之间的信使差不多。"闸剌"的意思是比喻他们每天的事情就是在路途上来回不停地奔跑。只不过中原信使们来回传递的是文字书写的手书或者信札,而女真"闸剌"们来回传递的却全部是彼此之间的口语。这就需要这些"闸剌"们必须拥有极强的记忆和准确的复述能力,不能出错。

"闸剌"们如果觉得自己传递的事情太多,担心会有遗漏,就会找上一段绳子,打成不一样的绳结,一个绳结代表一件事情,或者准备一些草棍儿、石块,来作为一些特殊事情的象征。

在部落之间冲突频发的时代,需要快速传递紧急军情时候,各部落的勃堇们就会在自己的箭杆上用刀子刻上三道印记,交给"闸剌"们,作为传令和调兵的凭证。后来更进一步,一些部落仿制辽国官署里的令牌,自己制作一块木牌,木牌上刻有各部自己特殊的符号,作为各部勃堇们传递特殊信息时的重要凭证。

多年以前,阿骨打的叔叔颇剌淑就曾作为"闸剌"来往于完颜部和辽国之间,传递一些特别重要的消息。

那个时候,辽国的皇帝都很忙,不是在捕猎,就是在捕猎的路上。各部落的"闸剌"们要想和辽国皇帝说一些事情的时候,通常会有一位专门的官员负责传话。

不过，辽国负责传话的官员大多时候很敷衍，在向皇帝转述的时候，他们常常会把这些"闸刺"们讲的事情说得很含糊，或者故意讲不清楚，所以，会搞出很多误会。

后来，聪明的颇刺淑就换了一种方法，每次在向这些官员说事情的时候，也故意说得很含糊，这些官员在很困惑的情况下也就全部转述给了皇帝。皇帝就会很好奇，就会传唤颇刺淑当面去说。于是，颇刺淑就会在皇帝面前拿出事先准备好的绳结、草棍儿、石块之类的一一讲述。这让辽国皇帝觉得很有趣，颇刺淑就利用这样的办法为完颜部办成了很多事情。

阿骨打还在很年轻的时候，也多次受父亲劾里钵、叔叔颇刺淑、盈歌，以及哥哥乌雅束的委派来往于宁江州，为完颜部办理一些诸如缴纳贡品、运送海东青的事务。在这过程当中，阿骨打渐渐学会了契丹语，也听得懂汉话，但是并没有学会读写契丹文字和汉文字。倒是后来常常跟随自己来往于宁江州的谷神不仅学会了读写契丹文字和汉文字，还经常买书来读，这让当时的阿骨打感到很新鲜。

宁江州起兵之后，阿骨打遇见了杨朴。行军作战的间隙，杨朴常常给他讲述一些汉人典籍里的故事。从那以后，他开始对汉人的文化产生了浓厚的兴趣。汉人把上至三皇五帝，下至王侯将相那么多历朝历代的事情，都能用文字记录得那么清楚、那么详细，阿骨打被深深地震撼了。

从那时起，他就想，若是女真人也能像汉人和契丹人那样，拥有自己的文字，把女真先祖和前辈们的艰难经历，把自己率领女真各部族起兵抗辽的征战事迹一一记录下来，留给后世传阅和诵读，该多好。

只是金、辽之间的连番征战，使得阿骨打一直没有充裕的时间来考虑和安排这件事情。

金国成立之后，阿骨打愈发感到了拥有女真文字的迫在眉睫。

金国在颁布皇帝旨意和发布诏令的时候，还有后来和辽国、高丽、中原宋朝之间的谈判、递交国书和签署约定的时候，使用的全都是契丹文字和汉文字。没有本民族文字的尴尬，常常让骄傲的阿骨打在场面上一笑而过，在背地里暗暗失落。

在金国军队击溃耶律淳的"怨军"之后，阿骨打暂停了对辽国的进攻态势，逐步稳固被占领土地的治理，同时，也把创制女真文字的事情提上了重要议事日程。

经过一番考量，阿骨打把这件事情托付给了神灵的使者、完颜部的大萨满完颜希尹（谷神）来做。他相信，完颜希尹既然能代替天神往来于上天和地狱之间，也一定会为女真人创造出令世人瞩目的神迹来，最主要的是，不管汉字还是契丹字，完颜希尹都会。

为了让完颜希尹造字进展顺利，阿骨打还特意委派族里面学习过汉字和契丹文字的叶鲁作为完颜希尹的帮手，四处搜集宋朝、契丹、西夏等周边各国的文字典籍，调集汉人、契丹人和渤海人当中的文人和学者，集中在纳里浑庄（今吉林省舒兰市小城镇一带），协助完颜希尹造字。

完颜希尹和叶鲁没有辜负阿骨打的信任，历时一年多，终于在天辅三年（1119 年）的八月，造出了一套较为完备的女真文字。

完颜希尹创造的女真字，依据了汉人的楷字形体，参照了契丹字的结构，融合了女真人的口语发音，既保持了本民族的特色，又融合了契丹文字和汉文字的特点，充分体现了女真人的聪明才智，以及傲视苍穹的雄鹰气质。

从此，女真金国终于有了官方通用的文字，女真人也终于有了自己的语言符号。

阿骨打随即诏令全国迅速颁行女真文字，与汉文字、契丹文字同时使用。

二十年后，金天眷元年（1138 年），金熙宗完颜亶参照契丹文字创制颁布了另一种女真文字，为了以示区分，后世把完颜希尹创制的女真文字称为"女真大字"，把金熙宗完颜亶创制的文字称为"女真小字"。

金天兴三年（1234 年），蒙古灭金后，女真文字仍然使用于今中国东北地区的女真各部,直到 16 世纪中叶,女真再次崛起,由清太祖努尔哈赤创造无圈点满文之后才逐渐停止使用。据说,有后世学者做过精确推算,大金国女真文字的实际使用时间有四百四十六年左右。

只不过,这身后数百年间的事情,不管是阿骨打、完颜希尹,还是二十年后的完颜亶,都看不到了。

契丹太祖耶律阿保机神册元年(916 年),始终处于原始部落阶段的蒙古草原终于迎来了一个重大突破,辽太祖耶律阿保机经过不懈的努力,借鉴中原汉唐制度,建立了强大的契丹大辽帝国。

宋太祖赵匡胤建隆元年(960 年),中原的汉民族在经历了残唐五代的衰世之后,也终于结束了乱世,宋太祖赵匡胤经过"陈桥兵变、黄袍加身"之后,开创了强大的大宋帝国。

宋、辽两个强大的国家在平定了各自内部的事情之后,为了一片难分归属的土地,开始相互试探对方。

双方由争论升级到冲突,由冲突再升级到战争。

这片引发双方争议的地区叫作燕云十六州,也称"幽云十六州"。

其实,在宋朝建立之前,燕云十六州就已经在辽国的实际控制之下。而后建立起来的宋朝认为自己是汉唐帝国的延祚,有权继承这片土地的归属,并且在建国初期就快速攻占了关南的三个州,即所谓的"关南十县",还借机大举进攻其余的十三州。辽国只得数次挥兵南下,企图夺回关南十县。

于是数十年间,宋、辽两国经历了无数次惨烈的战斗,胜负各半,造就了李继隆、杨业、石保吉、耶律休哥、耶律斜轸、萧挞凛等一大堆名将。可是几十年的仗打下来,精壮男丁死了不少,战略局势却没有太大变化。

燕云十六州位于现今的华北地区,大体包括今天的北京、天津、河北北部,以及山西北部地区,具体区域包括幽州(今北京市),顺州(今北京市顺义区),儒州(今北京市延庆区),檀州(今北京市密云区),蓟州(今天津市蓟州区)、涿州(今河北省涿州市)、瀛州(今河北省河间市)、莫州(今河北省任丘北)、新州(今河北省涿鹿)、妫州(今河北省怀来县)、武州(今河北省宣化区)、蔚州(今河北省蔚县)、应州(今山西省应县)、寰州(今山西省朔州东)、朔州(今山西省朔州市)、云州(今山西省大同市)。

其中,幽、顺、蓟、涿、檀、瀛、莫七个州位于太行山东南,称为"山前七州",北部与燕山险峻地形相连,有多处天险可以据守;其他诸州位于太行山西北,称为"山后九州",那里山岭绵亘,地形复杂,易守难攻。燕云十六州具有重要的军事防御意义。

北方著名的关口要隘,如山海关、息烽口、古北口、雁门关等都分布在这一带。

在以冷兵器为主的时代里,以步兵为主要兵种的中原军队如果想要成功抵挡住北方游牧民族骑兵的南下,就必须要有险峻的地形作为屏障,而燕山与太行山一带就恰好构成了这样一道天然的战略安全防线。

后唐废帝清泰三年、后晋高祖石敬瑭天福元年、契丹辽国太宗天显十一年(936年)五月,后唐的河东节度使石敬瑭起兵反叛,后唐皇帝李从珂派三万大军将其围困于晋阳(今山西省太原市)。双方激战两月,相持不下。石敬瑭自感力量不足,听从谋士桑维翰的计策,向契丹辽国皇帝耶律德光求援,并向契丹称臣,以父子相称,答应事成之后,割雁门关以北的十六州土地作为酬谢。

同年九月,辽太宗耶律德光亲率五万兵马增援石敬瑭,长驱直入三千里,直抵晋阳城北虎北口,到达当日,即与后唐军沿汾河激战,杀死后唐步骑兵近万人,后唐军大败。

晋阳之围解除之后,石敬瑭穿着辽太宗脱下的契丹皇袍,在晋阳城东南的柳林营地筑坛举行了登基仪式。依照先前的约定,四十五岁的石敬瑭认了比自己小十一岁的辽太宗耶律德光为父,三十四岁的耶律德光收了比自己年长十一岁的后晋高祖石敬瑭为子。辽太宗耶律德光册封石敬瑭为大晋皇帝,改元天福,国号晋,史称"后晋"。于是,石敬瑭就成了历史上最为著名的"儿皇帝"。

随后,辽、晋联军进军洛阳,后唐皇帝李从珂见大势已去,登上玄武楼自焚而死,后唐灭亡。

后晋天福三年(938年),后晋高祖石敬瑭正式把燕云十六州割让给契丹辽国,使得辽国疆域扩展到长城一线,从此,中原再无天然屏障和人工防线来抵御北方的游牧民族南下。

燕云十六州一失,中原政权的北方大门豁然洞开,河北北部边防从此无险可守,北方游牧民族的铁骑随时都可以纵马驰骋在千里平原之上,几乎在昼夜之间就能够饮马黄河沿岸,以至于宋朝开国之后,面对契丹铁骑的威胁,不得不在汴京附近广植树木,用以防患未然。

后世的中原王朝为了收复燕云十六州,进行了无数次艰辛的努力。

后周显德六年(959年),后周世宗柴荣率军攻辽,一个月之内收复了瀛、莫、宁三州,以及益津(今河北霸州市境内)、瓦桥(今河北雄县境内)和淤口(今河北霸州市东信安镇)三关,待继续扩大战果时,却因罹患重病难以前进,只得班师,抱憾而逝。

宋太祖赵匡胤建国之初,念念不忘收复燕云之地,曾在内府库专置"封桩库",意图拿银钱赎回失地。

宋雍熙三年(986年),宋太宗赵光义兵分三路大举北伐,结果先赢后输,三路大军会合于幽州城下与辽军主力决战,因主将曹彬战略失误,粮道被断,导致宋军大败,全线撤军,名将杨业被俘,绝食而死。

宋真宗景德元年(1004年)秋,辽国大军在太后萧燕燕和圣宗耶律隆绪的率领下,拜耶律休哥为主帅,大举南下,一路高歌猛进,深入宋朝境内。

宋真宗在宰相寇准的力谏之下,亲赴澶州(今河南濮阳)前线督战,宋军士气大振,阻挡住了辽军的进攻势头,并于澶州城下射杀了辽国大将萧挞凛。萧挞凛之死对辽军产生了极大的影响,甚至萧太后因此"辍朝五日",辽军士气低落,双方就此休战。

宋景德二年（1005年）一月，双方议和，宋、辽约为兄弟之国，宋真宗为大哥，辽圣宗为小弟，宋真宗称萧太后为叔母，宋朝每年送给辽国岁币十万两、绢二十万匹，宋、辽两国以白沟河为界，因澶州在宋朝亦称澶渊郡，所以，这一次的盟约就被称为"澶渊之盟"。

至此，宋、辽双方在百年间再未发生过大规模的战事。

不过，所谓的相对和平是指双方虽然不在战场上继续大动干戈，但是在其他地方依旧以各种不同的方式进行着一些不可言说的明争暗斗。

宋、辽两国和平共处的一百二十年间，辽国成功地扶植了宋朝西北边陲的党项部族叛乱，且通过通婚、联姻、确立翁婿之国关系等多种组合方式，达到了从政治、军事、经济等诸多方面战略性牵制宋朝的目的。

党项首领元昊曾一度称帝，建立了著名的西夏国。虽然很快他就取消了帝号，重新承认臣属于宋朝，但一个事实独立的强悍帝国已经在宋朝西北边境上建立了起来。

对此，宋朝非常恼火，但也无可奈何。

西夏的地形非常复杂，很难将其一举剿灭。宋朝耗费了百年的心血，终于以极其缓慢的速度，渐渐将西夏逼入绝境。

宋神宗元丰四年（1081年），宋朝帝国做了充分的准备，调集三十余万禁军、数万番军、上百万辅助兵种和后勤部队，分五路大举攻入西夏，意图通过一次大规模的讨伐，一举荡平西夏，此次征伐史称"元丰五路伐夏"。

面对这样的形势，西夏只得派出使者向辽国请求救援。

事实上，每次宋军进攻西夏，西夏都会向辽国求援。辽国一般会从中斡旋，事态严重时，也会陈兵辽、宋边境，向宋朝施压。

很显然，这一次是最严重的一次，一般的斡旋毫无意义，即使陈兵边境，也无法阻止宋军主力深入西夏，辽国必须拿出更刺激的手段来引起宋朝的充分重视。

当然，直接出兵攻入宋境似乎显得有些过分。

保护西夏虽然很重要，但也不能就此和大宋全面开战，于是，辽国就派遣使者，向宋朝重提关南十县的领土要求。

宋、辽双方经过反复交涉，最终议定宋方不归还关南十县，但将岁币从三十万提高到五十万，辽方则息事宁人，默许宋军灭夏。

西北战场上，宋军深入沙漠，接连大胜，但是后勤不继，数十万士卒冻饿而死，只得无功而返；西夏虽然苦苦坚持到了宋军撤离，但也元气大伤，被打得"不复成军"，更是被宋朝攻占了不少国土。最终的结局，宋朝和西夏两败俱伤。

从表面上看，辽国仿佛成了唯一的赢家，只动了动嘴就平白无故地增加了二十万的岁币。

然而，亡国的祸根却也就此埋下。

宋神宗对辽国的违约非常恼怒，在临终前留下遗诏："能复燕山者，虽异姓亦可封王。"

要知道，宋朝建国百年，除了开国之初的一两位五代遗老，还没有谁能异姓封王，这个赏格很诱人。

严格来讲，这份遗诏显然违背了"澶渊之盟"的约定，但又不得不说，这份遗诏又的确是在辽国率先违约的背景下"硬钢出炉"的。

这份遗诏刚刚颁布时，在宋、辽两国都没有引起太大的反响，因为这件事情多少有些不太靠谱，既违背祖宗订立的合约，又难以实现，于是渐渐被人淡忘。

金天辅二年（1118 年），来流水河畔的皇帝寨里，杨朴在见过了完颜阇母从边境押回来的据说是宋朝的使者之后，用了整整三天的时间，把这些关于宋、辽、西夏将近两百年里的恩恩怨怨，详详细细地告诉大金国皇帝完颜阿骨打和众位勃极烈们。

大家听完之后，都很惊讶。这些刚刚由部落勃堇完成了身份转变的勃极烈们，很难想象在大辽帝国的另一条边界上，在那片遥远的、广袤无垠的中原大地上，居然上演着如此众多的纠缠与博弈。

阿骨打就对杨朴说:"把宋朝的使者好好安顿着,等养好了精神再来见我。我想知道,他们大老远地跑到我们这边来想干啥。"

在金国将领完颜阇母的亲自押解下,宋朝使者马政一行经过了二十多天的长途跋涉,来到了大金国都城会宁府。

金国的大臣杨朴在得知了他们的来意之后,就请示皇帝阿骨打,恢复了宋朝使者们的人身自由,并亲自为他们松了绑,进行了妥善的安置,再三嘱咐他们,一定要好好歇歇,等到精神好了再去皇帝面前回话。

宋、辽两国在缔结了"澶渊之盟"之后,每年的正旦贺岁、皇帝寿辰,双方都要互派使者道贺,百余年间相互通使高达三百八十多次。而且,在辽国边境地区发生饥荒的时候,宋朝还会派人在相邻区域设立赈所,周济灾民。宋真宗驾崩的时候,辽圣宗还率领满朝番汉大臣举哀,就连皇后和妃子们都难过到伤心涕泪不已。

宋政和元年(1111年),宋徽宗派郑允中为贺辽生辰使,童贯为副使,前往辽国,为辽国天祚皇帝耶律延禧贺寿。

这一人事安排,引起了朝中大臣们的一片哗然。

因为任职副使的大宋检校太尉童贯是一名宦官。

只不过,童贯太尉可不是一位普通的宦官,而是有史以来最生猛、最剽悍的宦官。

他曾身先士卒,总领陕西七路大军多次打败西夏,占据西夏大片领土。

西北军是宋军当时的作战主力,在童贯的麾下,一度积聚了大宋军队绝大部分的精兵悍将。

毫无疑问,他既是史上军功最盛的宦官,也是史上手握兵权最大的宦官。

宋朝在对西夏征伐取得压倒性胜利之后,朝廷文武开始建议皇帝见好就收,罢兵止戈,休养生息,毕竟,连年用兵的糜耗已经让宋朝感到了捉襟见肘的财政压力。

可童贯不这么想。童贯不仅打仗很在行，而且为官做事也很精于计算。

童贯深知，如果解除了战争风险，没有了仗打，那么他之前所有的战功在以文官治国的大宋帝国很快就会变得一文不值，自己的手中也绝无可能再次拥有无人超越的位高权重，自己一手带出来的西北军也将面临解甲归田的遣散命运。而且很有可能的是，他作为帝国的领兵将帅，一旦个人的声望达到了巅峰，那么，就离被弹劾丢官，甚至杀头灭门的日子不远了。

于是，他开始放眼四周，看看大宋帝国的周边还将会有哪些潜在的危险。最后，他的目光就停在了燕云十六州，以及在它身后与宋朝和平了一百多年的契丹辽国。

当宋朝徽宗赵佶宣布由童贯作为副使出使辽国的时候，大宋朝廷一片哗然。有史以来，从未听说过堂堂的外交使节会由一位宦官来担任，泱泱华夏，难道就再找不出男人了吗？

这，也太没面子了吧？

徽宗皇帝赵佶性情温和儒雅，当他看到满朝文武们的反应，就对他们说："童贯的辉煌战绩已经向世人充分证明了他个人出色的统驭能力；而且，他的威名已经传到了辽国，就连辽国皇帝都想见识一下我们军中战神的神武风采呢！我们何不借着童贯太尉的威名，去压一压辽国的气势呢？再有，我们这次派遣童贯出使，也是要他利用这个机会去仔细了解一下辽国的山川地形、风土人情，还有辽国的军力虚实，为我大宋江山的稳固未雨绸缪啊！"

有了这样堂而皇之的正当理由，众位大臣们还能说什么呢，也就只好全都闭住了嘴。

只是，到了辽国的都城上京临潢府，大宋帝国的检校太尉、副使童贯大人却没有了在国内受人追捧的风光，极度失落。

在国内，除了徽宗皇帝在朝廷上对他表现出格外的器重之外，朝中官员、军中将领，无一不对童太尉恭恭敬敬、赞誉有加。可是在辽国，童贯不仅遭到了天祚皇帝的取笑和嘲讽，而且还明显感受到了辽国朝廷里对自己的冷落和轻视，使得童贯就此对辽国心生恶意、再无好感。

还有，在一路经过的边防关隘上，童贯眼里看到的辽国守军大多军容严整、兵强马壮；另外，辽国都城临潢府的街市繁华、百业兴旺，以及辽国境内外的各国使节、各部族首领们的往来朝拜，都让他看到了大辽帝国的丰庶富足和欣欣向荣，根本看不出哪里会有什么衰败的迹象。

看来，自己的这次出使没有任何收获。

满怀失望的童贯踏上了返程的归途，马蹄下的"嘚嘚"声响踏碎了胸中续写辉煌的荣耀梦想。他带着沮丧灰败的情绪，一路前行到了卢沟桥的驿站里，直到见到了深夜来访的马植。

马植是契丹化了的汉人，还是汉化了的契丹人，恐怕就连他自己也说不清楚。

马植的家族是燕云地区的世家大族，祖辈为官，到了他这一代，已经做到了辽国的光禄卿，也就是专门负责皇家饮食的高级官员。只是，在辽国的官场上，马植的官声很不好。

或许，作为被契丹化了的汉人，马植的骨子里就一直没有放弃自己是大汉子民的坚守，使他在辽国众多的汉人官员中间成为一个异类。

要知道，辽国历经了太祖耶律阿保机建国，以及后世几代帝王对中原地区的持续用兵，占领了包括燕云十六州在内的大片汉地领土，这些被占的领土上的汉人们和后来在无数次作战中被掳掠回来的汉人人口，已经与辽国境内的各个民族杂处混居了近二百年，甚至彼此之间通婚，就连衣着和食俗都一样了，哪里还有什么正朔不正朔的执念？

而作为汉化了的契丹人，马植看见了延祚二百年的大辽帝国已经走向风雨飘摇、末日黄昏，当今的天祚皇帝在佞臣们各种花样变换的声色犬马中，迷失了继位之初的勃勃雄心和宏伟志向；而那些朝中所谓的社稷重臣们，一边拿着国家的俸禄尸位素餐，不思变革，一边结党营私，中饱私囊，暴敛帝国财富。

这让曾经立志报效朝廷，梦想着有一番作为的马植，既愤慨又失望。

于是，作为一个在朝中同流却不合污的高级官员，马植常常在一些公开或私下的场合里针砭时弊，抨击朝政。

于是他的官声就在同僚们的口水声中越来越差。

渐渐地，官声很差的马植变得沉默寡言，开始把目光投向远方，开始为自己的往后余生暗自谋划一个有着光明前景的美好未来。

直到有一天，他听说了大宋帝国的名将童贯即将出使大辽。

于是他在暗淡中看到了光明。

马植在辽国的南京任职，没有机会在上京见到童贯，所以，就暗中派人打探消息，密切关注着宋朝使者团的行程。终于，在宋朝使者抵达卢沟桥驿站的当晚，马植见到了童贯。

童贯对于女真人并没有什么具体的印象，只是隐约听说大宋太祖和太宗的时候，女真人曾与宋朝互开马市，后来由于宋、辽之间的矛盾和冲突不断加大，马市也就中断了。

马植的意外出现让他不仅得知了女真崛起和强大的消息，还了解到东北方的女真各个部落将会在完颜部的不断拓展中很快统一，并且女真在统一之后，必定会反叛辽国，对辽国用兵。

马植还说，一旦到了那个时候，宋朝就可以联合女真人，一个在东北方，一个在正南方，一起夹攻辽国，届时辽国腹背受敌，必然难以抵挡，宋朝就可以顺利收回燕云十六州了。

这样的消息对于童贯来说，实在是一个天大的意外和惊喜。

马植描绘的美好远景使得童贯心里几近冰封的万丈豪情瞬间仿佛被绽开了一道炙热的阳光，融化、沸腾。

马植为他献上的策略和他长期谋划的事情实在太合拍了。

击败辽国，收复燕云十六州，成全大宋王朝历代帝王长达百余年的终极夙愿。如果能够把这些事情全部做成，那么童贯必将名垂青史，身后也将尽享后人的尊崇和膜拜，或许，还有可能体验一下神宗皇帝在遗诏里的最高赏格——异姓封王！

要知道，在宋朝徽宗之前的一百五十年里，也就只出了赵普和文彦博两位太师而已。

而今，去联合和扶持一个日趋强大的部落与宋朝结盟，必将使大宋帝国的百年夙愿以及童贯的人生诉求，具备了成功实现的可能性。

另外，由于现在的女真完颜部正处于族群内部统一的进程当中，和大宋联合抗辽的时机尚未成熟，这就给了童贯更多从容的时间和理由去向皇帝奏请保留西北军建制的必要性。这样，自己就可以继续掌控这支帝国最具战斗力的军队，可以继续书写睥睨天下的荣耀与辉煌。

这一切都很完美！

于是，激动不已的童太尉当即给马植赐名为李良嗣，并希望他可以藏进自己的使者队伍当中，偷偷越过辽国边境，跟随自己一同回到大宋朝的东京汴梁，去向徽宗皇帝当面陈述他的收复大计。

马植却觉得现在就去投奔大宋时机还不成熟，毕竟，这一次和童贯的彻夜长谈，所有的远景和期许，都还只是停留在对于相关局势的判断和预测当中。若要真正去实施，前提是女真完颜部在短时间内完成各部的统一，在统一之后即刻起兵抗辽，在对辽作战中占据压倒性攻势。这些都是需要时间来验证的，所以，马植对童贯说："自己留在辽国，或许要比现在就投身宋朝为官，更有用。"

于是，他就继续留在辽国。

宋政和五年（1115年），马植在雄州刺史的协助下，携家人顺利归附宋朝。不久之后，就在大宋京都汴梁城的金殿上，他见到了宋朝皇帝徽宗赵佶。

马植在朝堂之上向徽宗赵佶陈述联合女真金国共同抗辽的策略，引起了朝野上众多官员的反对。

大家普遍认为，宋、辽之间已经和平共处百余年，虽说中间偶尔会有一些小磕碰，但是对于双方整体的邦交来讲并无大碍；再者，刚刚和西夏停战不久，兵民都需要休养生息，此时再生战事，必然会引发民怨沸腾，若是激起民变，可是对朝廷极为不利。

传说，大宋神宗赵顼在位的时候，有一天驾临秘书省，无意中看到这里收藏的南唐后主李煜画像。神宗看见画像里的李煜丰姿儒雅、玉树临风，不觉再三感叹。回宫后他居然梦见了李后主前来造访。在梦中，两位皇帝把酒畅怀，相见甚欢。

第二天，神宗一觉醒来，就有宫人来报，说是宫中一位陈姓的妃嫔刚刚产下神宗的第十一个儿子。

第二年，神宗按照皇家旧例，为这位皇子赐名为佶。十七年后，这位叫作赵佶的皇子继承了皇位，就是宋朝的徽宗皇帝。

徽宗皇帝从懂事开始就喜欢笔墨、丹青、骑马、射箭和蹴鞠，而且对奇花异石、飞禽走兽等新奇的事物都充满浓厚的兴趣。他的书法和绘画水平更是达到了无人企及的高度。于是人们就在私底下悄悄地说："咱们的这位大宋皇帝，莫不是南唐后主李煜托生的吧？"

童贯出使归来之后，把在卢沟桥遇见马植的事情，还有未来收复燕云十六州的图景，给徽宗皇帝描述得很美。这让喜欢画画的徽宗皇帝，在心里拿着无形的画笔，把燕云十六州的样子在臆想的空间里，反复画了好多遍。

"元丰五路伐夏"过了没几年，徽宗的父皇神宗就驾崩了，留下了对燕云十六州的念念不忘。

徽宗虽然不喜欢打仗，可父皇和先祖辈们对于燕云十六州的遗愿还是深深植入了他的内心。渐渐地，他渴望向世人展现另一面——他的身体里也流淌着和先祖辈们一样的尚武之血。

而今，童贯和马植先后为他带来了这样一个看起来既没有太大风险，好像也费不了太大力气的完美计划，就可以把先人们的百年遗愿在自己的手中实现。这样百年一遇的机会如果不去试一试，难道不是很可惜吗？

宋朝的登州位于现今的山东半岛,下辖蓬莱、黄县、牟平、文登四县,治所蓬莱。当时高丽、日本等国向大宋派出的朝贡使节大多由登州入境。

宋重和元年(1118年)七月,大宋登州守备王师中向朝廷奏报,说有两条辽国的船只被暴风雨吹到了砣矶岛(今山东省烟台市蓬莱区长岛县砣矶岛)上,船上载有辽国人高药师、曹孝才、僧郎荣和他们的随行家眷亲族二百多人。

王师中经过仔细问询得知,原来这些人是为了躲避辽金之间的战乱,举族出海逃亡的。他们原本打算驾船驶往高丽,却不料中途遭遇海上风暴,所乘船只被海风吹得偏离了航向,这才漂流到了登州地界。

王师中是一个很细心的官员。他从这些逃亡的难民口中非常敏锐地捕捉到了一条极为重要的信息,那就是位于辽国东北地区的女真人已经在完颜阿骨打的率领下,和辽国开战三年了,并且在开战的第二年就建立了大金帝国,阿骨打做了女真金国的开国皇帝。

更为重要的是,女真金国在对辽作战中已经占据了绝对的战略优势,现在不仅打到了辽河以西,而且差不多东北全境已被纳入了金国的控制范围。

宋朝徽宗皇帝看完王师中的奏章,急命当朝的太师蔡京和童贯进宫,想听听他们对这件事情的看法。

蔡京是童贯抗辽战略的坚定支持者,两人经过了一番细致的商讨之后,对徽宗说:"采用赵良嗣的策略,联合金国夹攻辽国的时候到了。"

马植回归大宋之后,徽宗为表示嘉许,赐马植国姓赵,改名赵良嗣,任职秘书丞。

不过,徽宗现在还暂时不想用他,想等着将来和金国打交道的时候,再把他派上用场。毕竟,这个策略是由他提出来的,那么就在具体操作的进程中再由他去做好了。

眼下最该解决的是怎样和金国的皇帝完颜阿骨打取得联系。毕竟宋朝和金国之间还横亘着疆域辽阔的辽帝国呢！

童贯想了想,说:"可以从海上试试。既然高药师他们能从海上航行到登州,那么,他们也就能按照原路返回。不如让高药师作为向导,从海上前往金国控制的地盘,看看能不能和金国取得联系。如果一旦被辽人或金人抓住,就说是来往于海上贩马的马贩。因为很多年以前,女真族常常有人到宋朝拜谒,太宗皇帝因此还曾经多次下诏开放马市,和女真族人做马匹交易,以这样的身份出海,不会令人生疑。"

于是徽宗下旨,命登州守备王师中挑选几个精壮兵士,连同逃亡宋朝的辽人高药师,扮成马贩,坐船前往金国。

高药师一行在海上漂流了十几天,终于接近了金国控制的辽东沿海一带。大家远远望去,看到很多金兵在海岸上来回巡逻,盘查得十分仔细,不觉心生怯意,在海上绕了几个圈子,没敢上岸。

其时,正值金军刚刚灭了高永昌的渤海国。高永昌手下的汉军统领侯概和吴撞天领着部分残兵被金军一路追杀,从陆地逃到了海上。后来,他们就索性在海上做起了海盗,四处劫掠沿海百姓和来往的商船。另外,辽国也有一些兵船在海上来回游弋,伺机侵袭。所以,金军为遏制这些海盗抢掠和辽国兵船的袭扰,对沿海一带的防守极为严密,有时遇到来历不明的陌生人,很有可能就会直接杀掉。

徽宗接到了高药师一行无功而返的奏报后,极为不悦,于是下旨,授命童贯全权负责出海通使金国的事情,同时下旨,要登州守备王师中在所部军中精心挑选几个有些胆识的将校,准备二次出使。

重和元年四月二十七己卯(大约 1119 年 2 月,徽宗于 1118 年十一月初改元重和),大宋帝国派出了以武义大夫马政为首,平海军士卒呼延庆为翻译和陪同人员,高药师为向导,其他随行军卒共计八十余人的使者队伍,由海上前往金国。

为了谨慎起见,宋朝的使者没有携带任何证明自己是一国使者身份的相关文书。

这一次的出使队伍没有过多犹豫就在金军的围观下登了陆，一上岸就全部被金军抓了起来，被当作辽国奸细仔细盘问。呼延庆和高药师一再声明，他们只是普通的马贩子，这就更加引起了金军的怀疑。要知道，辽金之战此时已经进行了好几年，海上往来经商的船只很少，现在忽然来了这么多人前来贩马，实在过于反常。于是，有人把这件事情报告给了军中的统领完颜阇母。

完颜阇母亲自提审了这些人，依然没有问出任何结果，就下令把这些人全部杀掉算了。马政只好示意呼延庆，亮明了自己的身份。

完颜阇母很惊讶，也很疑惑，不敢自作主张，于是亲自把这些人押解到金国的会宁府，交由金国的皇帝完颜阿骨打当面处置。

和完颜阇母一样，阿骨打和身边文武大臣们也都对这些人的身份十分怀疑。毕竟，在阿骨打之前，甚至他的父亲劾里钵和叔叔盈歌他们都没有和南朝大宋帝国打交道的经历。

不过，马政很有胆识，对着金国的皇帝和身边的将领面无惧色、侃侃而谈，给阿骨打留下了十分深刻的印象。

马政说："在大宋太祖皇帝开国的时候，我们经常派人到你们这边来买马，你们也有人去我们那里贩卖其他货物，双方的买卖一直做得都很好。只是后来因为我们和辽国之间的冲突，中断了我们之间的往来。

"最近我国才得知了消息，听说你们已经和辽国开战，并进展顺利，攻占了很多领土，实在值得庆贺。

"其实，我们大宋一直就有讨伐他们的打算，现在派我们来就是为了和你们商量，看看能不能联合出兵，共同讨伐辽国。我的身上虽然没有带皇帝的正式文书，不过，如果贵国对我国的提议有兴趣，那么，我们一定会派人正式出使贵国。届时，我们两国就可以在朝堂上，共同商议灭辽大计。"

阿骨打对南边的大宋帝国，一直有着谜一样的膜拜。

这一方面来自杨朴的影响。杨朴经常在他的身边为他讲述中原帝国的各种奇闻轶事,让他对中原帝国的风云变幻充满憧憬和好奇;另一方面,阿骨打当年受父兄们委托,曾多次前往大辽皇帝的捺钵进献海东青,使得他有机会见到来自大宋帝国的使者们。这些使者们儒雅的气质、渊博的学识、出色的口才,以及各种令人眼花缭乱的外交礼仪,都让当时年轻的阿骨打感慨不已。

现在,一向被阿骨打看作遥不可及的大宋帝国居然主动派出使者和自己联系,共同商讨联合抗辽,实在让阿骨打感到太多的意外和惊喜。

金国建国之后,战场上节节胜利,可是随之而来的困扰也让阿骨打无法集中更多的力量对辽国进行连续性的打击。因为女真族的男人们太少了,即便听从杨朴的建议,继续任用那些被占的州县上原有的辽国官员,男人们还是太少了。辽国的土地实在太辽阔了,阿骨打和女真完颜部的亲族们都还没有做好足够的准备去应付和治理一个比部落联盟庞大太多的新兴国家。

不得已,阿骨打只好循序渐进,在护步答冈战后的一两年里,把主要精力放在了休养生息、稳固和安抚已经攻占的土地上,和辽国保持了一段相对和平的休战间隙。

大宋使者的出现以及联合对抗辽国的提议,是阿骨打和他身边的将领们之前从未想过的事情。现在突然出现的这个机会,把阿骨打的目光引向了更远的远方。

只是,这些自称是使者的人们实在是拿不出一样可以证明自己身份的东西,阿骨打的心里很没底。

阿骨打和几位勃极烈以及各部的勃堇们商量了好多天,最终决定,派女真部的散睹勃堇和渤海人李善庆先跟着马政和呼延庆出使大宋,去探探是个什么情况,至于船上其他的随行人员就先留在金国作为人质。

对于马政来说,这自然是最好的安排,毕竟带上金国的使者回去,要比自己在皇帝面前重复和转述省事儿得多。

于是,宋、金两国的使者一起坐上马政他们来时的船出发,返回大宋。

金国使者散睹勃堇和李善庆二人在大宋朝廷不仅受到了隆重的礼遇，还被当朝的徽宗皇帝敕封为大宋的团练使，赏赐了很多礼物。

散睹勃堇和李善庆激动万分，就替金国的皇帝完颜阿骨打消了所有的顾虑，盛情邀请大宋朝廷派出使者正式出使金国，和金国皇帝认真商讨联合抗辽的具体事情。

徽宗非常高兴，即刻下旨命朝议大夫赵有开为主使，秘书丞赵良嗣、忠翊郎王环充为副使，携诏书国礼出使金国。

旨意一下，赵良嗣就看出了毛病，毕竟他在辽国做过光禄卿，对于一些国与国之间的基本礼仪还是比较清楚的。

他对徽宗皇帝说，金国虽然建国不久，但是出于尊重，国与国之间还是使用国书比较合适，使用诏书是对待属国的方式，金国一定不会接受。

因为他知道，金国的皇帝完颜阿骨打自尊心很强，如果不是辽国天祚皇帝在"头鱼宴"上对他的戏弄和侮辱，或许，女真人未必会起兵抗辽。

徽宗有些犹豫，可赵有开却强烈坚持使用诏书。他说，金国的国主之前不过是辽国的一个节度使，虽然现在建了国，可既没有被辽国认可，也没有得到比辽国更大的国家册封，所以，只能比照一般的属国对待，这是规矩。

赵良嗣想了想，就说："这样吧，不如我们去问问金国的使者，看看人家答不答应！"

金国建国之初，还没有什么正式的外交，朝中除了杨朴等极少几位汉人大臣，其他官员大多对这些外交的仪轨懵懂无知。当赵良嗣和赵有开去询问散睹勃堇和李善庆，对两国来往文书的规格有什么具体要求时，散睹勃堇和李善庆也搞不清这两者之间有什么样的区别，就只好说："你们看着办！"

这样一来，赵良嗣就彻底没话说了。于是宋朝就备好了诏书，由赵有开率领出使队伍，陪着金国使者，从宋朝京城汴梁启程，出发前往山东登州，准备出海，正式出访金国。

宋、金之间就此开启了联合抗辽的模式,史称"海上之盟"。

只是,这一刻谁也不会想到,这一盟约会在未来的数年之内,先后导致辽国、北宋这两个合起来将近四百年的王朝轰然倒塌。

第八章

金国要求辽国册封的事情反反复复、拖拖拉拉了一年多,双方使者来来回回跑了十几趟,谈到最后还是没谈拢。

最后一次,当辽国的使者再次向金国重申辽国只能敕封金国为"东怀国"的时候,阿骨打皇帝都懒得搭理他了,直接吩咐左右把辽国的使者拉出去打几十鞭子,轰走。

这样的结果,阿骨打早就预见到了,之所以配合辽国皇帝折腾,是因为金国也需要充足的时间去谋划和准备伐辽攻略;之所以没有了继续拖延下去的耐性,是因为出使宋朝的散睹勃堇和李善庆回来了,还有随马政一起回到宋朝的呼延庆。

不过,这些人带回来的消息和结果却让阿骨打哭笑不得。

先是散睹勃堇和李善庆不仅私下收受了宋朝赠予的很多礼物,居然还领受了宋朝皇帝敕封的团练使,这简直就是背叛! 让他这当皇帝的脸上实在很没有光,于是阿骨打把两人狠狠地训斥了一通,而且还当着呼延庆的面把他俩各自打了几十板子。

至于这个呼延庆更是莫名其妙,只是拿了一个登州官方的通行牒牌证明自己的确是大宋朝廷派来的,至于来做什么,就连他自己也说不清楚。

好在阿骨打心胸很开阔,也很有耐心,经过对呼延庆的一番仔细问询,终于弄明白了宋朝没有派出正式使者的原因。

大宋派往金国的使团刚刚到了登州就走不了了,因为正使赵有开突然得了重病,死了。

作为副使的赵良嗣和王环充都没有和金国谈判签约的授权,所以,只得派人返回京城汴梁,请朝廷另行指派正使人选。

宋朝使团等待京城回复旨意的时候,却意外地听说了一件事情——宋朝军队里的密探传回消息,说是金国已经和辽国议和,并且正在请求辽国册封。

赵良嗣和王环充就傻了眼,如果事情真是这样,那宋朝使者的金国之行岂不成了一场笑话,于是,使者团就又派出一名信使快马加鞭返回京城,向徽宗皇帝请奏现在该怎么办。

没隔几天,朝廷旨意传来,鉴于辽、金之间有变,宋朝使者团取消出使计划,回京复命。

事情发展到这样的地步,当初积极鼓动宋、金结盟的赵良嗣心情极为沮丧。不过,就这样不声不响地被金国戏弄了,他又很不甘心。思前想后,他觉得还是要派一个人,跟随金国的使者回去,至少也要当面指责一下金国的不守信用。再者,上一次马政回国的时候,还留下了不少的人质在那里,既然双方已无结盟的可能,那就要金国把人质们都放回来。

于是,赵良嗣就指定呼延庆跟金国使者们回去,把宋朝这边的态度给金国皇帝做一个转达。

呼延庆却说:"去可以,但问题是我以什么身份去呢?要知道,上一次和马政出海,什么证明身份的东西都没带,差点就被砍了头呢!"

赵良嗣想了想,觉得呼延庆说得对,要是让呼延庆再拿诏书前往金国肯定不合适了,可自己的手里又没有其他可以给呼延庆证明身份的文书。这时候,原来打算送他们出海的登州守备王师中就给他们出了一个主意,说:"要不,拿着登州的牒牌试试?"

呼延庆一到金国就弄明白了,原来所谓金、辽之间的和议以讹传讹的误会,这让他很尴尬。他只好硬着头皮向阿骨打说明了宋朝使团取消出使的原委,并且一再表明,使用登州的通关牒牌只是一个变通的办法,绝对没有轻视金国的意思。现在既然已经搞清楚了这是一场误会,那么宋朝就一定会按着先前两国说好的,正式派遣使团前来商议结盟。

阿骨打却很恼怒,在他骄傲、直率的天性里,如果有人对他的诚实和坦荡心存疑惑,那是绝对不能容忍的!

不过,阿骨打虽然很生气,但是还没有气到头脑发昏、乱了方寸,毕竟联宋抗辽,不管怎样说都是目前最好的伐辽攻略。

只是,他不能让宋朝像辽国对待金国一样,在国与国的交往中,利用自己并不擅长的外交仪轨去制造一些并不对等的尊卑次序。

于是,阿骨打就把呼延庆羁押了起来。这期间,呼延庆不断地劝说阿骨打要相信自己,也一再地保证,回去之后,宋朝就会立即派遣使者团前来。

一晃好几个月过去了,阿骨打觉得时候差不多了,而且金国再次用兵的时机已经成熟,就把呼延庆放出来,准备送他回国。

临行前,阿骨打对呼延庆说:"你这次回去,要和你们皇帝讲清楚,联金抗辽的事情是你们宋朝主动向我们提出来的,不是我们求你们的;再者,使者死了,换一个不就行了嘛,怎么就不能继续出使了呢?还有,散睹和李善庆跟我说,你们派过来的使者用的是你们皇帝的诏书。那不行,我大金国又不是你们宋朝的属国,怎么能接受你们皇帝的诏书呢?

"你来的时候也听说了,辽国一直就想册封给我们金国一个"东怀国"的封号,目的就是只承认我们是大辽的属国。说起来真是好笑,他们皇帝被我打得东躲西藏,还是这么死要面子,派来的使者也是没完没了,谈来谈去的,就是不肯低头,搞得我实在烦透了,就赏了他们使者一顿鞭子,并且告诉他们不要再来了。说实话,现在辽国的大部分地方已经是我们金国的了,剩下的这些州县,我们很轻易地就能打下来,要不要他们皇帝的册封已经无所谓了。也许用不了多久,就不是我们要辽国册封了,而是他们皇帝求我大金国的册封呢!

"所以你也要跟你们皇帝说,不要拿这些繁文缛节的东西来应对我们。要谈,就拿出你们的诚意来,否则,就不要来了!"

呼延庆从金国带回来的消息让宋朝君臣们喜出望外,于是徽宗皇帝马上任命赵良嗣为正使,王环充为副使,即刻择期出使金国。

不过,在对金国使用的外交文书上,徽宗皇帝还是动了一点小心思,既不用国书,也不用诏书,而是写了一封亲笔信。

徽宗皇帝和赵有开的心思是一样的,金国的皇帝对于他来说,不过就是一个藩属,和自己朝中的臣子们没什么两样。

赵良嗣明知皇帝这样做不符合外交礼仪,但是也没有什么办法,只是让他没想到的是,就是徽宗的这封亲笔信,造成了他和金国谈判的时候,始终处于被动。

金天辅四年,北宋宣和二年(1120年)三月二十六日,赵良嗣一行自登州出海,代表大宋正式出使金国,在海上辗转半个多月之后,于四月中旬抵达咸州。

说来也巧,就在宋朝的使者出使金国的同时,辽国也派出了使者,想试图再做最后的努力,争取和金国达成停战协议。辽国的使者听说了宋朝使者来到金国,感觉有些奇怪;而宋朝使者知道了辽国使者来到金国,就觉得多少有些尴尬,毕竟,宋、辽之间到目前为止,还是相对和睦的兄弟之国呢!

正在行军途中的阿骨打却觉得两国使者们来得正好,因为有些事情,与其用嘴说,不如拿眼睛看,两国使者同时到访,正好省去了他和两国皇帝多费口舌的麻烦。于是,他就对报信的信使说,让他们一起来上京!

三月下旬的时候,大金皇帝完颜阿骨打给咸州路统军司颁发了一道诏书,命咸州都统府留一千兵马,交付斜葛统领驻守咸州一线,其余所有部队全部交由完颜阇母统领,于四月二十五日之前赶赴浑河和自己亲率的大军会合,准备进攻辽国上京临潢府。

　　辽国的上京临潢府位于今天的内蒙古赤峰市巴林左旗林东镇南郊，是辽太祖耶律阿保机建国时兴建的第一座京城，地域广阔，气势雄伟。

　　阿骨打之所以选择进攻上京，是因为这里离咸州比较近。

　　四月下旬，阿骨打等到了辽国的使者习泥烈和宋朝使者赵良嗣。不过，阿骨打并没有单独召见他们，而是派人告诉他们一起随军行进。

　　五月初，金军渡过浑河，阿骨打命谋良虎率领所部人马作为前锋先行出发，去清除前往上京途中的辽军关卡；同时，派遣先前投奔金国的辽国降将，即被封为谋克的辛斡特剌、移剌窟斜二人，持自己的诏令劝谕临潢府的守将投降；又命猛安王伯龙和韩庆和押运粮饷，并给其中一千五百名挽夫全部配备了兵器和铠甲。这让身边的将领们很疑惑，要知道，那样的时代，一支作战队伍里能够穿上铠甲的士卒并不多，这些运粮的挽夫们为何要配备如此齐备的兵器和铠甲呢？

　　"到时候你们就知道了！"阿骨打说。

　　于是众人就不再多疑，他们相信，他们的皇帝无论做什么事情都是有道理的，因为自打起兵抗辽开始，他们的皇帝从来就没输过！

　　一切安排就绪，阿骨打和完颜阇母、斡本（完颜宗干）各领一支队伍，兵分三路，继续向上京进发。

　　此时，正在胡土白山（今河北省张北县花皮岭）的辽国天祚帝得知了阿骨打率军攻打上京的消息，急令详稳耶律白斯不挑选三千精兵前往上京方向驰援，另命东路都统耶律余睹调集所部兵马作为后续增援同时向上京进发。

　　辽国上京临潢府的留守是契丹人挞不也，副留守是汉人卢彦伦。

　　看见金国的大军开到了城下，挞不也的头就发了紧。卢彦伦说："临潢府的城高墙厚，不用慌！"

　　卢彦伦是临潢府人，很有才干，也很耿直。天庆初年的时候，有人向当时的上京留守萧贞一推荐卢彦伦。萧贞一见了，觉得这人还不错，就把他留在自己的麾下，做了一名属吏。

辽天庆四年(1114 年),女真起兵反辽,离咸州很近的上京临潢府也被波及,一时之间,境内盗匪四起。当时的上京虽然驻有不少兵马,却一直找不到能够带兵的将领,于是萧贞一就向朝廷推荐卢彦伦为殿直官,主管临潢府的兵马事务,专门负责打击境内匪患。

卢彦伦没让萧贞一失望,就任没多久就廓清了匪患。上京重现太平,百姓交口称赞,萧贞一就为卢彦伦请功。朝廷下了旨,封卢彦伦为团练使,负责留守司副职公事。

辽、金出河店战后,辽天祚帝听从了萧奉先的建议,没有对败军的统领萧嗣先等人进行处罚,不过为了以免再次发生战事,朝廷就命所有败军不得返回原籍,就近留驻,随时听候征调。于是,那些从前线溃退下来的败兵们就散居在临潢府和附近州县的百姓家中。

这些败溃的兵士们打仗不行,骚扰百姓却毫无顾忌,恃强凌弱、欺男霸女的事情屡有发生,百姓苦不堪言,民怨极大。

接替萧贞一的继任留守耶律赤狗儿担心这样下去会引发民变,于是就把众多的军卒和百姓们召集在一起,劝慰大家说:"我们契丹和汉人都是一家,现在边地战乱,国家用度不足,所以只能把这些将士们暂时养在父老们家中,准备随时为国家再次征战沙场。虽说发生了一些扰民的事情,不过为了顾全大局,还请大家能够相互容忍。"

百姓们很愤怒,但是也没什么办法,就都不说话。卢彦伦看不下去了,就站出来替百姓们说话。他说:"自从辽、金开战,已经把民间的财力用尽了,而朝廷不仅不考虑百姓们的生活困苦,却还要以国家的名义强行让百姓们养活这些兵卒,实在不通情理。当然,国家有难,作为百姓为国奉献也是义不容辞的事情。可这些无良士卒们野蛮骄横的行为,又怎么能让百姓们心甘情愿地接纳他们呢?契丹人也好,汉人也好,都是大辽皇帝的子民,可是用伤害百姓的做法去安抚这些和强盗差不多的乱兵,能有什么好处呢?"

卢彦伦越说越激动,当场就命自己的手下严厉惩处了好几个声名狼藉的兵士,为心怀怨愤的百姓们出了一口恶气。很快,这件事情就被一传十、十传百,传到了更多人的耳朵里,不仅有效制止了这些兵卒们的胡作非为,也让卢彦伦在百姓们的心目中树立了很高的威望。

上京的这些过往旧事都是辽国降将辛斡特剌和移剌窟斜说给阿骨打的,因为两个人在投奔金国之前,都在上京临潢府做过官。辛斡特剌和卢彦伦的私交不错,移剌窟斜和毛子廉关系很好。

金天辅四年、辽天庆十年(1120年)五月,在得知上京已经失守的消息之后,耶律白斯不所部的三千辽兵掉头就撤;而耶律余睹所部的辽军也在辽河附近停了下来。

大辽国的上京临潢府在不到半天的时间里就被金国的军队打了下来,随军观战的宋、辽两国使者看得目瞪口呆。

作为守城的一方,卢彦伦已经很努力了,不仅加固了城防,还认真计划好了应对金国大军的部署。

他对挞不也说:"上京的城防坚固,易守难攻。金国大军远道而来,一定会携带大批粮草。我们可以先抽出五千人马在金军快到上京的途中设伏,趁他们鞍马劳顿和没有防备的时候,狠狠地给他们一下子,以挫伤他们的锐气;然后再派出五千人马,绕到他们背后销毁他们的粮草,截断他们的粮道。这样,不出十天,女真人就会主动撤军,上京也就解围了。"

挞不也听完,心里踏实了很多,就把上京城的防卫全权交给了卢彦伦。

所以,当辛斡特剌拿着金国皇帝完颜阿骨打的诏书来劝他献城请降的时候,他没有给辛斡特剌说话的机会,直接就让手下把辛斡特剌拿了,杀了,然后命令全城搜查,看看还有没有和他一起进城的金国奸细。

没过多久,就有守城军士前来禀报,说东头供奉官毛子廉带着两三千人从东门冲出去了。

卢彦伦听了,即刻传令,派手下将领孙延寿率两千骑兵去追杀毛子廉，又派出百余名军士速速前往毛子廉的府邸抄没其家。

毛子廉是临潢府长泰人（今内蒙古巴林左旗东南），性格勇猛，善于骑射。女真起兵后，辽天祚帝苦于境内战乱四起、盗匪横行，不得已，开始在民间招募勇武之士缉拿盗匪。毛子廉应召前往，并得到皇帝的召见，被皇帝亲自赐予了铠甲和兵器。毛子廉没有辜负皇帝的期望，率麾下百名武士会同官兵平息了多处匪患，因功被授予从八品的东头供奉官一职，朝廷还特意御赐良马一匹。

其实早在移剌窟斜来找毛子廉之前，他就已经开始发愁了。因为以他为首的族群，所部人口多达两千六百户，他深知，以辽国现在的状况，在金国的凌厉攻势下，是撑不了太久的。所以，当移剌窟斜一拿出阿骨打的诏书，毛子廉就决定了自己和族群的去向了，只是他的动作还是比卢彦伦慢了那么一点点。

当他准备回家接上夫人和两个儿子，打算带领全族出城的时候，有人跑来告诉他，府里已经被卢彦伦派兵围了，还说，夫人和儿子已经被杀了。

毛子廉悲痛不已，只好放弃回家的念头，和移剌窟斜带领全族老少由府城东门向外冲。

孙延寿的骑兵很快就追上了毛子廉的队伍。毛子廉就把族人委托移剌窟斜带领，继续向城外撤离；自己则带着手下的武士们横在路的当中，挡住了辽军骑兵的追袭。

孙延寿的运气不好，可运气更不好的是他身边的副将，在两个人同时冲向毛子廉的时候，毛子廉举起了弓箭。

他们都听说过毛子廉的箭射得很准，只是不知道他会射得这样准。孙延寿的副将被一箭射下了马，而孙延寿眼瞅着自己的长枪就要刺进毛子廉的腋下，却被对方一个侧身闪过枪尖，顺势一把，反而把自己拽离了马鞍，给扔到了地上。

身后的辽军骑兵看见主将和副将一个被抓，一个被杀，"哄"的一下就都散了。毛子廉就绑着孙延寿，赶上自己的族人们，等着金国大军的到来。

得知毛子廉成功出城的消息后，卢彦伦判断金国大军应该就快到了，于是派出两部各五千兵马，按照先前和挞不也的谋划，各自出击。

在距离上京五百里的路上，五千辽军精骑挡在了谋良虎前进的路上。谋良虎率领前锋部队想也不想，直接就向辽军发起了进攻。辽军出乎意料，满以为金军连续数日行军，早已疲惫不堪，却不想对方竟然如此强悍。

双方混战了没多久，阿骨打率领的大部队就跟上来了。

阿骨打看了看战场的情形，就笑着对身边的将领说："这支辽军是来碰运气的。若是我们走得又乏又累、士气不振，他们就会捡便宜；若是我们精神抖擞、奋勇杀敌，他们就会做做样子，撤回去。"

阿骨打说完，就派完颜阇母和完颜宗干各领一支兵马，从两翼向这支辽军进行包抄。

果然，辽军看见金军要包围他们，立刻纷纷后撤，任凭领兵将领怎样打骂也无济于事。只一会儿工夫，战场上的辽兵就丢盔卸甲，逃得干干净净。

看着败逃的辽军，阿骨打就又笑着摇摇头，说："看着吧！他们一定还会派兵去抄我们的后路，截断我们的粮草呢！"

于是大家就明白了，他们的皇帝为什么一定要给那些运粮的挽夫们配备那样完备的兵器和铠甲。

果然，金国大军打扫完了战场，又继续向前行进了一天，就得到了来自后方的消息，说有五千辽国骑兵意图进攻押运粮草的队伍，被王伯龙与韩庆和击溃，不仅斩杀对方两员领军将领，还收获了数百匹的战马。

大家都对阿骨打的判断佩服不已。

又经过三天急行军，金国大军终于抵达了上京临潢府城下。

临潢府城戒备森严，守城兵将昼夜巡逻，毫不懈怠。

阿骨打绕着城墙看了一圈，心里知道，这里的守将凭着城守坚固、粮草充足，打算在这里坚守呢，根本没有投降的意思。

他在见过毛子廉之后,大致了解了临潢府的防守结构,心里也就有了拿下上京城的把握。不过,他还是想再努努力,再劝劝挞不也和卢彦伦。毕竟,战斗一旦开启,无论进攻还是防守,都会伤亡惨重,能"不战而屈人之兵",自然是最理想的。

第二天,阿骨打命人写了一份诏书,抄了好多份,由士卒们射进了城里。

诏书里大致的意思,就是要城里的守军不要继续做徒劳的抵抗,只要他们投降,把城献了,就保证他们还和以前一样,不会受到任何骚扰;另外,为表示诚意,阿骨打还命金国大军后退三里,等候三天。

三天过去,城内没有任何回应,阿骨打不等了,命令大军开始攻城。

攻城的时候,阿骨打特意让辽、宋两国的使者到阵前观战,并对他们说:"你们可以看看,我们金国是怎样用兵的,然后,你们再决定你们的去留。"

话一说完,他就催马城下,冒着城上守军纷飞如雨的箭矢和石块,亲自指挥金国的将士们登城作战。

有了皇帝在身边并肩作战,金国的将士们战斗力骤增,各部的将领和士卒们一样冲锋在前、奋勇争先,即使受了伤也毫不在意、决不退缩。

这场攻城之战,直把辽国使者习泥烈和大宋使者赵良嗣看得惊心动魄、目瞪口呆。

两国的使者都在心里默默地想,面对如此强悍的金国将士,本国的军队能是人家的对手吗?

在金国将士们前仆后继、持续不断的进攻之下,上京临潢府的外城被完颜阇母所部率先攻破了。

这场战斗从天亮进攻开始,到外城被攻破结束,用了不到半天的工夫。等到留守挞不也带着卢彦伦等一众官员向金国皇帝完颜阿骨打献城投降的时候,太阳还没升到头顶呢。

有些人只有打服了才会认输,既然对方认了输,就要给人家留一些脸面。

虽说守城的辽国官兵杀伤了许多金国将士，阿骨打还是下旨赦免了他们，并传令金军入城之后，不得伤害城内百姓，至于那些原有的官吏也都和之前一样，继续担任原来的官职。

对于这些攻下来的州府该如何进行战后的处置，阿骨打的做法很简单，不打乱原来的样子就是最好的安排。

上京都城里，金国皇帝完颜阿骨打召见了宋朝使者赵良嗣。

赵良嗣先是就金军的胜利向阿骨打表示祝贺，接着，就正式转交了大宋徽宗皇帝写给金国皇帝阿骨打的亲笔信。信里的意思：宋、金两国各派军队，两面夹击辽国，金国去夺取辽国的领土，大宋则收复燕云十六州。

阿骨打就说："你看，我们金国不用别人帮忙，就很容易把辽国人打败了，所以，将来辽国人的所有地盘都将是我们金国的，这个没什么好说的。

"不过，我听说燕云十六州原本是你们汉人的，后来被辽国人给占了去。你们南朝（金国当时对宋朝通称）皇帝和辽国皇帝，还因为这些地方打了好多年的仗。现在你们既然主动提出来要出兵帮助我们消灭辽国，那我就答应你们，等将来我们一起灭了辽国，就把燕云十六州还给你们。"

赵良嗣说："既然皇帝这样说，那我们两国之间就没有任何问题了。等我回去奏明我们皇帝，即刻发兵。不过，我还想请大金皇帝能给我们大宋一个承诺，那就是贵国不会再和辽国和谈了。"

阿骨打说："这个你可以放心，我既然已经答应与你们南朝联盟，目的就是为了灭掉辽国，再和辽国和谈也就没什么意思了。不过，我也有一件事情要和你们讲清楚。我听说你们每年都会给辽国一笔岁币，要是将来我们一起把辽国灭了，岁币还给不给？"

赵良嗣说："给！"

阿骨打就又问："那你们给我金国的岁币，是多少呢？"

赵良嗣试探着说："白银三十万两。"

阿骨打就不满意了，说："当初燕云十六州不在你们南朝手里的时候，你们还给辽国岁币五十万两,怎么我把燕云十六州还给你们,岁币倒减成了三十万? 这是什么道理?"

赵良嗣有些尴尬,就问阿骨打:"那皇帝的意思……是多少?"

阿骨打说:"我们要和辽国一样,五十万两。"

赵良嗣松了口气。

出使之前,赵良嗣曾经就岁币的事情问过徽宗皇帝。要知道,宋朝到了徽宗的时候,朝廷的岁入大约是一亿几千万两,而当时给辽国的岁币只是五十万两,而就是这区区五十万两,却维护了宋、辽两国之间长达一百二十余年的和平共处。

所以,徽宗皇帝觉得只要能收回燕云十六州,就算是花上再多的银子都是值得的。于是,经过和大臣们的商议,大宋皇帝授权给赵良嗣的底线是他自己看着办!

这样的底线最难办,因为赵良嗣对金国皇帝开口索要多少岁币这件事情,心里一点把握都没有。

可现在,只花五十万两就有可能把燕云十六州要回来,这实在太划算了。

不过,表面上,赵良嗣还是装作很为难的样子,勉强答应了。

关于岁币的事情,阿骨打还是从杨朴那里知道的。他原本对这件事情并不很在意,以目前的势头,辽国迟早会被金国灭掉,到时整个辽国都是自己的,还在乎这几十万的岁币? 只是宋朝既要收回燕云十六州,又要减少岁币的做法实在太过分了,所以阿骨打固执地坚持要和辽国一样,也是五十万两。

宋朝的使者没有继续坚持,阿骨打的脸上也就有了光。他很高兴,传旨,要举行一场盛大的宴席,犒赏攻城的将士,庆贺金、宋的联盟。

建国旧碑胡日暗

兴王故地野风干

回头笑谓王公子

骑马随军上五銮

——宋·赵良嗣《宴延河楼即事》

大辽国的吴王妃原是天祚皇帝耶律延禧的儿媳,天生丽质,又极富才艺,尤其长于汉人的舞技。每逢宫廷大宴的时候,天祚帝就会传旨,命吴王妃进宫献舞。每次看见吴王妃跳舞,天祚帝都会不错眼珠地看,一刻不停地喝,等吴王妃跳完了舞,天祚帝也就喝醉了酒。

有一年的春捺钵上,又一次看醉了吴王妃、喝醉了自己的天祚帝就对萧奉先说:"我不知道这个好看的儿媳在我儿子的被窝里,会是什么样子?"

没过多久,萧奉先就向皇帝举报,说吴王妃行为不检,与人通奸。

天祚帝很生气,就传旨把吴王妃羁押在了上京临潢府。

上京留守挞不也抵挡不住金国的进攻,就把城献了。投降的时候,他把吴王妃也一起献了出去。只是阿骨打还没有想好该怎样安置她。

临潢府的延河楼规模很大,辽国天祚帝驻跸上京的时候,经常在这里举行盛宴。

攻占了上京的金国皇帝完颜阿骨打也在这里摆了一场庆功盛宴,为了示好宋朝的使者,还特意安排了辽国皇帝的儿媳吴王妃在席间献舞。

阿骨打进城的时候听说过吴王妃的事情,不过并没有特别在意,只是记着这位王妃很会跳汉人的舞蹈,至于王妃本人,他还没来得及一睹芳容。

当吴王妃出现在宴会席间准备翩翩起舞的时候,在场的所有人都被惊艳到了。

乐声响起,衣袂飘飘,一袭汉地霓裳的吴王妃显得百媚千娇,饱满丰盈。伴随着霓裳曼舞,莲步飘移,在宽阔的广袖开合之间,吴王妃肌肤胜雪、玉颊生辉的绝美容颜,让人如醉如痴,不能自已。看着这曼妙的舞姿,人们几乎都忘记了呼吸,尤其是吴王妃的美目流盼之间,更令宴席上的所有男人内心都狂跳不已,都会不约而同地以为,吴王妃看的那个人就是自己。

宴席上最吃惊的就是金国的皇帝完颜阿骨打。他既惊讶于吴王妃的美貌,也惊讶于吴王妃的舞艺。

戎马倥偬的日子里,阿骨打很少注意到女性的美色。虽说小时候,奶奶多保真也给他讲过许多女真人的传说。那些传说中也有很多美丽的仙女,可在阿骨打的想象里,那些仙女们的样子无非也就像他曾经喜欢过的妻妹白散那样,生得好看而已。

做了节度使之后,已经娶过几位妻妾的阿骨打从来没有太多去留意身边的女人长得好不好看,也没有时间去体会女人和女人还会有哪些不同。

在他看来,女人嘛,能生出一被窝的儿子就好。

再后来宁江州起兵,他接触到了杨朴他们这些汉学造诣很高的文臣。在他们的口中,除了治国安邦的一些逸闻,也偶尔会听到一些南朝佳丽的动人传说。这就让他对那些遥远南方的女人们开始充满了一些模糊和未知的想象。

眼前的这位吴王妃,既有契丹女人的热情豪放,又有汉人女子的温婉含蓄,更有柔媚入骨的万种风情,一下子就迷住了阿骨打的眼睛。

于是,当一杯杯烈酒灌进了喉咙之后,阿骨打心里就燃起了一团熊熊的火。

当他从吴王妃的美丽身体上醒过来之后,他终于弄明白了,原来女人和女人真的有太多不同。

所以,当宋朝使者赵良嗣再次进见和他说燕云十六州的具体划分时,他的思绪还在一片白花花的温柔和细腻里。

可惜,赵良嗣体会不到金国皇帝心中的万般旖旎,只是认真地向阿骨打提出有两处地方要金国皇帝确认归属宋朝:一处是云州,就是辽国的西京;另一处是包括平州(河北省卢龙县)、营州(河北省昌黎县)、滦州(河北省滦县)的大片地方,这些地方原属燕京路,可是随着年代的久远,这三个州早就被辽国划分到了平州路一线。赵良嗣现在提出来,无非就是想再替宋朝多争一些地盘而已。

阿骨打对这些地方没有概念,再加上接连好几天一直在军帐里反复品味吴王妃的软玉温香,这让他感到格外疲劳,所以,他想尽快结束这次会见,好尽快回到吴王妃的怀里睡上一觉,解解乏。

可一旁的大臣高庆裔听出了不对,就大声说:"我们现在商议的是燕京路,平、营、滦这三个州早就不属于燕京路了,现在还提出来干什么?"

阿骨打的心里一凛,脑子就立刻清醒了。

阿骨打就对赵良嗣说:"金国对西京没有兴趣,只是现在金国在全力追击辽国天祚皇帝,天祚帝有可能逃到西京,所以金军也就可能会追到那里。如果一旦抓到天祚帝,金国一定会把西京交还给宋朝。至于平、营、滦三州等将来打下来再说,你们宋朝大可不必在这些事情上怀揣心思。"

赵良嗣的脸上就发了红,不再说什么了。

阿骨打又说:"既然你我两国没有什么其他的问题,那么我们就可以按着约定各自出兵了。我会写一封信给你带回去,作为和你们南朝一起进攻辽国的约定和凭据。等你回去之后,请你们的皇帝即刻发兵。我们已经决定了,等这些日子休整完了,赶在八月初进攻中京。"

赵良嗣说:"好!那我们就约定,贵国从平州向古北口(今北京市密云区古北口镇)出兵,我们宋军从雄州白沟(今河北省高碑店市白沟镇)进军,共同夹击辽国。"

就这样,宋朝使者赵良嗣在二百名金国骑兵的护送下,踏上了回国的旅程。可队伍刚刚走到铁州,阿骨打又派人把他们追了回来。

原来女真金国控制的疆域内发生了大规模的疫病,军队里的战斗减员比较严重,如果照此下去,金国大军也许就不能按照和宋朝的约定如期进兵了,只有等到来年疫情消退之后,才能考虑再次出兵的事情。

阿骨打是一个守信的人,不想被宋朝皇帝把自己误会成一个不守承诺的人。另外,他觉得好像有些事情还没有和宋朝使者说清楚。

只是,阿骨打自从尝过了吴王妃的味道之后,就仿佛着了魔,总是觉得一离开吴王妃的身体,自己就没了力气。于是他就派人召来粘罕,把自己的意思告诉他,要他和宋朝使者再次谈判。

粘罕见了赵良嗣,直接问两国的进军区域怎么划分。

赵良嗣说:"我们双方军队以松亭(今河北省宽城县西南,辽时燕京至东京间的交通要冲)、古北(今北京市密云区北部)、榆关(今河北省秦皇岛市抚宁区)一线为界,不可逾越。双方军队尽量避免遭遇误伤。另外,双方打败辽军后,要在榆关东边设置榷场。"

赵良嗣的心思很机敏,因为之前高庆裔的反对,金国对平州三地的归属很明确,而现在赵良嗣划定的松亭、古北、榆关一线则巧妙地将平州划进了宋朝控制的范围之内。

当时,中原帝国和北方帝国在相互交界的地方都会设置两国边民进行贸易交易的榷场,一般都在两国的国境线上。赵良嗣提出的榷场就位于平州以东。这就等于变相地把平州这个地方划进了未来宋朝收复的燕云十六州里面。

粘罕对于燕云十六州的地理位置也很模糊,也没有察觉出来赵良嗣的这份心机,所以,对于赵良嗣提出的分界线和榷场的设置没有提出异议。

赵良嗣看见有机可乘,就又提要求说:"如果天祚帝在中京被打败了,就很有可能逃向西京。由中京到西京路上的蔚州、应州和朔州都属于燕云十六州,也就是未来属于宋朝收回的领土,本来是不应该让金军进入的,但是为了灭掉辽国,宋朝可以允许金军暂时借路,由这三个州向西京进军,不过一旦捕获天祚帝,金军就要立刻交还这三个地方。"

粘罕想的没有那么多,只说:"天祚帝未必就往这几个地方逃,如果到时候真的逃到这些地方,我们再商量该怎么办!"

赵良嗣看自己的目的基本达成，就又提出了金国向辽国请求册封的事情，说："既然两国已经订好了盟约，你们金国就不能再与辽国媾和了。"

陪着粘罕谈判的兀室就对赵良嗣说："这个事情你就不用再多虑了，我们已经把上京城里契丹皇族的坟墓、宫殿和太庙什么的都烧了，到了这个份上，辽国人已经不可能再和我们讲和了。倒是你们回到南朝之后，还请转告你们皇上，别再像上次那样轻信传言了。"

赵良嗣和粘罕谈完了，就一起来见阿骨打，把谈判的结果说给他听。阿骨打正在和吴王妃喝酒，一边看着吴王妃陪酒助兴的汉舞，一边听着两个人说话。等赵良嗣说到自己已经完成使命，即将回国的时候，阿骨打就对赵良嗣说："我们女真人都很讲信用，现在我们答应将来把燕京交给你们大宋，就一定会信守承诺，未来就算燕京被我们金国打下来，我也会把它交到你们手里。"

说到这里，阿骨打命人带上一名囚犯。

这名囚犯叫作苏寿吉，是辽国燕京的盐铁使，是金军在攻破上京时偶然抓获的，阿骨打把他交给了赵良嗣。这样做的目的就是让赵良嗣和宋朝相信，只要是燕京的，不论是人，还是东西，金国都会原样奉还。

赵良嗣连连称是，拜谢不已。阿骨打就任命斯剌习鲁作为金国使臣，携带金国国书，随同赵良嗣回访大宋。

赵良嗣和斯剌习鲁一行走后，阿骨打想继续向辽国进军，想扩大一些战果之后再收兵返回会宁府，而且也要把吴王妃带回去，等回到自己的御寨，他就会有更多使不完的力气，可以好好享用这位美丽王妃的各种滋味。

就在阿骨打想着该怎样分兵征讨的时候，斡本和众多将领纷纷向他劝谏，说："出兵上京的日子已经不短了，现在的时令已经是盛夏了，要是继续对辽国用兵的话，粮草的调集和接续很困难；再者，有消息说辽军东路都统耶律余睹正领着属下的部族军在上京路一带游弋观望。"

阿骨打听从了大家的建议,准备撤军。他先是任命卢彦伦为夏州观察使,授权上京留守事务;然后派使者前去诏谕耶律余睹,另外命完颜阇母率所部在辽河断后,以防其他各路辽军在金军撤军时偷袭。

一切安排就绪,阿骨打率领金国主力大军,带着美丽的吴王妃踏上归途。

金国的皇帝把上京留守的事务交给了卢彦伦署理,引起了原来的留守挞不也的不满。

因为这座城,可是由他挞不也献出来的啊,更何况,还附送了一位美丽的吴王妃呢!

所以,金国大军刚一撤离,越想越不痛快的挞不也就率领原来的部下反了。

卢彦伦不肯再次反叛,因为他很感激阿骨打对自己的赏识,也很愿意为自己投靠的新皇帝出力,更关键的是他已经看到了辽国的太阳就快陨落了。

卢彦伦率领自己的部属和挞不也展开了夺城之战。

事实证明,契丹先祖的尚武之血在后世的辽国兵将身上,已经稀薄得很了,不仅抵御不了女真金国,就连卢彦伦手下这些由乡兵和本地武勇组成的杂牌军都抵挡不过。

短暂的交锋过后,挞不也领着残兵,狼狈不堪地逃出了城。

过了没几天,不甘心的挞不也又鼓动上京路的辽国大将耶律马哥率军卷土重来,再次围攻临潢府。

卢彦伦没有辜负阿骨打的信任,为了表示自己守城的决心,先是派出信使向金国求援,然后杀光了城内所有的契丹人,硬是在兵力悬殊的情形下,坚守了七个月之久,直到阿骨打得到消息后火速派金国大将麻吉率援兵前来,一举击败了耶律马哥,才总算解除了辽军对临潢府的围攻。

阿骨打感念卢彦伦的忠诚,特意下旨,要他随军返回金国内地,留在皇帝身边随时效力。

这是一只活了很久的黄獐，虽然已经很老了，但是反应还很敏捷，身体也足够灵活，所以，它觉得自己还可以活很久。

它一直很小心，无论是在觅食，还是在沐浴每天的阳光，一旦闻到危险，就会非常迅速地找到一处安全隐蔽的地方躲起来。直到危险彻底解除，它才会从藏身的草丛或者山洞里，小心翼翼地出来。

就像这一次，它很早就发现了那群骑在马上的家伙，于是就一直躲在一处茂密的、乱蓬蓬的枯草丛里，屏住呼吸，一动不动。

它知道，那些骑在马身上的家伙很厉害，他们的身上长着很多长短不一的牙齿，他们不仅能拿着手里的长牙杀死它和它的同类，还能从身上飞出一些更尖更利的长牙。

它曾亲眼见过，一只经常猎捕它和它的同伴的老虎，就是被这种会飞的牙咬住。那牙叮在那只老虎的身上，甩都甩不掉。那只老虎在后来追逐它们的时候，跑得很慢，以至于后来它们再遇见那只老虎时，都懒得逃，反正那只老虎也追不上。直到有一年的夏天，它在经过一片林子时，看见了那只老虎躺在林子里的草地上，身上落满了乌鸦。

它还是受到了惊吓，还是不由自主地从藏身的地方跳了出来。因为这一次，它鼻子里嗅出来的危险和以往不同，它用经验判断，这一次，它的运气也许没有那么好。

不过，它还是想试试，万一这一次的运气没那么糟糕呢？

黄獐的前脚短，后脚长，跳远和爬高都迅疾如箭，纵身一跃，就能跳出常人的五六步远。可是这一次，它刚刚从草丛里跳出来，脖子上就被狠狠地叮了一下。这一下太疼了，疼得它瞬间就失去了所有的力气，一头栽倒在雪地里。当它抽搐着身子，想要努力让自己爬起来的时候，它看见自己的脖子上，被深深地插进了一只长长的牙。

大金天辅四年（1120年）九月，金国谋克酬斡和千夫长仆忽得，奉命赴鳌古河（今俄罗斯哈巴罗夫斯克边疆区黑龙江支流比占河）诸部落中征集马匹。鳖古河诸部落一直有反叛的心,于是,在烛偎水(今黑龙江省萝北县佛山镇附近的札伊芬河)的部落孛堇实里古达带领下,各部率兵马设伏,把酬斡和仆忽得杀了,尸体被随意丢进了鳖古河。

消息传到皇帝的御寨,阿骨打十分震惊,要知道,仆忽得和酬斡都是完颜部宗室的子弟,而且二人自十五六岁开始就追随阿骨打,在讨伐萧海里、攻破黄龙府、征战达鲁古城等众多战役中立下了汗马功劳。鳖古城和烛偎水诸部,都还是酬斡和仆忽得率军征服的呢。

阿骨打立即命斡鲁领军前往烛偎水部平叛,并在斡鲁出兵之前,特意叮嘱他,若是捕获实里古达等杀人元凶,可就地诛杀,不必押解回来。

十月的一天,人们看见天空中的太阳上出现了一个小黑点,而且,小黑点还在不断地长大,长到后来,就遮住了整个太阳,天地间一片黑暗。这个样子一直持续了好几个时辰之后,太阳才又一点一点地露出来,一点一点变大,直到后来重新普照大地。

阿骨打看见这样的景象,情绪很低落,觉得这是上天给他的预兆,是上天在提醒他,距离被无边黑暗吞噬的日子已经不远了。

杨朴就对他说:"这只是很平常的日食嘛,不过是天地间的自然现象嘛。"

可阿骨打不这么想,仆忽得和酬斡遇害的年纪只有四十三岁,而自己已经五十有三了。他并不觉得自己会比父亲、叔叔、哥哥们更幸运,可以比他们活得更久。他觉得有些事情,在自己还有足够力气的时候,最好都能做完。

临近十二月底,宋、金两国的谈判已经僵持了一个月了。

斯剌习鲁在出使宋朝之后,宋朝皇帝立即派遣马政回访。宋朝的皇帝和大臣们都希望可以尽快和金国签订盟约,可以尽早收复燕云十六州。

这一次,马政给金国皇帝带来了宋朝的正式国书,宋朝的徽宗皇帝在国书里正式称呼阿骨打为"大金国皇帝"。

只是,国书中书写的内容,却让阿骨打高兴不起来。

徽宗皇帝在国书里说，只要金国和宋朝定好了出兵的日期和路线，就会派遣童贯领兵配合金国共同夹击辽国，不过前提条件是，金国必须要先去占领西京，然后宋朝才出兵攻取燕京。国书上还说，金国占领西京也只是暂时的，等到金军一旦抓到辽国天祚皇帝之后，就要把西京马上交还给宋朝。

这样的要求，使得阿骨打对宋朝保持的多年好感，立时就蒙上了一层土。

明摆的嘛！要是等金国把西京打下来，辽国的领土也就差不多被金国打完了，那个时候宋朝再出兵燕京，跟捡现成的有什么两样！

于是，在召见马政的时候，阿骨打就很不客气地说，他从来就没有答应过宋朝，说等到金国抓住天祚帝之后，就把西京交还给宋朝；另外，平、滦、营三州已经不属于燕京路了，所以，不能划进燕云十六州的范围。

阿骨打在上京的日子里，记得最多的就是吴王妃的美丽身体，还有那些香艳迷人的舞乐，至于和宋朝使者之间是不是有过什么约定，他已经很模糊了，不过，一定不是宋朝皇帝在国书里讲到的这些条件！

绝对不是！

马政从大宋出发的时候，对于赵良嗣和金国皇帝的谈判情况并不是很了解，所以对于金国皇帝的强硬态度感到十分惊讶，不知道在接下来的谈判里，是该据理力争呢？还是选择退让呢？

于是他就想，既然谈不拢，那就再等等看。

阿骨打却不想等，他不想把时间都空耗在没完没了的讨价还价上，他的时间是很金贵的。

于是他就把身边的大臣们召集起来，看看大家都有什么想法。

有人说，或许宋朝原本就没打算向辽国出兵，就是想用以前每年付给辽国的岁币从金国的手里把燕云十六州买回去。

有人说，单靠金国自己的力量就已经足够把辽国灭掉了，到那个时候，辽国全部的土地都是金国的，用不着金国提议，宋朝就会主动向金国示好,就会主动把岁币交给金国。

还有人说,金国坐拥燕云十六州,就等于占据了南下的门户,如果有那么一天,金国的力量足够强大,想要进攻宋朝的时候,他们就没有任何地理上的屏障能够抵挡金国。到那时,土地是金国的,岁币也是金国的,金国还保持着随时对南朝用兵的进攻优势,这样多好。

粘罕却不这么想,对大家说:"宋朝在立国之后,一直就和辽国这样的强敌为邻,如果没有强大实力的话,恐怕早就被辽国吞并了,哪里还能和辽国维持一百多年的相安无事? 更何况他们国土辽阔,人口众多,物产丰饶,这些,都是我们和南朝比不了的。我们还是再和南朝的使者好好谈谈吧。"

其实阿骨打的心思和粘罕说出来的一样,只是双方眼下的谈判僵局该怎么打开,他没想好。

大家都不说话的时候,粘罕忽然说:"我听说马政的儿子马扩是宋朝的武举人,这一次也在随同的使者里面。不如我们邀请宋朝使者去野外狩猎,也好见识一下宋朝的武人是什么样的!"

在前往狩猎围场的路上,粘罕就问马政的儿子马扩:"听说宋朝人都很有才,诗词文章都写得很好,不过听说宋朝人的武艺好像都不怎么样,是不是这么回事?"

马扩说:"大宋的大臣和将领们各有各的专长,有能力治理地方的武将和有谋略带兵打仗的文臣,也有很多呢。"

粘罕想了想,就又问:"听说你熟读兵书,还是你们宋朝的武举人,那你会不会开弓射箭呢?"

马扩说:"我们大宋的武举进士,主要考量的是兵法和谋略,弓箭和刀马兵器功夫,不过随便练一练罢了。"

粘罕听他这样说,就让部下拿来自己平时狩猎和作战时的弓箭,递给马扩说:"那就请你给我们大家演示一下,也让我们见识一下你们宋朝人的武艺。"

粘罕用的弓很硬,没有足够的力气是掌握不好准头的,在女真部落一年一度的射柳当中,唯有阿骨打的大铁弓能够与之较量。

马扩却毫不在意,接过粘罕的佩弓后,试着拉了拉,就催动坐骑,策马狂奔,对着远处事前看好的一棵小树,左右开弓,连射三箭,箭箭命中树干的正中,粘罕和身边的将领们看得惊愕不已。

这天晚上,在猎场行营的御帐里,阿骨打从粘罕的口中听说了这件事情,也很惊讶,就派人把马扩召来,说:"我听说你的射艺很厉害,你明天愿意随我一同去捕猎吗?"

马扩说:"我虽说是大宋的武举人,不过只是擅长在两军阵前射杀敌人,至于射猎活物,却不是我的长项,不过我可以试试看!"

第二天一早,阿骨打率领捕猎的队伍出发。走出不远,阿骨打远远地看见一处雪堆,就让队伍停了下来,叫人拿出一张弓递给马扩,指着远处的雪堆,说:"那处雪堆离我们大概有二百多步,你能不能把箭射到那个雪堆的顶上?"

马扩接过弓,看看远处的雪堆,也没有做任何准备,很随意地搭上箭,拉开弓,把箭直直地射了出去。

远远看去,只见那支箭稳稳地插在了雪堆顶上。

阿骨打点点头,说:"你的箭法很好,你们南朝军队战士们的箭法是不是都和你一样好?"

马扩说:"我们大宋边境军队里的将士们随便找出几个都是神箭手,比我强多了。我的射艺在他们那里根本就算不上什么,皇上给我用的这把弓太软了,要是用我自己用惯的弓,就能射中雪堆旁边树上的那只乌鸦呢!"

马扩的话音刚落,果然就远远地看见一只乌鸦从一棵树上飞了下来,落在那处雪堆顶上,对着那支插在雪堆上的箭杆端详着。

阿骨打沉默了好一会儿,传令队伍继续行进,然后又命人把祖传的那把大铁弓拿来,递给马扩。

队伍又走了不到三里的路程，就看见一头体格粗壮的黄獐从一处谁都没有注意到的枯草丛里蹿了出来，在众人的眼睛里仓皇奔逃。大家纷纷张弓搭箭，准备射杀这只意外出现的猎物。阿骨打却一抬手，示意大家不要出手，然后，就看向了马扩。

马扩点头示意，一手执弓，一手扣箭，双腿一夹坐骑，纵马跃了出去。

还是看不见他有什么特别的动作，只是在离那头黄獐不远的瞬间，他在马上猛地立起身子，把大铁弓满满拉开，只听见空气中"嘣嗤"的声响过后，那黄獐瞬间就被一箭射翻，倒在雪地之上不停地抽搐着，却再也爬不起来了。

阿骨打和身边的将领们都情不自禁地发出一片喝彩之声。

这一天的狩猎，大家的收获都很多，就连阿骨打也亲自射获了两只公鹿和三只狍子。

夜晚，金国皇帝的御帐里，随同金国皇帝狩猎的各部勃堇们纷纷向马扩敬酒。马扩十分豪爽，毫不扭捏，几十碗烈酒进肚居然面不改色，这就更加引起了大家的钦佩。

当然，这里面最高兴的就是粘罕。

他在酒席上就对阿骨打说："南朝使臣骑术高超，箭术了得，我心中十分快活。"

粘罕心里的快活，原因很简单，因为几天前，就在大家纷纷对宋朝的态度有所转变的时候，只有他对阿骨打说过：宋朝能在强敌环伺的恶劣环境下立朝百年，而且国力还那么强盛，一定有过人之处，而今天马扩的表现就是最好的证明。

同样，阿骨打今天也通过马扩的表现打消了心中的疑虑，而且还当场赐予马扩"力麻立"的称号。"力麻立"在女真语里就是善射之人的意思，在女真人的心目中，这是一个令人非常尊敬的称号。

一场狩猎射穿了宋、金两国谈判的坚冰，同时，也把阿骨打心里蒙上的那层土吹散了。

回到会宁府之后，阿骨打立即命杨朴等人草拟国书，正式联合宋朝共同出兵辽国；另外，阿骨打还命朝中的大臣和将领们轮流宴请宋朝使者，以示诚意。

国书很快就起草完毕，阿骨打在自己简朴的御寨皇宫里摆开酒宴，命大迪乌亲自到馆驿，迎请宋朝使者出席。

宴席上，宾主尽欢，阿骨打还特意命人叫来吴王妃，为各位宋朝使者轮流敬酒；另外，还准备了名马、弓矢和宝剑等物，请宋使马政代为转送徽宗皇帝。

饮宴之后，阿骨打就命曷鲁、大迪乌作为金国使者，陪同马政等人择日启程，携带金国国书回访大宋。

阿骨打刚刚送走了宋朝使者一行，完颜阇母就回来了。

完颜阇母告诉阿骨打，他的队伍在辽河中了埋伏，手下的勇将完颜特虎被耶律余睹所部包围，全军覆没。

完颜特虎是雅达澜水（今拉林河附近）部落的勇士，身材魁伟，作战勇猛，一到打仗的时候，总是冲在最前面，即使受伤也毫不在意，而且，在战斗中要是看见谁有危险，也总是第一个冲上去为其解围。

达鲁古城之战的时候，完颜娄室的儿子完颜活女陷入了辽军包围圈，就是完颜特虎杀入重围把他救出来的。在攻打卢葛营的时候，大将麻吉被辽将刺中，跌落马下。完颜特虎在附近看见了，立即冲了过去，连续刺翻了五六名辽兵，护住了麻吉。辽兵见其如此骁勇，纷纷避让。完颜特虎乘势把麻吉托到了马背上，一手持矛，从辽兵重围之中奋力冲杀而出。还有在攻打照散城的战斗中，辽兵三千人出战，完颜特虎却毫无惧色，只带了百余名战士主动出击，一举将其击溃，从那以后，完颜特虎的名字就成了辽军战场上的噩梦。

金国大军在阿骨打率领下从上京撤军后，完颜阇母所部也从辽河启程出发，完颜特虎作为断后的部队走在最后，完颜娄室因为一些军务上的耽搁,也在这支队伍里面。

耶律余睹没有接见阿骨打的使者,他还不想向金国皇帝投降。

当得知上京已被攻陷,他就知道此刻继续再去上京救援已经无济于事,倒不如就近观望,看看有什么机会。

他估摸着阿骨打的大军是不会携带太多粮草的,在上京停留的时间也不会很长,估计用不了多久会撤军,于是,他就率军在辽河一带设了埋伏,打算在金国大军撤军的时候,狠狠地给他们一下子。

阿骨打率军经过的时候,耶律余睹没敢动,自己手下的兵马不多,只有几千人,可阿骨打率领的队伍里有不少硬军呢!

隔了没多久,完颜阇母所部开过来了,耶律余睹还是没有太大把握,就接着放过了完颜阇母所部的前军和中军。等到完颜特虎殿后的队伍过来,耶律余睹看见对方人马不多,觉得有机可乘,于是下令伏兵截击,完颜特虎的后军就立刻陷入了包围。

完颜特虎率部奋战了很久,虽然杀伤了许多的辽兵,但始终因为兵力悬殊难以突围,手下人马越战越少,胯下战马也疲惫不堪。已经冲出重围的完颜娄室发现完颜特虎被困,就又率领部下返回来冲杀辽军,试图救出完颜特虎。完颜特虎在包围圈里向娄室大声呼喊,不让娄室他们靠近自己,还说就算是他们冲进来,大家也是陪着一起战死,没什么意思!倒不如就让他一个人在这里吸引住敌军的兵力,好让更多的部下们活命。

说完这些,完颜特虎就弃马步战,且战且退,直到最后退到了一座小山坡上,被辽军团团围住,乱箭射死。

等到完颜阇母得到飞报,迅速派遣完颜背答、乌塔等人火速回军驰援的时候,完颜特虎及其所部已经全军覆没了。

完颜阇母得知完颜特虎遇难,顿足捶胸,怒不可遏,遂率部掉头回军,向耶律余睹的辽军发起进攻。双方混战数日,完颜阇母终因粮草难以为继,只得收兵撤回咸州。

阿骨打听完了整个事情的经过,沉默了很久,然后吩咐完颜阇母挑选一处好的土地，再赐给许多耕牛和农具，好生安置完颜特虎的家人和族人们。

金国天辅五年（1121年）年初，斡鲁从烛偎水派回信使，向阿骨打禀奏，杀死仆忽得与酬斡的烛偎水孛菫实里古达和其他几名帮凶已经伏诛，只是仆忽得与酬斡的遗骸被实里古达等人扔到了鳖古河，这个时节天寒地冻，很难搜寻打捞，请皇帝示下。

阿骨打叹息不已，让信使转告斡鲁，等春天冰雪消融的时候，一定要把仆忽得和酬斡的遗骸找到，好生安葬；两人所属的部族百姓，按三百户为一谋克，选取德高望重、众人推服的长者作为部落勃菫，多加抚慰优恤。

金国攻取辽国上京之后，前来投奔金国的部族越来越多，金国境内的各处安置已经渐渐应接不暇。阿骨打考虑了很久，就把眼睛看向了泰州。

泰州较为偏远，人口也不多，阿骨打委派谋良虎和蒲家奴先去那里看看。

隔段日子两人回来，见过阿骨打之后，谋良虎就打开一个布包，请阿骨打仔细看看。

阿骨打看见布包里包了一捧黑黝黝的泥土，眼睛一亮，伸手抓起一把，搓了搓，闻了闻，土质油润，味道浓郁，心中不由大喜。

谋良虎说："泰州的土地十分肥沃，特别适合耕种庄稼，我们可以把新近投奔金国的部民们安置在那里。另外，我还有一个想法，就是像中原汉人皇帝制定的方略那样，在那里驻兵屯田。"

阿骨打听完谋良虎的想法，连连称赞，说："你想得很周到，解决了我们眼下的困难，而且按照你的想法，屯兵泰州，不论是进取辽国中京，还是退守按出虎水，都可以做到步步为营、稳扎稳打，很好很好。"

于是，阿骨打下旨，从各路的猛安将领所属部族，选取共计一万多户迁居泰州，同时任命婆卢火为泰州都统，并赐给他五十头耕牛，作为迁往此地就职的奖励。

婆卢火原本居住在按出虎水之畔，接到诏令，毫不迟疑，当即举家迁到了泰州。宗族之中的拾得、查端、阿里徒欢、奚挞罕等人,也率族人追随而至。

到后来婆卢火所部的全族只留下了撒喝者一支,因为他是劾里钵的养子,就留在了按出虎水旧地。

金国在之后的对辽作战中,无论是粮草的调运,还是兵员的补充,婆卢火麾下的泰州驻屯兵马,都起到了极其重要的作用。

这一年的四月,粘罕向阿骨打建议,和南朝订的盟约已经过了一个冬天,曷鲁等人出访南朝也没回来,与其这样耗着,不如他们先向辽国出兵吧。

阿骨打想了想,就说:"也好!那就先让各路都统筹备粮草,抓紧练兵,做好出征准备,等过了'重五'节,随时听候我的旨意调遣!"

阿骨打建立金国之后,和辽国一样,设立了"重五、中元和重九"这三个拜天礼俗,不过三次拜天仪式举行的地点却不一样。

"重五"的拜天地点设在鞠场,也就是球场。金人喜欢击球,也就是现在的打马球,所以在金国的都城会宁府,有好几处鞠场。"中元"的拜天仪式设在皇帝的内殿,参加的人数不多,大多是皇族或者显贵大臣。"重九"的拜天规模最大,所以,就把仪式地点设在了都城之外。

天辅五年的"重五",女真金国按出虎水的皇帝寨热闹非常。

一大早,大家就在阿骨打的带领下,在鞠场上举行了祖辈传承的拜天礼。仪式很简单,在专门设立的拜天台下,由阿骨打在前,所有的文武官员在后,在主持仪式的官员引导下,向上天祭拜三次,第一拜上香,第二拜献牲礼祭酒,第三拜同饮福酒,等大家跪着把福酒喝完了,再向祭天台磕头,这拜天礼也就结束了。

拜天之礼一结束,就是君臣同乐的游戏射柳和击球了。

先进行的是射柳。

在球场之内,已经预先插好了两排柳枝。凡是参加射柳的人,不论年纪大小,都按各自在部落里的尊卑高低排序。

射柳之前，先找一块布条拴在各自准备要射的柳枝上，作为标记，然后用刀削去柳枝的表皮，露出柳枝中心的白色。

射柳开始的时候，先由一个人在前面骑马引导，而射柳的射手则紧随其后，在到达规定的位置，射手就以没有翎羽的横簇箭射取柳枝。

胜负的规则是：能用箭把柳枝去皮的位置射断，并能用手接住被射断的柳枝继续策马奔跑的，为最佳；射断了却没接住的，就差一些；如果没有射中柳枝上的白色部分，或是射断了柳枝青色的部分，和射中了柳枝却没断的，还有干脆就没有射中的，就都算最差的。

作为皇帝和最早向女真各部推广射柳的发起者，阿骨打自然是比赛出场的第一人。

一声哨响，射柳开始，助威的锣鼓声也随之响起。

射柳的引导者催马前行，阿骨打策马随后跟上。在离自己标记的柳枝大约五十步的地方，阿骨打在马背上挺直身子，拉开弓，搭上箭，瞄准柳枝一箭射去，也就是眨眼的瞬间，就见柳枝从削皮处射断，半截断枝柳条先是随着箭的劲道飞出一段距离，然后就直直地向地面掉落。

就在柳条断枝即将落地的一刹，阿骨打和胯下的马就像是地面上卷起的一阵风，瞬间就到了跟前。阿骨打的身体紧贴在马身一侧，右手一伸就顺势把柳条接在手里，旋即又挺身直立，在马背上稳稳站住，高举手中半截柳枝，沿着球场环绕奔驰。

皇帝的射艺绝技在球场上引发了一片欢声雷动，百姓和官兵们沸腾了。

阿骨打之后，谋良虎、粘罕、斡鲁和迪古乃等人依次上场。这些在各自部族里数一数二的神箭手，也都把自己的射艺发挥到淋漓尽致，在场上博得了阵阵的喝彩和掌声。

射柳之后，就是更为热闹的击球了。

击球在女真的各个部落里是大家都非常喜欢参与的一种游戏活动。

击球的主要工具就是鞠杖和球。

鞠杖长数尺,端头削成月牙的形状。球的大小和成年人的一只拳头差不多,其材质为轻便而富有韧性的木头,球的中心被挖空,外表涂一层红色的漆,十分醒目。

比赛的时候有两种玩法。一种是在球场的一端竖立两根木柱,在两根木柱中间放置一块木板,板上开一小门,小门下面悬挂一个网袋,击球者如果把球击入球门,球就会落在网袋里面,谁进球数多,谁就获胜。还有一种,是在球场的两端各设一个板门和网袋,击球者分为两队,双方共同争抢一球,若将球击入对方的门网之内,即为取胜。若双方都有进球,则进球次数多者取胜。

如果说射柳是展示个人的射艺水平,那么击球就是综合技能的体现了。这不仅要求每个参赛者都要具备高超的骑术,而且还要有矫健敏捷的体能和奋勇争先的精神,因此,击球活动的氛围也更为热烈,比赛场面也更加引人入胜。

在"重五"的这场击球比赛当中,最出彩的就是阿骨打的二儿子斡离不。斡离不不仅骑术超群,击球也罕逢对手。鞠杖在他的手里使得出神入化,木球只要到了他的杖下,对手就基本没有什么机会抢到球了。整场比赛里,他一人独中三元,为他这一队的取胜立了头功。他这一队的队首就是他的父亲——大金皇帝阿骨打。

阿骨打也很喜欢击球游戏,尤其在儿子出色的发挥下,本队获取了胜利,更是开心不已。

军民同乐的喜庆游戏一直持续到了午后时分。

射柳和击球结束之后,皇帝阿骨打的御寨里就摆满了丰盛的宴席。

酒宴上,阿骨打高举着酒杯,当着所有人的面对粘罕说:"自从宁江州起兵,我们每次在讨论征讨辽国的时候,你都能从大局出发,想出许多好的主意。宗室里面,有比你年纪大的,也有比你经历多的,还有比你战功高的,可是都不如你办事办得稳妥,想事想得周全。

"汉人里有句话,叫作运筹帷幄之中,决胜千里之外。这句话用在你身上,是最妥帖不过的。南朝的朝廷里,有一种官儿叫作兵马大元帅,就是有本事掌管全国兵马的大勃堇,依我看,你就是我们大金国里最有本事的兵马大元帅。来!今天就让我为你斟满酒,我们一起干了,从今往后,你就带领着我们大金国的将士们再打更多的胜仗!"

说完,自己先一饮而尽,然后命粘罕也一饮而尽,喝完酒,他还把自己身上专门为祭天之礼而新做的袍服披在了粘罕的身上。

粘罕一边举杯把酒喝干,一边被阿骨打的礼遇感动得热泪盈眶。他真的不敢相信,自己会获得如此殊荣,要知道,宗室里面有谋良虎、完颜阇母和斜也他们,阿骨打的儿子里有斡本、斡离不和兀术他们,这些人随便哪一个拉出来,都不会比他差啊!

可阿骨打不这么想。他越来越觉得完颜家族的宿命已经离他越来越近,而且,在对辽国的作战谋划里,他的动作和思路已经开始慢了下来,他可不想祖辈们延续下来的夙愿在他的手中半途中断,所以,他要在身边众多的人群里找一个最适合领兵打仗的人,而粘罕就是最适合的人选。

其实,阿骨打的心里还有一个没有说出来的心思。

粘罕是阿骨打上一代长房劾者的孙子,是国相撒改的长子,而且很有可能就是将来的长房继承人。阿骨打虽然是大金国的皇帝,可在完颜部里,还只掌管着阿什河以南的完颜部落,而在来流水以北的完颜部落还归劾者的后人掌管。阿骨打在此时把金国大部分军权交给粘罕的用意,一方面是看准了粘罕的才干,另一方面也是在金国的朝廷里面,特意为长房子孙的精心安排。因为就在前不久,阿骨打得到消息,大金国的国论忽鲁勃极烈、国相撒改快不行了。

撒改走得很放心,尤其是听说了儿子粘罕被皇帝阿骨打封为移赍勃极烈之后,心里更是松了一口气。

作为长房的首领,撒改一直默默地支持着其他几房的完颜部首领,一点一点地把完颜部做大做强,直到后来把劾里钵的儿子阿骨打推上了皇帝之位。

阿骨打在宁江州起兵的时候,希望得到他的支持。可当时的他真的很犹豫,毕竟当时的辽国看起来那样强大,即便是儿子粘罕苦苦相劝,希望自己可以率领一部分部族战士去支援阿骨打,他还是没有松口。

他的心思其实没有错。做事一向周全的撒改,无非就是想为女真完颜部保留一些能够传续延祚的种子。

宁江州大获全胜的消息传回来,撒改意识到自己的判断或许真的出了问题。为了避免其他部落的误会,他主动叫儿子粘罕前去劝说阿骨打做皇帝。当斡本把从战场上缴获的耶律谢十的战马送到他面前的时候,撒改的心里就打了一个结。

于是在之后的日子里,撒改不仅尽自己的全力支持阿骨打,还经常鼓励儿子粘罕在阿骨打的身边努力表现。

尤其是阿骨打登基加冕的那一天,他是第一个带头跪下去的宗室都勃堇。

生性豁达的阿骨打早就看懂了撒改的心思,也体谅长房族兄的良苦用心,在做了皇帝之后,把国相和国论忽鲁勃极烈的官职一并加封在撒改的头上,在一些国家大事上,也经常听取他的建议。这让撒改的心里很感激,心里的那个结也渐渐打开,做起事情来更加勤勉,不仅在完颜族的内部为阿骨打消除各种分歧,还在生女真其他各部,利用自己的威望为阿骨打争取到更多的支持。

这些功劳,阿骨打都看在眼里,也都记在心里,所以,当撒改去世的噩耗传来时,阿骨打发自内心地感到哀痛和惋惜。

撒改辞世的当天,白马白袍的阿骨打在撒改的灵柩前抽刀剺额,眼泪和鲜血,和着一阵阵地动山摇的哭号,落满了来流水的河川。

撒改下葬的时候,阿骨打出席,并将陪伴自己征战多年的赭白马作为赙马,献给了自己的长房族兄。

撒改的葬礼结束之后,撒改的国论忽鲁勃极烈就由斜也担任,不再单独设立国相一职。粘罕继承了他父亲撒改的部族都勃堇之位,同时,又被阿骨打正式下诏敕封为移赉勃极烈,也就是朝廷中的第三位官,排在斜也之后。

斜也之前担任的昊勃极烈则由蒲家奴接任。

另外,阿骨打还特意下诏给自己的弟弟、大金国的谙班勃极烈吴乞买,从现在开始正式辅佐国政。

为了应对那不期而至的完颜家族的宿命,阿骨打已经做好了充足的准备。

就在阿骨打刚刚安排完这些事情,准备授命粘罕择期再次向辽国开战的时候,远在咸州路的都统完颜阇母派人来报,说辽国都统耶律余睹率部前来投奔。

耶律余睹的心里憋屈极了。

大辽文妃萧瑟瑟同胞姐妹三人,大姐嫁给了将军耶律挞葛里,小妹萧琴琴嫁给了大辽副都统耶律余睹,文妃还有一个弟弟,就是驸马萧昱。

姐妹之间的关系很好,萧琴琴会经常出入文妃的宫帐探望二姐,也常常会去耶律挞葛里将军的兵营探望大姐。

天祚皇帝耶律延禧终年沉湎于四处游猎,一直没有确定自己的皇位继承人。在他的儿子们中间,文妃所生的长子晋王耶律敖卢斡最为出色,不仅能骑善射、勇力超群,而且还精于文墨,待人谦和,很受百姓和官员们的喜爱。这就让皇后萧夺里懒——秦王耶律定的母亲的心里特别不开心。

她就常常在私底下和两位哥哥商量,该怎样才能让文妃母子在她眼前消失呢?

有一天,文妃的妹妹萧琴琴从文妃的宫帐里出来,没有直接回家,却驱车驶进了姐夫耶律挞葛里将军的兵营。

她怎么也不会想到,这一次的探望却是姐妹几个在这人世间的最后一次寒暄。

一直监视文妃母子的探子传回消息,说萧琴琴进了军营之后,一直没有出来。萧奉先的眼睛里忽然看见了一群想要谋反篡位的叛乱者。

这些叛乱者想要扶持晋王做皇帝,他们的计划是这样的:文妃找来妹妹萧琴琴商议;萧琴琴就去军营里说服大姐,鼓动耶律挞葛里将军参与,而耶律挞葛里再串联上文妃的弟弟,即驸马萧昱加入;就这样,内有耶律挞葛里和萧昱的兵马,外有耶律余睹的大军,两相呼应,大事可成,至于天祚帝嘛,就等事成之后做个太上皇吧!

天呢!这个计划,真是太完美了!萧奉先想到这里,一下子就兴奋地跳了起来。

在天祚皇帝耶律延禧的雷霆震怒之下,文妃,赐死;耶律挞葛里和他的夫人,在其所部的军帐里就地斩杀;驸马萧昱在自己所部的军帐里,就地斩杀。至于晋王,天祚帝有些不忍心,那就先关起来再说!

这些大辽帝国的皇亲贵胄们,在被杀的时候,连一点申诉和辩解的机会都没给。

不管是谁,都不可以觊觎皇帝的宝座,即便是自己的亲生儿子,也不行!

在这样的事情上,不能心存任何善念,这是天祚皇帝耶律延禧从小就被根植于内心深处的执念,是自小就在宫中,在那些随时都有可能被意外身亡的艰难成长中,亲身体会到的。

尤其是在经历了对女真金国的战败逃亡之后,他对身边的所有人、所有事、所有的风吹草动,更是充满了警惕和戒心。

耶律延禧登基继位之后,第一件事,就是给奶奶、父亲和母亲报了仇,可是在心里,他却并不记恨爷爷。

他和爷爷一样认为,有些人就是为皇帝而生,为皇帝而死的,不管是亲生的骨肉,还是曾经迷恋的女人。

他并不是没有怀疑从萧奉先口中说出来的那些事情,或许并不一定就是真的。不过,有些时候,即使传言并不可靠,皇帝也要让跪伏在脚下的臣子们知道，不要心存任何侥幸！

所以，对于这些事情的处置，他和当年爷爷道宗皇帝的做法一样：杀无赦！

天祚皇帝身边的亲朋故旧，用军中的加急驿传把宫中剧变飞速地传给了耶律余睹。另外，有近支的亲族冒着杀头的风险给他的夫人通风报信，使得萧琴琴在皇帝派人抓捕之前仓皇出逃，马不停蹄地逃往耶律余睹驻守在辽河的军营。

宫中传来的惨烈消息令耶律余睹极为震惊，而在震惊之余，一个极为艰难的抉择正冷冰冰地摆在他面前。

天祚帝听信了萧奉先的蛊惑，传令太师萧斡携带皇帝诏书，调集奚王府萧遏买、北宰相萧德恭、太常衮耶律谛里姑、归州观察使萧和尚奴四路兵马，借着抓捕萧琴琴的名义，前来军中解除耶律余睹的兵权，要把他们夫妇一同押解回京。

耶律余睹很清楚，事情到了这个地步，与其徒劳地回到宫中去和皇帝当面辩解，最终落得个身首异处，倒不如就此率领所部投奔他乡。

可眼下的关键所在，是该朝哪个方向去呢？

耶律余睹把军中的亲信将领们召集起来，把宫中的消息告诉大家，然后问大家有什么好的主意。

于是就有属下建议，去投奔南边的宋朝。

可马上就有人反对说："咱们现在正处于大辽的北边，离南边的宋朝远隔千里之遥，恐怕走不到数百里，咱们这点兵马就会在大辽的重重关隘之下消耗殆尽。"

于是又有人建议，不如就近夺取一些州县，然后招兵买马，扩展势力，割据一方。

耶律余睹摇摇头，说："以我们目前的兵力，既对抗不了金国的进攻，也抵挡不了本国的大军，两面皆敌，实在不是长久之计！"

终于，有人说："要不，去投奔女真金国？"

去投奔金国，耶律余睹不是没有想过。可是前不久，他刚刚在金国大军从上京路回军的时候，杀死了金国猛将完颜特虎，金国的皇帝和大臣们能不对他记恨在心吗？

就在此时，几天前派出去侦查军情的斥候返回大营，说有数万本国大军正在朝这里行进，最多还有一天的路程。

耶律余睹下了决心，不能再等了，还是先投奔金国，看看再说。

从耶律余睹驻守的地方前往金国控制的地域，有两条路，一条是大路，通往咸州方向，路程大概要十几天，路途虽然遥远，但道路宽阔平坦，便于行军；一条是小路，通往黄龙府方向，路程很近，大概只用五六天，但道路崎岖，艰险难行。

此时耶律余睹的部属大约不到一万人。

经过一番考虑，耶律余睹决定走小路，前往黄龙府方向，而且为了行动隐蔽和加速行军，只带了自己帐下的一千多部族军逃亡，至于剩下的兵马就听天由命吧！

耶律余睹的运气实在不好，在前往黄龙府的路上走了不到一半，老天就下起了大雨，本来崎岖难行的山路骤然变得泥泞不堪，行军速度更加缓慢，而此时又有斥候来报，说本国的几万兵马已经尾随而至。

耶律余睹只得拼着赌一把运气，先是派出十几个亲信拿着自己的亲笔信前往咸州，把信交给金国咸州路都统完颜阇母，请他转告金国皇帝，自己打算投奔金国，然后率部下转而向南，朝着咸州方向快速行进。

太师萧斡率领的四路追兵在一条三岔路口停了下来，前边的两条岔路，一条指向东北，通往黄龙府，一条朝向东南，通往咸州。

萧斡拿不定主意，就把四位将军召集在一起，说："这两条路都通往金国境内。目前，我们都判定不了耶律余睹的去向，不管我们朝向哪一条路去追，都有可能是错的，都有可能让耶律余睹从另一条路得以从容逃生。你们说，怎么办？"

四位将领互相看了看，都不说话。

萧斡就说:"那我们就分兵追捕,怎么样?"

四位将领又互相看看,就都点了点头。

于是,奚王府萧遐买和北宰相萧德恭率领所部兵马,朝黄龙府方向追击;萧斡率领太常衮耶律谛里姑和归州观察使萧和尚奴所部,沿咸州方向追击。

耶律余睹出身皇族宗室近支,在朝中的人缘极好,又因其能征善战、战功卓著,朝中和军中的亲朋旧属都很多。这一次无辜被卷入晋王的谋逆风波,许多文武大臣都为其打抱不平,深表同情,无奈慑于萧氏兄弟的权势,只能暗地里盼着他能脱离险境。

天祚帝委派追击耶律余睹的太师萧斡,以及奚王府萧遐买、北宰相萧德恭、太常衮耶律谛里姑、归州观察使萧和尚奴四位将领,都很同情耶律余睹的遭遇,心里都在想最好别把耶律余睹追上,就是追(今辽宁省北镇市西,大凌河以东)上了,也要想办法放他走,只不过大家的嘴上都不说。

太师萧斡率领的一路辽军刚刚走到闾山一带,军中斥候就飞马来报,说前面有一支队伍正在朝咸州方向行进。

萧斡就问耶律谛里姑、萧和尚奴,说:"二位将军,你们说,我们是追得上耶律余睹呢?还是追不上耶律余睹呢?"

耶律谛里姑和萧和尚奴互相看了看,就一起转过脸,对萧斡说:"我们听你的!"

耶律余睹在金国会宁府的皇帝寨里住了两个月。

两个月里,他受到了来自金国皇帝的尊贵礼遇。金国境内女真各大部落的勃堇们轮番向他发出邀请。每次受邀,都由皇帝阿骨打亲自作陪,这让他的心里装满了各种味道。

不过,让他感到惊讶的是,作为皇帝,阿骨打居然没有一点做皇帝的样子,不管在哪个部族的宴席上,就和回自己家一样,脱了靴子就上炕,既不讲什么规矩也没有人伺候,上了桌就大碗喝酒、大块吃肉,喝多了的时候就和身边的臣子们一起胡闹,甚至于互相揪着耳朵灌酒,玩累了就往炕上一躺,不管不顾呼呼睡去。身边的臣子们也没有什么顾忌,该吃吃、该喝喝,皇帝在与不在也都没什么两样。

这样的朝廷和君臣颠覆了耶律余睹的想象。他实在想象不出就是这样的一群人,居然就把堂堂延祚二百年的大辽帝国打得狼狈不堪,毫无招架之力。

耶律余睹是在闾山脚下被辽国大军追上的,他已经做好了赴死的准备。不过,他不想夫人陪着一起殉难,就打算派一队亲兵护送萧琴琴继续逃亡。夫人却说,天下之大,已经没有落脚的地方了,姐姐和弟弟们都被杀了,若是男人也没了,在这世上,她就再没有什么亲人了,倒不如一同赴死吧!

耶律余睹看见夫人如此坚定,也就不再坚持。他知道在汉人的典故里,有一句话叫作"覆巢之下无完卵",事到如今,就由着她去吧!

于是,耶律余睹把疲惫不堪的部下排好阵势,自己单枪匹马地立在阵前,静静地等着辽国追兵的迫近,而夫人则在阵后的高处观望,手里握着一把锋利的刀。

这世上的事情就是这样,当你已经直面悬崖绝壁再也无路可走的时候,上天却忽然给你缒下了一条梯子,放过了你。

太师萧斡放过了耶律余睹。他和耶律谛里姑、萧和尚奴说好了,等回去见了皇帝,就说耶律余睹跑得太快,他们没追上。

金国的咸州路都统完颜阇母收到了由金、辽边境线上游弋的探子们传回的消息,说有一支上千人的兵马在大辽都统耶律余睹的率领下,正在朝着咸州方向开来。

完颜阇母觉得很奇怪,最近没有听说辽国皇帝要发兵进攻金国的消息啊,就算是要征讨金国,也不能就只有耶律余睹率领的这千余兵马啊!

完颜阇母下令,要探子们继续打探消息,尤其是辽国境内,看看辽国国内是不是有了什么变故。接着,又传令咸州路各部加强守卫,防备辽军进犯,自己则带了几千兵马,前往耶律余睹所部开来的方向。

完颜阇母领着队伍走了没多久,就有探子来报,说辽国的晋王、文妃,还有驸马萧昱、将军耶律挞葛里,图谋让天祚帝退位,推举晋王做新皇帝,结果被枢密使萧奉先发现,向天祚帝告发,天祚帝下旨将他们全部处死。

探子还说,耶律余睹的夫人是文妃的妹妹,据说也受到了牵连,目前已经逃到了耶律余睹的军中。

完颜阇母听完了,没说话,示意队伍继续行进。

又走了一段路,就又有探马来报,说是辽国天祚帝已经派遣太师萧斡率领四路兵马,正在追击耶律余睹所部。

完颜阇母点点头,传令队伍加速行进。

金、辽的边界线上,十几个辽兵正在催马向金国方向飞奔。

完颜阇母的队伍停了下来。这些辽兵在金国队伍的不远处下了马,一面朝这边走,一面喊他们是来送信的。

信,是耶律余睹写给金国皇帝阿骨打的。内容很诚恳,也很简单,就是希望可以得到金国皇帝的接纳。

完颜阇母就问:"耶律余睹离这里还有多远?"

辽兵们说:"估计还有四五百里的样子,来的时候那边还下着大雨,队伍走得很慢。"

完颜阇母又问:"我听说你们的天祚帝已经派遣四路大军来追捕耶律余睹将军,这件事情你们知道吗?"

辽兵们说:"耶律余睹将军已经知道了。他说,如果被追上了,宁肯大战一场痛快而死,也决不会被绑着回去见皇帝。"

完颜阇母说:"要是这样,耶律余睹将军就很危险了。你们现在就为我们带路,快去营救耶律余睹将军吧!"

耶律阇母在辽兵们的带领下,穿越过金、辽边界,进入辽国境内,经过一天一夜的跋涉,赶到了间山。

天光大亮的时候,完颜阇母看见有两支辽军的队伍正在间山脚下对峙,一方人马单薄,一方人马众多。

不过,两支队伍好像并没有打算互相进攻的样子,因为对阵的中间有几位将领模样的人正在马上相互交谈。

完颜阇母的心里犯了疑,传令手下的队伍登上一处高冈,先看看再说。

过了好一阵子,就看见那几个在一起说话的辽军将领当中,有三个调转了马头,向着人马众多的辽军队伍发号施令,不一会儿,就见这支辽军掉头,卷起了一路烟尘,开走了。那位留下的辽军将领则看着远去的辽国兵马怔怔发呆。

一路上预想的惨烈厮杀居然没有发生。

耶律余睹得知了萧斡和耶律谛里姑、萧和尚奴的心意,就放下了心中的戒备。只是曾经在一朝做事的同僚,现在却遭遇了眼下的光景,几个人的心里都像压着一块石头。

萧斡说:"金国的势头很强,未来不可限量,投奔了他们,将军也算有了着落。"

耶律余睹摇摇头,说:"我杀了他们一员猛将,他们不会轻易信任我。"

萧斡说:"以将军的勇武和谋略,不愁在金国建功立业,将军立的功多了,金国皇帝也就信任你了。"

耶律余睹苦笑一下,又说:"也许将来我们再见面的时候,就是在战场上了。你们今天放过了我,到那个时候,我可不一定会放过你们!"

萧斡叹口气,说:"到了那个时候,就只能听天由命了,将军还是快些走吧!也不知道另一路的追兵是不是也在往这里赶呢。"

耶律余睹率领自己的队伍准备继续赶路,忽然看见从山的另一头又冲过来一支队伍,他的心一下子就提了起来。

耶律余睹的心里想着,这一定是另一路的追兵赶在了萧斡他们前面,这一次可是真的没有生路了。

耶律余睹咬紧了牙，传令手下的士卒们，把弓箭瞄向对面的队伍，把刀剑握在手里，准备一决死战！

等对方的队伍离得近了，耶律余睹的心又落了下来，这次来的是女真金国的军队。

耶律余睹在完颜阇母、粘罕和蒲家奴的陪同下，从咸州前往会宁府的皇帝寨。

途中，完颜阇母半开玩笑地说："你比我厉害！上次在辽河，你可是砍掉了我的一条胳膊呢！"

耶律余睹知道，完颜阇母是在说完颜特虎的死，脸上就堆满了尴尬，只好说："都是为了自己的皇帝，没办法。"

完颜阇母看见了耶律余睹发窘，就笑着说："将军别在心里犯疑，我没有别的意思，只是觉得在辽国像你这样有本事会打仗的将军，不仅得不到重用，还差点掉了脑袋，摊上耶律延禧这样的皇帝，你们辽国不亡都很难了。"

耶律余睹在皇帝寨的日子里，阿骨打除了带他一起参加各部勃堇们的宴请之外，还常常拉着斜也、粘罕以及蒲家奴这些人，陪着他在金国的境内四处游走。

在路上，阿骨打总是会向他问询许多有关辽国的事情，比如天祚帝经常在做什么，他最信任的臣子们都是谁，辽国的中京、西京和南京这些地方的风土人情都是什么样的，还有辽国和宋朝、辽国和夏国之间都是什么样的一种关系。

对于阿骨打提出的问题，耶律余睹都会尽其所知，讲述得足够详细。每当他向阿骨打详细述说的时候，阿骨打都会听得很仔细，很认真。

耶律余睹心里很明白，金国的阿骨打皇帝，不仅希望从他这里可以获取足够多的信息，而且还有可能会在未来的某一天，要自己成为进攻辽国的先锋和向导呢。

这样的情境，在他投奔金国之前不是没有想过，只是，如今真的身入此境,才觉得这里面的滋味真的是不好言说呢。

一天,阿骨打问耶律余睹:"萧奉先兄弟设计陷害你的亲人故旧,还派大军追杀你和你的夫人,你想过报仇吗?"

耶律余睹点点头,说:"想过,只是我的兵马太少,有心无力!"

阿骨打就说:"你若有这个心思,我们金国可以帮你,借给你兵马帮你报仇,你看怎样?"

听着这话,耶律余睹就知道,给金国皇帝效力的时候到了。

七月,阿骨打下旨,传诏咸州路都统司,调集兵马,整治军备,准备随时出兵辽国,目标是中京,因为有传言说,天祚帝此时正驻跸在中京附近。

诏书刚刚颁布,老天就下起了绵绵阴雨,而且一下就停不下来。阿骨打只好命蒲家奴为都统,粘罕为副都统,率军向西驻扎,等雨天过后再择期出兵。

阴雨绵绵的天气一直不见好转,金国的出兵计划被这湿漉漉的阴雨天泡成了泥糊糊的汤。

十一月的时候,天上下了雪,地上结了冰,粘罕就对阿骨打说:"各部兵马已经驻扎几个月了,大家精神养好了,马也喂好了,该向辽国出兵了。"

阿骨打就召集各部的勃堇们,一起商量该怎样出兵,大家却都不愿意。

大家都说,这个月份出兵,天气已经很冷了,到处都是冰天雪地的,行军作战太不方便了。

阿骨打就笑了,说:"那我们要是冬天没了吃的,会不会因为雪地里行走不便,就不出门打猎了呢?"

大家就低下了头。

阿骨打看见没有人说话,就又温和地说:"我们不能因为打了几个胜仗,占了几个州城,就想着指靠这些战利品可以好吃好喝地过几天太平日子。要知道,辽国还很大呢,我们才只占了他们很小的一部分。辽国人缓过劲儿来,迟早都会把我们打回原形。汉人们有个成语叫作'居安思危',说的就是这个道理啊。"

金国大军准备就绪,阿骨打任命国论忽鲁勃极烈完颜斜也为都统,统率内外诸军,以蒲家奴、粘罕、斡本、兀术、阿鲁补(完颜宗敏)等人为副都统,由绳果(完颜宗峻)统领合扎猛安(侍卫亲军千夫长),为了保证军令的统一,所有的将领都被授予御赐的领军金牌。

大军即将开拔的时候,阿骨打接连颁发了两道诏书。

一道诏书是颁给都统完颜斜也的,告诫斜也,在向辽国进军的时候,要谨慎用兵,多用谋略;军中要备足粮草,赏罚分明;不要侵扰主动投靠金国的辽国部民和百姓,更不许纵容部下随意抢掠;有了战机就乘势进军,时机不好就班师撤军;自己能拿的主意就自己做主,不用每件事都向皇帝请示。

另一道诏书是颁给全军将领的,要各部将领在攻下中京之后,把所有缴获的礼乐仪仗和图书文籍,及时送回内地,不许拖延毁损。

耶律余睹先前的预想没有错,金国皇帝阿骨打给了他一支兵马,作为前锋和向导,目标是辽国中京大定府。

第 九 章

辽国中京,在虞舜的时候叫作营州,在夏禹的时候隶属冀州,面积千里,物产丰饶,境内多崇山深谷,自古以来一直是奚人聚居的地方。

后来,契丹人渐渐强大,又建立了辽国,奚族人就依附了辽国。

据说,辽圣宗耶律隆绪在统和二十二年(1004 年)路过这里的时候,站在七金山上向南遥望,看见云雾之中琼楼玉宇、瑞气升腾,于是就下旨在云雾出现的地方建造城池。

由于这里土地肥沃、气候适宜,而且离中原很近,方便和南边的宋朝来往,所以城池建好后,辽圣宗就把这里定为中都,也称中京大定府。

在辽国的五个都城之中,中京的规模相对比较小。

在中京和上京之间,有一条连接两地的河流,名叫土河,就是现今的老哈河。"老哈"来自契丹语,是"铁"的意思。土河流经中京大定府,折而向北,在恩州(今内蒙古赤峰市喀喇沁旗西桥乡境内)以东地区融汇了英金河等数条干流之后,就形成了一条大河,接着一路向北,流至高州(城址位于内蒙古赤峰市元宝山区)境内,再与当地的落马河汇合后,继续向北,进入上京境内,然后再折向东北,在木叶山与潢河合流,汇成一条波涛汹涌的大江,就是西辽河。

金国天辅六年(1122 年)正月,金国国论忽鲁勃极烈完颜斜也,从设在上京临潢府的都统府中发布将令,传命女真金国各路大军,发起向辽国中京地区的进攻。

金、辽双方的中京之战，随即在土河下游的沿河两岸陆续展开。

辽国镇守中京的将领是奚王萧霞末，在得知金军进兵中京大定府的消息之后，先是在上京与中京交界的土河中游一带部署重兵防守，又派耶律迪六、耶律和尚和雅里斯等将领驻守中京，自己则率辽军主力游弋于中京以西。

萧霞末的计划是想先避开金兵的主力，避免在战役的最初阶段和金兵主力接战。他想先看看金兵的战力强弱再做打算。如果金军战力较弱，就主动出击迎战；如果金军战力强盛，就退保太行山以西地区。

由于萧霞末在土河下游部署的防守力量相对薄弱，战事开启不久，金军各部的将领就先后攻进了中京大定府境内，并分别展开各个方向的纵深推进。

金军谩都本部在土河东山与三千辽军相遇。谩都本分兵合围，将三千辽军全部歼灭。金军猛安蒙葛、麻吉在土河以西与一支奚、辽联军相遇，奚、辽联军战力较强，两军随即展开激战。此时，刚刚取胜的谩都本率部渡过了土河，立即加入战斗，由侧翼突击奚、辽联军，辽、奚联军随即溃败。随后，麻吉与部将稍合、胡适答在高州城下，逼降了辽将楚里迪部，乘机夺取了高州。

金军斜卯阿里与散睹禄率所部在高州以南推进，听闻辽军昭古牙和耶律九斤部正在与金军胡里特部激战，辽军兵马众多，胡里特部难以抵挡，正在派人求援。斜卯阿里立即率领八谋克金军火速前往救援，途中与追击胡里特部的辽军相遇。他远远看见辽军阵前有二十几个穿着绯色战衣的人，就对部下说："这些人都是敌军头目，把这些人杀了，敌军就败了。"于是，他率麾下兵马，疾速冲到这些人跟前，刀剑并举，将这些人逐个砍杀。果然不出所料，后边的辽军看见金军如此生猛，立时就畏惧不前，金军随即掩杀，辽军溃败。

进军高州、惠州境内的金军统领斡鲁麾下领兵谋克高彪率属下人马在高州与惠州的交界处,击败了辽军合鲁燥和韩庆民所部,乘机攻克了武安州。合鲁燥不甘战败,又纠合附近州县两万乡军前来进攻。斡鲁率部迎战,高彪身先士卒,传令部下下马步战,奋勇当先,再次将辽军击败。武安州周围的奚人不肯降顺金国,在各自部落的山寨负隅顽抗,恃险据守。高彪率所部一路奔袭,所向披靡,连续攻克多处山寨。其余奚人部落看见大势已去,只得全部投降。

金军猛安温迪蒲里特率五千兵马刚刚进入中京路境内,就与辽军一万人马相遇。金军士气正旺,一仗就将辽军击溃。温迪蒲里特乘势进军,率部突袭衮古里道,又与八千辽军遭遇。温迪蒲里特率所部抢先出击,再次将辽军打败。二次得胜之后,温迪蒲里特又在居庸关一带设置伏兵,又将一万辽军杀得溃不成军。三战三捷,军心大振。

金军蒙刮所部前往攻取恩州。辽国守军闭门不出。蒙刮将所部驻扎在城下,预备次日攻城。临近黄昏的时候,部将乌孙讹论率领六十余骑斥候四处哨探,骤然与辽军数百余骑遭遇。乌孙讹论出其不意,抢先出击。辽军于慌乱中被打散。金军在追击中俘获几名辽军。乌孙讹论从俘虏口中得知,辽将耶律霸哲正率领数万兵马前来援救恩州,且距离此地已经不远。乌孙讹论火速返回报信,蒙刮迅速在敌军的来路上设置了埋伏,刚刚部署完毕,敌军就到了。金军等着辽军队伍行进到一半的时候,埋伏在道路两旁的伏兵一齐杀出,把辽军的队伍拦腰截断,辽军首尾难顾,瞬时大乱。蒙刮抓住战机,又率兵绕到辽军前面迎头痛击。辽军不敌,纷纷溃散,辽军主将耶律霸哲在逃离战场的时候,被乌孙讹论从背后一箭射死。恩州守将在城头上看见辽军援兵被金军击溃,没了指望,只得打开城门投降。

再说已经攻取了高州的麻吉得到消息,说是有数万辽兵正在赶往恩州救援,于是命斜卯阿里和散睹禄留守高州,自己率属下黄掴敌古所部前去援助蒙刮勃堇。

在恩州境内,麻吉部先击败了五千多的辽军,又乘机扫平了藏在山谷中的一部辽军，招降了三千多人，接着又进兵到阿邻甸，却不幸中了此地驻守的辽军埋伏。辽军伏兵乱箭齐发，麻吉没有防备，骤然被乱箭射中，死于马下。黄掴敌古催兵来救，已经来不及了。黄掴敌古悲愤至极，大喝一声，目眦迸裂，纵马杀入辽军阵中，左冲右突，往来搏杀，将敌兵剿杀殆尽，并乘胜攻取了回纥城。

斜也得知麻吉战死，心中难过，命黄掴敌古等人将麻吉尸首好生收殓，派人送回金国内地。阿骨打得知此事，就又想起了之前战死的完颜特虎，上一次麻吉身陷辽军包围的时候，还是完颜特虎杀入敌军将其救出，而这一次，麻吉却再无前次的幸运了。阿骨打感慨不已，下旨将麻吉好生安葬，对麻吉家人及其部族比照完颜特虎之例，厚加抚恤。

至此，斜也麾下的各路金军均已先后推进到了中京城下。

金军兵临城下，中京大定府内一片混乱。城内辽军耶律迪六、耶律和尚、雅里斯等将领看见金军声势浩大，唯恐被困在城中难以脱身，下令焚烧为守城准备的大批粮草，然后率三千守军抢先撤出城外，弃城而逃。

斜也率诸军攻入城中，进城的第一件事就是把所有缴获到的礼乐仪仗和图书文籍集中起来，指派专人清点、封存。整理完毕后，又专门派出一支队伍守护这些礼乐仪仗和图书文籍，一路送回到金国内地。

另外，在进入中京城之前，斜也就给各部将领下令，严加管束属下士卒，入城后不得抢掠和袭扰城中百姓，否则军法处置，所以，中京城内很快就恢复了平静。

金军在城内安定之后，斜也马上派遣各路将领开始攻取中都大定府所辖的各个州县：完颜阇母率部向东攻取兴中府；粘罕率部向西攻取北安州（辖境约为今河北省承德市、滦平和隆化等县地）；完颜银术可、习古乃、蒲察、胡鲁巴等人率三千精骑追袭奚王萧霞末所部；完颜希尹与迪古乃、娄室、耶律余睹追袭中京守将耶律迪六、耶律和尚、雅里斯等人。

另外，斜也又派遣其余一些将领率领各自的部属，去山前的各个部落进行招降。

完颜阇母率领所部赤盏晖、大㚁、萧翊等将领从中京城出发,一路朝东高歌猛进,抵达兴中府境内。辽军以数万兵马攻来。完颜阇母见辽军数倍于己,就吩咐大㚁就地驻扎,坚守营垒,暂时不要出战。可大㚁却坚持请战。

身边的人就说:"辽军的势头这么猛,这样硬碰硬地去和辽军接战,太危险,不如先坚守营寨,等有了援兵再战。你这样坚持请战,何必呢?"

大㚁说:"两军作战,要打就打,要战就战,用不着躲躲藏藏,男子汉大丈夫,就算战死了,也是一世的英雄!"

完颜阇母听说了,被大㚁的雄心和勇气感动了,就定下计谋下令出战。完颜阇母作为主将,亲自率军向辽军发起进攻。

金、辽两军接战不久,完颜阇母就指挥金军向后退却。

辽军见金军后撤,以为对方怯阵,就紧随其后掩杀。此时,大㚁催动本部人马,快速从侧翼插入,像钢刀一般冲入辽军阵中,而此前后撤的完颜阇母,立即命令所部掉转马头,痛击辽军。双方酣战之际,赤盏晖、萧翊两位将领又率本部人马从辽军背后杀入。辽军一时腹背受敌,全军大乱,溃败逃散。兴中府守将得知辽军战败,慌忙弃城而逃。

金军胜后,完颜阇母命萧翊留守兴中府,派遣赤盏晖、大㚁各率本部人马攻取附近州县。很快,完颜阇母的这一路金军就又攻取了义州和锦州。

再说完颜希尹与迪古乃、娄室、耶律余睹等人,追袭辽将耶律迪六、耶律和尚、雅里斯所部辽军。这一支辽军得知有金军在背后追赶,吓得慌不择路,疲于奔命,中途都不敢稍作休憩。完颜希尹看见追不上了,就乘势平定了附近一些山寨,撤兵回军。

中京城被金军攻占的时候,奚王萧霞末曾打算率兵前来救援,不过刚刚赶到了城西,就遇到了完颜娄室所部,一战而败,只得向西撤走。

奚王萧霞末撤到距离兴中府约有七十里的地方,又遭遇金将银术可、习古乃、蒲察、胡巴鲁率领的三千金军围堵,所部兵马已经伤亡殆尽,仅以二十余骑仓皇逃遁,沿途收聚了不少从中京路各处逃散的溃兵,算是有了一些力量。他看见中京路到处都是金兵,已经没有了容身之地,就打算领着这些残兵败将,一路退至山西境内。无奈在通向北安州的途中,又碰上了正要攻取北安州的粘罕所部,奚王萧霞末走投无路,只得下马请降。粘罕于是乘势夺取了北安州。

至此,中京大定府所属州、府已经全部被金兵攻取。

阿骨打收到中京路的捷报,很欣慰,就给斜也颁发一道诏书,说:"你们领兵在外,能够恪尽职守,攻城略地,安抚百姓,这些我都很满意。你在捷报里所说的派遣将士去山前各部招降,我估计应该都能得到安抚。不过,你要把这些安抚的情况陆续回报给我。山后如果不能进兵,就在现有的土地种上庄稼,牧放马匹,等到秋天有了收成,再计划更大的行动。在做事情的时候,要多和其他人商议,等大伙儿都认可了再去实行。如果想要扩充队伍,就把具体的数目给我报上来,不要凭一时的胜利就松弛和怠慢。还有,对新近投降和归附的辽军兵将,要妥善地收留和安抚,不要让他们对我们大金产生疑虑。我给你说的这些话,都要向将士们宣布,要让大家都能知道我的旨意。"

天祚帝听说金国起兵攻打中京,就率领皇子、公主、驸马以及宗室的子弟三百多人,另外还有禁卫亲军的五千人马,一路狂奔,日夜兼程,赶到了鸳鸯泊的行宫。

刚刚安顿下来,天祚帝就耐不住寂寞,带着皇子和宗室的子弟们四处射猎。随行的文武官员们看见皇帝这个样子,都很无语。

这样的日子过了没多久,就又传来消息说,中京路已经全被女真人占了,而且金军前锋在耶律余睹的率领下,正在四处搜寻天祚帝的下落。

天祚帝只好决定前往南京。

出发前,萧奉先对皇帝说,耶律余睹领着金军进攻辽国,目的还是为了扶持晋王当上新皇帝,而今,不如干脆舍了晋王,彻底让耶律余睹断了这个念头,他也就没了为金军立功的心气。

天祚帝想了想,觉得萧奉先说得有道理,就下旨把晋王耶律敖鲁斡赐死。

晋王耶律敖鲁斡在朝中很有声望,就这样冤屈地被皇帝下旨赐死,令很多臣子们痛惜不已。大臣们眼见天祚帝一败再败,四处逃亡,不仅不思进取,图谋重振大辽,反而继续沉迷弯弓射雁、放鹰逐猎的日子,大家的心就像这冬天里鸳鸯泊水面上的冰,冻得越发坚实,就有不少人开始为自己找寻退路。

于是,鸳鸯泊的捺钵行宫,每隔一段日子,就会有人三三两两结伴偷偷溜走。有人把这件事告诉了天祚帝,天祚帝知道了也装作不知道,由着他们去。

天祚帝到了南京,只待了一个月,就又回到了鸳鸯泊。他听说宋朝经常派人和金国联络,心里很没底,因为南京离宋朝太近了。

临走前,他交代耶律淳一定要守好南京,又把汉人宰相张琳和李处温、左企弓等人留下辅佐耶律淳。

完颜希尹奉粘罕的命令,招降北安州附近州县,偶然抓住了几个辽国人,竟意外获悉了辽国天祚帝的下落。

这几个辽人都是从天祚帝身边偷跑出来的,其中有一个叫作耶律习泥烈的,还是辽国宗室的子弟。他告诉完颜希尹天祚帝此刻正在鸳鸯泊行宫驻跸。

完颜希尹闻听大喜,立即亲自护卫这几个辽人返回北安州,当面向粘罕禀报。

粘罕也惊喜不已,又亲自向耶律习泥烈详细询问了一番,心里就有了一个盘算。

粘罕写了一封信,派部下的两位猛安耨碗温都和移剌保勃堇火速前往中京,把信当面交给都统完颜斜也。

斜也看见两位猛安一路赶来疲惫不堪的样子,吓了一跳,以为北安州出了什么状况。

等看到粘罕的书信，斜也很犹豫。

粘罕信里大致的意思是说已经得到了确切消息，辽国皇帝躲在鸳鸯泊，而且还杀了他的儿子晋王，身边的文武大臣都离了心；他认为这是一个抓获天祚帝的好机会，希望斜也尽快制定方略，发布谕令围捕天祚帝；如果有什么疑虑，粘罕就带领自己所部的兵马去追。

斜也很为难，阿骨打在不久前给他的诏书里要金军暂时休整，避免贪攻冒进。他刚刚把这份旨意传递给各路的将领，粘罕就提出要再次向辽军进兵，而且还说若等不到斜也的话就要下令自主出兵。

这个粘罕，性子也太急了吧！

斜也考虑再三，就给粘罕写了一封回信，把信交给了自己手下的猛安奔睹，要他和移剌保一同回去，把他的意思再和粘罕当面讲一遍，然后把耨盌温都勃堇留了下来。

粘罕觉得斜也一定会支持他的建议，所以，在耨盌温都和移剌保出发去中京的时候，就下令麾下兵马做好出兵的准备，所以，等奔睹和移剌保回到北安州的时候，粘罕都已经整顿好兵马准备随时出发了。

看完了斜也的回信，又听完奔睹为斜也转述的口信，粘罕急得直跺脚。

斜也信里的意思是要粘罕从长计议，不要草率行事！

可粘罕的心思已经走得很远了。他心里认为，现在去追袭天祚帝正是最好的时机，由鸳鸯泊向西就是太行山区，而太行山区再往西就是辽国的西京。

粘罕的计划是自己先领兵马去鸳鸯泊抓捕天祚帝，不论抓到与否都要继续向西进军，斜也则领兵从中京出发，两军在事前约好的地点合兵，再一鼓作气直取西京。

这个策略，用中原汉人的话来讲，叫作"一箭双雕"。

可惜，现在斜也不赞成他的做法，这让他很为难。

难道就让这么难得的机会白白地溜走吗？

粘罕不甘心，就把身边的将领召集在一起，共同商议此事怎么办。

娄室说："既然皇帝和都统都说要等到秋后进兵，我想，这也是希望我们可以把战力准备得更足一些吧！不过，我看见皇帝的旨意里也有见机行事的意思啊！"

斡鲁说："我听杨朴和皇帝在说起汉人将领打仗的时候，如果遇见有了取胜的战机，却来不及请示皇帝或者统帅的时候，就会当机立断、自作主张，他们管这种事情叫作'将在外，君命有所不受'。"

银术可说得最干脆："你若下令，我就出兵！"

粘罕就下了决心，先行发兵。

出发前，他又写了一封信，让移剌保再去送给斜也。不过在移剌保临走的时候，粘罕对他说："在见到斜也之前，先去找下阿骨打的儿子斡本。"

斜也的心思和粘罕的不一样。

他的担心，是因为金军占据中京的时间还不长，有些地方还不稳定，如果作为主力的自己和作为偏师的粘罕都带着各自的大军西进，中京一旦有了危险，是难以撤军回援的；另外，他对粘罕从耶律习泥烈口中获取的消息还是有些将信将疑。

接到粘罕的回信，斜也就愁得想不出办法了。这时候斡本来了，斜也就问斡本对这件事情怎么看。

斡本就说："我经常听我的阿玛说，咱们大金国里能打仗的将领很多，不过，每个人打仗的办法都不一样。这里面要说眼睛看得远的，打仗的时候主意多的，就数粘罕了。"

斜也说："我也知道粘罕有能耐，可这次一旦有闪失，就怕没法补救了。"

斡本说："粘罕如果没有那个把握，就不会反复跟你商量了。现在他都已经发兵了，你若再等下去也没有任何意义。还有，如果粘罕孤军深入没有应援，一旦出了问题，到那个时候，可就真不好收拾了。"

斜也的心里轻轻颤了一下，就不再犹豫了。

他告诉移剌保不用拿他的手书了，直接把口信给粘罕带回去，两军在奚王岭（今辽宁省法库县境内）合兵。

斜也的大军在奚王岭等到了粘罕所部，两军合了兵。斜也还是不放心，又亲自把耶律习泥烈仔细问询一番，这才把心落回了肚子里，另外，暗自钦佩粘罕的行事果决。

斜也和粘罕确定了金国大军出兵的路线。粘罕率偏师做前军，出瓢岭，先去鸳鸯泊抓捕天祚帝。斜也率主力作后军，出青岭，后续跟进。

作为皇帝，耶律延禧对辽国还能不能继续延祚已经麻木和迟钝了，但是作为一个好猎手，他却已经练就了仅凭风吹草动就能预知危险的能力。尤其是这几年，他一再地被女真金国追来追去，更是早早地就能从风中的气息里判断出是否会有危险降临。

由耶律余睹做向导，完颜希尹和娄室带领的金军作为前锋一路赶到鸳鸯泊，却郁闷地发现，天祚帝早在前一天就从行宫逃了，留下了大量的金银财物和一群老弱残兵。

完颜希尹和娄室从俘虏的口中听说了天祚帝正在向西京方向逃亡，就马上派人向粘罕送信。粘罕即命希尹、娄室和耶律余睹各率所部分头追击。

天祚帝觉得在鸳鸯泊行宫里留下的大量财物可以让金国军队停上那么几天，自己可以逃亡得更从容一点。可这些没有见过世面的女真人就像天上的鹰一样，紧盯着他不放。

没办法，原本打算在桑干河边歇歇脚的天祚帝，一听说余睹带着金军追上来，跳上马就跑，就连从怀里掉了什么东西也没有觉察出来。

金国的追兵在桑干河边陆续捡获了不少天祚帝留下的财物，尤其是在河边浅滩里还捡到了一块官印。于是，捡到的兵卒就把这块官印交给了耶律余睹。余睹拿在手里一看，吓了一跳，这块官印居然是皇帝的传国玉玺。

余睹赶紧交给了娄室,娄室不敢耽搁,立即派专人把玉玺护送到粘罕的军中,粘罕马上又把这块玉玺送到了斜也军中,然后再由斜也的军中传到了金国皇帝完颜阿骨打的手上。

金国会宁府的皇帝寨里,阿骨打捧着这块石头印章仔细地端详了很久,忽然觉得,完颜家族勃堇们世代延续的使命似乎已经到了尽头,莫非自己的生命也快要应验那冥冥之中的宿命吗?

不过,眼下还有一件事情没有做完,那就是要抓住辽国皇帝。否则,不管他跑到哪里,只要振臂一呼,就会有无数的响应者,毕竟立国二百年的大辽帝国不会一下子就被女真金国取代。只有把辽国的皇帝抓住了,才能让那些辽国的遗民旧属们知道,现在的帝国是大金,现在的皇帝是完颜阿骨打。

想到这里,阿骨打身上的血就热了,看来,只有自己亲手把天祚帝这头狡猾的野兽抓获了,才最有意思!

公元936年,石敬瑭把燕云十六州割让给了契丹,云州(今大同)被划归辽地。辽兴宗重熙十三年(1044年),云州升为西京大同府,辖二州七县。

大同府地区属于一个小盆地,周围被白登、采凉等山峦环绕,北部地势较为平坦,南部的恒山、宁武等高山成为守卫西京的天险。

大同府内有许多边防驻军的府衙,如辽国西南路招讨司、西南安抚使司、西南巡察司、山北路都部署司等。

金国天辅六年(1122年)三月,粘罕率领一万金国大军开始进攻辽国西京大同府。

辽、金大同府的攻防战进行了好几天。因为地处边关,又和宋朝、西夏两国长期对峙,大同府守城部队的战斗力还是比较强悍的,不过,在更为强悍的金国将士们面前,还是差了好多。

辽国的西京留守萧查剌已经很尽力了,不仅亲自在城头上督战,还身先士卒、奋力拼杀。无奈，女真人过于剽悍，而且还都不怕死，在城上倾泻了无数的滚木、礌石和密不透风的箭雨里，就那么低着头顺着梯子往城墙上爬，一个掉下去了，后面的就跟上来，一架梯子被推倒了，又有更多架梯子搭上来。

终于，在城墙之下躺满了无数具尸体之后，女真人登上了大同府的城头。

萧查剌只得命令部下停止抵抗，向女真人投降。

攻取了西京的粘罕并没有停下行进的脚步，而是迅速带领部属向西京道所属各州县推进，一方面是为了占据更多的领土，另一方面就是继续追袭天祚帝。

丢了传国玉玺的天祚帝本来是打算躲进西京的，不过，在路上听说了金军正在向西京进兵，就只好折向西北，逃往漠北方向。天祚帝经过大同府的时候，在城外召见了大同留守萧查剌，要他尽力保住西京。

从西京离开，天祚帝逃到了白水泺（今内蒙古察哈尔右翼前旗黄旗海），刚把军帐扎好，就传来消息说，又有一支金国大军朝这里追来。天祚帝没了主意，就问身边的人们："还有哪里可以去？"

萧奉先想了想，说："我们去夹山吧！"

夹山，位于今天的内蒙古首府呼和浩特市以北，大青山腹地深处，草木繁盛，鸟兽众多，地形易守难攻，自古就是兵家必争之地。

916年，辽国在古丰州（今呼和浩特市东郊白塔古城）设西南面招讨司。1044年，辽兴宗升云州为西京大同府后，夹山属西京道丰州辖地，与西夏接壤。天祚帝曾与西夏王李乾顺有约，如果一旦有难，可以随时遁入西夏。

在进入夹山的唯一通道上，横亘着六十多里的泥淖，极为凶险，人兽一旦贸然闯入，绝无生还。当初辽国人在占据此地的时候，曾探得一条极为隐秘的路径，可以安全出入这片泥淖。而这条路径，就连当地人都不很清楚。

十几年前,萧奉先曾做过西北路招讨使,对于这里的地形很熟悉,所以,他想皇帝若躲进夹山,就可以利用夹山特殊的地形阻挡住女真人的千军万马。而且夹山的周边没有能给金国大军提供补给的州县,最近的就只能是相距数百里的西京大同府。在夹山山后却有广袤的高山草原和草场,既能驻军屯田,又能游牧射猎。所以,天祚帝和一同随行的皇家宗室以及数千名忠诚的皮室军,都可以在这里得到休整。

只是,皇帝一旦进入夹山,也就意味着辽国朝廷和外界联系会变得非常困难。

天祚帝听了萧奉先的建议,就向夹山进发。进了夹山,天祚帝身边的文武大臣和随行的将士们终于忍不住了,纷纷请命,要皇帝杀了萧奉先。理由很简单,大辽国走到今天这个地步,都是萧氏兄弟害的!

赐死文妃,赐死晋王,杀死驸马萧昱和将军耶律挞葛里,逼反耶律余睹,这一系列的动作,已经让天祚帝对萧奉先不再像以前那么信任了,而且,以辽国现在的情形,必须找一个承担罪责的人,否则,自己的皇位也快保不住了。

天祚帝就把萧奉先叫到跟前,说:"我听了你的建议,办了很多错事。可是我不忍杀你,但也不能留你,你走吧! 不要再让我看见你!"

萧奉先听了大声恸哭,心里却很明白,皇帝是在放他一条生路,眼下,最好还是先从皇帝身边离开,至于以后,再说吧!

文武大臣和将士们看见皇帝驱逐了萧奉先,也就不好再说什么,虽说心有不甘,却也无可奈何。

所谓天理昭昭,报应不爽,萧奉先带领自己的族人离开皇帝身边不久,就被一小队金军擒获。领头的金军头目得知是萧奉先后,不敢擅自处置,就押着萧奉先一行前往西京。不巧,在路上遇到了一支人数众多的辽军。这支辽军倚仗着人多,又把萧奉先一行抢了过来,带回了夹山,天祚帝只得下旨将其处死。

粘罕得知辽国皇帝逃向漠北，就离开西京，赶赴斜也军中，商议如何继续围捕天祚帝。可他刚到了斜也的军营，就传来消息，已经投降金国的西京又反叛了。

粘罕和斜也纠结了，若是再打一次西京，粮草可是不多了；若是不打，这一次西征就前功尽弃了。

于是两人就召集军中的将领共同商议，看看大家怎么说。

多数人不赞成再打一次，他们的担心，和粘罕、斜也的担心，一样。

不过，只有谋良虎极力主张再打一次！

谋良虎说："西京离西夏很近，如果我们放弃再次攻取西京，那么辽国皇帝就会从漠北返回西京，依托西京和西夏的联合，再与驻守燕京的耶律淳遥相呼应，就足以和金国抗衡。到那个时候，不管是西京还是燕京，只要我们进攻其中任何一方，就都会受到来自另一方的威胁。以我们金国目前的力量，是不可能向两座京城同时发起进攻的。"

大家听完了谋良虎的话，就都不说话了。

粘罕和斜也决定，由粘罕率所部向西京发起二次进攻，斜也则进兵白水泺，堵截天祚帝从漠北方向调兵驰援。

粘罕没有和上次一样率兵直接进攻大同府，而是和完颜阇母兵分两路，一路朝东，一路向西，分头堵截前来西京增援的辽军。他记得杨朴曾给他们讲过，中原人打仗的时候，有一种战术叫作"围点打援"。

粘罕的判断很准。他知道，看不见援军的大同府是坚持不了多久的。

萧查剌没有打算反叛，金军攻取了大同府之后，并没有给府城带来太多混乱，只是留了一位将领和不多的兵马，就继续向周围的州府推进了。

而在这个时候，天祚帝忽然从夹山派来了密使，要他趁着金军在府城兵力空虚的时候突然起兵，去阻断粘罕所部金军的退路。另外，密使还告诉他，天祚帝已经调集西北、西南招讨司，以及燕京各路辽军，对斜也和粘罕的两部金军分别予以剿灭，还有天祚帝由西夏国请来的援兵也已经向西京方向出发了。

这个计划看上去很完美,毕竟,金国的西征部队不过两万人,而此时的西京道上,辽国皇帝若要调集十几万的辽军其实并不难。

可萧查剌却觉得这件事情很没有把握,要知道,皇帝自己带兵几十万都被金国几万人打得溃不成军,更何况,就算是临时凑起来了西京各路兵马,也都是各行其是,互不统属,很难形成合力,以这样的部署去应对金军,实在没有胜算。

天祚帝的密使看出了萧查剌的犹豫,就鼓动他的部下推举马权、韩执谦作为都统,把萧查剌和留下来的金军一起逐出了大同府城。

马权和韩执谦一面据守府城,一面快马向南京路耶律淳求援。耶律淳当即下令,由蔚州发兵驰援。

来自东、西两个方向增援大同府的辽军被粘罕和完颜阇母分别击溃。粘罕在阻击辽军耿守忠部的时候,他的胞弟扎保迪抢功心切,冲杀过猛,陷入辽军重围之中,被乱军杀死。粘罕知道了,就发了疯,亲率一千"硬军"冲入敌阵,硬是亲手砍下了主将耿守忠的头。

马权和韩执谦在城墙上看见从东西两路呼啸而至的大军,举的全都是女真金国的旗帜时,心里知道,援兵等不到了。

西京守城官兵再次投降之后,一起被驱赶到大同府城南的一座山坳里。高坡之上,粘罕看着坡下等候发落的数千辽国降卒,从牙齿里狠狠地咬出了一个字:杀!

接着,金军就在西京附近先降后叛的州县里,开始了大肆地抢掠。其中,离大同府很近的应州府城里,大辽行宫内库三局积存了二百多年的无数珍宝,也被金军洗劫一空。

两次西京之战,对辽国在西京路一线的各州、府、县以及各个部族,不论是军力还是财力,都是毁灭性的打击,此后西京再也没有恢复元气。

偌大的大辽帝国现如今仅存漠北、燕京以及西南、西北两路招讨司的控制范围,其他各路、各司、诸京道都已经被金国占领。

粘罕二次攻占了西京,并没有太多的喜悦,反而多了一层忧虑。

天祚帝逃进夹山，据说已经派人向西夏国王求援；另外，驻守燕京的耶律淳对于中京始终是一个威胁。要知道，由西京大同府到中京，和由燕京到中京的距离，差不多。现在的问题是，西京眼下很不稳定，现在这个样子，短时间里无法撤军了。如果自己一直在这里驻守，那么耶律淳就有机会向中京出兵，进而还会威胁到黄龙府。

粘罕临出兵的时候曾经想过，上一年和宋朝使者赵良嗣订立盟约时，约好金国一旦对辽用兵，宋朝就会同时出兵燕京。可现在金国把辽国的中京和西京都打下来了，宋朝还是迟迟不见动静，也不知道出了什么状况。眼下最好的解决办法就是金国再出一支大军进驻鸳鸯泊，一方面可以寻机抓捕辽国皇帝，另一方面可以随时阻截燕京方向进犯中京的辽军。

可现在能够率领这样一支大军出征的，也只有皇帝完颜阿骨打了！

而此时，在会宁府的皇帝寨里，金国的皇帝阿骨打也和粘罕想到一起了。

不过，一件意外的事情把阿骨打的目光引向了燕京。

辽保大二年（1122 年）最初的几个月，辽国陷入一片混乱。金军节节逼近，占了西京，大辽皇帝逃进了夹山，音信全无。

辽国处于生死存亡之际，百姓急切盼望有一位明君可以替代昏庸懦弱的天祚帝。在汉人宰相李处温、张琳以及契丹宗室耶律大石的带动下，燕京城里的大小官员、将领士兵、僧人道士连同普通百姓数万人向燕王府请愿，共同推举大辽南京留守、秦晋国王耶律淳做皇帝。

耶律淳在军民们一致的拥戴下，宣布继承大统，号"天锡皇帝"，改元建福元年，史称"北辽"。

耶律淳在登基之后下了一份诏书。诏书中说，辽国已经到了生死存亡的时候，他是不得已才做了这僭越之事，做了皇帝，希望祖宗、百姓和文武百官们能够谅解。同时，耶律淳又下诏，降封天祚帝耶律延禧为湘阴王。

做了皇帝的耶律淳很快就派遣使者向金国投递顺表，要求归附金国。

驻军在白水泺的金国都统完颜斜也先收到了耶律淳的顺表。耶律淳在顺表中说，希望可以成为金国的属国，请他代为转奏金国皇帝阿骨打。斜也却直接回绝了他，说："你不过是一个守城的将领罢了，竟敢篡取皇帝的位子，真是不识时务。你若早早降金，我还可以保留你燕京留守的地位；你若不降，待我大军打过去，你就只是一名囚犯了！"

耶律淳看见斜也这边不是话，就又派使者前往按出虎水的皇帝寨，当面向金国皇帝完颜阿骨打求和。

阿骨打看见了耶律淳的顺表，就让使者给耶律淳带回去一份自己的御赐诏书，内容和斜也的意思一样，都是叱责耶律淳，说现在辽国的皇帝还在逃亡，他就敢以臣子的身份篡夺皇位，实属大逆不道，最好尽早地向金国投降，以免事后后悔。

打发走了耶律淳的使者，阿骨打的心里就有了底，燕京方向是不会在短时间内威胁到中京的。

五月初，阿骨打的次子斡离不（完颜宗望）仅仅领了二十几个随从，就千里迢迢从西京的粘罕军中返回了会宁府的皇帝寨，这让阿骨打的脸上很有光。阿骨打也毫不吝啬地当着众人的面，夸赞自己的儿子有胆识。

斡离不告诉他父亲阿骨打，说："西夏国王李乾顺已经答应了天祚帝求援，派大将李良辅率数万人马帮助辽国收复西京。西京现在很不安稳，粘罕不能离开西京，斜也要防着漠北的天祚帝。所以，粘罕特意委托自己回来，恳请皇帝率领一支大军前往白水泺，一来可以寻机抓捕天祚帝，二来可以减轻西征大军的压力。"

阿骨打笑着说："我早就准备好了。"

阿骨打在调集各部兵马的时候，忽然听说天祚帝此时游荡在中京路一带，于是率金军前往。在途中击败了一支辽军，却没有发现天祚帝的踪迹，只是抓住了驸马萧规。不过，倒是意外得知了天祚帝正在逃往西夏方向，于是阿骨打命娄室、斡鲁各领所部兵马前往追击。

八月初，大军抵达鸳鸯泊。

西征大军都统完颜斜也率领麾下官属前来谒见，并向阿骨打禀奏，说有来自探子的消息，辽天祚帝在向西夏求援之后，躲进了夹山，可听说了燕京耶律淳称帝的消息，十分震怒，又召集了两万多兵马，对外号称十万，准备前往燕京平叛，现在已经到了大鱼泺（今河北省张北县以西）附近。

阿骨打下旨，命蒲家奴、斡离不为两部先锋，分左右两翼先行向大鱼泺出发，自己率大军后续跟进，

蒲家奴和斡离不出发前，阿骨打有点不放心，就又把两人叫到跟前，说："你们若是遇见辽军，如果对方已经扎营结寨，做好了防卫，就不要主动进攻，就在他们附近跟踪侦伺，不要让敌军在你们眼前忽然消失，等我的大军一到，我们再合力破敌。如果对方没有任何防备，那你们就要迅速出击，以免失去战机。"

蒲家奴和斡离不领军走后，阿骨打率一万精兵随后出发。这一天，前军猛安兀室和马和尚带领所部的兵马进入大鱼泺的时候，发现这里已经有辽军驻扎，二人就传令所部人马潜藏在密林之中。等到夜深了，兀室和马和尚领着二十余骑人马悄悄潜入了辽军大营。

宋朝的太师童贯在马政出使金国之后，通过徽宗皇帝的默许以及宰相蔡京的支持，把常年用于对西夏作战的西军旧部与河北禁军等多路人马合并，统一划归自己直接指挥，就等着马政从金国回来，明确了和金国联合出兵的日期后，即刻北上攻辽。

可没等马政回来，宋朝就爆发了一场声势浩大的农民起义——方腊起义。童贯只得率领准备北伐的宋军南下，围剿方腊。

马政带着金国使臣曷鲁和大迪乌抵达登州的时候，童贯还在南方和方腊作战，于是朝廷传命给登州地方官，以童贯太师还没回来为借口，把金国使臣滞留在馆驿里面，等候消息。

这一等就是三个月。曷鲁和大迪乌实在等不下去了，就和陪他们一起回来的马政急了眼，说："你们不带我们去京城，我们就自己走着去见你

们皇帝。"

马政没有办法,只好带着曷鲁和大迪乌出发前往京城。

一行人到京城落了脚,负责接待金国使者的国子司业权邦彦就接到了徽宗的旨意,说:"辽国已经知道了金国和我们通过海上联络共同结盟夹攻他们的事情,已经派遣使者和我们交涉了,所以,我们大宋不能出兵了,让金国的使臣回去吧。"

权邦彦哭笑不得,徽宗皇帝的做法也太小孩子气了,联金抗辽的这件事情可是宋朝主动跨海找到金国结盟的! 现在人家带着诚意来了,皇帝却拿了这样的借口去回复对方使者,实在太不像话!

于是,权邦彦就请传旨的太监回宫劝劝皇帝,看看能不能改变徽宗的想法。

徽宗皇帝想了想,就从宫里传出口谕:使臣可以不走,不过,有关和金国联合出兵的事情,还是要等到童贯回来再说。

这一等又过了三个月。宰相王黼就对徽宗皇帝说:"再让金国使者这么等下去太不像话。如果皇上真的打算毁约,就写一封国书交给使者,把他们放回去吧。"

徽宗想想也是,就命人起草了一封国书交给了曷鲁。国书里大致的意思是要金国先打下西京,再和金国联合对辽出兵。

阿骨打在看完曷鲁和大迪乌带回的国书之后,心里很疑惑。

按照先前阿骨打答应赵良嗣的条件,将来的西京是要划归宋朝所有的,现在,宋朝提出要金国先把西京打下来,那辽国剩下的地盘就只剩下燕京了,而燕京未来的归属阿骨打也答应要还给宋朝。

这哪里是联合出兵? 这摆明了就是等着金国把辽国燕云地区的势力全部清除之后,宋朝直接过来接收就是了,压根儿就不费一兵一卒嘛!

既然宋朝不打算履约,阿骨打就不再继续等了。于是,就在这之后半年多的时间里,阿骨打先率领金国大军攻取了中京,然后命斜也和粘罕一路西进,前后两次攻取了西京。

辽、金两国的战局变化很快就传到了大宋朝廷。徽宗皇帝和刚刚剿灭方腊起义的童贯心里都明白,这个时候对辽用兵,是夺取燕京最好的时机。

可朝中对于宋朝的出兵方略却有两种看法。

一种看法是,虽然辽国的天祚帝荒唐透顶,甚至已经快把辽国的领土折腾没了,不过要让人口不是很多的女真金国把大辽帝国上百年的深厚基业一口吞进肚里,也没那么容易。

宋朝此时如果出兵帮辽国打败金国,辽国就会从此感恩大宋,而大宋就可借机提出条件,或者减免岁币,或者收回失地,甚至二者兼而有之,这样宋朝名利双收,结果最理想不过。

另一种看法认为,宋朝和金国已经反复谈判好长时间了,现在金国已经把辽国打得无法招架,宋朝应该趁此机会依照事先和金国的约定,尽快出兵协助女真伐辽,把燕云十六州尽早地收入囊中,以免夜长梦多。

宋宣和四年(1122年)三月,正在围捕辽国天祚帝的金军向宋朝的代州(今山西省忻州市代县)发了一个边牒(文书)。代州守将立即向朝廷奏报金军牒牌内容。金军在牒牌里说:"我军近日在鸳鸯泊击溃了辽军,辽国天祚帝败走北遁。我们现在正对占领的州县进行安抚,希望你们不要在代州边境接收辽国逃散的难民,以免因此引发两国冲突。"

金军在牒牌里的措辞虽然很不友好,但宋朝徽宗皇帝和童贯在牒牌里注意到了辽国天祚帝败走北遁的消息。

宋宣和四年四月十日,宋朝徽宗皇帝下旨,命太师领枢密院事童贯为陕西河东河北路宣抚使,领兵十万,北上伐辽。

四月二十三日,童贯率大军进入高阳关路(今河北省高阳县至天津市一带)。

宋军驻扎后,童贯命人在周围各州县贴出了许多招降榜文,大致的意思是:凡愿意投靠宋朝者,百姓保留旧有田地,官员保留先前官职;若是带人投靠宋军,即刻封官赏银;若是说动州县前来投靠,立刻命其为州县长官;若是有人能说服燕京投宋,就直接册封为燕京节度使,并赐赏银十万贯外加大宅一处。此令不分契丹番汉,人人皆可。

此外,童贯在榜文中还明确告知燕云地区的百姓们,宋朝军队此次前来只是为了收复故土,既不会袭扰燕云土地上的百姓,也不需当地百姓们为宋军提供军需粮饷,并且保证,在日后收复的土地上还要减免百姓们两年的赋税钱粮。

童贯在高阳关休整数日之后,继续率宋军前进到了河间府(辖境相当于今河北省肃宁县以东,大城县以南,沧州市西部以西及泊头市以北地区)。在此,童贯把宋军主力分为东西两路,东路宋军由名将种师道统领,屯兵白沟(今河北省白沟镇);西路宋军由大将辛兴宗统领,屯兵范村(今河北省涿州西南)。

此时正在上京准备率军出征的阿骨打得知了宋军向燕京出兵的消息,就把身边的大臣和将领们召集起来,一起商量该怎样应对。

大家都说,宋朝出兵的时候没有提前和金国通报出兵日期和进军方向,这些迹象表明,宋朝并不是真心想和金国联盟。

宋朝很有可能想凭着自己的力量从辽国手中夺下燕云十六州,然后以燕云十六州为界,与金国对峙抗衡。若宋朝果真存了这样的心思,那当初谈好的每年从辽国转给金国的岁币就是一句空话了,而且宋朝的边界也因为占了燕云十六州的缘故,一下子就向北推进了。这样的态势对金国很不利。

阿骨打认为大家说得很有道理,就命杨朴写一封国书,由勃堇乌歇和高庆裔带着国书即刻出使宋朝,去看看宋朝的君臣到底是怎么想的。

另外,因为这一次的出使关系重大,阿骨打特意叮嘱乌歇,可以根据谈判的进程自行临机决断,不必再派人回金国请示,以免贻误战机。

阿骨打在写给徽宗的国书里说:"按照我们两国之前的约定,抓住天祚帝、打败辽国以后,燕云土地归你们,岁币归我们。你们等我们金国攻取西京之后便会发兵。

"我们现在已经攻取了辽国上京、中京、西京和许多州县,虽然没有抓到天祚帝,不过已经把天祚帝和他的大臣们打散了,而且援助西京的西夏大军也被我派遣人马把他们打败了。另外,辽国各地方的势力也大多被我金国消灭,辽国原来的属国诸如鞑靼、阻卜等国已经陆续表示向我们称臣,进贡岁币。

"当前大局已定,只有燕京一地尚有耶律淳驻守。前段时间耶律淳主动派使臣向我求和。我考虑新近征服的许多土地需要安抚,所以,还没有决定是否对耶律淳用兵。

"我们曾经担心天祚帝逃到贵国境内,因此发文给贵国代州。现在知道你们没有收留天祚帝,我们也就放心了。只要你们不和辽国合作,我们的联盟就仍然有效。

"上一年贵国使者和我们金国有过约定,金国一旦出兵,贵国太傅童贯就会率兵呼应。虽说没有商量好确定的日子,但现在我们知道童太傅已经开始出兵北伐了。

"虽然我们都还没有达成最后的协议,但现在你我两国都已出兵,那么到底还要不要按着盟约合作?怎样合作?请贵国把你们的想法告知我们。"

乌歇和高庆裔等人走的还是老路,从海上到登州,再由登州到汴梁。

他们出发的时候是五月,等他们抵达宋朝都城汴梁的时候,已经是九月盛夏了。

在金国使者向宋朝出发的同时,宋军开始了向燕京地区的第一次进攻。

在进攻之前,童贯派出投降宋朝的辽国官员张宪、赵忠谕带着劝降书去见天锡皇帝耶律淳。耶律淳没有看劝降书,而是直接把张宪和赵忠谕砍了头。

童贯不死心,就又派遣曾经在出使金国时表现极为出色的马扩前往燕京劝降。

耶律淳不是没有考虑过归附宋朝,只是辽国在和宋朝上百年的对峙中,辽国一直处于上风,耶律淳骨子里的高傲让他一时很难下定决心,尤其童贯派来说降的张宪和赵忠谕还都是辽国叛逃宋朝的叛徒。

不过,这次听说派来的使者是马扩之后,耶律淳的态度多少有些缓和。他听说了马扩在金国出使的时候,为宋朝争取了许多颜面,是一个有胆识的人。另外,这一次如果再把宋朝使者杀了,那燕京就彻底没有退路了。

毕竟以燕京目前的局势,不管是宋朝还是金国,只要靠上一个就好。

于是,耶律淳就派出身边的亲近大臣们分别和马扩谈判,探一探宋朝的底。另外,耶律淳为了加强谈判中的筹码,做了两手准备,一边和马扩谈判,一边命耶律大石为西南路都统,率领两千骑兵驻守涿州新城县(今河北高碑店市东南高碑店市),预防宋军突袭。

童贯在高阳的时候,曾向高阳知州和诜询问他对战局的看法。和诜说:“我军此次出兵,燕地的百姓都盼着我们来呢,所以尽可能不要打仗,等燕地百姓主动归附就行,更不要轻易和辽军发生冲突,尽量争取民心。”

童贯采纳了和诜的建议,传命各部:此次出兵,有征无战,目的是为了给辽军施加压力,令他们主动投降。禁止宋军误杀辽军人马,否则军法处置。

东路前军大将杨可世接到童贯的命令,深以为然,就带着几千人马进入辽境,不想,被耶律大石率两千骑兵在高碑店市兰沟甸打了伏击,大败。

耶律淳得到战报非常高兴,又增派三万辽军由耶律大石统领。耶律大石随即带兵进驻白沟北岸。

宋军东路军统帅种师道驻扎在白沟南岸,接到童贯的命令之后,很疑惑。他观察北岸的辽军严阵以待,不像要投降宋军的样子。不过,他还是对部下说:“多加小心,避免和辽军冲突。”

杨可世虽然吃了一场败仗,但还想着对辽军进行招降,就命属下将领对辽军喊话,继续劝辽军投降。

回答他的，是辽军的万箭齐发，还有紧随其后的渡河强攻。

宋军措手不及，再加上不准和辽军发生冲突的命令，局势立刻陷入被动。

主将种师道得知消息，立即传令组织反击。但辽军比宋军熟悉地形，骑兵移动速度又快，经过一夜的奋战，宋军东路军大败，种师道只得率所部退出白沟。

西路宋军的情况和东路宋军的差不多，不过情况稍好一些。

主帅辛兴宗率军刚刚进驻范村，辽国主将萧干就登上了范村附近的孤山，看清了宋军的虚实。

萧干经过一番部署之后，率辽军主动出击。辛兴宗命前军王渊、刘光远等四路人马迎战。辽军熟悉地形，把宋军困在山下的夹道当中。宋军奋力抵抗，双方僵持不下。辛兴宗急派刚刚从东路战败撤回来的杨可世率军增援，并亲自持着上将节钺督战，宋军形势才有好转。

萧干看见已经达到了阻击宋军的目的，就主动率辽军退出战场。辛兴宗松了口气，率部回营，双方就此休战。

宋军对燕京的第一次进攻就此收场。

而此时，受童贯指派，在燕京劝降天锡皇帝耶律淳的马扩，原本已经和北辽的官员们谈得差不多了，而且把招降的文书都通过北辽重臣李处温呈给耶律淳了，可没想到身后的宋军居然被辽军打败了，这样一来，马扩的谈判就陷入了窘境。

北辽天锡皇帝耶律淳的身体快不行了。

自从做了皇帝之后，耶律淳内外交困，想与金国请和，金国不接纳；想免了岁币归附宋朝，宋朝却拒之门外。两边都得不到收容的耶律淳就病倒了。

西京已经被金军攻取，燕京派去的援兵也被打败了。躲在夹山的天祚帝发了檄文，昭告天下，说耶律淳是乱臣贼子，篡取皇位，罪不容诛，诏令各路兵马讨伐燕京。宋朝陈兵十万,威逼燕京,虽说北辽官兵在萧干和耶律大石的率领下把宋军打败了,可这暂时的取胜也无非是在和宋朝使者的谈判桌上,为自己多挣了一些面子罢了。

六月初,传来了金国皇帝完颜阿骨打亲自率军从上京出兵的消息。隔几天,又传来了躲在夹山的天祚帝征集了几万人马,亲自讨伐燕京的消息。两个消息加在一起,就把耶律淳揿在病榻上,最后一口气压没了。

耶律淳驾崩的时候,距登基不足一百天。

耶律淳没有子嗣,驾崩后,手握军权的萧干尊耶律淳的妃子萧氏为皇太后,主理燕京政务,改年号建福元年为德兴元年。

被辽军打得灰头土脸的童贯,领着失利的宋军从雄州退回了河间府。马扩也因为谈判无果,从燕京回来了。童贯发愁,该找个什么理由给徽宗皇帝一个交代呢?

耶律淳驾崩的消息把童贯已经灰败的心思又给激活了。

不过童贯知道,以自己目前的战绩,若是再提对辽出兵的话,很可能会被徽宗皇帝叱责。于是,他就把这一消息传给了朝中宰相王黼。王黼知道消息后,赶紧上奏徽宗,说北辽天锡皇帝已然驾崩,前妃子主政,燕京态势比之前更加混乱,此时若再攻燕京,必能取胜。

徽宗皇帝不喜欢打仗,尤其是在自己非常信任的童贯领兵失利之后,更是觉得多一事不如少一事,但禁不住王黼反复劝说,又觉得这样的机会如果不去利用的话,很可惜,于是,宋朝大军开始了第二次北征的准备。

娄室和斡鲁奉阿骨打之命,率领七千人马前往云内、天德一带,阻击西夏助辽的援军。所部进入天德军(今内蒙古巴彦淖尔市阴山山脉南麓)的时候,遇到了李良辅率领的西夏兵马。

1105 年(辽乾统五年、宋崇宁四年、夏贞观五年),辽国成安公主耶律南仙下嫁西夏崇宗李乾顺。三年之后,成安公主生下嫡长子李仁爱。

李乾顺和南仙公主十分恩爱,和辽国关系处得也很好。

在得知天祚帝被金军追得躲进夹山之后,17 岁的西夏皇子李仁爱向父皇李乾顺请命,想要率领一支大军前往救援。

西夏国,又称邦泥定国或白高大夏国,先民党项人,是在青藏高原上生活的羌族中的一支,最早依附于吐谷浑,和吐谷浑合力一起对抗吐蕃。其部落首领被吐谷浑赐姓拓跋氏。唐高宗时,吐谷浑被吐蕃所灭,党项羌人失去依托,请求内附大唐,被唐朝安置在松州(今四川松潘)。后党项羌人繁衍为几个大的部落,部落盟主仍为拓跋氏。安史之乱后,唐朝将居于庆州(今甘肃庆阳市)的盟主部落拓跋朝光部迁于银州以北和夏州以东地区,即南北朝时匈奴人赫连勃勃的"大夏"故地,于是,这一部党项羌人就成为平夏部,也就是后来西夏皇族的先人。

唐僖宗时,因为平定黄巢起义有功,其首领拓跋思恭被赐姓李,被封为"夏国公",领有银州(今山西米脂县)、夏州(今陕西横山区)、绥州(今山西绥德县)、宥州(今陕西靖边县)和静州(今陕西米脂县西)五州。

宋雍熙二年(985年),因不愿依附宋朝,逃到地斤泽(今内蒙古乌审旗东北巴嘎淖尔)的夏州节度使李继捧的弟弟李继迁,会同族弟李继冲抗宋自立,并主动向当时建国不久的大辽请降,被契丹人封为夏国王,并于宋雍熙三年(986年)向契丹称臣,同年底,向契丹请婚,宋端拱二年(989年),契丹公主耶律汀下嫁党项,西夏与辽国联姻。

1038年(宋宝元元年),元昊称帝,建国号大夏,西取武威、张掖、酒泉、敦煌等地,又陆续在对宋、对辽的战争中取胜,占据了南界横山,东距西河,控制了整个河西走廊的广大区域,与辽、宋两国相邻,最终形成三国鼎立。

西夏境内土壤肥沃,宜于耕作,水草丰茂,又宜于畜牧,民风强悍,勇于搏战。崇宗李乾顺即位后,和他的先祖们一样,一直秉承着联辽抗宋策略。辽天祚帝即位后,两国经常互通来使,交往频繁。

金军进攻西京的时候,天祚帝派人向西夏求援。崇宗李乾顺立即调遣了五千兵马准备前去救援。不料队伍刚刚出发,就传来西京已被金军攻取的消息。崇宗大惊,立刻把兵马增至三万,由大将李良辅统领,推进到了天德一带。

娄室和斡鲁率领的七千人马被分为前后两军,进入了天德境内。由于之前没有和西夏人打过交道,所以,作为前军的娄室,想尽快知道敌军的兵力部署。

娄室扎下前军营帐,派部将突捻和补撒率两百骑兵做斥候,先去探看一下西夏军的虚实,另派人传话后军的斡鲁,暂停前进,等候消息。

突捻和补撒出发前,娄室一再叮嘱,一旦遭遇西夏兵,不要和对方拼死力战,只需大致了解一下对方的实力就可以了,要即刻撤回,尽快回报敌情。

临近傍晚的时候,疲惫不堪、浑身血污的突捻和补撒回来了,出发时带着的二百骑兵,回来的,没有超过一只手掌的五根指头。

娄室很惊讶。

突捻和补撒说,他们出发了不到半天的工夫,就发现了正在行进中的西夏军。

因为离得比较远,突捻和补撒就领着部下的骑兵在附近找了一处有树木遮挡的高处,打算仔细看看情况。可刚刚下马藏好,突然冒出了无数的西夏兵,瞬间就把这一小部金军围在中间。突捻和补撒率领部下拼死突围,侥幸杀出重围,身边就只剩了这几名遍体鳞伤的战士,其余人马全部战死。

娄室听完,心里有些发紧,把突捻和补撒安抚了一番,让他们赶紧回营歇息疗伤,同时,命各部加强营帐守卫,以防敌军突袭。

次日清晨,又一名部将阿士罕自告奋勇,愿意再次前往打探。娄室准了之后,还是仔细叮嘱了一番,说:"西夏的兵将骁勇善战,善使计谋,不能拿辽兵和他们相比。这次前去,一定要小心谨慎,一旦觉出不对,速速撤回,切记不可贪战!"

下午的时候,正在帐中等候消息的娄室听见手下来报,说阿士罕回来了。娄室赶紧走出帐外,只见阿士罕和前一天的突捻和补撒一样,浑身血污,疲惫不堪,神色张皇。而且,这一次更惨,阿士罕出去时也是带了二百人马,此刻,却只剩了他一人一马。

娄室亲手把阿士罕扶下了马,把身上的战袍脱下来铺在地上,让阿士罕躺下,等他心气平复了,再慢慢说。

阿士罕率领的二百骑兵是沿着昨天突捻和补撤的路线走的,在绕过一个山嘴之后,前面忽然出现了一块宽阔平旷的山谷,而且对面不远处,正静静地守候着一队西夏骑兵。

骤然间与敌军相遇,阿士罕想要撤退也来不及了。他看了看敌军的兵马,好像也不很多,索性也不去多想,直接就带着队伍杀了过去。

两支队伍厮杀了好一阵子,西夏军渐渐有些招架不住,开始边战边退。阿士罕心里就想,西夏人也不过如此,就率领手下一路紧追。

当阿士罕率所部金军把这一支西夏兵马逼退到山谷尽头的河边时,阿士罕就在考虑,是不是要抓一些俘虏回去询问敌情了。

阿士罕刚想到这,突然杀声四起,金军的身后、左右出现了无数西夏兵马,前边败退的西夏兵马也返身冲杀,阿士罕所部金军立时死伤过半。混战中,阿士罕乘机躲在了河边的一块巨石下面,周围杂草丛生,将他遮盖得很严实。

在数倍于己的西夏军包围下,阿士罕带出去的金军很快就全军覆没。西夏兵在打扫战场的时候,没有发现躲藏的阿士罕。阿士罕躲在石头下面不敢动弹,等西夏人走了很久以后,才小心翼翼地走出来,抓了一匹在战场上跑散的战马,心惊胆战地逃了回来。

天上,忽然下起了大雨,一起和娄室听着阿士罕诉说经过的各部将领们脸上也都挂上了阴霾。

于是大家就都跟娄室说:"天降大雨,应该是上天给予我们的警示。我们不如先暂时避开西夏人,休整一段时间再说。"

娄室一边听大家说,一边低头想。过了一阵子,他抬起头说:"中原汉人有一句话,叫作'胜败乃兵家常事',我们不能因为两次小败,就丧失了锐气！我们若是就此休战,西夏人一定会以为我们怯懦心虚,而且不出一两天,就会主动向我们进攻,到那个时候我们可就不好办了。我听杨朴给皇上讲述中原人打仗典故的时候,说过好多先输后赢的例子。西夏人已经小胜了我们两次,他们一定很骄傲,我们可以利用他们的骄傲打败他们!"

隔了一天上午,娄室在所部前军精心挑选了一千名将士,亲自率军与习室和拔离速一起,主动向西夏军出击。

队伍抵达一处山岭,娄室登高看看地形,然后命拔离速领二百金军凭险据守,并对他说:"如果我们获胜,你就率兵进击;如果我军败了,你就为我们阻击追兵。"

西夏军领兵主将李良辅很轻松,连着打了两次伏击,都把金军全部歼灭,让他觉得面对的金军铁骑并没有传说中的那么厉害,所以,当探马来报说金军大队人马正在向这边开来,他已经懒得打伏击了。他故意放了几名兵士,专门让他们被金军俘获,目的就是告诉金军自己的方位。他漫不经心地吩咐部下就在宜水(今内蒙古南部)岸边列阵,等着金军过来。

西夏军步骑合计三万人,金军就算都是骑兵,也不过一千人,这样的兵力对比,想不胜都难,李良辅在心里想。

娄室亲自审问了两名被俘获的西夏兵士。两名兵士很镇定地告诉娄室西夏大军共有三万,此刻正在宜水对岸列阵等候。娄室信了,就让这两名兵士做向导,率领队伍继续前进。

习室就提醒娄室:"这会不会是个圈套?要不要防备敌军伏击?"

娄室说:"不用,这两名军士如此从容,毫不慌乱,就表明这里面没有圈套,他们是故意让我们抓住的,这是李良辅专门派来为我们引路的,李良辅并没有把我们放在眼里。"

河对岸的西夏军阵形不整,兵士散漫,娄室观察了一阵,心里就有了数。他立刻命人去给后军的斡鲁传话,叫他即刻率兵前来应援。自己则把部下分为两部,一部快速渡河进攻,一部紧随其后,前部攻击一阵后返回,后部随即跟上继续进攻,两部相互转换,轮番向敌军进击。

西夏军没有想到金军会主动出击,即刻便乱了阵脚。娄室抓住机会,把两部金军又分为左右两翼,从两侧插入西夏军,奋力冲杀,西夏军和金军很快就搅在了一起。李良辅见势不好,马上传令各部向中军靠拢,试图把人数不多的两部金军集中压制在一起,好一举歼灭。

毕竟一千人马对敌三万人马,西夏人数上的优势很快就让阵中的金军压力骤增,两部金军被渐渐围在一起。情势危急,正值此刻,忽然阵外杀声四起,又有两部金军冲杀而至,一部是斡鲁的后军,一部是拔离速负责接应的两百金军。

这一下,西夏军就彻底蒙了,他们搞不清到底来了多少金军,在混战中各自逃散求生。

娄室和斡鲁、拔离速合兵一处,紧追不舍,一路追杀逃散的西夏军,直到把敌军追进一座山谷。谷中有一条水涧,平时水很浅,西夏人熟悉地形,于是纷纷抢渡涧水逃生。也是天意使然,山里连续下了几天雨,上游涧水已经蓄满了,正当李良辅领着一部分西夏军刚刚登上对岸,身后的大部人马还蹚在水里的时候,上游蓄满的涧水突然倾泻而下,涧水暴涨,可怜无数西夏兵马被这突如其来的山间洪流吞噬淹没,漂流溺死者不可胜数。

李良辅长叹一声,率领余下的残兵败将黯然退回西夏。

西夏国王李乾顺得知西夏军战败,立刻派遣使者向金国皇帝阿骨打求和。李乾顺的心里很明白,三万人马对于西夏国来说已经很伤元气了,若是继续派遣援军,西夏国就很危险了,所以,此时最好是主动向金国示弱,避免引火上身,至于日后的局势,等等看吧。

八月初,石辇驿(今山西省大同市西北)的一处高坡上,天祚帝耶律延禧在身后嫔妃们的簇拥下,看着一直跟了他们十几天的金军,渐渐地陷进了辽军的包围,一直提着的心就放了下来。

那天晚上，一直服侍他的贴身侍卫忽然不见了，谁也不知道他去了哪里。天祚帝从静谧的夜里忽然嗅出了不安的味道，于是立即传命拔营启程。

队伍行进到石辇驿的时候，身后的斥候来报，说是一直紧追的金军人马好像并不多。

天祚帝想了想，就下令部队停下脚步，回身迎敌。

蒲家奴和斡离不的左右前军一直没有遇到辽军，走着走着，两军的兵马就走到了一处。两位领军的主将就商量是否要重新调整一下进军的方向。这个时候，讹古乃追了上来。讹古乃是冶诃的儿子，最擅长的就是刺探敌情，更有一种超乎常人的本领，就是善于长途奔驰，日行千里，阿骨打的军中一旦有了紧急的事情，都会指派他飞骑送达。

讹古乃告诉蒲家奴和斡离不说，阿骨打的人马潜入辽军的营帐，抓回来一名天祚帝身边的近侍，打听出了辽国皇帝的去向，要他们两人火速前往追袭。

蒲家奴和斡离不听了讹古乃的传话，不敢耽搁，立即传令军中昼夜兼行，尽全力追赶天祚帝。

经过几个昼夜的急行军，蒲家奴和斡离不所率领的金军前锋部队终于在石辇驿追上了天祚帝。

可是，几个晚上的连续行军人困马乏，一路狂追，勉强跟上来的人马不过千人。

可对面的辽军有二万五千多人，还正在修筑营寨。

两军兵力的差距很明显。

蒲家奴和斡离不就召集身边的将领们，看看大家的意见。

耶律余睹就说："我们一路追袭，跟上来的人马太少，如果主动出击，太吃亏！"

斡离不说："我们这么辛苦，经过千里奔袭，好不容易追上了辽国皇帝。要是不主动进攻的话，等天一黑，辽国皇帝一定会趁着夜色逃遁了。

茫茫草原，无边无际，再要找到他的下落，又不知道是啥时候了！"

大家听了，就都说："那就别等了，打吧！"

于是，蒲家奴和斡离不顾不得歇息，立即率军投入作战。

金军的人马少，很快就陷入了辽军的包围，而金军士卒都已知道身陷绝境，也就不顾了性命，拼死战斗。

站在高处的天祚帝从肚子里吐了一口气，想着，这可终于有了一次痛杀女真人的机会了，对了，得告诉他们，不要把这些女真人杀光了，留几个，让他亲手射杀了，才过瘾！

天祚帝刚想到这里，突然看见辽军的阵形被冲开了一道口子，一大群女真人正挥舞着刀枪，凶神恶煞地朝着自己杀过来。

斡离不在两军的混战里杀得兴起，忽然看见不远处的山冈上有一群人，簇拥着一顶黄色麾盖观战呢。斡离不就问耶律余睹："那顶黄色麾盖下面站着的是谁？会不会是天祚帝？"

耶律余睹砍翻了身前的一名辽兵，大声地说："没错儿，就是他，把他抓住了，辽国的事情就解决了。"

斡离不听了，就高声叫喊："将士们！那个麾盖下面站着的就是辽国的天祚帝，谁要是把他抓住了，必有重赏！"

金国将士们听见了，纷纷击退身前的辽军，争先恐后地冲了过去。

刚刚还想着射杀几个女真人的辽国天祚帝一看见金军朝他冲了过来，大吃一惊，立即跳上马，迅速逃去。身后的嫔妃和文武大臣们也都尾随奔逃。辽军的将士们看见正在打斗的金军忽然冲向了皇帝，就纷纷跑来救驾，阵形一下就乱了，没办法，就只能跟着皇帝一路跑了。

蒲家奴和斡离不的兵马实在太疲累了，将士们胯下的战马大多脚力尽失，难以为继。

蒲家奴和斡离不只得停止追击，等阿骨打大军到了再说。

他们没有等太久，阿骨打就率兵追上来了。阿骨打看着刚刚结束战斗没多久的战场，很诧异地问："辽国皇帝离着这么近，为什么不继续追?"

两人说:"战马跑了太久,跑不动了。"

阿骨打摇摇头,说:"去!换战马,接着追!"

没有抓获到天祚帝的阿骨打,乘着胜利的势头继续挥师西进,向燕京西侧的军事重镇归化州(今河北省宣化)和奉圣州(辖境相当于今河北省涿鹿宣化、怀来、兴和等县以北,沽源县、北京市延庆区以西,内蒙古自治区商都县察哈尔右翼前旗以东,镶黄旗、正蓝旗、多伦县以南地区)发起进攻,半个月之内,归化州和奉圣州先后被金军攻取。

辽国蔚州守将翟昭彦、徐兴、田庆等人和耶律余睹的私交很好,金军攻下奉圣州之后,耶律余睹就对阿骨打说自愿前往蔚州劝降,阿骨打准了。过了没几天,三人随着耶律余睹前来觐见阿骨打。阿骨打很高兴,对三人勉励一番,遂任翟昭彦、田庆为刺史,任徐兴为团练使,继续留守蔚州。

至此,阿骨打看向燕京的视野里已经再无阻碍。

十月初,阿骨打率兵进驻奉圣州,暂时休整,准备过一段时间继续西进。

阿骨打拿定了主意,一定要想尽办法把天祚帝拿获,否则,人口并不算多的女真人是很难吃定拥有众多族群和广阔疆域的大辽帝国的。

忽然传来两个消息,让阿骨打对继续西进追捕天祚帝的计划产生了犹豫。

头一个消息是中京的兴中府反叛,附近的州县纷纷响应;再一个消息却是宋朝大军在童贯的率领下,二次征伐燕京。

这两件事情的发生对于阿骨打下一步的谋划,都有着至关重要的影响。

如果继续率领大军西进,那么,地处中京的辽国叛军就会汇聚在一起,切断金国大军的归路,现在所有前线的金国大军都将陷入四面受敌的境地,另外燕京也很有可能就被宋朝攻取。

　　而对于宋朝这个帝国,阿骨打始终抱着一种警惕和敬畏的心理。在他的想象里,大宋帝国幅员辽阔,人口众多,一定拥有一支极为强大的军队,所以,他觉得对待宋朝,应该始终保持一种谨慎的态度。不过在和宋朝使者几次谈判的时候,对方在西京和燕京归属上的算计,令他感到十分不满,尤其是在中京的时候,若不是高庆裔提醒,赵良嗣就利用他对燕京地理的模糊,把平、营、滦三州给赚了去。

　　就在阿骨打犹豫不决的时候,捷报传来,兴中府的叛乱已经被完颜阇母平定了,并且抓获了先降后叛的辽军主将耶律九斤。

　　得到这个消息,阿骨打松了口气,心里虽然十分高兴,但还是派遣使者传递他的口信,告诫阇母要大力劝谕受降地区的百姓,鼓励他们耕种稼穑,不要随意惊扰他们。另外,阿骨打又发布诏令告诫中京路的六部奚族,说:"你们降了又叛,煽动民心,实在罪不可赦。不过,要是能真心向金国投降,我可以不和你们计较,饶恕你们的罪过,仍旧和以前一样。"

　　六部奚族看到辽军的反叛没有结果,主将又被金国捕获,只得听从诏令,纷纷请降。

　　中京的事情平息了,阿骨打没有了顾虑,就开始考虑要不要进兵燕京。可刚有了这个念头,又传来消息,前不久攻取的归化州反叛了,阿骨打只好下旨,命谋良虎、斡本率兵前去平叛。

　　谋良虎、斡本所部行军至断云岭(今河北省宣化市附近)扎营的时候,听见路旁的林子里传来阵阵的虎啸之声。

　　谋良虎不打仗的时候是一位出色的好猎手,而且越是大型的猛兽,就越能激起他的好胜心。此时林中猛虎的啸声令他心痒难耐,于是,他跳上坐骑,把马头一拨,对身边的侍卫说一声马上回来,就自顾自地钻进了林子。

　　侍卫们等了很久也不见谋良虎回来,慌了神,赶紧钻进林子里四处搜索。在林子的最深处,看见谋良虎坐在一块石头之上,背靠一棵大树,双目紧闭,大口喘着粗气,身后不远处,躺着一只硕大的猛虎,猛虎身上的要害部位深深地插着几支利箭。

众人连忙把谋良虎抬回了营中,可抬回大营之后,却怎么叫也叫不醒谋良虎。随同谋良虎领兵的斡本不敢耽误了前往归化州的平叛,就命千户石家奴负责守护谋良虎,自己率领全军继续前往归化州。

隔了没几天,斡本领军到了归化州,可他却惊讶地发现,预想中的攻城之战不用打了,守卫归化州的辽军兵将竟然很早就排列在了州城的外面,等着金军纳降呢。

守城的兵将们告诉斡本说:"这几天的夜里,总能听见有一支大军前来攻城,率领这支队伍的是一位自称叫作谋良虎的金国将军。可是,令人怪异的是,这支队伍除了整夜不停地喊杀声和战鼓声,就是看不见人的影子,而且每天天不亮,这支大军就悄无声息地退走了。

"守城的兵将们都很害怕,都说这一定是天上的神兵下了界。

"昨天夜里,大家实在招架不住了,就向这位看不见的将军喊话,请他不要再来攻城了,等天一亮,守军就打开城门投降!他听了以后,就率领大军退了,然后,天亮你们就来了。"

斡本听完心里一惊,就赶紧返回大营去看望谋良虎。只见谋良虎已经气若游丝了,只是,他的嘴唇一张一张的,仿佛还有什么话说。斡本就把耳朵凑近了听,听见谋良虎断断续续说:"金国的大业已经成了,主上也要享寿万年了,我们已经肃清了四方,就是死了,也没什么遗憾的了。"

话音一落,谋良虎溘然而逝,时年四十。

斡本心里既难过,又惶恐不已,就把消息快马加鞭地传给了阿骨打。

阿骨打听说谋良虎没了,一头就栽倒在地上,昏了过去。

阿骨打常常在众人面前夸赞谋良虎,夸他谋略过人,思虑周全,坚毅果决,是自己的另一个影子。阿骨打也很信任自己的侄子,常常会把一些棘手的事情交给谋良虎去做,而每一次谋良虎都会把事情做到滴水不漏,无可挑剔。每当需要做重大决定的时候,阿骨打都会征求谋良虎的建议,而每次谋良虎都会在事后被证明是很有远见的。而今谋良虎英年早逝,令阿骨打倍感痛惜。

谋良虎在归化州就地安葬,阿骨打亲自主持了谋良虎的丧事,还下令在此地为其建造佛寺,以超度谋良虎的亡灵,作为世代的祭祀之地。

办完了谋良虎的丧事,阿骨打返回了奉圣州。此时正值深秋,为筹措粮草,做好下一次出兵的准备,阿骨打命大军驻扎在奉圣州以东,又命粘罕、兀室在应州(今山西省北部)南部休整,娄室、斡鲁屯兵于洪州(今河南省辉县)以西。

辽国燕京附近的许多州县府官,大多是汉人。一天,易州(今河北省易县)知州高凤与守城大将王悰得到一个消息,据说燕京主政的萧太后和执掌兵权的萧干为了防备燕地的汉人向宋朝倒戈,准备把燕地汉人迁往辽国内地,若是这些汉人不愿意的话,就把他们统统杀光。

高凤和王悰都是汉人,他们听说宋朝准备二次征伐燕京,声势浩大,燕地的许多汉人已经开始纷纷投奔宋军。

两人一起商量,不如也投靠宋朝,预先给自己留条后路。目前萧干和耶律大石的兵马都在燕京,离易州很远,暂时不会注意到这里。

两人商量好了,王悰就委托一位很熟悉的僧人明赞,去童贯的宣抚司牵线。

明赞见到了童贯,向童贯转达了易州高凤和王悰的投奔意愿。童贯大喜,让明赞先返回易州,带话给高凤和王悰,说宋军将在二十日后准时进攻易州,请他们做好准备,开城门配合宋军。

童贯还答应一旦事成,将封官赏厚,决不亏待。

童贯派遣刘光世所部立即向易州进发。行至白沟附近,前锋将领冀景看见前面出现千余名辽军骑兵,以为是易州城前来接应的辽兵,所以,没有作任何防备,不想辽军突然向宋军发起进攻。原来,这支队伍不是易州来的,而是驻扎在附近的巡逻部队。

冀景率部拼命反击,辽军人少,边打边撤,渐渐退到古峰台西面。古峰台距易州不远,易州守城的官兵看见有宋军的旗号,就报给了知州高凤。高凤以为宋军已经按照约定进军了，就命属下汉人赵秉渊按计划把城内所有契丹人，特别是耶律姓的统统杀掉，为迎接宋军入城做准备。

不料又有探子来报，说宋军虽然来了，但正和一支不知从哪里来的辽军混战，并没有向易州方向前进，而且宋军好像还处于下风，随时都会被击退。高凤与赵秉渊等人闻讯立刻惊慌失措，一时没了主意。

明赞就说："事已至此，不能回头，我们先把城门关上，就坐等着宋军来吧。"

到了晚上，易州城上的守军没看见宋军前来，倒是和宋军作战一天的辽军抵达城下，高凤就慌了。

这一支辽军本来想到城内休整，却被城里逃出来的契丹人告知高凤等人反了。辽军大惊，认为白天宋军打不过他们，是在故意示弱，是专门为了在晚上把他们诱进易州，一网打尽，于是慌忙向北奔逃。

高凤等人见辽军到了城下停留片刻，却忽然掉头撤了，也不知道发生了什么情况，不过既然辽军走了，也总算把心又放回了肚子里。

高凤再次派人前往宋朝宣抚司，说自己已经把易州城里的契丹人杀光了，辽军也撤退了，请宋军尽快派兵前来接收。

第十章

金天辅六年、宋宣和四年（1122年）九月，金国使者乌歇、高庆裔历经三个月的海上漂流，自登州上岸，辗转到了宋朝都城汴梁。

宋朝徽宗皇帝在会见两位金国使者之前，先命赵良嗣负责接待他们，探一探金国使者的意图。

乌歇见到了赵良嗣，很不客气地问："你们宋朝派遣童贯率军北上，意图攻取燕京，也不和我们金国打招呼。我们皇帝特地派遣我们出使贵国，想知道你们宋朝为什么不遵守盟约。"

赵良嗣说："你们进攻西京，也没有和我们打过招呼啊！我们大宋现在派遣大军伐辽，是在践守我们两国夹攻辽国的盟约啊！这有什么不对的呢？"

乌歇听了，好像也觉得没有什么不对的地方，就不好再说什么了。可高庆裔听出来，这是宋朝在找托词狡辩，可自己的身份是副使，正使乌歇都不说话了，自己也不好说什么。

赵良嗣看见乌歇不说话了，就反过来问他："我们听说贵国大军已经打到白水泊，不过还没有按照约定抓住辽国皇帝；我们还听说天祚帝已经跑入西夏国，并从西夏国借到兵马，从你们金军手中重新夺回了西京，还占领了西京周边大片土地。不知这些消息是不是真的？"

乌歇说："我们出发的时候，粘罕将军已经派人传回消息，西京已经被我们再次攻取,没有看见西夏的援军。不过我们确实得到了西夏准备出兵援助辽国的消息,我们皇帝已经派遣娄室将军前去迎战。现在辽国天祚帝已经逃进塞北沙漠,我军正在派人追击。沙漠是鞑靼人和崩古子的地盘,不过这两国已经向我们称臣,天祚帝要是逃到这两国,也就等于已经被我们抓住了。"

赵良嗣把乌歇说的话回报给徽宗皇帝,徽宗的心里就有了底。

徽宗对这次金国来访的使臣十分重视,多次命朝中重臣宴请乌歇等人,赏赐大量金银丝绸和名贵茶叶等物,又将他们安排在龙德宫居住,其待遇远超以前宋、辽两国交好时的辽国使臣的,目的就是希望他们得了好处,不要再提出什么其他要求。

可是副使高庆裔不买账,他引用宋朝以前招待辽国使者的旧例,说宋朝招待不周,看不起新建立的金国,并要求把他认为不合礼仪的地方写进国书里,以表示宋朝歉意。宋朝君臣为了避免节外生枝,对高庆裔的要求一一满足。

金国使者在回国之前,乌歇等人被邀请到宰相王黼的府第,面授写给金国皇帝的回书。王黼在口传的圣旨里说:"燕京现在没人主政,只是辽将萧干立了一个太后掌权。你们金国既然所向披靡,就请你们尽快把他们灭掉,我们也好尽快履行盟约。"

乌歇说:"等我回到金国,就把你们的请求报给我们大金皇帝。只是我曾在去年听你们的使者马扩说,你们宋军打仗很厉害,好像不用我们金国出兵就能打败辽国,可现在又请我们尽快出兵帮你们攻打燕京,这不是很奇怪吗?"

金国使者启程回国,徽宗派遣赵良嗣和马扩持国书回访。

两国使者到了青州,忽然传来消息,说金国皇帝已经到了奉圣州。这样的话,两国使者就不用再从海上去往金国了。于是两国使者改道,由济南渡过黄河,经过河北的邢州(今河北省邢台市)、洺州(今河北省永年区),通过井陉进入山西,再经过代州的朝古寨,抵达奉圣州。

在路上，两位宋朝使者接到了徽宗皇帝的密旨，说：燕京附近的易州守将高凤已经向宋军投诚；据说驻守在涿州的原怨军首领郭药师也在秘密派人和宋军接洽，有意投诚；所以要赵良嗣和马扩随时关注前线的战事变化，若是宋军占领了燕京，就不要让金军进关，如果实在打不下来，再请金军出兵。

十月末，两位宋朝使者在奉圣州进见了金国皇帝阿骨打，并递上了宋朝徽宗皇帝的国书。

国书内容很长，大致的意思是：

按照两国原来约定，金国占领西京后，宋朝立即出兵攻辽。因为金国已经打下西京，所以宋朝就派童贯征伐燕京。本来说好是两国联手夹攻，现在好像只有宋军攻打燕京，没有看到金军出现。为了遵守双方夹攻的约定，宋朝没有深入燕京腹地，等着和金军一起进攻。只是辽军看见宋军来了，总是不停地挑衅，宋军只好回击。如果宋军顺势把燕京给打下来了，那就不用金军出兵了。如果没有打下来，那金军就要信守承诺出兵夹攻。

所谓夹攻，就是指宋军自涿州、易州两地出兵，一直打到燕京；金军则自古北口进军，收复原归燕京和西京管辖的旧汉地。等到燕京打下之后，所有原来不属于旧汉地的土地全部归属金国；所有旧时汉地则归宋朝所有。

所谓旧汉地，包括营、平、滦三州，以及幽、涿、蓟、檀、顺、莫、蔚、朔、应、云、新、妫、儒、武、寰、瀛等州。以上各州是参照五代后唐时的划分列举出来的，其中幽州就是今天辽国的燕京。至于其余州县，如已经被辽国重新划定地域，两国可以等到收复回来时，再具体谈判疆界。

阿骨打看完了国书，终于领教了宋朝的外交手段，也就更加确定了要立即向燕京进军的决心，而且一定要赶在宋朝之前拿下燕京！

他把蒲家奴和斡离不找来，要他们第二天去和宋朝使者谈判，告诉宋朝使者，他已经决定亲自率军前去攻打燕京；他之前只同意把西京交还给宋朝,平、营、滦三州原就不属于燕云十六州范围里,也就谈不上什么还与不还;至于燕京,他也并没有答应要全部归还,至于打下燕京之后怎样归还,到时候再说!

蒲家奴和斡离不把阿骨打的意思向宋朝使者转达之后,赵良嗣当即提出异议,说这样的话就是金国毁约!

蒲家奴说:"去年我们金国派遣曷鲁和大迪乌跟你们回南朝谈判,可你们把我们使者扣留了大半年,最后只拿了个莫名其妙的文书敷衍我们。可见你们根本就没有诚意想和我们一起联合攻辽。

"我们金国自去年开始对辽用兵,到今年先取中京,后取西京,前后辛苦了半年时间,总算把辽国的主力一一歼灭。你们看见大局已定,也不和我们打招呼,就派童贯带兵去打了一次燕京。据说你们也没占到什么便宜,还损失了不少人马。这一次,听说你们宋朝又让童贯领了更多的兵马攻打燕京,事前还是没有和我们打招呼。这难道不算毁约吗?

"虽然你们宋朝这么不讲信用,但我们皇帝并不计较,还是按照两国之前的约定,把西京一路的州县还给你们。

"现今辽国天祚帝在漠北一带躲藏,燕京在我们金军后方,我们若是不把燕京先拿下来,就不能专心去追捕天祚帝,还有,你们的边境也总会受到燕京守军的骚扰。因此,我们皇帝已经决定暂停抓捕辽国皇帝,先率军攻取燕京城,等打下燕京后,两国再谈燕京归属问题,到时候两国之间的谈判也更方便。"

赵良嗣听完蒲家奴的话,觉得金国主动交出西京地区,大概是想用西京换取岁币,而燕京地区就算打下来了,金国也不准备还给宋朝。

所以,他还是继续坚持说:"宋、金两国原来的约定是双方一起出兵,先夹攻燕京,打下来燕京后,再一起夹攻西京,也就是我们宋朝先得了燕京,然后才交割西京,这个顺序不能乱。"

蒲家奴说:"我们金国愿意把西京还给你们宋朝已经很有诚意了。现在你们打不下来燕京,我们替你们去打,然后再商量怎么划分,这有什么不行?"

赵良嗣说:"去年我出使你国时,你们皇帝亲口对我说燕京归我大宋所有,决不食言,怎么现在就说话不算数呢?"

蒲家奴说:"我来之前,我们皇帝跟我说了,我们两国谈判是你们徽宗皇帝一直失信,所以,我们原来谈好的合约已经无效了!"

双方谈到这里,陷入僵局,不欢而散。

隔一天,双方继续谈判。蒲家奴忽然把前一天的提议取消了,改口说西京和山后各州不再还给宋朝了,只归还燕京和山前六州(蓟州、景州、檀州、顺州、涿州、易州)二十四县;而且宋朝还要按照之前约定,每年付给金国岁币五十万;金军从西京回军时,宋军要给金军让路;还有山前六州的汉人留归宋朝,其余契丹人、奚人等族群都要随金军一起迁回金国内地。

蒲家奴把话说完,又请赵良嗣和马扩等人随他走到庭院里,蒲家奴指着站在院中的两个人说:"这两人是辽国萧太后刚刚派来的使者,到我金国请求投降并向我们称藩的。他们说就算我们不接受他们称臣,也希望我们金国派兵帮助抵抗你们宋朝大军;还说虽然他们辽国军队人少力弱,但是对抗你们宋军还是绰绰有余。"

蒲家奴说完,又转头对两个使者指着赵良嗣他们说:"这几位使者是宋朝派来的,我们金国已经和宋朝达成盟约,已经将你们辽国燕京许给宋朝。你们回到辽国后,告诉萧太后,不要再与宋军作战了,以免多伤无辜。"

金国的态度之所以发生如此变化,是因为阿骨打刚刚得到消息说易州和涿州已经先后投降了宋军,而且涿州的降将郭药师已经率领宋军攻进了燕京。这样一来,金国就没有了进军燕京的理由,就只好把山前六州归还宋朝,而西京肯定不还了。

宋朝的使者也很快得知了宋军攻进燕京的消息,赵良嗣看见事已至此,双方再谈下去也没了意义,只能是等着回到宋朝见了徽宗皇帝,再做打算。

辽、宋时代的燕山府处于群山环绕之中,四周有居庸关、金坡关、古北口、松亭关、榆关等险关要隘。

其中居庸关位于昌平州西北三十里,控扼军都山隘道;金坡关又名紫荆关,位于易州西北的紫荆岭上,即太行八陉中的蒲阴陉;古北口距密云区东北一百二十里位置;松亭关距息峰口以北一百二十里,当年辽人从燕京到中京,此关为必经之路;榆关又称山海关,在平州以东,依山面海而建。

这些关隘,宽的地方可以通行大车,但大部分道路只能通行人马,不能过车,有些地方连马也走不了,只有人才能通行。这些关隘,天然地成了北方族群和中原汉地的边界。

当时的宋朝如果能把四周的雄关险隘划归关内,那么燕京之地就可算得上固若金汤了。当年的平、营、滦三州是后唐时刘仁恭为维护自己的势力主动送给辽国的,辽国占了之后,改平州为辽兴府,以营、滦二州为之专属,称为平阳路;而之后的后晋石敬瑭所献各州,就改燕山府为燕京,控山前六州,成为燕京路。

宋、金海上订盟之时,宋朝君臣并不熟悉燕京地理,以为得了燕山一路就得了所有关内之地,却不知平、营、滦三州和燕山并不是一路的。现在金国把平、营、滦三州划入本国领土,就好像是一道本来就密封完好的天然屏障却敞开了一扇大门,而且还没上锁。

这一次的谈判结果为日后的金国南下赢得了极大的战略主动,金国铁骑再无阻碍,燕京之地也无险可守,任其随意出入。

虽然金国已经从原来答应给宋朝燕云十六州变成了只给燕京六州二十四县,不过,在得知宋军进入了燕京城,赵良嗣的心里还是很高兴。他认为谈判还算比较成功,毕竟,已经失去了一百八十多年的燕京府最终还是回归大宋,不管怎么说,也是一件值得庆贺的事情。

为此,他特意赋诗一首:

朔风吹雪下鸡山，

烛暗穹庐夜色寒。

闻道燕然好消息，

晓来驿骑报平安。

马扩对赵良嗣的高兴却很不以为然。他认为赵良嗣并没有完成宋朝赋予他的使命，而且，已经预见了宋朝未来面临的巨大风险，于是，也作诗一首讥讽赵良嗣：

未见燕铭勒故山，

耳闻殊议骨毛寒。

愿君共事烹身语，

易取皇家万世安。

就在宋朝使者准备返程的时候，金国的大臣相温来见赵良嗣，说皇帝要他来传话，要留一位宋朝的使者做人质，以防宋军占了燕京之后，会占住各个关口不让金军通过。

赵良嗣不敢留下，可又不知道该怎么应对，神色很狼狈。

马扩看见了，就悄悄对赵良嗣说："不能在金人面前示弱，我留下！"

赵良嗣想了想，就对相温说："请你转告你们皇帝，既然我们两国已经有了约定，我们宋朝就一定会守约，扣留人质这件事情很不合理，我们难以应允。"

到了晚上，阿骨打召见了宋朝使者，请使者代他向徽宗皇帝问候龙体康健，接着，就问赵良嗣和马扩："要留谁在这里？"

赵良嗣鼓起勇气说："两国谈判，没有扣留使者的道理，所以不能留人。"

阿骨打说："我们此刻是在进行战时的谈判，又不是两国邦交的来使互访,遇事需要变通,你们汉人怎么总是这么迂腐呢?"

赵良嗣一时语塞,想要继续争辩,马扩担心会把阿骨打激怒,就说:"如果皇帝陛下一定要留一位使者,就请让我们正使大人回去,向我们皇帝奏报与贵国的谈判情况,我愿代他留下!"

这一次主动向宋军投诚的,是都管押常胜军兼涿州留守郭药师。

郭药师是汉人,最早是东南路怨军首领董小丑的部下。

女真起兵时,辽国境内也是狼烟四起,到处都是起义造反的队伍。

一次,辽国朝廷命董小丑去利州(今辽宁省朝阳市喀喇沁左翼蒙古族自治县)剿灭一支义军。董小丑想要保存实力,不肯从命,辽廷就以其不听从调遣为由,将其处死。

董小丑死后,属下军官罗青汉、董仲孙等心怀不满,率军造反。朝廷派耶律余睹和萧干领军征讨,叛军遂败。此时叛军中的郭药师等人看见大势不好,就杀了罗青汉和董仲孙,请求招安。耶律余睹认为叛变过的军队不可靠,就想把郭药师等人全部杀掉。萧干不同意,说叛变的队伍里也未必就没有忠于朝廷的将士,只是被奸人裹挟而已。

萧干的一句话救了郭药师等人的性命。不过萧干也担心这些怨军会再起反心,就把原来的八千人调走六千人,充实到各地禁军,只留两千人马,编为四营,又以郭药师等四人平叛有功,升为各营统领,各领一营人马。

天祚帝远走夹山,耶律淳做了北辽天锡皇帝,就把怨军改为常胜军。郭药师作战勇猛,颇具谋略,而且在对女真金军的战斗中表现得也很出色,就被擢升为涿州留守。

耶律淳驾崩后,北辽由萧太后主政。

郭药师和高凤一样,也隐约听说萧太后和萧干正在密谋屠杀汉人,而且时隔不久就听说易州高凤投奔了宋朝,心中一动,想着要不要也学高凤降宋呢?

就在犹豫不决的时候，他突然听说，萧干带着一支队伍前来进驻涿州。郭药师就起了戒心，莫非萧太后和萧干真的打算对汉人动手吗？

萧干率军到涿州只是为了休整一段时间，再继续开赴前线与宋军作战。不过此时北辽已经人心惶惶，局势混乱，人人自危，郭药师不敢拿自己的性命冒险，反复权衡，还是决定降宋。

郭药师先找了几个可靠部下，把自己的想法跟他们说了，大家都很赞同。有人就提出来萧干还在城里，该怎么解决？郭药师就说，假借宴会的名义把他请来，和他摊牌。

萧干没有想到郭药师等人会准备降宋，也毫无戒心。酒宴开始不久，郭药师突然对萧干说，想把涿州献给宋军，并劝萧干和他一起降宋。萧干勃然大怒，当面斥责郭药师贪生怕死，投敌叛国。郭药师的属下就暗示杀了萧干。郭药师却因为萧干曾经替自己说话，救过自己的命，还担心自己准备降宋的消息会因为杀了萧干而走漏了风声，不肯下手，只是苦苦相劝。

萧干带到涿州的队伍不多，没法儿和郭药师的队伍抗衡，只好先说考虑一下，说罢起身离席，郭药师也不敢阻拦。

萧干走后，郭药师担心他会调兵来攻，就把麾下人马全部召集在一起，跟他们说："辽国马上就要败亡了，天祚帝在夹山躲着不敢出来，宋朝大军压境，燕京也撑不了多久，不如我们一起投了宋朝，将来一起升官发财，大家觉得怎样？"

众人都喊："愿意！"

于是，郭药师第三次换了主人。

郭药师命人把契丹人监军萧余庆抓起来，派团练使赵鹤寿带着降书去和宋军联系。

宋朝这次收获很大，郭药师属下的步卒八千、骑兵五百，连同涿州城及周边四县，统统归了宋朝。

郭药师降宋的消息传到燕京，萧太后连忙召集众臣商议如何应对。

大家意见不一,有人说女真如日中天,不如降金;有人说宋朝百年基业,相对稳健,不如降宋。

大臣们说法不一,萧太后决定向宋、金两国分别奉上顺表,请降称藩,哪一方接纳北辽,北辽就投靠哪一方。

同一时间,童贯命杨可世将所部与西路军刘光世、东路军刘延庆等部队合成一处,先到易州招抚,然后经涞水、扶沟,赶赴涿州驻防,东、西两路宋军均由刘延庆统一节制。

宋军副统制何灌所部先进了易州,易州知州高凤连同王悰、明赞等人带领城中百姓夹道欢迎。何灌进城后,立刻开始安抚百姓、点算府库,易州就此归属宋朝。

易州接收完毕,宋军开始接收涿州。涿州路途稍远,派部队到涿州需要时间。童贯担心夜长梦多,遂命送降表的涿州降将赵鹤寿立刻赶回涿州,告知郭药师宋军已经将其接纳,并封郭药师为恩州观察使,仍旧负责涿州城务防守,归属刘延庆调遣。童贯又将常胜军原有两千人扩充为两万,后来再次扩大规模,号称拥兵五万。

至此,辽国已有三十几个州县归降宋军。宋军除原有军队二十万外,还有郭药师的常胜军两万人马,易州高凤的守城军五千,以及各地乡间武勇将近三十万,对外号称五十万,军力大盛。

宋宣和四年九月十九日,宋朝都统制刘延庆率何灌、郭药师等,统大军出雄州入高碑店市,刘光世、杨可世率军出安肃军入易州,与刘延庆所部在涿州会合。

二十日,十万宋军在刘延庆的指挥下,浩浩荡荡开到了燕京南边的卢沟河畔,北辽由萧干率军,距离燕京城十里之外扎营,与宋军对峙。

郭药师看见萧干率燕京精锐出城列阵,判断燕京城内的防守必定空虚,于是主动向刘延庆献计,要亲率一支队伍突袭燕京。

金国使者李靖、撒卢母、王度剌一行,持阿骨打写给宋朝徽宗皇帝的国书,随赵良嗣返回宋朝东京汴梁。

徽宗皇帝拖了三四天才接见了金国使者。金国皇帝阿骨打在国书里提出的领土划分令宋朝君臣很尴尬,他们一直在商量对策。

大宋帝国的崇政殿上,宰相王黼就金国国书中的归属划分和金国使者争执起来。

王黼还是强调要把西京和平、营、滦三州划归宋朝。

李靖说:"来的时候,我们大金皇帝说了,只给你们燕京六州二十四县,这三个州不给。"

王黼说:"我们圣上在写给你们皇帝的国书里,所指的旧汉地就是五代时我汉人手中原有的全部土地,这里面包括西京及平、营、滦三州。当初赵良嗣跨海出使你们金国时,我们提出的条件里也包括西京等地。而且,我朝使者是在和贵国皇帝一再确认要获取全部燕云十六州土地之后,才答应交给金国那么多岁币。如果得不到那么多的州县,岁币也要相应减少。"

撒卢母说:"你们要是这几个地方都想要,而给我们的岁币还是以前给辽国的那么多,那我们这次就是白来了,我们两国就没有什么好谈的了!"

金国的使者还是没有松口,撒卢母说:"这三个州是金国将来作为边界的关口,不可能让出来。"

就在宋、金两国使者唇枪舌剑、你来我往的时候,进攻燕京的宋军又被北辽打败了,而且,这一次败得更彻底。

刘延庆接受了郭药师突袭燕京的建议,命郭药师带领原所部人马一千做向导,大将杨可世和高世宣、赵鹤寿、杨可弼带领五千宋军轻骑,共计六千人马,绕道安次(今河北省廊坊市境内)奇袭燕京城,刘光世率五万宋军紧随其后作为后援。

十月二十三日夜,六千骑兵渡过卢沟河,一昼夜狂奔三百多里,于第二天傍晚进入燕京城东三家店。经过强行军的将士与战马都很疲惫,熟悉地形的郭药师就安排大家在一片杨树林里歇了一晚。

二十五日一早,郭药师派遣心腹将领甄五臣带领常胜军五十名敢死之士,以五人一组,混入当地乡民中进入燕京城东迎春门。

常胜军死士们进入城门后,突然向守卫城门的辽军发起突袭,经过激烈搏杀,控制了迎春门,甄五臣立即向城外宋军发出进城信号。

宋军由赵鹤寿领两千骑兵在迎春门外作为外援,郭药师、杨可世、高世宣、杨可弼等人率剩余四千轻骑迅速通过迎春门进入燕京城。

宋军进城后,由七名常胜军将领各带二百名轻骑,控制燕京城的七座城门;剩余部队兵分两路,杨可世和郭药师为左路,高世宣和杨可弼为右路,进击位于燕京城内西南方向的皇城,准备活捉萧太后。

燕京皇城虽然规模不大,但是异常牢固,没有准备攻城器械的宋军骑兵在辽军弓箭的射击下,连城墙都无法靠近。于是郭药师和杨可世写一封劝降信射进皇城,要萧太后投降。萧太后一面回复说如果宋军立即停止进攻,她可以考虑投降;另一方面暗地派人命令正和宋军对峙的萧干火速回军。

此时,燕京以北驻守居庸关的耶律大石得到了宋军攻入燕京城的消息,大为震惊,火速率三千骑兵回援燕京城,只用一天时间就赶到了燕京城西门,将宋军西门二百多名守军全部歼灭之后,另派七名属下各领三百人马去抢夺另外七座城门,破坏城门吊桥,完全封锁城门,准备将奇袭燕京的宋军在城内一举全歼。

正在全力攻击皇城的杨可世、郭药师等宋军将领丝毫不知道辽军援军已经进城。刘光世的五万后援宋军却迟迟没有抵达燕京城。大家都暗暗有些担心。

宋军已经进入燕京城第三天了,杨可世和郭药师都知道如果这一天再不攻破皇城的话,城里的宋军就危险了。于是高世宣和杨可弼亲自带领宋军士兵用巨大原木去撞击皇城门,却被城墙上扔下的滚木礌石砸得人仰马翻,但宋军依然不退。眼见皇城大门已经摇摇欲坠,此时突然一队辽兵呼啸而至。

郭药师看见辽军援兵杀来，知道大势已去，与杨可弼率宋军残部撤到闵忠寺，在城墙附近继续与辽军厮杀。

此时，萧干也率军回到燕京，和耶律大石合军一处，把宋军压在了城墙附近。包围城墙的辽军越来越多，郭药师劝杨可世缒城逃命，杨可世坚决不从。弟弟杨可弼劝道："赵鹤寿的城外后军不来救援，刘光世的援军也迟迟不到，如果我们都这么稀里糊涂死了，就没有人替我们向朝廷辩解了！"

杨可世无奈，只好与郭药师先后缒下城墙，逃出燕京。

就这样，数千奇袭燕京城的宋军差一点成功占取燕京城，因为后援不继等诸多原因，最终导致失败，仅有几百人撤出燕京城，其余宋军全部阵亡。

隔一天，萧干使用反间计，泄露消息给两名俘获的宋军士兵，说辽军有数倍于宋军的援军即将赶到，要在夜里举火为号进攻宋军大营。

萧干故意让这两个宋军俘虏逃走，把消息传给了刘延庆。夜里，刘延庆果真看到火起，立刻烧营逃走。辽军借势追杀到了涿水（今河北省涿州市西南）才撤回，而宋军则一直退回到了雄州。

百余里的逃亡路上，布满了宋军的尸体和盔甲，宋军自熙丰（熙宁、元丰，神宗年号）以来，积攒了数十年的军械物资毁于一旦。

此役，宋军在燕京城内损失了许多将领，有箭术超凡、人称"高一箭"的高世宣，还有王奇、李嵲、石洵美、王端臣等。

宋军燕京战败之后，从前线败退的队伍里，有一位来自河南汤阴县刚刚年满二十岁的年轻小兵。因为父亲去世，他离开了队伍，辗转回到家乡。六年后，他再次从军，率领着一支叫作"岳家军"的队伍，开始了和金国长达十余年的抗衡，成了日后金军南下进攻南宋朝廷时最难战胜的对手，这个小兵叫岳飞。

宋军二次攻打燕京失利的消息暂时还没有传回东京汴梁，出使宋朝的金国使者李靖等人看见无法就平、营、滦三州和宋朝达成协议，就准备返回金国。

因为来时阿骨打曾吩咐李靖等人速去速回,以免耽误战机,因为金国皇帝阿骨打已经准备向燕京进兵了。

徽宗只好命人向金国使者传旨说:"你们回到金国见了贵国皇帝之后,请把我的话转达给他。我们两国在你们还没打下辽国上京的时候,就一直商讨联合夹攻的事情。现在双方在大体上已经取得一致,一些小的分歧,我们都可以按照你们金国的意思处置。不过平、营、滦三州的面积不大,不如就一起都划给我们吧。我派赵良嗣、周武仲带着我朝国书,和你们一起去见你们皇帝。"

刘延庆所指挥的宋军二次燕京之战惨败,只得率领残兵退保雄州。

雄州前线,有一名被徽宗秘密安插在童贯身边负责监视的李姓内侍见宋军大败,收复的郡县也都丢了,就把情况密奏给了徽宗。徽宗既惊又怒,亲笔书写手札与童贯,说:"从今以后,不再信任你了!"

童贯身为宦官,最怕失宠。

于是在天辅六年(1122年)十二月初,童贯秘密派遣其门客王环,取道易州,经飞狐路,赶往奉圣州觐见阿骨打,想请阿骨打依照约定夹攻燕京,扭转败局,重新获取徽宗皇帝的宠信。

此时宋军大败的消息还没有传到阿骨打这里。

王环见到了阿骨打,谎说童贯已率领大军逼近燕京,为了遵守两国夹攻约定,没有擅自进兵,特意派他来和金国约定共同出兵日期。

阿骨打和将领们商量之后,就命兀室告诉王环,金军准备在十二月一日发兵,大约五日午时到居庸关,六日午时就能抵达燕京城下。

王环立即启程,赶回雄州。

当徽宗皇帝和金国使者还在崇政殿上为燕京和西京的领土划分讨价还价的时候,金国大军已经在阿骨打的部署下,开始向燕京的方向进军。

萧太后得知金军出兵,先后五次派出使者向阿骨打求和。使者见到阿骨打后,说进入燕京的宋军已经被萧干全部歼灭;宋军统制刘延庆怯战,趁夜间自烧营帐辎重仓皇向后方逃窜,被辽军一路追杀,撤入雄州;现在宋军已败,萧太后恳请大金皇帝能够允许燕京向金国称臣,还请求立秦王耶律定为国主。

阿骨打摇摇头,命蒲家奴拿出与宋朝的盟约,说:"我国和宋朝已经订立盟约了,双方都不会接受你们辽国称臣。回去告诉你们萧太后,还是不要抵抗,尽早投降吧!"

金国大军兵分三路,阿骨打进军居庸关,粘罕进军南口,挞懒进军古北口。

阿骨打所部以娄室为左翼,婆卢火为右翼,以斡离不领七千人马为前锋,以迪古乃所部出得胜口,银术可出居庸关,陆续向燕京挺进。

居庸关,古时又称军都关、蓟门关,位于燕京府昌平州西北二百四十里,有南口和北口,两口之间相距四十里,两山夹峙,是绝险之地。

前锋斡离不考虑居庸关易守难攻,就分兵由紫荆口、金坡关进攻易州,又以骑兵袭取凤山,再率轻骑,从辽军防守最为薄弱的皇太妃岭进兵,顺利进入昌平区境内。此时居庸关反而处于金军的身后了。

与此同时,婆卢火率领所部已攻取妫州,进至居庸关下。

十二月初二,就在几路金军合在一起,在居庸关前列好阵势,准备发起进攻的时候,忽然一声巨响,天地间一股浓烟直冲云霄。两方人马都目瞪口呆,不知道出了什么事情。等到烟雾散尽,大家再看,却见关隘一侧高耸的石崖,居然莫名其妙地崩塌了,现出一个巨大的缺口,守关的辽兵被压在山石之下,伤亡无数。

婆卢火初时颇为惊愕,继而又大声地欢呼:"天助我也!天助我也!"遂催兵急进,从缺口之处冲进关内。

燕京西北的天险居庸关就这样不攻自破了。

守卫居庸关的辽军败退回燕京之后,萧太后急召萧干商议应对之策。萧干说:"而今之际,只能逃了。"

萧太后连夜下旨，为迎战金军，将亲自率契丹人离开燕京城，到野外扎营备战。

大家心里知道，萧太后这是要逃了。左企弓就带着大小官员跪在燕京北城门外，拜别萧太后等人。

萧太后垂泪说："宋、金两国大兵压境，国难至此，我将亲率大军去和他们拼死一战，或许还有一线希望。如若取胜，我们君臣自然还能得见；如若战败，我已决心以身殉国，还请你们一定要想办法保全城中汉民，不要让他们被金军残害。"

说完，哭声一片中，萧太后、萧干、耶律大石等人率契丹人启程，轻装简从，日夜兼程，出古北口而去。

到了松亭关，萧太后问大家该去往何处。萧干认为应该去奚王府，再谋立国，东山再起；耶律大石说应该去找天祚帝，毕竟，他还是辽国皇帝。

耶律大石与萧干意见不合，只好各带所部分道扬镳。萧太后和耶律大石去往夹山投奔天祚帝。

进了居庸关的婆卢火得知萧太后逃走，急遣迪古乃率领轻骑前往追袭。迪古乃赶到古北口的时候，萧太后已经离开很久了。迪古乃率追兵追了一阵，没追上，只得作罢。

萧太后等人逃离燕京后，燕京城里一片混乱。十二月初六，辽国统军都监耶律高六等人派使者来到居庸关，向阿骨打献城。阿骨打就派使者诏谕燕京官民，只要投降，一律赦免，原来的官员位置不变，依旧各司其职。

阿骨打在前往居庸关的路上，曾对留在金军里的宋朝使者马扩说："契丹辽国的国土已被我金国占了十之八九，现在就剩这一座燕京城了，可就这么一座三面都在我金国围住的燕京孤城，你们宋军居然也打不下来。

"先前我听说你们宋军到了卢沟河，心里还挺高兴，心想正好燕京是你们宋朝旧地，你们自己打下来，我就不用费劲了，只要和你们把边界一划定,我就可以领兵回去了。可你们也太不争气了,我最近才听说,你们统帅刘延庆被辽军打得连夜烧营逃跑,也不知道是个什么模样?"

马扩说:"我在这里出使,对于宋、辽前线的事情不太清楚,不过我知道打仗的时候,进军和退兵都是常有的事情。刘延庆此次退兵,未必就是打了败仗。就算刘延庆真的打了败仗,我们宋朝也还有其他部队在后方准备,可以继续对辽国用兵。"

阿骨打说:"像刘延庆这么窝囊的将帅,打了败仗,不知你们宋朝皇帝会给他什么样的处置?"

马扩说:"我们宋朝不论将领士兵,赏罚一视同仁。如果刘延庆真的打了败仗,就算他官职很高,也会军法处置,不会宽待。"

阿骨打说:"若不军法严明,赏罚有度,日后如何带兵?等过两天我们攻打居庸关的时候,你看看我们金军里面有没有怕死败退的。"

金军顺利进入居庸关,守关的辽兵连惊带吓得都逃跑了。阿骨打进入居庸关前,在崖石崩塌的地方,看了很久,也觉得不可思议。

金军这么容易就占了居庸关,没能让宋朝使者看见金国将士在攻城时的严明军纪,阿骨打很不满意,就在进关这一天,命所部举行入关仪式。

阿骨打让骑兵高举旗帜,在东南西三面摆开队伍,自己和斡本骑着战马面南而立,粘罕等将领排成东西两列,全副武装。

摆好阵势后,阿骨打命人将马扩叫来,想要用金军的气势压一压马扩。

阿骨打对马扩说:"我已经派撒卢母和李靖出使你们朝廷,现在按时间算他们应该已经到汴京了。临走时,我让他们带话给你们皇帝,我金国同意燕京连同周围土地归你们宋朝所有。如今我们进了居庸关,即将攻下燕京,之后会按照我们协议,带走城内所有的女真人、契丹人、渤海人,连同他们的财物,把汉人都给你们留下。现在我要派人进燕京招降,想问问你敢不敢随我的使者一起进城,说服汉人放弃抵抗?"

马扩说:"我留在你们军中,本来就是为了我宋朝收复失地的大事,进燕京城有何不敢?"

阿骨打说:"你敢去最好,明日一早,你就和我的使者一起出发前往燕京。"

到了晚上,阿骨打召马扩进见,说:"我这次亲率大军到燕京,就是为了和萧干打一仗。可刚刚得了消息,萧干和萧太后他们听说我军来攻,已经逃了。燕京现在已经是一座空城,明天我们可以直接入城了。"

夜里四更的时候,阿骨打又传来马扩,满脸怒气说:"我得到消息,你们刘延庆率军逃跑,是因为想趁机先占了燕京,结果被萧干打败了,童贯这才派来使者催促我们按照盟约出兵。你们这么不讲信义,我和你们也不用客气了,我们战场上见高下!"

马扩说:"反正燕京在拿下之后也是要划归我们宋朝的,谁先进城和谁后进城也没有什么差别。现在你派的使臣还在汴梁和我们谈判,我想我们朝廷肯定不会在这个时候不顾信义抢占燕京。再者就算我们宋军真的先进了城,我还在这里,什么事情都可以商量。"

阿骨打听了以后,想想也是,也就不再生气了。

十二月初六,金军到了燕京城下,燕京留守的宰相左企弓召集大家,商讨该怎样守城和抵抗进军。可是眼下既无兵也无将,大家也拿不出什么好办法。

正在一筹莫展的时候,有人来报,说守城门的统领副使萧乙信已经打开夏门,将娄室统领的金军放入城内。娄室派先前被金军俘虏的辽国宣徽北枢密院知事韩秉传话给左企弓和其他官员们,说:"你们如若立即投降,金军可保证不杀城内一人。现在大局已定,请左宰相率领城内百官、僧道、百姓,立即开丹凤门,到球场迎接大金皇帝率军入城。"

左企弓知道大势已去,只好从命。

此时阿骨打已经进入内城,一身戎装,端坐在万盛殿内,接受燕京降臣们的跪拜恭贺。

阿骨打想起当年天祚帝在接见各部勃堇进贡时,身后总撑着一柄黄色伞盖,他曾问过别人那是做什么用的。别人告诉他,那是为了显示皇帝威仪的仪仗,他就记住了。现在自己也是皇帝了,也应该体现一下自己的威仪,于是就问辽国降臣城内还有没有黄盖伞。大家说还有几柄。阿骨打就命他们将黄盖伞都找出来,在自己身后撑了一个。粘罕他们看了觉得很好笑,阿骨打也觉得很好玩儿,就给身边众将每人都撑上一个。大家哄闹不已,把一众燕京的降臣们看得目瞪口呆、惊诧不已。

后来此事传到宋朝,宋朝人就讥笑金国皇帝野蛮、不懂规矩、不识礼仪,以此来寻找屡战屡败的心理平衡,却不知阿骨打原本就是一个随和的人,向来不把这些规矩放在眼里。

就在燕京降臣们不知大金皇帝要怎样处置他们的时候,阿骨打命人传旨,说:"我进城时,看见你们并没有准备抵抗我们的迹象,城头上遮盖大炮的苫布还没有打开,说明你们是真心归顺我大金的,一律赦免。"

接着,阿骨打命人接管燕京内的各处衙门,张榜安抚城内百姓。

燕京已经收复,马扩也不用再做人质。阿骨打把他找来,对他说:"我军已经占了燕京府,你可以回去了。请你立即动身去雄州宣抚司见你们的统帅童贯,告诉他这里的情况。我已经命人书写好了给你们宣抚司的牒牌,你带在身上,到时转交给童贯。"

说完,阿骨打送给马扩一匹战马,又命五百骑兵负责护送。

粘罕听说马扩要回去,就命乌歇来见马扩,说:"早年我们通过海路谈判时,童宣抚曾答应给我们金国几只水牛。如今大家离得这么近,正好请童宣抚兑现承诺,先送十头过来。"

马扩和五百金国骑兵即刻启程。抵达涿州休息时,马扩命人拿牒牌先行赶回雄州,通知童贯,好让宋军尽快发兵进入燕京,与金军交割土地。

奚族和契丹族是同族异部的兄弟,最早源于鲜卑宇文部。历史上的东晋时期,鲜卑慕容部北攻宇文部,宇文部单于逸豆归败亡,死于漠北,其剩余的残部就是契丹和奚族。

后来，雄踞北方的鲜卑慕容部开始向南，向中原地区推进；同为一族的契丹向东谋求发展；留下来的奚族开始休养生息，繁衍壮大。

奚族生活的地域称为铁勒州，或者铁骊州，有十三部、二十八落、一百一十帐、三百六十二族。

早期的奚族与契丹居住在潢水（今西拉木伦河）、土河（今老哈河）一带。奚人在老哈河上游一带，契丹在老哈河中下游。奚人居住地向西、向南接近汉人的边境，向北、向南紧邻着契丹。

唐初的时候，奚族内附了唐朝，当时的国力和契丹差不多，甚至还要稍稍强于契丹。奚族和契丹并强于东北地区，被唐并称为"两番"。唐朝中后期，契丹崛起，奚族渐渐被其压制。

辽太祖耶律阿保机建立契丹国之后，统一了境内的各部落，奚族也臣服了契丹。阿保机对奚族既征服，又联姻，还结盟，并且将奚王府统率的各奚族部落，和契丹的五院部、六院部、乙室部同列为四大部，还允许奚人王族与契丹皇族通婚。

契丹族原本没有姓氏，旧时都以地名为姓。阿保机建国之后，就把皇族定为耶律氏，后族命为述律氏。阿保机由于特别崇拜中原的汉高祖皇帝，崇拜汉族文化，就给自己起汉姓为刘，给后族起汉姓为萧。

从此，萧氏奚族就成了辽国的"国族"，即皇后一族。

有辽一朝，作为后族的萧氏一族，男子皆为朝中重臣，女子多为皇后嫔妃。在大辽帝国近两百年的风风雨雨里，皇族和后族的结盟、通婚以及共同执掌政权，推动了大辽帝国的发展。契丹在鼎盛时期，东至日本海，西达巴尔喀什湖，成为草原上空前强大的帝国，其中的奚族功不可没。

萧干又名回离保、萧霞末，为奚王武邻之后裔，强悍武勇，精于骑射。

回离保按女真语的原意，是"联络"的意思，又隐含有"被唬住"之意。辽国天庆初年，回离保任北女真详稳之职，兼知咸州兵马事，又改为东京统军之职。

自那以后，回离保就开始和女真人打起了交道。

天庆七年(1117年),一些部落叛乱,回离保领军破敌,被任命为奚六部大王,兼总知东路兵马事。保大二年(1122年),粘罕在攻取北安州的时候,奚铁骊王回离保曾率领所部投降了斡离不,但是过了不久,就又乘机遁归于辽。此后,金国在进攻辽国的时候,除了以索取叛逃辽国的阿疏为借口之外,索取降人回离保也成了一个理由。回离保不得已,就把自己的奚族名字回离保换成了契丹名萧干。

回离保与阿骨打之间,也就有了这样一层渊源。

在中京缘海旁边的迁州(辖境为今河北省秦皇岛市东北山海关一带)附近,有一座山名叫箭笴山,又名茶盆山,是石斤山的北峰,高有万仞,岭峦杳深,极为险阻,回离保的奚族祖辈世代生活在这里。

燕京陷落之后,萧干辞别了萧太后和耶律大石,率领所部回到故乡。仰望着箭笴山的雄奇,萧干不由豪情万丈。

他想,这里山高林密,峰峻谷深,足以抵挡百万雄兵,而今契丹已经败亡,女真金国和宋朝也未必会相安无事,倒不如自立一国,开创一番帝王基业。

保大三年(1123年)正月,萧干改回奚族原名回离保,在箭笴山中建都立国,成立大奚帝国,改元天阜,自命奚国神圣皇帝。各地奚人纷纷附和,声势渐振。回离保改制官属,设奚、汉、渤海三枢密院,又改东、西节度使为二王,分司建官,自为一国。

仍在燕京的大金皇帝阿骨打听说了回离保建国的消息,就派遣使者诏谕回离保。

阿骨打在诏谕里说:"听说你窃据了皇帝的名号,实在很不明智。辽国天祚帝已经躲在了草莽之间,辽国也不可能恢复往昔的荣光。你的先祖一直臣服辽国,现在要你臣服我大金,能有什么区别吗?我听说你和耶律余睹有些隔阂,你尽可放心,如果耶律余睹对你有什么不利的地方,我会主持公道。你若主动来降,我不会计较你之前做的事情,还会让你继续掌管你的部族和山前的这些部落,把从你们那里获取的财物全都还给你们。如果这样你还执迷不悟，那我金国一定会派兵对你进行征讨。到那时，我可不会再赦免你的叛乱之罪了。"

回离保看了诏谕毫无所动，对使者也置之不理。使者只好回来向阿骨打复命。

此时，身处燕京的阿骨打正在处理耶律余睹的事情，看回离保没有回应，就暂时把这件事搁置了起来。而且，阿骨打认为回离保成不了多大气候，对于金国的整体战局也没有太大影响。

辽国降将耶律麻哲告发耶律余睹、吴十、铎剌等人谋叛，斜也做不了决断，就让余睹他们自己到阿骨打面前请命。

阿骨打见了余睹他们，并没有责怪他们，只是很平和地跟他们说："我金国能取得天下，都是因为我们君臣同心同德，这里面也有你们大家的功劳。现在，我听说你们图谋反叛。你们如果真有这样的想法，就一定会需要鞍马、甲胄和兵器。这样吧，你们要多少，我就给你们多少，决不食言。不过，你们反叛之后，若是被我抓获了，我就不会宽恕你们了，一定会杀了你们。当然，如果你们现在后悔了，而且今后不再生出谋反的心，我还是会和以前一样信任你们。"

余睹等人听了，全都伏在地上瑟瑟发抖，不知道该怎样回答。阿骨打随即命人将铎剌打了七十板子，而对余睹、吴十等人则不再追究。

宋朝使者赵良嗣和周仲伍等人奉徽宗之命再一次赶到被金军占领的燕京，与金国继续交涉燕京各州的归属事宜。

阿骨打已经厌烦了和宋朝君臣的讨价还价，也不想看见宋朝使者，就派兀室带话给赵良嗣，说金、宋两国在两年前就定好了夹攻辽国的协议，现在他亲自带兵把燕京城打了下来，可还是没见到宋朝的一兵一卒，而且从最开始和宋朝谈判的时候，他就没有答应把平、营、滦三州划归宋朝，宋朝现在坚持索要这些地方，他怎么可能答应？如果宋朝坚持要平、营、滦三州，就说明宋朝根本没有谈判的诚意，连燕京也别想再要回去。

传完话，兀室立即起身告辞，连赵良嗣的说话机会都不给。

原来阿骨打进入燕京的时候,原辽国平州(辖境约为今河北省陡河以东,长城以南地区)节度使时立爱也向金国投降了,不过平州却在张觉的手里。

张觉是辽国平州宜丰人,中了辽国进士之后步入仕途,官至辽兴军节度使,掌管平州军政大权。

天祚帝外逃,燕王耶律淳自立称帝,张觉意识到辽国败亡已经在所难免,就把属下及亲族全部召集起来,募集了五万精壮士卒和千匹良驹,拥兵自重,割据一方。

张觉一方面积极练兵备战,一方面静观形势变化。

耶律淳驾崩,太后萧氏在燕京主政。为控制张觉,萧太后派太子少保时立爱到平州管事。张觉表面上对时立爱毕恭毕敬,实际上根本不听指挥。时立爱没有办法,只好称病不出。

金军进入燕京后,有大臣向阿骨打进言,说张觉已经对辽国不再忠诚,可以招降。于是阿骨打叫来时立爱,让他给张觉传旨,封张觉为临海军节度使,仍旧管理平州。当然,阿骨打这样做的目的,也有暂时稳住张觉的意思。

赵良嗣从汴梁而来,对燕京战事不太清楚,也不知道平州的现状,看见阿骨打态度这么坚决,非常着急,就带着童贯给的珍稀水果和上等好酒去找兀室,想要让兀室帮忙安排见见粘罕。赵良嗣知道,粘罕在阿骨打面前,说话分量很重。

兀室帮着赵良嗣和粘罕见了面。赵良嗣就问粘罕:"平、营、滦三州是不是不可能划归宋朝了?"

粘罕说:"皇上还没定下来。"赵良嗣就松了一口气,可粘罕随即又说:"皇上身边的大臣和将领们都不想让皇帝把三州给你们宋朝。你们要是继续坚持,把大家惹怒了,恐怕大家就会劝说皇帝连燕京也不还给你们了。"

说完,粘罕也立即起身告辞,也不再和赵良嗣多谈。

一直陪着的兀室就说:"你们一再要求要回三州,是不是将来想要以三州为关口,把我们金国关在外面,不再和我们通好了? 我们皇帝就是担心到时候会弄成那样的局面,大家都不好看,所以,说什么也不会答应划给你们三州。大臣和将领们的态度一样,就更不用说了。"

至此,赵良嗣知道,平、营、滦三州,宋朝要不回来了。

隔了一天,赵良嗣又找到粘罕,说:"三州的事情先不说了,现在还有一件事,就是燕京由我们宋朝收回后,赋税却要由你们收取,这个不太合理吧?"

粘罕说:"本来我们不想要燕京赋税的,只是这些地方都是我们金国将士们打下来的,所以才有了这个要求。不过我们也不勉强,你们同意,就还给你们土地,赋税归我们;你们不愿意,这个事情就拉倒,将来我们就以燕京为两国国界,请你们宋朝军队退到我金国国界之外。"

面对金国强硬的态度,赵良嗣毫无办法,只好辞别金国返回宋朝。

临行前,阿骨打命人写一封国书,命李靖等再次出使宋朝。

国书内容很简单,就两条:一、平营滦三州不会划给宋朝;二、燕京六州二十四县可以给宋朝,但宋朝除了要将原来付给辽国的岁币一点不少地转给金国外,以后燕京等地的赋税杂项也全部划归金国。

李靖等人带着国书,随赵良嗣等立即赶赴汴京。路过雄州时,赵良嗣向童贯说了谈判进程,童贯听了就招来马扩,说:"赵良嗣刚从燕京回来,所说的情形与你描述的不一样。你在金军攻打居庸关和燕京时,一直跟随左右,也了解情况,就随赵良嗣一起回汴梁向朝廷复命吧。"

李靖和赵良嗣他们走了之后,阿骨打就处置了完颜昂的事情。

完颜昂的女真名字叫作吾都补,是劾里钵最小的儿子,也是阿骨打最年幼的弟弟,金国立国之后,被阿骨打封为郓王。

女真的男人们酒量都很好,就是喝完酒之后,大多会问自己:"我是谁? 我在哪儿? 我干了什么?"

完颜昂天性乖戾暴躁,嗜酒如命,常常因为喝酒与人争斗,甚至贻误军机。

阿骨打知道他的性子，也不敢把一些重要的事情交给他做，就一直把他带在自己身边四处征战。行军中，阿骨打经常提醒他戒除酒瘾，他也立下重誓，痛改前非。可每次一闻到酒味儿，这些重誓和承诺就化成了一阵阵火辣辣的舒坦，被他大口吞进了肚子里。阿骨打拿他也没有太好的办法。

天辅六年（1122年），金国攻占辽国上京，他奉了斜也之命，和族里的稍喝勃堇一起率领四千人马监押各部降兵，迁往岭东。

一路上，完颜昂并不把这些降兵当人看待，稍有不如意的时候，拿起鞭子就打，而且每天必喝酒，每次喝酒又必一醉方休。

每当酒醉之时，完颜昂就对这些降兵非打即骂。各部降兵对完颜昂恨得咬牙切齿，却又敢怒不敢言。稍喝勃堇看他这个样子，也不劝止，反而和他一起喝酒施虐。

降兵沿途逃亡很多，消息就传到了阿骨打这里。

阿骨打知道了，就派身边近侍出里底带着他的手谕前去劝诫。完颜昂虽然听了，却依然故我。

过了上京临潢府，押解的各部降兵已经逃了一大半，有的还去投奔了天祚帝。后来，就只有章愍宫、小室韦两个部落被迁至内地。

阿骨打听说之后大怒，立即诏示谙班勃极烈吴乞买，说："派遣完颜昂迁徙各部，导致多有反叛，勃堇稍喝又不率兵追讨，以至于这些降兵们又去投奔辽天祚帝，敢这样违抗我的旨意，一定要从重处置。"

当时，吴乞买在上京留守监国，习不失负责军务。吴乞买接到阿骨打的旨意，打算依法处死完颜昂。习不失就劝说吴乞买："都是骨肉兄弟，犯了错事，也要尽量保全。现在金国国势强盛，诸事顺遂，不如就把完颜昂的死罪免了。如果皇帝责备你的话，你就说是我的主意。"

于是吴乞买就当着完颜昂的面，杀了稍喝勃堇，然后打了完颜昂七十棍子，把他关在了泰州。

阿骨打很重亲情,也并不想真的就此事杀了完颜昂,知道了吴乞买的处理经过,又知道这是习不失给出的主意,也就暗暗默许了处置结果,后来就再没有提起这件事。

1123年2月(金天辅七年、宋宣和五年),经过了无数次往来交涉,宋朝使者卢益、赵良嗣、马扩一行在燕京的大金国皇帝行军御帐,和金国签订了燕云十六州的划分协议。

宋朝得到燕京六州及周边二十四县,每年付给金国岁币一百五十万两(包括原来给契丹的银二十万两,绢三十万两,及后来用来折抵燕京六州税收而增加的一百万两)。在灭除了辽国剩余势力和抓住天祚帝之后,宋朝还可收回西京及周边其他八州(武、应、朔、蔚、奉圣、归化、妫、儒八州),宋朝一次性付给金国一百万两白银。

另外,金国在把这些地方交还给宋朝的时候,要把这些土地上的女真、渤海、契丹、奚人以及非汉人族裔全部带走。

协议签了之后,阿骨打很高兴,在皇帝的御帐内宴请宋朝使者,并吩咐部下,把燕京城原辽国宫廷里的妃子和宫女们,还有被金军俘获的原辽国官员府里的好多美姬艳妾们通通拉来,为大家献上歌舞。

席间,金军将领们酒至酣时,在皇帝阿骨打、宋朝使者以及许多降金的辽国大臣面前,任意上前把这些女子们搂怀入抱,肆意狎弄,宋朝使者们看得面红耳赤、目瞪口呆,在场的辽国降臣们也看得低头侧目、沉默不语。

阿骨打却不以为意,一边向宋朝使者们敬酒,一边对他们说:"看上了哪个,随意挑!"

大金国皇帝阿骨打的骨子里从来就没有忘记,很多年以前,自己的亲族姐妹们是怎样被大辽帝国的"银牌天使"们肆意凌辱、任意糟蹋的;更不会忘了自己九岁那年,举起爷爷的弓箭指向辽国使者的时候,父亲劾里钵投射在自己身上既紧张又惊讶,既屈辱又欣慰的复杂目光。

阿骨打始终记得，那一天，父亲刚刚承受了自己的女人被侮辱之后又不得不为了他再向辽国使者跪地磕头。那一刻的场景在他脑子里存了四十多年，总会时不时地现出来，模糊了他投向远方的视线。

占了上京，尤其是在品味过辽国吴王妃之后，他忽然感觉到，在女人身体上的纵横驰骋，和在战场上的博命厮杀，都那么酣畅淋漓，都那么新鲜刺激，尤其是在每一次得胜之后，都会看到部下们送上来的样貌和气息都不一样的女人们。这些女人当年是根本不会拿正眼看自己的。在她们眼里，自己和山林里的野人没有什么区别，甚至在自己进贡出入皇帝御帐的时候，这些女人还都要掩住自己的口鼻，满脸的鄙夷和嫌弃呢。

宋朝使者拜辞了金国皇帝回国，阿骨打却陷入了一场纠结。

降金的辽国大臣们遏制不住对大宋帝国的怨愤，痛恨在辽国危难之时，曾为百年友邦的宋朝落井下石。他们纷纷向金阿骨打进言，说这一次签署的燕京协议，宋朝占的便宜太多，而且宋朝行事怯懦、军力疲软，从刘延庆攻打燕京时就可看出，宋朝十万大军居然被两万辽军杀得一败涂地、溃不成军。

原来的辽国宰相左企弓还作了几句诗给阿骨打：君王莫听捐燕议，一寸山河一寸金。

就连粘罕和宗望这些将领也劝说阿骨打不要过于便宜了宋朝。

面对大家的进言，阿骨打的心里开始摇摆。他命人等宋朝使者跨过卢沟桥之后，把河上桥梁烧毁，同时增强防卫，犹豫着要不要和宋军打一仗，看看他们的战力是不是真像大家说的那么差。

忽然传来消息，说辽国天祚皇帝派遣都统耶律大石率军东进，驻军龙门山以东二十五里地方，还说耶律大石已经与奚王回离保取得联系，互为呼应，共同进犯奉圣州。

这个消息一到，阿骨打的心里就清亮了，也放下了向宋朝进兵的冲动。他知道，一只饕餮无度的"活罗"是飞不了太远的；而一只翱翔天际的海东青是不能往肚子里吞咽太多食物的。

于是阿骨打诏令娄室,率领部将照里、马和尚前往奉圣州讨伐辽军,如果有可能的话,最好生擒耶律大石。

萧太后和耶律大石逃进了夹山,天祚帝放过了耶律大石,却杀掉了萧太后。

天祚帝知道,耶律大石是一个能带兵打仗的优秀将帅,要留着和金军打仗用;而萧太后,除了在自己眼前添堵,还容易让人们时不时想起死去不久的耶律淳,一想起耶律淳,天祚帝就很生气。

"还是让他们夫妻团聚了,更让人放心。"天祚帝想。

龙门县属奉圣州下辖治所,境内有龙门山,石壁对峙,高有数百丈,看上去就像两扇对开的门,所以取名叫龙门山。山下有河流环绕,遇到下雨的时候,这些河流顷刻之间便可以变得水逾千仞,浪涛如雷;遇到天气放晴,水色清碧,清浅可戏。这里地形险阻,是控制塞北地区的要冲。

耶律大石进军的速度很快,趁着金军主力随阿骨打进军燕京,奉圣州兵力空虚的时候,一举攻取了奉圣州。城破之后,留部将萧斡里刺守城,自己率军在龙门山设了营寨,与奉圣州的辽军形成掎角之势,互为应援。此外,他还凭借龙门山天然险峻的地势,把辽军主力屯在山中,打算长期驻守。

娄室率金兵来到了龙门山附近的白河,在河的西岸边扎下营寨,与对岸的辽军隔河相对。

金军并不急于进攻,娄室每天传令士卒沿着白河两岸摆下数百面战鼓,从早到晚敲击不停,鼓声如雷,响彻天地。

一开始辽军不明白金军的意图,惊疑不定,就调集弓箭手在白河东岸列阵,用箭齐射对岸金军。金军见对岸射箭,就停了敲鼓,齐举盾牌挡箭,身前也瞬间出现无数弓箭手,与河对岸辽军对射,双方对射一阵子就各自收兵回营。

接下来的几天,双方一直就是这样。辽军认为金军就是虚张声势,就渐渐放松了戒备,任由对岸的金军折腾,再不理会了。

又过了几天，娄室找来部将照里和马和尚，先吩咐照里率五百精骑，晚上从上游二十里处渡河，找一个易于进攻又易于隐蔽的地方藏起来，等到第二天娄室率军渡河向辽军发起进攻的时候，去突袭辽军大营；又吩咐马和尚，让他挑几名奚族的兵卒，换上辽国兵士的衣服，等着第二天和辽军作战时，趁机混进辽军的队伍。马和尚是奚族人，曾在辽国军中做过将领。

隔日清晨，辽军听见对岸鼓声又起，就聚在岸边看热闹。忽然看见对岸有上百名的金军弓箭手出现，刹那间箭如飞蝗般射了过来。辽军大惊，连忙去喊自己的弓箭手与金军对射。正在慌乱的时候，又看见金军居然开始渡河进攻了，领军的辽将就吩咐大营里的辽军全部在岸边列阵，等金军渡河进行到一半的时候，对辽军发动进攻，把对方全部消灭在河里。

金军快到东岸岸边的时候，辽军开始向河里的金军发动进攻，娄室率金军奋力迎击。刚刚激战不久，辽军身后忽然一片喊杀之声，原来照里所部的金军冲杀进了辽军白河大营。辽军腹背受敌，顷刻间大败，纷纷逃向龙门山。马和尚和几名奚族金军趁机混进了败退的辽军里。

娄室率军上岸，和照里合兵一处，一路追击，到了龙门山下，安营扎寨。

耶律大石得知金军突破了白河大营，亲自率兵向金军挑战。娄室吩咐所部兵将和辽军作战，并下令只许败，不许胜。

耶律大石和金军打了三天，每次都把金军打得招架不住，逃回大营。到后来任凭耶律大石如何挑战，金军就是坚守不出。

第四天白天，耶律大石继续挑战，金军却再不出营接战了。

晚上，接连得胜的耶律大石很高兴，就宴请手下的将士们。

半夜的时候，金军在娄室的率领下，突然袭击辽军营寨。辽军仓促迎敌。就在双方混战的时候，突然金军大喊，说辽军主将耶律大石已被擒获，要辽军停止抵抗。原来马和尚和几位金军的奚族战士已经趁乱把喝得大醉的耶律大石抓住了。辽军看见主将被擒，只得放弃抵抗。

龙门山大营被破,奉圣州的辽军守将听说了,也即刻弃城而去,娄室随即回军进驻奉圣州。

粘罕从耶律大石的口中得知了天祚帝带领一万精骑南下应州,打算伺机收复西京,并且天祚帝的行帐也在阴山和青冢(今内蒙古自治区呼和浩特市昭君坟)之间。粘军将此事告诉了阿骨打。

阿骨打想了想,燕京的事情已经暂时了结,至于平、滦、营三州就先由张觉作南京留守,就算发生意外,也是几个月以后的事情,只是不抓获天祚帝,始终是个麻烦,现在天祚帝领军出兵,正好是个机会。

阿骨打于是下诏,以斡鲁为都统,以斡离不为副都统,再次率领大军西征,自己率大军随后跟进。

斡鲁遂传令斡离不、娄室、银术可各领三千兵分兵西进。

娄室与部将蒲察率兵从奉圣州出发,银术可出白水泺,分别击退了两支辽军,并俘获了辽国大臣喝离质,在阴山脚下和斡离不所部合军。

金军抵达青冢的时候,前边现出一大片泥沼。有不少金军不以为意,依旧前行,不料深陷其中,瞬间就被吞没。斡离不立即下令停止进军,命手下把耶律大石叫来,问他这是什么情况。

耶律大石说:"这是通往青冢的必经之路,这片泥沼之中只有一条小路可以走,要是不小心陷进去,基本就没救了。"

斡离不听了直冒冷汗,就命令耶律大石来做向导,可是看见金军被泥沼吞没的情形,又担心耶律大石把金军引入绝境。

想了想,就命部下找来绳索,把耶律大石和他的部将当海等人,用绳索和坐骑拴在一起,谁也摆脱不了谁,在前引路。

天祚帝出发的时候,没有得到耶律大石兵败已被擒获的消息,进入青冢的路并没有多少人知道,几十里的泥沼,就算是千军万马也无可奈何,所以,他很放心地把行帐大营设在青冢,把一直跟随自己左右的皇室亲族、嫔妃、皇子和公主们留在行帐,自己率领全部人马前往应州。他已经派人和西夏国王李乾顺约好了,要一起进攻西京。

金军突然出现在行帐大营，把众多的妃嫔和皇子、公主们吓坏了，纷纷跳上马背逃跑。斡离不派兵把所有的通道围起来，把这些妃嫔和皇子、公主们赶了回来。

被俘获的皇室成员中有辽太叔胡卢瓦的妃子、国王捏里的次妃、辽汉夫人、赵王妃斡里衍，另有天祚帝之子秦王、许王和公主骨欲、余里衍、斡里衍、大奥野，以及招讨耶律迪六、详稳耶律六斤，节度使孛迭、赤狗儿等人。只有梁王雅里及其长女趁乱脱逃。

此外，金军还缴获车辆一万多辆，无数财物。宗望亲率千余精骑，押着这些被俘获的辽国皇族以及战利品送往斡鲁军中。

天祚帝得知金军深入青冢，俘获皇家行帐的消息，大惊，遂率五千余骑急速返回，欲图抢回亲族，途中与斡离不所部相遇。

斡离不所率金军虽仅有一千多人，但面对数倍于己的辽兵却毫无惧意，奋力冲杀。天祚帝看见金军这么能打，心生怯意，又见一名金将勇猛异常，离自己越来越近，不敢再战，掉头跑了。辽军看见皇帝跑了，也紧随其后。

金军大胜，乘胜直追，又获取不少财物，还擒获了天祚帝之子赵王习泥烈。

天祚帝的御玺在粘罕进攻西京的时候丢在了桑干河，后来又以纯金重新打造了一颗金印，由赵王习泥烈保管。斡离不在抓住习泥烈的时候，先是发现了他身上携带的金印，十分高兴，可是听说刚刚逃跑时领头的就是天祚帝，懊悔不已，又率军追了二十多里，没追上。倒是手下的部将照里、特末、胡巴鲁、背答等获取了牧马数千匹，车辆千余乘，所得丰厚。

斡鲁派人向阿骨打献上天祚帝的御玺金印，上奏说天祚帝丢了营帐，已经无处可归，现在他已经通告各个邻国，不要接纳天祚帝。

阿骨打收到天祚帝的金印御玺，很欣慰，传诏斡鲁，要他转告前方将士，等他到达前线之后，一定会按照功劳进行封赏；另外，天祚帝兵败逃亡，还是尽可能招谕归降，不要伤害他的性命；还有，对于俘获的辽国皇族,不许虐待,把他们各自的车帐还给他们,好好安抚。

斡鲁接到诏书,立即遵照执行。

阿骨打从燕京出发,先到了儒州(今北京市延庆区),再到野狐岭,抵达落黎泺。

驻扎停当,斡鲁和斡离不就把天祚帝的皇子、妃嫔、公主以及众多的皇室亲族送到了阿骨打面前。阿骨打对众位将领勉励一番,暂时把这些辽国皇室收在自己的帐下,率领大军离开落黎泺,前往鸳鸯泊。

张觉秘密投向了宋朝,阿骨打任命完颜阇母为南路都统,前往平州平叛。

阇母率军从锦州出发,沿着海边向西南挺进,在润州城下与张觉部将张敦固进行了一场激战。张敦固不敌,率部撤退进入榆关。阇母追到城下,又在关前与张敦固所部大战三天。张敦固又退出榆关撤走。

阇母遣所俘敌兵招降张觉,没有回音,遂又进兵,在营州东北再一次击败张敦固之军,乘胜攻克营州。

天辅七年(1123年)六月初,阿骨打率大军抵达鸳鸯泊,收到了阇母在营州击败张觉部将张敦固的捷报,心里很高兴,就命人摆了宴席,和大家一同庆贺。

酒宴进行到半夜的时候,阿骨打觉得累了,却又不想扫了大家的兴致,就想悄悄地离席,可是刚刚站起来,就一头栽到了地上。

阿骨打醒来的时候已经是三四天以后的事情了。从那天晚上昏倒之后,他就再没爬起来,一直在病榻上昏迷不醒,不进饮食,意识模糊,就连他最熟悉的人站在他面前,也认不出是谁。

他觉得自己好像做了一个长长的梦,梦里,他居然长了翅膀,会飞。

他飞在高高的天上,看见自己身下的影子掠过了一道道山峰,又掠过了一条条河流,一直不停地向前飞。他就觉得很奇怪,自己这是要飞去哪里呢?

飞着飞着，他就觉得飞不动了，身子也越来越沉，渐渐地滑向了地面。可这时候，地面上忽然起了大火。他拼命地扇着翅膀，想要再次飞起来，脱离火海。可是他没了力气，翅膀也扇不动了，任由自己的身体向下坠落，直到"轰"的一下掉进了火海里。

醒过来的阿骨打知道，先人们的宿命已经落在了自己身上。

不过，他还是想趁着自己还醒着，能够回到按出虎水——自己出生的地方。

只是眼下燕京和西京的局势复杂，天祚帝逃到了西夏，还没被抓获，需要有一个统领大局的将领在这里驻守。

这个人，只能是粘罕了。

于是，阿骨打任命移赉勃极烈粘罕为都统，昊勃极烈蒲家奴、迭勃极烈斡鲁为副，驻兵云中，以备边患；命斡离不赴天德境内继续追捕天祚帝；自己由大军护送返回上京。

已经爬不起来的阿骨打在大军的护卫下，踏上了返回家乡的道路。他还是抱了一线希望，觉得自己可以撑到按出虎水，希望自己的身躯可以陪伴在父辈们的身边。

大军启程离开鸳鸯泊的时候，阿骨打执意要粘罕随行。他觉得还有很多话要交代给粘罕。而当粘罕和他单独待在一起的时候，他又觉得不知从何说起。也许，自己仅仅是希望粘罕可以陪伴自己一程，好让粘罕明白，自己赋予他的信任有多重。

几天之后，大军到了斡独山驿。阿骨打觉得自己的病症虽未加重，但也没有好转。为了防止万一，他命人派飞骑给自己的弟弟、金国谙班勃极烈吴乞买送了一封急信，要他前来和自己会和，并告诉了他对粘罕的任命。

七月中旬，阿骨打大军抵达牛山。阿骨打感觉病体更加沉重，就召来粘罕，对他说："你已经陪了我这么久，我也心满意足了。西京还不稳定，你不能离开太久，回去吧！"

粘罕知道,这一次离别,就再没有机会再见了,心里难过不已,但是西京的军情重任在肩,只得洒泪而别。

八月初的一天,护送阿骨打的大军离上京近了,忽然天地间一片漆黑,难以辨别方向,阿骨打传命停止前进。

阿骨打看见大家都很惊慌,就对身边的人说:"不要奇怪,这个叫作'日食',就是人们常说的"天狗吃太阳",用不了多久太阳就出来了。"

他记得这个还是杨朴告诉他的呢。

不过杨朴还说,在中原汉人的说法里,天狗吃太阳是不吉利的。眼见着快到老家了,却有了"日食",莫非这"日食"就应在了自己身上吗?

八月中旬,阿骨打的大军到了浑河以北,住进了部堵泺以西的行宫里。在他抵达之前,谙班勃极烈吴乞买已经率领宗室百官,在行宫的大帐之外迎候他了。

按照女真人的习俗,如果患了重病,就要选择一个有山有水的地方去避疾,一直到痊愈,或者死去。作为金国开国皇帝的阿骨打,不能有悖于先人们恪守的习俗,就在部堵泺的行宫,安静地合上了双眼。

大金天辅七年八月(1123年9月19日),金国开国皇帝完颜阿骨打去世,谥号武元皇帝,庙号太祖,享年五十六岁。同年,其弟金国谙班勃极烈吴乞买继位,为金太宗。

时光回溯一年,金国天辅六年(1122年)的夏天,金国大将完颜娄室受命讨伐西京大同府的西部地区,率所部到了东胜州(今内蒙古自治区托克托县及准格尔旗东北部地区)。听当地人说,离东胜州城不远的金河泊(今内蒙古自治区托克托县西北)驻有数千辽兵,不过奇怪的是,这支辽军既不听辽国调遣,也不与外界往来。据说辽国曾派军征讨过几次,也没打赢,拿他们没什么办法,他们就成了一个独立的小王国。

娄室听了,就派人前去打探,果然有这样的事。于是,他就把所部兵马驻扎在东胜州西北距金河泊不远的地方,打算把这股来历不明的辽军歼灭。

金军扎好营帐，娄室就派遣部将照里和马和尚领军挑战。辽兵开了寨门迎战，双方打了半天，辽兵抵抗不住，撤回寨子里。

此后，金军天天叫战，辽兵却坚守不出。金军上前进攻，辽兵就从高处抛下许多滚木巨石，金军急退，却也伤亡不少。

两军相持了十几天，金军始终无法破寨。

一天，娄室带着几十个军士在营帐附近捕猎，因追逐几只野鹿，到了金河泊以北的山下。几只野鹿险中求生，飞身跃过了一道十多丈宽的深涧。娄室看着追不上，就只好带人返回，忽然看见对面的悬崖上，有几个人攀附着崖壁上的藤葛下来，到了崖底就消失不见了。

娄室的心底一亮，就想，这里要是可以上下，那么就可以从山后袭击辽兵的营寨了。

娄室派人找来几位当地的土著猎手，向他们仔细询问金河泊周围的山川地貌。

从猎人们那里得知，他们白天看到那条攀缘之路并不奇怪，当地人都知道，而且上面还有辽兵驻守，难以通行。不过在金河泊周围，还另有一条更为隐秘的小路。这条小路可以直接抵达辽军营寨的背后，只是小路十分艰险，稍有不慎就得搭上性命，所以，除非万不得已，谁也不愿意去冒这个风险。

娄室就又问这些猎人："占据金河泊的这支辽兵是什么来历？领军的头目是谁？"

猎人们说他们也搞不清楚，听说这支队伍的头目不是辽国人，好像是女真人。据说原先是女真部落的一名族长，不知为什么和其他部落不和，被赶了出来投靠了辽国。大概是三四年前领着一支队伍到了这里，看见金河泊形势险要，地形复杂，只要把守住谷口，即使有千军万马也难以攻破，他们就在金河泊留了下来，修造营垒，建成兵寨，成了一个独立的小王国。只是这些辽兵烧杀劫掠，无恶不作，成了这一方祸害。

娄室说："既然这些辽兵为害当地，那我就替你们把他们灭了，不过，需要请你们为我们做向导,你们觉得怎样?"

金军连着两天不来进攻,金河泊营寨里的辽兵松了口气,以为金军攻不下营寨,打算撤兵了。

谁知到了第三天的拂晓,忽然鼓声震天,杀声四起,睡梦中的辽兵连忙带上兵器,前来防守。正在这时,不知又从哪里冒出来了一股金兵,从辽军的身后杀了过来。迷迷糊糊的辽兵们还没弄明白发生了什么事情,就被这股金军抢先在关隘前打开了寨门。关隘之外的金兵进攻人马见了,一拥而入。

在寨子深处的一座毡房里,金军搜出了这股辽兵的头目,只是金军问话的时候,这个头目却紧闭双眼,拒不作答。

众人把他押到娄室面前,娄室盯着他看了很久,忽然想起一个人,失声喊道:"你是阿疏?"

阿疏一直想回到纥石烈部,可辽国皇帝就是不放他走。护步答冈之战时,耶律章奴谋反,他以阿鹘产大王的名义帮助辽国平息了叛乱。可后来辽国各个京城先后陷落,他就更绝望了,索性带着一直跟随自己的族人也造了反。辽国天祚帝知道以后大怒,就派遣奚六部秃里太尉耶律阿息保率军讨伐。阿息保没有抓住阿疏,反而被阿疏擒获。

先前阿息保在辽国做障鹰官的时候,曾经替阿疏出面斥退过盈歌讨伐阿疏城的完颜部大军,所以阿疏没有杀他。阿息保就带着部下投靠了阿疏。后来,阿疏所部被一支辽军击败,阿息保看他成不了大事,就离他而去。

四处流亡的阿疏听说阿骨打已经率领金军占据中京全境的时候,就率领残部向西流亡,到了金河泊。他看到这里地处偏僻,地形险峻,就打算在这里做个土皇帝颐养天年。谁知天网恢恢,疏而不漏,最终他还是落在完颜部落的女真人手里。

阿骨打率大军在前往鸳鸯泊的路上,见到了娄室委托希尹押送到自己面前的阿疏。

几十年不见，阿疏老了，阿骨打也老了，只是阿疏很多年前长在肚子里的那根刺，依旧还在。

在见阿骨打之前，阿疏曾恳求希尹，把自己的上身光着，背上许多根带刺的蒺藜。希尹不知道他想搞什么名堂，觉得有些好笑，就答应了他。

阿疏就从金军大营的营门开始，身上背着带刺的蒺藜，一步一磕头，进了阿骨打的皇帝军帐。

阿疏在辽国的时候，曾听在辽国做官的汉人们讲过许多中原汉人的典故，其中有个故事叫作"负荆请罪"。

阿疏在很小的时候就知道，阿骨打的骨子里吃软不吃硬，他的心里隐隐抱着一丝侥幸，也许能活着；当然，他也想过，如果阿骨打杀了他，他就记住这些尖刺的感觉，如果来生阿布卡恩都里天神还要他做一个女真人，他就会记得这一世和完颜家族的仇恨。

阿骨打都快忘了阿疏这个人了。

阿骨打对阿疏并没有多大的仇恨，更何况儿时在一起的情形让他对阿疏还存有许多少年时的温情。而今看见阿疏的狼狈模样，阿骨打的心一下子就软了。

不过，也不能就这么宽恕了他，还是要给他一点教训的，阿骨打就命身边的侍卫把阿疏打上四十板子，轰走了吧！

板子打完了，那些蒺藜上的刺也长到了阿疏的身上，这样的感觉让他很舒服，他就躺在地上不起来。

阿疏挨完打之后仍赖在军营里不走，让阿骨打觉得很奇怪，就又叫人把他带来，问他想要怎样。阿疏就说，自己没了部落，也没了族人，就算是阿骨打把他放了，也没了活路，还不如把他杀了。

阿骨打就笑了，安排人把他送回完颜部，还要留守在上京的吴乞买在会宁府的皇帝寨给阿疏找处地方，养着他终老吧！

就这样，阿疏就在完颜部住了下来，有专门的人照顾他的吃喝，他也不和村里人来往。阿骨打去世的消息传回了皇帝寨，村里的人们伤心欲绝。阿疏知道了,忽然感觉肚子里的刺和身上的刺一下子就都没了。这样的感觉让他很不舒服,他就不吃不喝了好几天。可这样待着,他还是不舒服。在家里待不住,他就跑进了村里。每遇见一个村民,他就拦住对方,指着自己的鼻子说:你知道我是谁吗?我是破辽鬼!我是破辽鬼!我是破辽鬼!

外一章 天祚帝

1124 年(金天会二年、辽保大四年)秋七月,鞑靼人毛割石带着三万鞑靼兵进入夹山援助天祚帝。天祚帝喜出望外,觉得这是上天特意派来帮助他收复大辽的奇兵。

这个时候刚好传来消息,金军主帅粘罕回金国上京的朝廷议事,云中府金军元帅一职由兀室暂行代理。天祚帝认为这是个进攻金军的好机会,就决定率大军出夹山,主动出击。

辗转从金国境内逃回夹山的耶律大石知道了天祚帝的打算后,极力劝谏天祚帝不要贸然出兵,说:"我们这些年和金军交战,总是不做好充足的战前准备,只是盲目地下令投入全部军队仓促进攻,结果全军覆没、败退,失去大片国土。然后,我们好不容易又聚集起来大量军队,不经过仔细部署,而是再次全部派出,再全军覆没,再被迫后撤,再失去大片领土,最后导致大片国土被金军占据。而今我们虽然增添了许多人马,但金军现在势头正猛,兵锋强盛,我们最好还是避免贸然出击,重蹈覆辙,暂且忍耐一时,休养生息,练兵备战,等待合适的时机再图收复疆土。"

但是天祚帝刚愎自用,不听耶律大石劝阻,于八月亲率大军出夹山,下渔阳岭(今内蒙古呼和浩特市西北蜈蚣坝)顺利占领天德军、东胜、云内等州县,一路南下,在武州(今山西省神池县)与金军相遇。

两军一场激战,代替粘罕指挥金军的大将兀室,命各州的汉人乡兵担任前锋,由金人组成的千余名精锐骑兵则埋伏在山谷之间,等辽国鞑靼军队进攻金军汉人前锋乡兵时,金人骑兵突然从后方夹击辽军,鞑靼部队立刻溃乱惨败。天祚帝见形势不好,率禁卫亲军逃离战场。

十一月,正在辗转逃亡的辽国天祚帝行营发生兵乱,已经跟着皇帝逃亡了很久的禁卫亲军再也无法忍受这四处流窜、担惊受怕的日子,突然哗变了,不仅抢掠皇帝行营的财物,还打算把天祚帝劫持了献给金国。

护卫太保术者和详稳牙不里拼死保驾,兵乱很快就平息了,天祚帝也安然无恙,可身边的侍卫禁军却逃散了一大半,天祚帝的心里异常失落。

党项王小斛禄派人找到了天祚帝,邀请落难中的皇帝去他们那里驻跸。天祚帝感动不已,就请使者先回去告诉小斛禄自己接受对方邀请,遂拔营西行。

一行人跨越了沙漠,天祚帝的心里稍微踏实一点,就打算让大家在一个湖边稍事休息。忽然不知从哪里冒出来的一队金兵呼啸而至。众人见了,赶紧上马仓皇而逃。所谓"欲渡黄河冰塞川,将登太行雪满山",由于长时间跋涉,大家所乘的马匹都已疲惫不堪,难以奔驰,仓促之间,又没有其他马匹可换。

术者的汉名叫作萧仲恭,母亲是辽道宗耶律洪基的小女儿,也就是天祚帝的姑母。作为内亲侍卫,他和弟弟萧仲宣一刻不离天祚帝的身边。天祚帝也最信任他,禁军里的重要军务全部交由他来管理。此刻情势危急,术者的母亲就对兄弟二人说:"你们不要管我,护卫皇帝要紧。"

天祚帝看见了,心生悲凉,就让萧仲宣留下保护母亲,自己在术者的掩护下徒步奔逃。此时,已经跳上一匹备用马跑出很远的皇帝近臣张仁贵看见天祚帝狼狈的模样,心中不忍,就又掉头跑了回来,来到天祚帝跟前跳下来,扶着皇帝骑上去,然后在马屁股上狠拍一掌,大叫一声"皇帝保重",就返身冲向了金军。

侥幸逃脱的天祚帝继续向西行进,身边除了术者之外,仅剩一二十名贴身侍卫。此时正值腊月寒冬,忽然大雪纷飞,寒冷异常,皇帝和侍卫们随身携带的衣物已经在逃亡中丢失殆尽。没有御寒的衣物,术者就把自己的貂裘帽子给天祚帝裹在身上;途中没了吃的,术者就把炒面和枣拿给天祚帝聊以充饥;天祚帝困乏的时候,术者就在雪地里俯下身子,让皇帝依靠在他的身上歇息。其他人没有吃的,就只能以冰雪充饥。

就在这种风雪交加、饥寒交迫的困境里,皇帝和侍卫们一起挨了六天六夜,终于到达了天德境内。这里的兽类很多,侍卫们沿途射猎,终于有了吃的。

众人歇了几天,体力渐渐恢复了,就继续西行。

这一天,出了天德,夜幕降临,术者去打前站,回来禀告天祚帝,说今晚可以在一位百姓家借宿。天祚帝听了十分惶恐,生怕再出什么状况。术者说尽管放心,他都安排好了,而且那家主人也很愿意接待他们。

正在说话的工夫,那家主人到了,见了皇帝跪拜于地,大哭不止。天祚帝见此情景,也伤感不已。

在这户百姓家住了几天,党项王小斛禄派来迎接天祚帝的队伍到了。天祚帝感念这家主人的忠诚,就授其节度使之职。

十二月初,天祚帝到了党项,任命小斛禄为西南面招讨使,总管军事,并赐其子及所部将校各等爵位。

1125 年(金天会三年、辽保大五年)年初,天祚帝已经在党项住了一个多月了。党项王小斛禄对天祚帝十分热情,恭谨有加,甚至愿意把王位让给他。但天祚帝始终觉得很不踏实,党项地处偏远,国小力弱,要是金兵闻风而至,很难抵挡。

他就在私下里对术者说:"这里虽好,但不是久留之地。党项和西夏相邻,还是投奔西夏比较稳妥。就是不知道现在西夏国王李乾顺的态度怎样。"

术者说:"圣上要是想去西夏国,就让我先去探探路吧。虽说西夏国做了大辽一百多年的藩属,可现今大辽的国土差不多被金国占了,昔日的大辽帝国已经名存实亡了,也不知道西夏国还会不会感念当初和宋朝交战落败时,辽国曾数次出面为其解围。"

过了一段日子,术者回来了,看见他的脸色,天祚帝就知道结果,已经不用问了。

术者说,西夏国王李乾顺已经和金国互相交换了誓表,西夏国已经成了金国的藩属。西夏国王李乾顺向金太宗吴乞买明确表示,若是得知天祚帝的消息,一定会告诉金国;若是天祚帝到了西夏国,一定会把天祚帝缚送到金国去。

天祚帝长长叹口气,眼睛失神地看看术者,没说话。

天祚帝躲在夹山的时候,曾打算投奔宋朝,可不知道该由谁去宋朝联络。身边随行的一名僧人知道了,就主动向天祚帝表示,愿意替他和宋朝联系投靠的事情。于是天祚帝便通过他与宋朝书信来往,商讨归顺事宜。

经过一段时间的接触,宋朝和天祚帝约定,只要天祚帝进入大宋,徽宗愿意拜他为皇兄,并给他大屋千间,侍女乐师三百人,外加俸禄礼品,保证他衣食无忧,并派使者林摅前来秘密接洽。

可天祚帝在接见林摅时,还不忘摆出大辽国的威仪,要求林摅在谒见自己之前,必须学习辽国参拜礼仪。林摅觉得天祚帝到了这步田地,还要摆出一副帝王架子,心中颇为轻视,不但拒绝学习,还称呼陪伴他的辽臣为番狗。

天祚帝知道这件事情后,恼羞成怒,就打算把林摅处死。大臣们听说了就一起苦苦劝说天祚帝,说虽然使臣有不对的地方,但现在是辽国有求于大宋,还是不要得罪了对方。

天祚帝当然也知道这个道理,但实在咽不下这口气。他虽然不再坚持处死林摅,但还是不顾众人劝阻,命人打了林摅五十板子,放了回去。

后来粘罕占了西京,双方也就断了联系。

眼下投奔西夏国已经无望,能指望的也就只有宋朝了。可一想起自己把宋朝派来接纳自己的使者打了回去,此刻再去投奔,天祚帝的心里很不是滋味。

但是，天祚帝隐隐听说，驻守西京的金国西南、西北路都统粘罕得知了自己藏身党项的消息，已经派人前来交涉，要小斜禄主动把自己交给金军。小斜禄没答应，粘罕准备派遣大军前来讨伐。

于是又过了些日子，天祚帝就又和术者说："我们要不南投宋朝？"

术者说："宋朝倒是可以考虑，西京地区虽然在名义上已经成为金国的土地，但实际上还有许多地方依然在辽人手中，并没有完全被金人控制。我们若是能够到达山阴、应州之间的地方，便已接近宋朝的边界了。听说宋朝和金国因为西京的归属闹得很不愉快，而且还时有摩擦。这样的话，我们就有了投宋的机会。既然陛下有了这个想法，就请当机立断吧。如果犹犹豫豫，等到金国控制了整个西京大同府的地盘，再想投奔宋朝可就难了。"

天祚帝听了，就让术者请来党项王小斜禄，把自己准备投宋的意思说给了他，并对他冒着灭族的风险收留自己表示谢意。小斜禄也正在为粘罕让他交出天祚帝的事情发愁，此刻听见天祚帝主动要求离去，心里的石头总算落了地，当即表示要亲自率兵护送。

天会三年正月，党项王小斜禄率五百精骑，护送天祚帝一行前往西京方向。虽说依然是冰天雪地，寒风刺骨，但这一次与来时已经大不相同了。小斜禄极尽主人之情，准备了足够的食物，也准备了足够的御寒衣服，所以，一路上并未感到困顿，而且沿途还很幸运地没有受到金兵阻击。

越是向南，他们越小心。他们从路人的口中得知，金国西北、西南路都统粘罕派遣大将娄室率兵出没于武州、朔州之间，意图很明显，就是要切断辽人南下降宋的通道。因此，他们进入山阴（今山西省朔州市山阴县）境内之后，就折而向东，进入应州之境。

忽然，他们听到了一个令人吃惊的消息，已经向金国称臣的张觉又转而投降了宋朝，被金国大将斡本和完颜阇母打败后躲进了燕京，而守卫燕京的宋朝大臣迫于金国的巨大压力，竟然将张觉缢死，将其首级送给了金国。

得知这件事情之后,天祚帝对于投宋的决定,犹豫了。

术者就说:"如果我们投向宋朝,金国向宋朝索要我们的时候,也像对待张觉那样,那还不如现在就直接投了金国。"

天祚帝听了,沉默不语。

术者又问:"那我们现在要去哪里?"

天祚帝想了想,说:"去朔州吧!"

术者心想,娄室所部的金军现在就活动在武州、朔州之间,要是遇上了,那岂不很危险吗?

不过,皇帝既然说了,那就走吧!

于是,一行人又从应州折而南下,进入朔州。

朔州境内有一座山,名叫阿敦山,山不算高,也不算险峻。山中有一条深谷,名叫余睹谷。余睹谷有东西两个谷口,把阿敦山分为两半。

纷纷扬扬的大雪刚停不久,阿敦山像披上了一件白色的披风。北风呼呼刮着,带着刺骨的寒意。道路上留下了半尺多厚的积雪,人马从上面踏过,留下一串串深深的痕迹。

天祚帝一行人从余睹谷西口进入山谷的时候,一队金军斥候在雪地上发现了他们的踪迹,立即报告给金军大将娄室。娄室并不知道天祚帝正在这支队伍里,就率领所部金军前来看看究竟。

在阿敦山的山麓,娄室所率金军与小斛禄所率的党项兵展开一场激战。小斛禄的党项兵不是金军铁骑的对手,小斛禄看见抵挡不住,便舍了天祚帝一行人,率领所部逃离了战场。娄室从被俘的降卒口中得知天祚帝居然在这里,喜出望外,立即部署重兵,严密封锁了余睹谷东西两个谷口,又派属下海里和术得二人进谷中谒见天祚帝,劝其投降。

过了不久,海里和术得从谷中出来,对娄室说,天祚帝已经答应降金了,请娄室在阿敦山东谷口稍候。

娄室马上率军绕到东谷口,天祚帝从谷中骑马出来。娄室见了,立刻下马跪地,说:"请陛下原谅末将,以甲胄冒犯天威!"然后命身旁侍卫从酒囊里倒一碗酒，亲手捧着请天祚帝饮了暖身，然后命人小心把天祚帝护送到云中府。

天祚帝到了云中府后，金国东、西路统领粘罕大喜过望，即刻召集文武百官，在两年前去世的金国太祖完颜阿骨打画像灵位前进行祭拜，又命人对天祚帝以上宾仪礼相待，派兵将他护送回金国上京。

不久，金太宗完颜吴乞买下旨，将辽国天祚帝耶律延禧降封为海滨王，永久软禁。

辽国至此灭国，合共二百三十余年，历九代而亡。

主要参阅书目

中华书局编辑部:"二十四史"(简体字本).北京:中华书局,2000.

徐梦莘.三朝北盟会编.上海:上海古籍出版社,2008.

宇文懋昭.大金国志校证.崔文印,校证.北京:中华书局,1986.

叶隆礼.契丹国志.贾敬颜、林荣贵,点校.北京:中华书局,2014.

后　记

本书为内蒙古自治区党委宣传部牵头,内蒙古文联、内蒙古作协负责组织推进的"内蒙古文学重点作品创作扶持工程·重大题材写作计划"入选作品。

值此付梓之际,特别感谢创作结对导师内蒙古人民出版社副总编辑武连生和内蒙古社会科学院历史研究所研究员刘蒙林二位老师的专业指导,感谢内蒙古人民出版社大众汉文读物出版中心编辑老师的精心审校。

本书在创作过程中,参阅了大量史籍资料,并对全部参考资料所涉及的相关人物、地域以及相对应的历史事件,都做了十分认真且相对客观的反复比较和大量求证,力求使通篇文字更贴近史实,更具可读性。因笔者水平有限,难免有不足之处,敬请读者谅解。

田宏利

2022 年 7 月 1 日于呼和浩特市